科幻星系丛书

青年科幻作家培育
和科幻创作传播
交流项目

有龙飞过

杨枫 主编

中国科学技术出版社
·北京·

图书在版编目（CIP）数据

今夜有龙飞过 / 杨枫主编 . -- 北京 : 中国科学技术出版社 , 2024.12.（2025.9 重印）--（科幻星系丛书）. -- ISBN 978-7-5236-1113-5

Ⅰ. I247.5

中国国家版本馆 CIP 数据核字第 2024WE5942 号

策划编辑	王卫英
责任编辑	王卫英
封面绘图	番茄 Nathan
插图绘图	番茄 Nathan　安海州
封面设计	北京中科星河文化传媒有限公司
正文设计	中文天地
责任校对	吕传新
责任印制	徐　飞

出　　版	中国科学技术出版社
发　　行	中国科学技术出版社有限公司
地　　址	北京市海淀区中关村南大街 16 号
邮　　编	100081
发行电话	010-62173865
传　　真	010-62173081
网　　址	http://www.cspbooks.com.cn

开　本	710mm×1000mm　1/16
字　数	339 千字
印　张	27.25
版　次	2024 年 12 月第 1 版
印　次	2025 年 9 月第 2 次印刷
印　刷	河北鑫玉鸿程印刷有限公司
书　号	ISBN 978-7-5236-1113-5 / I・98
定　价	69.80 元

（凡购买本社图书，如有缺页、倒页、脱页者，本社销售中心负责调换）

门打开，他进来了，精力充沛，两边圆滚滚的，没有脚，整个下腹贴在地上向前挪动。正式问候。我请他全身进来。他遗憾地告诉我做不到，因为他太长了。门不得不就这么开着，可真让人难堪。他微笑着，带着些许尴尬和些许狡黠，开口道：

"我被你的渴望吸引到这里。我从遥远的地方挨过来。我的下腹全是擦伤。但我心甘情愿。我乐意前来，乐意向你展示我。"

——［奥］弗兰茨·卡夫卡《绿龙》[①]

[①] 译者蔡小乐，青年诗人、译者，兼事文学批评与街头摄影。先后就读于中国人民大学外国语学院德语系、图宾根大学德语文学系。现居安徽。

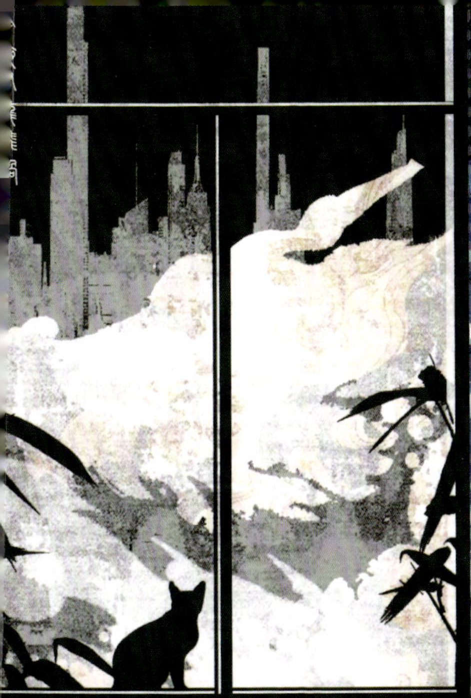

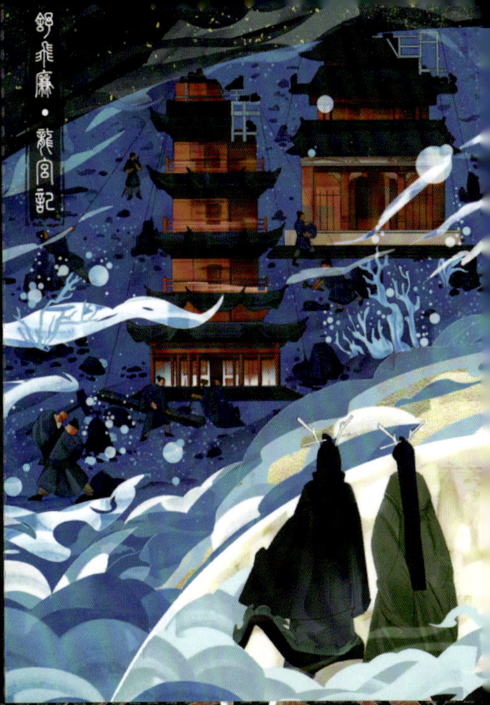

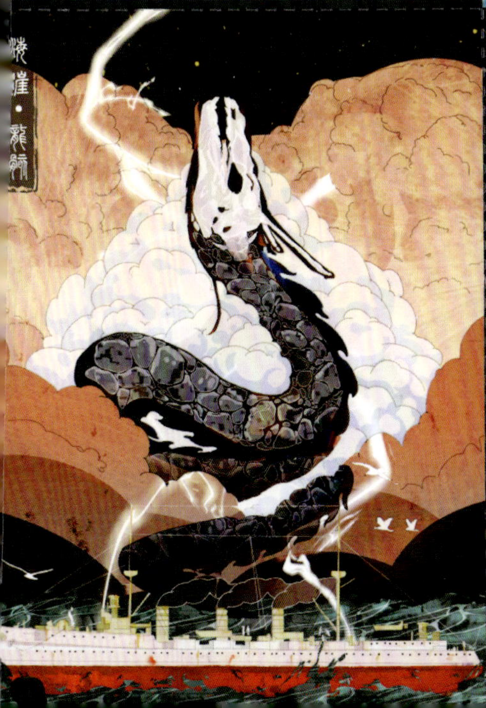

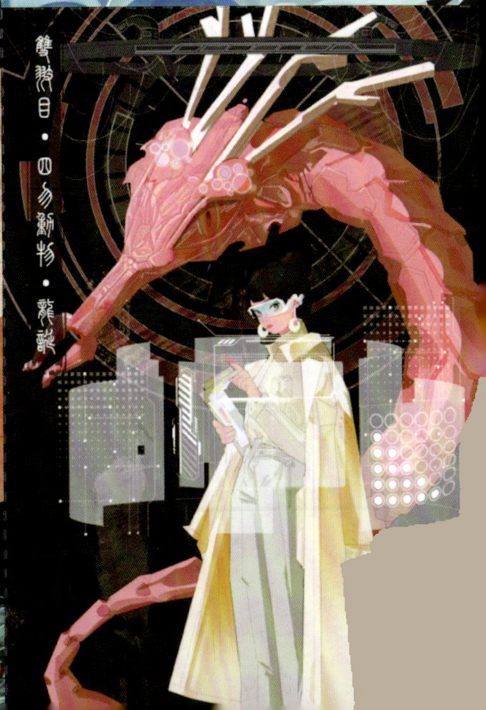

龙图

您可靠的水源管家！

只需一触，即刻到位。

水质评估
古用情况
航线规划

小心等贺！！

鲨将折龙尺，嚼龙肉皮之，輸不得因，敗不得灰。
圣将折龙尺，嚼龙肉皮之，輸不得因，敗不得灰。

敬请期待下期。

益齿龙

[注：请勿吞食护理员]

您的端生牙是否经常极易脱落？
再生牙疼痛是否令您彻夜难眠？
益齿龙，专为龙益齿而生，还您清洁好牙

购满一吨另赠上门护理

鳞甲油上新

春夏新色系鳞甲油

原生龙鳞黯淡无光？追求艺术表达个性？为春天焕新鳞片！

本品健康无味，不添加含有害物质，不伤鳞片，持久防水，腾云驾雾无负担！涂抹顺滑，一次上色，速干易卸，全新色系，创造你独一无二的鳞片装饰！一升装独供为龙族专供，其他物种仅供娱乐，组合购买更优惠！

选美大赛

第九届全国选美大赛

火热报名进行中

特邀身形矫健、尾鳍曲折、全来禽忽、遒劲有力者参加，获胜者将获得"龙胍"称号，以及昆仑山雕塑一尊。

太清再生龙诞

龙眼安眠一族

X-55智能保湿加热款
绝赞促销中

降雨部队招聘

睡水员

无需将经您我加
毒前将们寻找
经将在为身痨
验在千龙负
，旱之地下响应
我之地，保降护
们地拯护雨自
将，救提的然
培拯生供健训
训救灵降康，
出大！水团培
一地队训
批。的出
最一
优批
秀最
的优
龙秀
。的
龙
。

有意请至亚洲东口瀑布应聘。

龙体黄金广告位招租 | 36平米空闲广告位静候

黄金聚焦点一览众晓 | 预购从速,请拨打

8888-88-666

乘天小侠祝你龙飞冲天！

本报内容为龙族专供,其他物种仅供娱乐,敬请期待下期。

造字工坊征名事务所

造字服务需另外收费，
详情请致电垂询咨询。
电话：+10-114-117-116-107。

接管您二灵的丹

您的孩子是否
有的喜欢上房掀瓦，
有的喜欢日夜躺平，
性格不一，
难以管理？

育儿辅导

报名我们的育儿工作室，
救您轻松
应付九个
孩子！

随时随地从死结中
拯救你！

家庭调解｜职业规划

还在为飞行时
只有六个弯而烦恼吗？
你也想拥有九个弯身材吗？
本产品重新打开骨骺线，
你也能二次增长！助力每一个梦想！

诚聘龙身保镖

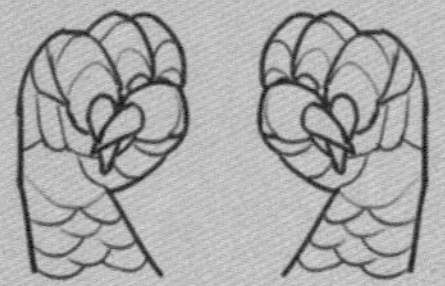

招聘俊客或小龙为眼线，
提供身体保护，也招收
庭院名山扫除看护，
若有龙角龙鳞等缺失，
工资减半。

重金求子有木

斯玛特公爵夫人，105岁，体重50吨，
年轻貌美，夫因猎人致残，为继承
家业，特寻异地正品健康男龙，助我
圆母亲梦。

求助请拨打
999-679-9595

助您如愿

〔注：没有猎魔人与此广告合作，绝对诚信〕

三太子的报应

又名：九霄闹海伟大同志的微退

故事发生在一片被称作「封神」的幻想世界里，三界恶童「哪吒」翻天覆地，告苦苗不堪聊。勇者去讨伐，却意外获得「修罗之眼」。前夜「轮回天使」遭天谴。

发现「封神」的终极秘密——在无尽的死亡循环中探寻万物本源。同时，影片中你将扮演救赎「敖丙」在影片回剥之力，重返故事的手段，在同一段死亡命运中，一步步揭开真相。

成龙夜祓

我们招收
500~3000000岁的学生！
成龙自考/西方语言/降水编制/幼龙托管

成龙夜祓
老母急病、高价回收，龙鳞、龙筋、龙骨、龙角，报酬丰厚、绝无欺瞒。

求收

「为拯救三界众生，请龙君再死一次。」

沉浸式VR宇宙互动影片

请致电 ___ 小姐。

牯岳龙初王
崇崇 类 生 水 城
祭 祭 止 前 往
情 期 间

不忘赞！

叶公子高好龙，钩以写龙，凿以写龙，屋室雕文以写龙。于是天龙闻而下之，窥头于牖，施尾于堂。叶公见之，弃而还走，失其魂魄，五色无主。是叶公非好龙也，好夫似龙而非龙者也。

——［西汉］刘向《新序·杂事五·叶公好龙》

导读：雕龙之道

慕 明

战国时，有齐人邹衍，擅长谈论天地之事，以对空间的认识创立九州之说，以对时间和历史的理解创立五德循环之说；稍后有驺奭，以邹衍的观点和方法入文，深得齐王赏识，二人均为稷下学宫学者，时人称颂"谈天衍、雕龙奭"。自此，"雕龙"成为中国古典语境中擅长文辞的譬喻，中国第一部系统性的文艺理论著作，南齐刘勰的《文心雕龙》即以此为名。两千年后的今日，"龙"的谜团仍然未解，围绕着它的无数想象和叙述是它的生命之源，让它成了中国最深入人心的文化符号，甚至成了中国文化本身的象征，而"雕龙"的深意，已经像承载故事的历史本身一样，不再被世人熟知，仅存于高头讲章中。

"雕龙"之说建立了"龙"与文章的联系，也暗示了"龙"的本质。在战国齐人的认识中，经营文字如雕镂龙纹，是将不可见之物化为可见的方式，龙与文一样，本是无形之物，需运作神思，才能使其显形。这与后世所述的驼首、蛇身、鹰爪、鱼尾的确切的具象的"龙"不同，却可能更接近"龙"的原始含义。先秦时代及更早期的文献中，龙大多没有具体形象，即使在有具体形象的例子里，比起类似蛇虫的外形，文献往往更强调其"变化"的特性，蛇虫的形态倒更像是对"变化"这一抽象概念的具象化解释。《庄子·外篇·天运》中提到,"龙,合而成体,散而成章,乘乎云气而养乎阴阳",王充在《论衡·无形篇》中更直接地将本体和喻体并置,点出其"变化"的本性:"龙之为虫,一存一亡,一短一长。龙之为性也,变化斯须,辄复非常。"贾谊在《新书·容经》中,则引用了中国文化的源头之一《周易》中对龙不同形态的描述。《易经》首卦乾卦以六条阳爻之龙的意象表现天地人事的广阔和变化无穷,贾谊归纳其为"龙变无常,能幽能章"。

这也正是对本书编选思路的总体概括。本书是一部以"龙"为主题的中国幻想小说集,选编了近年来的十三篇中文短篇幻想小说,大略按故事的时间背景排序。各个篇目中,"龙"的形貌各异,写作手法也不尽相同。十三位作者中,既有韩松、凌晨、骑桶人等成名已久的作家,也有双翅目、刘洋、海漄、孙望路等近年来崭露头角的新人。在类型选择上,既有《水龙吟》《消失的旅客》这样经典意义上的科幻作品,也有《龙宫记》《斗龙之夜》等奇幻元素更突出的作品,还有像《寻龙记》《四勿动物:龙诞》这样,作者个人风格突出,作品自成体系,虽归属于科幻,但远超出类型范式的作品。编者希望的是,在2024年,也就是甲辰龙年之际,通过这一系列的"龙变",为近年来从幽冥中慢慢走向明亮的中国科幻,或者说更广义的幻想文学创作,提供一个新鲜而深入的切面。

在进一步介绍本书篇目之前,暂且在时间之流上回溯一步,在更广阔的背景下厘清动机。2010年7月,科幻作家韩松和飞氘在复旦大学的"新世纪十年文学:现状与未来"国际研讨会上发言,向文学批评界介绍中国科幻,年轻的飞氘首次以"寂寞的伏兵"来形容中国科幻的处境。其时,距离刘慈欣的《三体》第三部出版还有四个月,距

导读：雕龙之道

离其英文版获得雨果奖、声名大噪还有五年。按照韩松的描述，当时的他和飞氘面对主流文坛的作家和学者，甚至面对风头正劲的"80后"年轻作家们，也只是"两个难以觉察到的边缘性外星生物。"[①]十四年后的今天，《三体》的巨大影响、影视化的推动以及社会文化场域的种种变化，使得"中国科幻"这一概念走入聚光灯下，"中国科幻变革之年""中国科幻影视化元年"之类的提法层出不穷。但如果说一种以《三体》为代表的科幻美学如今已是飞龙在天，更广大的当代中国科幻作品和作者则仍未完全摆脱潜龙之姿。这一状况即使在2023年成都举办世界科幻大会之后仍然存在。在大众媒体的报道中，刘慈欣和《三体》之外的中国科幻作者和作品，尤其是新人新作，往往是一个面目模糊的聚合体，代表了某种不同于主流文学的可能性或关于未来的想象力，但无法描绘出更多细节，或只能通过零星片段来推测其想象中的轮廓——一鳞半爪，正是描绘龙的方式。

以宋明炜为代表的中国现当代文学研究者近年来注意到中国科幻的复杂性，试图通过不同的框架为这条"潜龙"赋形。研究多将中国科幻的源头归为晚清时期的"科学小说"，无论是乘坐潜水艇探寻海底的贾宝玉（《新石头记》，吴趼人，1908），还是虚构的未来黄白人种大战（《新纪元》，碧荷馆主人，1908），都反映出晚清知识分子在巨大冲击下对未来的思考与想象，最重要的是，这种"科学小说"在当时具有特殊使命。如今担任清华大学中文系副教授的贾立元，即飞氘，在他的专著《"现代"与"未知"：晚清科幻小说研究》中，将其比喻为一座文字形态的"未来博物馆"：一百多年前的精英学人通过西洋报刊获得科学新知，"拟想时空中的万千景观"，然后通过小说笔法勾连组

---

① 引自韩松《为科幻而活着——参加"新世纪十年文学"国际研讨会》。

织材料，像真实的历史展品一样，"复原和展示"种种源于科学的奇观，面向当时的"游览者"，也就是亟待启蒙的大众。

和十多年前的"寂寞的伏兵"一样，"未来博物馆"的譬喻令人印象深刻，也引出了一个易被忽略的方向。晚清以来，科幻在中文语境中多被视作对未来的推演，无论是研究者还是读者，最关注的都是从中寻找未来的某种蓝图。1903年，正在日本留学的周树人在其翻译的《月界旅行》（即儒勒·凡尔纳的长篇科幻小说《从地球到月球》）的"辩言"中提出，"科学小说"可以"默揣世界将来之进步"，甚至强调"导中国人群以进行，必自科学小说始"。今日，我们面对变化的焦虑可能和百年前相当，又经过互联网媒体的加工放大，演变成社会性思潮。作为对此种焦虑的回应，像《三体》这样，重点关注和预言未来人类宏观命运的作品成了对"科幻"的主要印象。即使在科幻小说的重心早已不是科普的今天，我们仍然在潜意识中期望教科书式的答案。因此，像"黑暗森林法则""降维打击"等关于世界本质的虚构理论经过精彩演绎，甚至脱离了文本，成为大众共识，但是否真的能像百多年前的学人期望的那样，"改良思想，补助文明"，亟待思考。

与教科书不同，博物馆虽然也具有传递新知的功能，但更强调观者的主体性，展品经过精心搜集整理，加以巧妙动线设计，意图引导观者自行探索发现。无论呈现主题为何，博物馆往往是感受、记忆与想象的交汇之处，其目的是将某一个时空或心灵中的世界切片后再重建，让观者在游走其间时，在认知和感知的多重维度上，获得新颖独特的体验。其中，构建这个世界的关键是布展者和观者——也就是作者和读者的想象力，而想象力的时间之矢并不是单向的。事实上，想象力在现当代历史研究中具有相当重要的地位，历史学家罗新指出，"想象力是历史研究的另一大美德。历史给拥有好奇心的人提供'替代

导读：雕龙之道

性经验'，我们在想象中经历前人的经历。"这一精神过程被历史学家视作"人类思维的基础"，也正是许多优秀的文学作品试图引领读者踏上的旅程。倘若我们把人类的想象力建构本身——而不仅仅是面对未来的焦虑和回应——作为科幻的核心特质，视野会得到极大的拓展。这也正呼应了达科·苏恩文等学者对科幻更本质的定义——科幻是由认知逻辑所确证的一种虚构的新奇性。这里，真实或者虚构的科技进展是认知逻辑的子集，相应地，对未来世界的呈现则是虚构的新奇性的子集。

在这个定义下，无论是《高堡奇人》式的或然历史（alternative history）作品，还是《使女的故事》式的反乌托邦作品，乃至《哈利·波特》式的奇幻作品都可以一同被纳入考量的框架，这正是近年来英语文学界的奖项和研究等不再将科幻、奇幻作品分开对待，而是用"推想文学"（speculative fiction）这个更宽泛的名称作为分类的主要原因。这也是本书选文不再严格局限于传统意义上的"科幻"的原因。在中文语境中，"推想"的概念近年来被越来越多的作者接受，但远未在更广大的读者和文化语境中普及。

更重要的是，这个新框架能让我们重新审视中国科幻乃至幻想文学的流变。在走出了"现代性"的迷雾，卸下"科学技术""启蒙教化"等重担后，可以发现，在中文语境中，"推想文学"的源头远不止于晚清的"科学小说"。和经传乃至诗歌相比，叙事文学本身在中国古典文化传统中并非最受重视的文类，这一状态直到晚清以后才相对改变。而在叙事文学中，强调模仿现实（mimesis）、展现人生百态的现实主义文学又占据了"五四运动"之后的绝对主流。但从本书编选的作品中，我们可以发现，来自中国古代神话、传奇、志怪小说的影响深远。作者们敏锐地意识到，关于另一个世界、另一种可能性的想象并

V

不只是近代以来的舶来品，而是中国文化传统中一条不受关注的副线。这些散落在故纸堆中的吉光片羽蒙尘已久，直到今日，再次被捡拾起，成为一头正在复活的异兽的一部分。

能否像将龙形还原为蛇身、鹿角、鱼尾等组件那样，在更广阔的文学史乃至文化史上，为今日的中国科幻或推想文学找寻出更多的源头？这让我们想起了沃德·雪莱（Ward Shelley）那张著名的可视化信息图表：科幻小说史（History of Science Fiction）[①]。它从西方文化的视角描绘了科幻小说从起源到当代形式的演变过程。一条条触角如纠缠的群龙，代表了不同文学形式和媒介的脉络，随着时间的推移不断分支、交汇和嬗变。起始的位置并非许多人认为的第一部科幻小说：玛丽·雪莱的《弗兰肯斯坦》，而是早期人类的两大原初心理：恐惧和好奇。在逐渐膨大的龙身上，古希腊的柏拉图等学者的作品为推想性思维奠定了基础，经过启蒙运动和浪漫主义时代等重要历史时期，《弗兰肯斯坦》直到肩颈交接处才出现。除了流派演变，信息图上还指出了影响科幻小说的重要文学运动、技术进步和社会变革，以及科幻小说做出的回应。在图的后半部，龙身分叉复杂，既有《星球大战》《终结者》等当代文化中最主流的科幻呈现，也有汇入悬疑、恐怖、西部等其他类型文学的旁支，还有从卡夫卡到科幻新浪潮再汇入英语主流文学的更大洪流的侧流。

在此基础上，加入中国文学和文化史的视角，为中国科幻或推想文学绘制一幅类似的信息图表是笔者一直以来希望看到的，但其复杂程度远远超出了目前的研究，更不是在本文或者本书的篇幅内能够达到的目标。因此，本文退而求其次，将在余下的篇幅里，仿照科幻小

[①] 原图地址：https://websites.umich.edu/~esrabkin/sf/HistoryOfSFVisualized.html。

导读：雕龙之道

说史的图式，把本书所辑的作品大略分为四条脉络，进一步从叙事学或文化史的角度进行简要介绍和分析，并适当延展至部分作者的相关作品。需特别指出的是，无论归于哪一条脉络，这些作品里都存在大量的交叉与融合现象，这是研究中国推想文学的困难所在，也正是其迷人之处。笔者期待的是，以此为起点，为有朝一日真正绘成一幅全景"龙图"做出微小贡献。

第一条脉络，是对古典传统的承接和创新。如前所述，本书收录的小说大略按照故事的时间背景，由古至今排序，那么，如何在古典文学语境中，对已被充分阐释过的"龙"进行新的书写，是当代作者们需要思考的问题。现当代推想文学和中国古典语境的交融至少可以上溯至《故事新编》，源于神话、历史的人物和故事原型在引进"科学小说"的先驱鲁迅笔下面目一新，是第一次面临古今中西巨大碰撞的中国文人试图寻找的出路。一百多年后的当代作者们则面临更多维度的碰撞，除了古与今、中与西，还有较大尺度上的科技与人文、较小尺度上的文学与新媒介乃至更小尺度上的不同文学传统间的碰撞，等等，都需要在每一篇小说的每一个细节中具体处理。因此，优秀成品往往呈现出一种蛋白石或者蝴蝶翅膀鳞片的特质，由于特殊的结构，在不同的光线和角度下，呈现出不同的颜色和光泽。

骑桶人的作品即是一个典型的例子。骑桶人的笔名源于卡夫卡的短篇小说《骑桶者》，以具有东方色彩的中短篇奇幻作品成名，文如其人，兼顾中西。在本书的开篇《龙》中，失去母亲的女孩照顾蛰伏泥涂中的病弱老龙，故事有唐传奇的简洁轻逸，潜龙腾空报恩，又落叶般飘然逝去的结局也极具东方神韵。但在这个看似发生在中国古代乡野的故事中，对冥河的描写更接近希腊神话中的冥河，而非中国古典神话中的黄泉。女孩所生活的暗域不是人间，也并非中国神话中层级

VII

森严的地府，而是类似希腊神话中的水仙平原——凡人灵魂游荡之处，但此处也并不仅仅是两种文化传统的简单杂糅。举着白骨火把、捕捉黑蝴蝶喂龙的鬼女孩并不生活在任何一个已经被文字定型的时空中，暗域在此更像是梦境般的异世界，而梦境正是文学作品最原初的形式，或者说，最初的文学作品正产生于对梦境的模仿——在黑暗中，来自白日现实的材料被打碎重组，随着做梦者也就是主人公的脚步，缓缓勾勒出一个似曾相识又全然不同的世界。在这个世界中，龙可以如朋友般心意相通，也可以在闪电中为了人的情谊长吟飞翔，这是对人接近龙这一神秘伟力的深情想象。郭嘉的《蓝眼睛》也有类似展开，人龙关系更进一步，成为母子，所对抗之物也由山野妖怪变成了真龙天子，但此处的故事发生在中国古典文学语境中少有涉及的大海。在初看是传统志怪故事的框架下，是《老人与海》式的现代精神内核，和对人与自然关系的关注。如同《故事新编》，为发掘传统叙事中的现代性要求，作者的目光投向卷帙中无人注意的细微处，凿开一条缝隙，再重建一种秩序。舒飞廉的《龙宫记》即是这样一座重建的殿堂，小说取材自唐传奇中的名篇《柳毅传》，但并没有复述人龙间的情感，而是着力为一群重建龙宫的普通工匠立传。在此，龙和古典传统一样，是故事的缘起，但不是答案。正如小说最后，早已离开地球的龙在宇宙深空中望着卧在洞庭湖底、已成为水族家园的龙宫遥遥叹息，那是梦想的产物，却不一定是梦想本身。

在本书所选篇目中，这条脉络的最后一则小说是於意云的《斗龙之夜》，一位淡出读者视野的作者，该作发表于一本早已停刊的杂志《飞·奇幻世界》，连接着几条更幽暗的脉络——2000年至2010年前后，以"九州"为代表的奇幻文学创作，以及以"榕树下"等文学网站为代表的早期论坛文学。如今，这些脉络上的大部分作者或离开了

导读：雕龙之道

创作，或汇入了更宏大的网络文学一脉。中国网络文学在近十几年间经过无数次迭代，形成了完备的工业化运作模式，因其巨大的体量和影响力，近年来受到主流文学批评界和影视界的双重关注，与本文所探讨的科幻或推想文学的联系也紧密深远，但限于篇幅，在此无法详述，只能就《斗龙之夜》一文，略窥其进入成熟商业化之前的形态。与前几则以古典传奇或志怪小说为基底的故事不同，本文背景虽为古代架空，但"龙"在本篇中不再是习见的神兽，而是对"异化"这一经典主题扎实而深入的演绎。古人将动物统称为"虫"，并将其依照体表特征分为五类，其中，"鳞虫之精者曰龙"，作者正是从这里出发，为一种虚构生物"冕虫"详细构建了外貌、生态、习性以及和人类的关系，再通过流畅明快的情节推进，将其融合进女主人公"变龙""斗龙"的坎坷之途中。如果说《变形记》或《异形》式的人虫一体/寄生关系可能为设定提供了灵感，那么《饥饿游戏》式的、逐步升级的生存挑战则为小说的框架提供了参照。在这样的故事里，古典审美是皮，当代流行文化范式是肉，更深层的骨或魂则往往古今共通。这样的写作方式也延续到了之后许多篇幅更长、更复杂丰富的网络小说中。

时间来到近代，第二条脉络即是前述的晚清"科学小说"，或者说，近代以来，中国文人以小说体裁处理"三千年未有之大变局"的种种尝试。在此之前的三千年间，帝国是绝对主体，虽有华夷之辨，但不会考虑帝国在蛮夷眼中的形象映射，主客从未易位。忽然之间，帝国不再是世界的中心，引无数先人皓首穷经的知识也仿佛失去了意义。因此，我们不难理解，从晚清到民国时期的精英学人在经历了世界观被颠覆的巨大震动后的启蒙和改造之心，也不难理解，为什么直到今日，以科幻的形式，就某一领域进行深入的知识普及仍是许多作者的追求。和早已轻装前行的西方作者相比，"导中国人群以进行"可

IX

能仍是我们命中的重担。正如冯原在《中国科幻想象的认知建构》中指出，"对于中国，科学与启蒙的介入关乎文化体系与民族认同的问题。中国科幻则体现出某种微妙的自觉：自晚清至当下，科学认知建构对旧有社会文化的改造更具优先地位。反思科学固然重要，但以科学（或通过科学家）反思前启蒙时代的知识与社会体系更为重要。"

在这样的时代思潮下，本书中以近代史为背景的两篇小说均从科学技术发展的角度，对"龙"进行了最大程度上的细致解构，均把历史背景下的中西文化碰撞和冲突作为故事的核心，也均试图用西人的目光重新审视这一文化符号所承载的意义。辛维木《血肉之锤》将目光投向之前少有作品涉及的19世纪美国华工群体，在《排华法案》的背景下，从旧金山腾跃至曼哈顿的机械飞龙和制造它的文化和个人有同样的特质——美丽神秘、不知疲倦、有某种令人恐惧的魅力，因此个体和个体、文明和文明间的控制和被控制、摧毁和被摧毁成为无法回避的问题。海漄《龙骸》则对中西两位飞艇专家谢缵泰和齐柏林的经历展开虚构，二人在时为德国租借地的胶澳半岛发现龙迹，钢铁巨舰与神话生物间不为人知的战斗是一个漫长时代的完结，也引出另一个激动人心的短暂时代，在文化交融的成功与喜悦背后，是更多的失败和遗憾。在这些着重反映文化冲撞的故事里，"龙"的意义不在于本身，而在于被观看，由此，文化意义上的"自我"和"他者"得以区分，龙不再是只属于中国文化的故事，而是在更广阔的时空中显形。

但龙可能并不需要。可实可虚，是龙的另一大特征。截至目前，我们讨论的作品都在用各种方式为龙赋形，而在凌晨的《404之见龙在天》和韩松的《寻龙记》中，虽有对龙的惊鸿一瞥，它却并非故事的核心。《404之见龙在天》以诙谐的笔法，描述龙出现在城郊高速公路后引发的新闻媒体和社交网络众生相，巧妙触及社会深层的另一种真

导读：雕龙之道

实。《寻龙记》则用纪录片式的丰富细节，完整展示两个社会边缘人的寻龙之旅。套用卞之琳《断章》的句式，故事中的人看龙，故事外的我们看人。在这里，龙是引子，是线索，是麦高芬，或者是梦想本身。可能没有哪一种实体或者符号能承担如此多的叙事功能，"龙变无常"的特质在这些虚写"龙"的作品里尤为突出。和许多最优秀的反乌托邦或者社会科幻作品一样，超现实设定是镜子，以夸张的方式，映照出作者心中的世间万象。这就是第三条脉络。在这条脉络上，当然有来自《1984》《美丽新世界》等反乌托邦类型作品的社会性反思，但更强劲的输入可能源于《百年孤独》等魔幻现实主义经典，体现在文本中，是对现实社会、个人境遇的深切关注以及强烈的文体意识。事实上，中国主流文学自 20 世纪 80 年代的先锋文学时期便深受魔幻现实主义影响，莫言、余华、阎连科等当代著名作家皆在其成名作或代表作中对超现实和现实的结合有精彩处理，在双雪涛等更年轻一代的主流文学作家笔下，超现实题材更早已不是科幻文学或者类型文学的专属，而是深深渗入到创作的肌理之中。这也是以推想文学的大框架重新考察相关作品的另一个原因。除了对内涵的辨析，对外延的重勘能让我们进一步思考，在这个信息连通性极大，但壁垒和圈层也无处不在的时代，对于文学书写乃至更广阔的各种形式的文艺创作而言，什么是新的边界与可能。和文化史上每一次快速融合与变化的时期一样，理论研究者还在思考争论时，敏锐的创作者早已先行一步。无论是在好莱坞巨星云集的成熟商业化之作《不要抬头》中，还是在艺术电影气息浓厚的本土作品《宇宙探索编辑部》中，我们都可以看到，无论是在西方还是东方，由《404 之见龙在天》和《寻龙记》代表的这一脉络，经由魔幻现实主义和推想文学的交融，加之影视作品的快速迭代演化，正在跨越类型和文化的界限，逐渐成为某种能够触及社会深层的真实的新的主流。

  在这种观察视角下,韩松的作品尤其值得关注。在他的个人创作序列上,发表于2004年的《寻龙记》并不算突出,但其相对简洁平实的叙事方式让我们可以较容易地窥见其创作中的某些重要观念。向前梳理,可以看到他发表于五年前的《让我们一起寻找外星人》亦以"寻找"为题,以更宏大复杂的架构展现一段充满象征意义的旅程,也让读者能够更明确地指认,这种旅程的源头,可能是土地测量员K那段无穷无尽的、通向城堡的旅程。这段旅程始终没有抵达目的地,但它开启了现代主义文学的大门。卡夫卡式的怪诞梦魇、晦涩寓言和符号象征充斥于韩松更著名的后期作品,如"轨道三部曲""医院三部曲"中,而他对中国文化和社会现实独特而深刻的关切则常常让人想起鲁迅。和前述的许多作品类似,在韩松的笔下,不同的文学传统和更复杂的社会文化思考通过推想文学的方法,得以整合成篇。现代以来,在一次次社会变革和信息浪潮的冲击下,无论是个人认知还是文化整体都经历了无数次观念革命,古典意义上的现实的边界被不断侵蚀,在今天,"真"与"假"、"实"与"虚"、"外"与"内"的差别在很大程度上在于可见与不可见,而科幻或者推想作品因其特性,能将不可见转变为可见。韩松的作品因此为我们揭示了一种更深刻、更多层次的现实,正如宋明炜指出的,"科幻文本和中国现实之间不仅建立了隐喻性的关系,而且也有着转喻的关联,对中国现实的描写被编织为承载科学奇想的文本,后者替代了在写实层面'不可见'的现实。在这种情况下,科幻小说描写的现实比任何写实主义方法所容许的写作更具有真实感。"[1]

---

[1] 引自宋明炜《中国科幻新浪潮:历史·诗学·文本》,上海文艺出版社,2020年4月。

导读：雕龙之道

相比于前面三条时代与文化特征鲜明的脉络，最后一条脉络虽然也讲述关于"龙"的中国故事，但无论是"龙"本身还是中国文化的某个侧面，都不是其基底，基底是一丛更通用的毛细血管网络——经典科幻文学范式。换言之，它们是更符合一般印象的科幻文学，但每一篇作品又自有其渊源和侧重。恺瑞的《无限国的超限龙》无疑是对经典《平面国》的致敬，以数学小品的形式进行世界构建和推演，龙作为超越性的象征，有了数学意义上的精确表达——超限。白贲的《水龙吟》则有类似于黄金时代的科幻作家克拉克作品的气质，通过对自然现象的精确观察、扎实的物理知识推导和演绎，为"龙"给出了本书中最令人信服的科学解释。在刘洋的《消失的旅客》里，时间旅行中的"外祖母悖论"这一科幻小说中的经典问题被再次讨论，其推演出的"时代的扁平化"效应发人深省，成为时间旅行交通工具的"兀龙"只是故事的配角。而在孙望路的《代号"传奇延续：巨龙逆鳞之章"》中，除了以游戏中的人龙关系重新演绎"驯化"这一经典主题，更重要的，是其表现了游戏文化这另一条正在由暗转明的巨大洪流和科幻间的紧密联系。在这组由更年轻的作者创作的作品中，"龙变无常"呈现出更复杂多样的形态，无论是关心议题、叙事方式、继承的文学或文化传统乃至遵循的评价体系都难以一言以蔽之，但或许这正是"龙"的另一重本义。在一个众声喧哗的时代，更多的可能性已经是我们能拥有的最好的东西。描述了龙的六种姿态之后，《易经》乾卦最后一卦道，"见群龙无首，吉"。

最后，来略谈本书的压轴之作，双翅目的《四勿动物：龙诞》。讨论双翅目的作品非常必要但又十分困难，因其往往试图在中短篇小说的篇幅内，将上述的四条脉络以及本文未涉及的更多脉络以惊人的架构功力融会贯通，因此，其作品往往呈现出一种当代中文写作乃至世界文学中都极其罕见的复杂炫目。如果说通常的科幻作品如无机的蛋白石，具有清晰稳定的结构，那么双翅目的作品则是复杂度高出几个数量级的蛋白质结晶，这种将异常复杂的有机大分子形成结构化有序晶格的行为和方法受到无数个变量的作用影响，是科学更是艺术。莱姆和韩松等前辈作家的影响诚然存在，但更重要的是作为视野开阔、学贯中西的当代青年学者的野心和信念。和鲁迅、飞氘等身兼学者和作家双重身份的作者一样，双翅目知行合一，在不同的文体中用不同的方式反复推演、讲述同一种贯穿其全部思考和创作的观念。

作为学者的冯原在《中国科幻想象的认知建构》中点明，"中国科幻想象的'认知有效'需要在两个递进的维度上，跨越'两种文化'的壁垒：一是在广义的学科层面，处理人文艺术（文科）与自然科学（理科）的分野；二是在广义的文化层面，整合中国经典思想文化与科学启蒙认知体系的错位。21世纪的中国科幻作品已先于理论，尝试以不同路径融合科学与文学的创造，试图通过想象，寻求'科与文'同步的'升维'。"作为作家的双翅目则自《公鸡王子》开始，将对智能本质、自我认知和生态哲学等严肃问题的深入思辨融入一系列与人工智能相关的故事中。《公鸡王子》的延伸《四勿动物·生肖》系列是一次宏伟的尝试，表面上看，它呼应了阿西莫夫的"机器人系列"，试图以一系列制造人工智能的故事，反复演绎其不同于经典"机器人三定律"的"四勿法则"，但比起阿西莫夫的通俗叙事，双翅目不但具有高度的文体自觉性，在意叙事的效率和语言的质感，更有年轻作者的极大勇气，将思辨的过程而非仅仅结果呈现在读者面前。在最新的《四勿动物：龙诞》中，我们跟随女主人公——四勿龙的设计师娄珪的视角，在极具真实感的近未来科技职场环境中，一步步深入进行关于感知和认知、群体和个体、进化和想象的思考，也在"编撰学""新颖相学"等虚构理论架构的基础上,一次次建立或推翻对于"龙"和"智能"的理解与实现。陆龟蒙的《招野龙对》是主人公的初心,秀丽线虫和斑马鱼群的研究成果则带给她灵感。和我们一样,主人公时刻处于多种思维方式和语言体系的碰撞之中,因此复杂的真实得以凸显。在这里,复杂性是现实,是追求,也是结果,面对多层次的信息时代,倘若我们还有一点以文学重建整体的野心,这可能是我们必须要踏上的旅程。

现在,且以《四勿动物:龙诞》中的洞见收束,"龙不是一种生物而是一种故事,它不占据自然界的生态位,可它遍布幻想与神话的生态链。所以勿用设计的四勿龙其实不是一种生物,而是一种想象体的完整生态。"

希望这一次对中国推想文学生态的呈现能让读者一窥龙的身影,不管形貌为何,希望它永远都能在您的梦中飞翔。

祝阅读愉快。

作者简介:慕明,本名顾从云,1988年生。2016年开始创作科幻中短篇小说,获豆瓣阅读征文大赛奖、未来科幻大师奖、银河奖、华语科幻星云奖等。部分作品被译为意大利文、英文、法文、日文等。2021年1月出版意大利语科幻短篇小说集《涂色世界》,2023年2月出版中文科幻中短篇小说集《宛转环》。

目 录
CONTENTS

导读：雕龙之道　　　　　　　　　慕　明 | I

龙　　　　　　　　　　　　　　　骑桶人 | 001

龙宫记　　　　　　　　　　　　　舒飞廉 | 017

蓝眼睛　　　　　　　　　　　　　郭　嘉 | 053

斗龙之夜　　　　　　　　　　　　於意云 | 071

血肉之锤　　　　　　　　　　　　辛维木 | 107

龙骸　　　　　　　　　　　　　　海　漄 | 141

寻龙记　　　　　　　　　　　　　韩　松 | 169

404 之见龙在天　　　　　　　　　凌　晨 | 203

无限国的超限龙　　　　　　　　　恺　瑞 | 241

代号"传奇延续：巨龙逆鳞之章"　孙望路 | 257

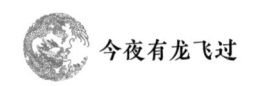

水龙吟	白贲	299
消失的旅客	刘洋	335
四勿动物：龙诞	双翅目	349
后记：今夜有龙飞过	杨枫	395
致谢		400
拓展阅读		403

龙

⊙ 骑桶人

本文首发于《飞·奇幻世界》2006年12月号
入选《2006中国玄幻小说年选》

桑叶清晨起来到荒野上去扯猪菜的时候，遇上了这条龙。

她听到从黑暗的深处传来断断续续的喘气声，"嘶——嘶——"，好像风吹过原野。

桑叶把她手中的白骨火把稍稍举高了一些，她看到在一丛丛鬼芦苇、猪菜和黑蛉草之间，似乎有什么东西。她放下挽在臂上的用来装猪菜的柳篮，小心翼翼地靠上前去。在白骨火把灰白的光下，那巨大的、黑色的、带鳞片的东西在剧烈地起伏，忽而它静止了，像已经死去，忽而它又猛地跳起，像有谁刚捅了它一刀，然后它又继续剧烈地起伏，伴着那凄厉的喘息。

桑叶循着这个声音寻找。附近的鬼芦苇被压折了一大片。她看见在数丈之外，有一个巨大的黑影立着，她走过去，那声音愈来愈响，忽然吹来一阵腥风，把她吓了一跳，白骨火把跌在了地上，她想拾起火把，但又刮起一阵风把火把吹灭了，她惊叫起来，于是风停息了。桑叶拾起火把，打着战将火把点燃，她看到一个巨大的龙趴伏在地上，白色的口涎从它的嘴角流出，黑黑的、湿漉漉的、牛一样的鼻翼在痛苦地翕张，它似乎喘不过气来了，它那凸起的、布满血丝的眼睛痛苦地睁大，两耳向后支棱着，额头上的皱纹挤到了一块。忽然，风声再一次响起，巨龙终于呼出了一口气，火把再一次被吹灭了。

那一天桑叶只扯了半篮猪菜回家。锦绣娘一看到那半篮子猪菜，脸就黑了，捏着声道："死丫头，你这是去踏青去了吧？"桑叶低着头，嗫嚅道："我……我遇上了老大一条龙！"锦绣娘根本就没听桑叶说的什么，她用两根尖细的手指，扭住桑叶的耳朵，把她扯到了猪圈边：

"在这儿跪着！今天的午饭你就别想吃了！"

在每一个无星无月的夜晚，桑叶都会偷偷地走出村子，向天上飘去。她手里总是擎着一根白骨火把，她看到小小的村庄落在了她的脚下，她看到遥远的天边有绚丽璀璨的灯火，那灯火把暗域黑暗的天空映得通红，她还看到无边无际的黑粟田，在通红的天空下缓缓起伏、翻涌。

桑叶知道自己死了，却不知道自己怎么就来到了暗域，来到了这个既不是地狱，也绝非天堂的鬼城。这儿的鬼魂都以种植黑粟和酿造黑粟酒为生。和桑叶一起死去、一起来到暗域的爹爹，在远离城镇的地方开垦出了一小块田地，建起了简陋的屋舍，安下了家。几年之后，这儿成了一个小村庄，桑叶的爹爹也娶了一个孤零零的女鬼为妻，这个女鬼，自然便是锦绣娘。

自从桑叶的爹爹娶了锦绣娘，便渐渐冷淡了桑叶，有时遇见锦绣娘虐待桑叶，也只当看不见。桑叶愈发地想念自己仍在人间的亲娘了。每当这时候，她就会偷偷从村里飘起，一直飘到人间，坐在自己小小的坟墓里，呜呜地哭，哭累了，就看青白的磷火在草丛间游荡，看萤火虫的光乍起乍灭。有时候，她看到坟头上的草没了，坟前插着两根香，摆着两小杯黄酒和一只碗，碗里要么是一个馒头，要么是一粒鸡蛋，她就知道娘又来看自己了，心里就有些欢喜，虽然也哭，却没那么伤心了。

可是，不知从何时起，连她的亲娘也不来看她了，坟前那两根烧香剩下的红棍子早已褪色，杯里尽是雨水，摆在石碑前的瓷碗也碎了一角，碗缘上粘满了黄泥。

桑叶隐隐约约听到新来的鬼魂说："她后娘是这样子，亲娘又重新嫁了人，去了好远好远的地方，只怕是再也不会回来上坟了，桑叶这小丫头，还三天两头地跑去坟里坐，她亲娘若是知道了，不知有多伤心呢！"

桑叶只是抿着嘴，当没听见，还是跑去坟里坐等，她想终有一天，娘还会回来看自己，给自己烧上两根香，摆上两个杯、一只碗，杯里是黄澄澄的黄酒，碗里是一个馒头，或是一粒鸡蛋。

可是她等呀等呀，总也等不到她的亲娘回来上坟，坟头上的草愈长愈高，草根都垂了下来，像巨人的胡子，把坟里塞得满满的，桑叶都快没地儿坐了。

"花脸，你说我娘还会回来给我上坟吗？"这会儿，桑叶跪在猪圈前，忍不住就问圈里那头又黑又脏的老母猪，花脸"呼噜呼噜"的，也不知究竟说的是"是"，还是"不是"。

桑叶一直跪到爹爹从地里回来了，锦绣娘才在厨房里喊道："死丫头，还在那儿挺尸咧，还不快起来给你爹打水洗脸去！"桑叶才从地上爬起，拿了根火把，提了木桶，挪着脚到河里打水。她的腿又酸又麻，像刚被千万把钢针扎过了一样。

亿万年来，黑色的冥河在黑色的荒凉之雾中蜿蜒流过，黑琉璃一样的河水无声地汹涌，穿越了整个阴间；宽广的河面上雾气迷蒙，没有死亡，也没有生命。直到它流入地狱，才渐渐地有鬼魂与神灵在河上来往，才远远地飘来痛苦的呼喊和欢乐的狂笑，才隐隐地看到一幢幢的楼宇在黑暗中立起、坍塌。可是，一旦它流出地狱那黑铁铸成的城墙，一切又都恢复了原样，冥河重又在无生无死的沉寂中向黑暗的最深处流去，流去，最终流入黑暗之海。

不知从何时起，一个被地狱流放的鬼魂在冥河岸边的荒凉之雾中开垦出了一小块黑粟田。这用冥河之水浇灌出的黑粟，竟成了阴间最香甜、最美味的食粮，愈来愈多被流放的鬼魂在冥河之畔种起了黑粟。

这些黑粟田渐渐连成了一片，那些鬼魂，也在阴间建起了一座新的城市，这座城市便是暗域——天堂与地狱之外的另一座欢乐之城。

桑叶愣愣地看着这宽广无涯的冥河，每一次站在河畔，她都会这么愣愣地看上一小会儿。终于，她弯下腰，把木桶浸入水中，她拼尽全力才提了桶水上来，还溅湿了半幅裙子。她摘了些苇叶盖在桶上，以免水再溅出来，又把火把斜着插在腰间，便两手提起木桶，歪着身子，踉踉跄跄地把水往家里提去。

经过龙湫边的时候，她把桶放下了，喘着气，对着那潭黑水轻喊："叁合！叁合！"平静的黑色水面荡起了波纹，一条毒龙从水里浮起，却只露出双角和鼻孔，这是桑叶家的毒龙。在暗域，毒龙就如同阳间的牛一般，都是农家必不可少的牲畜。

桑叶跪下了，把嘴凑到叁合的耳边道："叁合，我今天早上遇见好大一条龙，它快喘不过气来了！"

叁合懒懒地摇了摇头上的角，一闭眼，又沉入了水中。

桑叶气恼地站起来，把一块小石子踢入水中，道："臭叁合，不理你了！"便又提起水桶，向家里走去。

她原本是想叫叁合陪着自己，在夜里再去看一看那条巨龙，可是叁合根本对别的龙不感兴趣。桑叶只好等爹和后娘都睡着了，才偷偷地溜出门，自个儿向荒野里走去。她带了一些小米饭，想看看那巨龙吃不吃。

巨龙愈来愈喘了，那些"嘶嘶"的风声中，又夹杂了一些奇怪的声响，如同无数的婴儿在放声啼哭，这啼哭声细小而坚韧，被风声裹挟着，听起来不仅凄厉，而且悲凉。

桑叶小心地不让火把被巨龙的喘息吹灭，把小米饭堆在巨龙的嘴边。巨龙喘着气，睁开眼看了看，又闭上了。桑叶把那堆小米饭往巨龙的嘴前推了推，道："吃啊！龙，吃啊！这可是用黑粟煮出来的呢，好香啊！"巨龙把眼睁开了，它的嘴缓缓张开，舌头伸出轻轻一卷，便把那堆小米饭全都卷入了口中。

桑叶开心地笑了，她站起来，高举着火把，看着这条巨龙。刚才，在巨龙张开嘴的时候，桑叶看到它的牙全都没了。这可真是一条巨大而苍老的毒龙呢，它的耳朵眼和鼻孔里都长出了白毛，它的两根长须已被磨得又短又钝，它那两根巨角，立在它的头顶上，简直就像两棵老树，上面不仅挂着许多枯藤，甚至还有一个破碎的鸟巢，它身上的鳞片已经脱落了许多，露出暗红的肉。黑色的龙虱在鳞片里进进出出，这些龙虱每只都有黑豆那么大，鼓着坚硬而饱胀的肚子，在巨龙身上钻来钻去。

"你可真是一条老龙啊！"桑叶轻轻拍着巨龙的身躯，她即便踮起脚尖，也摸不到巨龙的背，"我家的叁合，跟你比起来，根本就不是龙，最多只能算条蛇。"

"我明天再来看你，你可别就这么死喽！"桑叶也不知巨龙听没听她说，它仍是闭着眼睛，费力地喘着气。

桑叶吹灭火把，悄悄地推开院门，在经过爹和后娘窗下的时候，她听到隐约传来的话语声，那是爹在说话："她还小呢！"紧接着是锦绣娘的声音："哼，我可不管，有胆你自个儿跟大王说去，再说你也不想想那彩礼，你再刨一万年的雾，也挣不来！"她爹叽咕了一声什么，不再说话了。

桑叶也不知他们说的什么，她蹓进自己房里，上床躺下。老母猪花脸在猪圈里哼哼着，桑叶很快就睡着了。

第二天清晨，桑叶挽着柳篮去扯猪菜的时候，在院门口遇上了牛蒡爷爷。牛蒡爷爷不是鬼魂，他似乎是从天上下来的，他碰上桑叶，就招呼道:"桑叶还扯猪菜去呀?"

桑叶"哎"了一声,"哎"完了,才觉得有些怪怪的,以前牛蒡爷爷碰到她,都是问"桑叶扯猪菜去呀?"怎么今天就多了个"还"呢?

桑叶走到村口,又碰上几个野小子在那儿玩,一看见桑叶,他们都喊起来:"黑黑苇叶黑黑草,黑蜻蜓打对水上飘。桑叶丫头心焦焦,嫁给夜叉不害臊。"

桑叶红着脸,回头道:"呸,你们才嫁夜叉呢?"一直走出好远,她仍能听到那几个野小子在那儿喊:"黑黑苇叶黑黑草,黑蜻蜓打对水上飘……"

桑叶走到田边的时候,又遇上了屠夫王胡:"桑叶,你家里吃酒可别忘了叫我!"桑叶低着头,应了一声,匆匆地走过去,心里疑惑:"我家里吃啥酒呢?"

她扯足了一篮子猪菜,便又绕去瞧那老龙。老龙这一天喘得更厉害了,风"呼呼"地响,里头的婴儿啼哭声撕心裂肺。她盘腿坐在龙头边,絮絮叨叨地道:"龙,怎么说呢?今天一大早我出来,村里的人都怪怪的,牛蒡爷爷怪,野小子们说我要嫁夜叉更怪,王大伯没来由地要咱家里请他吃酒……"

老龙闭着眼,"呼呼"地喘着气,似乎在听桑叶说,又似乎没在听。

"我娘许久没来看我了,"桑叶仍是絮絮地说个不停,她觉得跟龙说话比跟人说话还舒畅,"她嫁去好远好远的地方,说不定又生了个小宝宝,忘了我了……"

一只黑蝴蝶飞进火把的光中,老龙忽地睁大了眼睛,鼻子一皱一皱的,贪婪地看着那只在火光中绕圈的黑蝴蝶。

"你喜欢吃黑蝴蝶?"桑叶"咯咯"地笑着,"你这老大一条龙,竟喜欢吃这小虫子?"她折下一根柳枝,绕成个圈,又从草丛中寻了个蜘蛛放在柳圈上。只一会儿工夫，蜘蛛便在柳圈里织成了张网。桑叶把蜘蛛放回草丛中，道："龙，你等着，我替你捉黑蝴蝶！"

她抓着柳圈，向草地上飘去，黑蝴蝶在草尖上飞舞，桑叶把手臂张开，不久，柳圈的蛛网上就粘满了黑蝴蝶。桑叶飘回来，把黑蝴蝶从蛛网上摘下，堆在老龙嘴边风吹不到的地方，又一次向冥河上飘去。

老龙闭着眼睛，"呼呼"地喘着气，伸出舌头，一只一只地舔食那些黑蝴蝶。

那一日桑叶帮老龙捉黑蝴蝶，一直到吃晚饭时才回家。她怯怯地走进院中，以为会被锦绣娘迎头一阵臭骂，却没想到锦绣娘笑嘻嘻地迎出来，道："哎哟，我的小丫头，你可回来喽！还不快进屋去试试新衣裳！"

只见房里堆着许多的箱笼，桌上还压了一摞摞的银子，那张烂木桌快被压塌了，"咯吱咯吱"直响。桑叶的爹爹蹲在椅子上，皱着眉，一口一口地抽旱烟。

锦绣娘已忙不迭地拿出一套绸缎衣服来，往桑叶身上披。桑叶的爹爹道："还不快把饭端上来！"锦绣娘一拍手，道："瞧我乐的，丫头还没吃饭，我都给忘了！"她一阵风似的从厨房里端了饭菜出来，给桑叶盛上。

桑叶从没见过这阵势，慌得手脚都没处放了。她看着面前一大碗热腾腾的红烧肉，却不敢动筷子。

桑叶的爹爹道："吃吧，丫头，吃完了爹有话跟你说。"

桑叶许久没吃上肉了，虽然事情有些蹊跷，但她实在抵挡不了那扑鼻的肉香。

"管它呢，"她心里嘀咕着，"先把肉吃了再说。"她不客气地吃了起来，没等他爹爹把烟抽完，桑叶已经把碗里的肉吃得干干净净。

锦绣娘一边过来收拾碗筷，一边问道："姑娘，饱了吗？"桑叶想像往常那样去刷碗，却被她爹叫住了。

"丫头，你可知道这些银子、衣服怎么来的？"

桑叶摇了摇头。

桑叶的爹爹抽了口烟，缓缓道："昨天在地里，我听人说，河对面山上的夜叉大王看中你了，要把你娶去做第十九房小妾。我还不信，没想到今天下午，人家就把聘礼送来了，还说过几天就有轿子来迎你哩！"

桑叶愣了愣，在心里想着那夜叉大王的模样，她记得自己小时候是见过他的，红头发，蓝蓝的脸，长着四根獠牙，穿着书生的长衫，和另外几个人在河边作诗。难道现在自己就要去做这个妖怪的第十九房小妾了吗？

桑叶低着声道："我不去！我死也不去！"

锦绣娘一听，碗也不刷了，捋起袖子从厨房里跳出来，道："哎哟小祖宗，你死了不打紧，须想想你爹和我，也得陪你一块死，那可多冤哪！"

桑叶咬着嘴唇，她知道锦绣娘虽然说得难听，但却是不错的。邻近一个村子里，就有一户人家，因为女儿不愿嫁给夜叉大王做妾，跳到冥河里自尽了，夜叉大王就把那户人家全都烧死了。

那天夜里，桑叶又偷偷地从村里出来，去看那条龙。

"龙啊，我可不能再陪你啦！"她絮絮叨叨地说，"你怎么老成这样了呢？你又是从哪儿来的呢？怎么就没个伴儿？那可多孤单、多凄惶啊！龙啊，过几天，夜叉大王就要把我娶去做他的第十九房小妾了。你说他娶那么多小妾干吗呢？他喜欢小姑娘不会自己生几个出来养着吗？干吗老抢别人家的女儿呢？人家不给，他还凶神恶煞地把人都杀了……"

　　桑叶直说到半夜，老龙只是闭着眼，"呼呼"地喘着气。桑叶也不知自己说了那么多，龙听不听得懂，她只是觉得说出来心里舒坦了些。

　　她摸黑回到院中的时候，爹和锦绣娘的房里仍亮着灯，桑叶听到"叮当叮当"的声音。"他们是在数银子吗？"她心里想着。

　　那天夜里，大风在桑叶的梦中吹起，凄厉的风声中有无数的羊在悲鸣，"咩——咩——"，仿佛它们知道自己即将被宰杀。

　　早晨，桑叶是被锦绣娘的尖叫声惊醒的。她推开窗户一看，就见到一个巨大的龙头——是那条老龙，它在夜里爬了过来，盘绕在桑叶家的院子里。它的身躯是如此巨大，把院子塞得满满的，还有长长的一截尾巴留在了院墙外。

　　锦绣娘和桑叶的爹大声地驱赶着那条老龙，但老龙总是闭着眼，"呼呼"地喘着气，它喘得是如此厉害，以至于那风声中婴儿的啼哭都变成了羊羔临死前的哀鸣。桑叶才知道自己昨夜里听到的并不是梦。

　　村里的人都过来看热闹，野小子们跳到老龙的背脊上跑来跑去，老龙只是拼命地喘着气，任由野小子们在它的背上嬉戏，并不理会。桑叶的爹没法子，只好从后门出去，到龙湫唤起叁合，背着犁到地里去了，到了夜里，也只好还是从后门进屋。锦绣娘咒骂着老龙的腥臭，还有在屋里跳来跳去的龙虱，又担心过两天夜叉大王来迎亲，总不能也让他老人家从后门进屋？

　　"不如让王胡过来把它宰了！"吃饭的时候，锦绣娘恶狠狠地说。桑叶的爹有些担心地道："就怕它发起狂来，那可没人能制得住！"锦绣娘道："一条老龙，气都快喘不上来了，还能发什么狂！"却听桑叶冷冷地道："你们若把它杀了，这人我就不嫁了！"锦绣娘和爹都诧异地看着桑叶,不知她怎么就对这条老龙好到这般。锦绣娘脸上一黑,终究压下怒气,讪讪地道:"不杀就不杀,听你小祖宗的话!"她心中想道,今日不杀,到时候夜叉大王来了,他法力高强,还怕弄不走这条半死不活的老龙?犯不着节外生枝。

那一夜,桑叶最后一次去等她的亲娘。坟头上的草长得比人还高了,草根把坟全塞满了,还掀开了早已朽烂的棺材,露出了桑叶的骨殖。桑叶只能坐在石碑上。她等啊,等啊!坟前的碗里早已装满了土,还裂成了两半,向两边倒着,烧香剩下的红棍子也不见了,杯子也不知被谁拿走了。一只猫头鹰落在桑叶的肩上,陪了她大半夜,这可实在不是一个好伴儿,它总是无缘无故地大声鸣叫,听起来既像笑,又像哭。到天边露出鱼肚白的时候,猫头鹰飞走了,把桑叶吓了一跳,她茫然四顾,露水把草都打湿了,白色的雾静静地压在草尖上。她低着头,向下飘去。

也没人叫桑叶扯猪菜了,她拿上柳圈,到河边去给老龙捕黑蝴蝶。她捕了一整天,最后老龙根本就吃不下了,她还在捕,似乎是想一次就把老龙要吃的黑蝴蝶捕完,好让老龙一直到死都不缺吃的。

野小子们在院墙外搬老龙的尾巴玩,还使劲地抠老龙的鳞甲,连着抠下了好几片,他们看老龙动都不动,又从院墙外往老龙头上砸石子儿。桑叶一回来,他们就一哄而散,可桑叶一走,他们又跑回来了,继续把石头往老龙头上扔。牛蒡爷爷和另一个老头子还取了粪筐放在老龙的尾巴下,说这龙粪是好肥料,扔了可惜。

那天夜里桑叶就睡在龙角间,和老龙絮絮叨叨地说了一夜的话。老龙仍是闭着眼,"呼呼"地喘着气,时不时弓起身子,剧烈地喘息一阵,又渐渐平息,似乎无论桑叶说了什么,它都无动于衷。

一大早,锦绣娘就把睡眼蒙眬的桑叶从龙头上扯了下来,让她细细地梳洗过，挽起双髻，穿上大红的嫁衣，披上红盖头，在床边坐等。

夜叉大王的迎亲队伍果然好大的排场，最前面是一百只敲锣打鼓的绿皮青蛙，然后是一百只吹喇叭的青头蟋蟀，后面跟着五十只蛤蟆力士，都扛着一箱箱扎了红绸的彩礼。一队队蜻蜓丫鬟拥着一辆八只老鼠拉的油壁小车，车上垂着璎珞，铺着红毡。夜叉大王自己穿着新郎官的衣衫，骑着一只白蜥蜴，施施然走在最后。

锦绣娘和桑叶的爹急忙迎上去跪下，战战兢兢道："禀报大王，小的院中现如今盘着老大一条龙，前门被它堵住了，进不去，还请大王委屈一下，从后门进吧！"夜叉大王从白蜥蜴背上跃下，扶起二老，道："不妨事，让蛤蟆力士把它拖走便是！"便有八只蛤蟆力士跳进院中，扳住龙角，想把老龙拖走，却不想扳了半天，老龙的头都没动得分毫。没奈何回去禀报，夜叉大王又多派了八只蛤蟆力士去，仍是扳不动，没奈何又多派了八只，竟仍旧是无可奈何，到后来所有蛤蟆力士都去扳那龙角了，老龙却依旧是闭着眼，"呼呼"地喘着气，动也不动。

夜叉大王觉得很没面子，若是不曾让蛤蟆力士去拖这条老龙，由后门进屋也未尝不可，如今既已叫蛤蟆力士去拖了，再由后门进屋，这不明摆着是输给这条老龙了吗？夜叉大王也顾不上新郎官的体面了，让蛤蟆力士都退下，自己脱去了新郎官的衣衫，挽了袖子，站到龙头前，抓住龙角，使劲一扳，本是想就这么一把把老龙摔出村外的，没想到老龙却纹丝未动。夜叉大王又拼了命用力一扳，这回可挣得面都红了，老龙反倒打起鼾来。

夜叉大王没奈何，只好道："今日是本王娶亲，不必跟这小畜争道，它既喜欢在此睡觉，便让它睡好了，本王从后门进屋便是。"

于是，鼓乐重又吹打起来，蛤蟆力士们重又扛起彩礼，夜叉大王重又穿上新郎官的衣衫，桑叶的爹爹赶着放了一挂鞭炮，只是这挂鞭炮不是放在前门，而是放在后门，看上去总有些不伦不类，却也顾不上那么多了。蜻蜓丫鬟们把新娘扶上了油壁车，赶车的小鬼一声呼哨，老鼠们都跟着"吱吱"叫起来，便要把车拉动。

这时忽然起了风，从天际涌来了大片大片的乌云。众人都惊恐地朝天上望去，多少年来，暗域的天空都是黑沉沉的，从未飘过云，更未下过雨，他们早已忘了云是什么样子，雨是什么样子。他们看到云层间电光闪烁，听到"轰隆隆"的雷声在云层之上滚过，都惶惶然地相互对视。

夜叉大王强打起精神，呼喝道："慌什么？还不快走！"于是，油壁车缓缓地动起来。便是此时，老龙似乎是刚从睡梦中醒来，它睁开双眼，轻轻地抬起一条腿，用爪尖钩住了车辕。老鼠们打了个趔趄，停下了。

夜叉大王在白蜥蜴背上转身，他看到老龙已经不再是原先的样子了，它依旧老，依旧喘着气，眼中却是精光四射。它轻轻地把油壁车拖了回来，用爪尖掀开车顶，把桑叶从车中托起，又小心翼翼地放下。

桑叶茫然地看着四周，终于明白过来，她对老龙喊道："龙啊！你快别理我了，夜叉大王会要了你的命的。"

老龙轻轻地摇了摇头，四足微动，龙尾轻摆，缓慢地撑起身子。风从天上吹了下来，把村里的屋舍吹得歪倒了，老母猪花脸在尖叫，黑粟田"呼啦呼啦"地响着，青黑色的粟浪忽而向东，忽而向西，惊惶地翻滚着。冥河上掀起了数丈高的巨浪，向两岸涌去，淹没了大片的田地。乌云低低地压下来，压得众人都抬不起头，雷电猛地炸响，"咔啦啦啦——"，渐渐地向天边滚去了，风似乎也随着这雷鸣声远去了，天地间静得吓人。忽然，豆大的黑色雨点"毕毕剥剥"地砸下来，瞬间就连成了无边无际的雨幕。

老龙带着闪电飞起,它张开无牙的嘴,放声长吟。龙湫里的毒龙都从水里飞出,在老龙四周盘旋飞舞,似乎是在向它朝拜。片刻之后,别的村庄的毒龙也飞了过来,还有城里的毒龙,甚至还有从遥远的地狱里飞来的毒龙,它们都随着老龙在天上盘旋,似乎这条垂死的老龙是它们威严而神圣的王。

忽然,老龙鬐鬣俱张,从天上俯冲下来,它伸出利爪,直向夜叉大王抓去。夜叉大王早已甩去了新郎官的衣衫,他抓起一把方天画戟,朝老龙刺去。老龙又是一声长吟,似乎是对夜叉大王的反抗有些不屑,它的利爪震开了画戟,一把将夜叉大王抓住。夜叉大王的红发蓬起,獠牙尽露,在老龙的爪中挣扎。老龙朝他喘着气,喷着鼻息,忽然轻轻一捏,便把夜叉大王捏成了一团肉酱。

老龙把爪中的肉酱甩出,缓缓张开嘴,再一次放声长吟。它身后无数的毒龙也都跟着长吟起来,浑厚而低沉的吟唱在天地间来回震荡,直到多年以后,暗域的鬼魂们谈起这场暴雨、这次龙吟,仍然心有余悸。

老龙在黄钟大吕般的吟唱声中死去了,它飘落在冥河岸边,成千上万的毒龙将它的尸体围住,久久不愿离去。

牛蒡爷爷说,他以前在天上的时候,隐约是见过这条老龙的,他说它是龙主,天上地下所有的龙都要听命于它。牛蒡爷爷还说,它一定是太老了,别的龙取代了它的位置,把它赶了下来,它才来到了暗域。

别人说:"你怎么不早说,你说了谁还敢这样欺负它呀!"牛蒡爷爷说:"我到暗域也有几千年了,谁还记得这么多旧事,再说它要不发起怒来,谁又敢说它便是龙主呢?"

桑叶为老龙建起了一座坟,这本不是她能力所及的,但村里的人都来帮她,终于用一个月的时间,把老龙埋上了。

桑叶仍是每天都去老龙的坟头看看。黑蛉草渐渐把坟头淹没了,在上面开出了淡白的花。有时,桑叶会突然听到黑暗的深处传来"呼呼"的喘气声,时缓时急,里面还夹杂着羊的哀鸣。她猛地抬头四顾,以为老龙就在不远处瞪着自己,但除了浩浩荡荡的冥河和河畔暗沉沉的黑粟田,她什么也看不到。

作者简介:骑桶人,知名小说家,西安文理学院驻校作家。生于1972年,毕业于广西师范大学中文系,代表作有《归墟》《夜叉》《喜福堂》《春之牙》等,参与主编"年度中国最佳奇幻小说集"丛书,曾任《飞·奇幻世界》编辑,《九州幻想》编辑、执行主编,长篇小说《九州·刺龙》获得第三届致未来文学奖·长篇小说星辉奖。

已出版有短篇小说集《中国科幻十人选——捕梦天王·骑桶人》《四时歌:骑桶人自选集》《东柯僧院的春天:骑桶人精怪故事集》,以及长篇小说《流枫川志》和《九州·刺龙》,另出版有文史类书籍《鲲与虫:被禁锢的中国神话与文人》《人间有味是清欢》《卷舒开合任天真:八圣人传》等。

龙宫记

⊙ 舒飞廉

首发于《今古传奇·奇幻版》2008 年 09 期
入选《2008 年度中国最佳奇幻小说集》

第一回　虬髯还珠双垂泪

地球上有一个国家，叫大宋。大宋有一个城，名叫云梦。与当日汴梁、杭州、扬州这样的繁华都市比较，它只是洞庭湖下、云梦泽地的毫不打眼的一座小县城罢了。云梦知县周丰年治下十万士绅庶民，除掉妇孺老弱，倒有三四万青壮，以匠作营造为业。所以人家讲：无云不修楼，无梦不起屋。

花朝节后，年关尽了。天气一天天地回暖，雪停，霜消，燕归来，抬完了故事，闹完了社火，舞罢了龙灯，孩子们上学堂，女人们去养蚕，老头子们牵牛开犁，男人们呢，就要放到五湖四海里，做瓦匠的做瓦匠，做泥匠的做泥匠，做漆匠的做漆匠，做木匠的做木匠，做粉刷匠的做粉刷匠。最好的，被挑去汴梁城，为太后修寝宫；第二等的，闯东北，为金人盖后京；第三等的，由福建湄洲湾乘船，在妈祖佑护下去南洋，为生番盖菩萨庙宇；这第四等的人，要么是年纪渐老，要么是年纪稚弱，要么是贪恋堂客的热被窝的青年，误了汉江里的大船，只好留在县城里，拎着泥刀灰桶，大清早就去蹲在街上，由本县或德安府里来的人，挑去修葺房屋。这一群家伙，本地人将之叫作"打兔子"。

这天，朝暾初起，露水如麻，柳叶如眉。在县衙门前的翠柳街上，"兔子"成堆的地方，来了一位虬髯大汉，他脸如重枣，双眼如豆，一身破衣烂鞋倒也罢了，背上却背着沉沉的包袱，一看就知道是一位异乡客。来招徕工匠造屋？他可没得一点财主的样子。来拜师学艺？他这个年纪，已是朽木不可雕。河边郑村的老郑，对匡埠的老匡讲："我猜啊，这个家伙八成是去找丐帮的牛沧海的，他这个样子，只配做乞丐。"老匡说："你看他一脸王八的晦气样子，说不定是去倒插门，惹人家老寡妇生厌，又被赶了出来。你说得对，除了找牛沧海讨碗饭吃，我看他也没得正经活路了。"

没想到，这黑大汉却在县衙门前的大柳树下，人堆里立住了，将背上的包袱往身前一甩，一顿，瞪起芝麻绿豆眼，气沉丹田，吐出一口的酒气，那酒气里，硬邦邦地蹦出三个字："招工匠！"老郑、老匡一干"兔子"狐疑不定，将他围成一圈。那黑大汉又将包袱一顿，吐出那三个字："招工匠！"

老匡走上前来，却被黑大汉发现是瞎掉一只眼睛的"独眼龙"，就是那一只独眼里面，此刻也填入了鄙夷与不信："我的这帮兄弟，老郑是方圆一百里最好的木匠，你别看他瘸着一条腿，那是他年轻的时候进大别山找木头被雪冻的。汪自力这孩子年纪小，上个月还偎在他娘的怀里喂奶水，但留在云梦县的粉刷匠，没有一个敢说糊墙超过他的。我老匡占这一只独眼的便宜，我砌的墙，要是歪去了一个毫厘，我就用泥刀将这只还能用的眼睛撬出来喂狗子！所以我说你这个黑兄弟，云梦县的工匠有的是，今天睡了棺材，明天又母猪一样下下来一窝子，你要领去干活，没得说，拿白花花的银子来！不然就莫在这里过嘴瘾，一看就是穷了八辈子的苦命，你修房子？盖一个茅厕，自己去糊吧你！"

果然是越独越毒，老匡在大半辈子的砌墙生涯里，已经将一张嘴由泥刀练得像刮刀，将那黑大汉的脸臊得酱猪肝似的。黑大汉弯下腰去，将那包袱解开来，招呼老匡、老郑，还有那个一头黄卷毛的汪自力来看。那包袱里，没得白花花的银子，却是数十上百个光溜溜、白莹莹、圆滚滚鸽子蛋大小的珠子。

　　黑大汉抬起头来，一对黄豆小眼扫过众人，说："我要十八个人，老匡你，加上你讲的老郑、汪自力，我都要。由清明到冬至，大半年里，跟我去盖房子，你们盖得好，银子我没有，这夜明珠却有的是。就这一个夜明珠，老匡我跟你讲，能让你老婆子裹着缎子狗皮，与你做地主员外过一辈子，你撑着棺材蹬腿儿，两手一抓，你的棺材会是七寸厚的柏木板子。"

　　听这声口，黑大汉也不是吃素的。老郑插嘴道："大别山几百里，已找不到能解七寸厚棺材的柏树了，这黑小子是在哄你。老匡，我看这个夜明珠，分明就是搓出来的鱼丸子，他消遣我们呢。"

　　围上来的工匠听到最老成的老郑这么讲，一时就要散开，继续去晒太阳逗土狗去。那黑大汉扯住汪自力，说："小子，你讲你这云梦县里，最有见识的女人是谁？你去将她找来。"汪自力说："这个自然是我妈，只是她昨天跟村里的一群老娘们跑武当山烧香去了；第二个我想应是知县娘子吧，听说她管周知县就像我妈管我，那周知县已经快一个月没能进到知县娘子房里去了。"

　　掉进八卦之乡的黑大汉一头雾水，问那汪自力："人家知县家里的事，你一个破孩子，哪里就晓得了？"汪自力道："知县老爷进不了房，就天天在街上抓人去衙门里打屁股，这条街上的人谁不知道。你还在这里拿着鱼丸子忽悠云梦县的好百姓，我就去敲那个沉冤鼓举报你，让掌刑的老孙捉你去打屁股给周知县消愁解闷。"黑大汉说："小子你就不要提这第二名的知县太太了，你讲第三。"汪自力说："这第三名应是丐帮帮主牛沧海的老婆柳青，我们都叫她七七嫂子，她随牛帮主闯荡江湖，去过不少地方，这两年又回到云梦县。她的七十二路绣花针法，据说比那个东方不败还好，你这鱼丸子一定瞒不过她的眼睛。"黑大汉眼睛一亮，由口袋里掏出一个珠子，塞到汪自力的手里说："小子，你去将这个给你七七嫂子看一看，要真是鱼丸子，你就将我弄去老孙师傅那里打屁股。"

汪自力用两个手指头捏着珠子，领命飞奔而去。只一盏茶的工夫，他又跑了回来，回来的时候，已是双手合在胸口，将那珠子亲娘一样搂在怀里。他身后也匆匆走来两个人，老郑、老匡等在场诸位都认得，正是英俊的天下丐帮云梦分舵舵主牛沧海与他的第一夫人，江湖上人称云梦织女的女侠柳七七。

那女侠明眸皓齿，一身清俊的打扮，头发却未见梳好，见到黑大汉，抱怨道："你这个黑大个，你来云梦县招工，不跟我们家的大帮主打一声招呼，那也就算了。你弄散了芸姨的牌局，这个就真真该死了。我好容易将老赵与芸姨弄过来打麻将，才打了一个风不到，我停牌去赢杠上开的清一色，单单等牛沧海那个幺鸡和牌，这浑小子就举着劳什子珠子跑进来。老赵眼睛一看就直了，对他的芸姨讲，李芸啊李芸，你就是由今天一直赢到明天早上，也弄不到这一颗珠子！芸姨是谁，人家汉口胭脂路上见过多大的世面，当时就将牌一推，要与老赵小别半年，去给你的建筑队烧火做饭赚珠子。老赵好说歹说，最后答应教她'龟息法'，就是睡着了跟死掉似的办法，她才答应不去！她不去也就罢了，一定要指派我与我汉子去做工赚珠子。你们这些人啦，世界上，有比打麻将更好玩的事吗？这年都没有过完呢，哪家的太太小姐不是在打麻将赚银子。莫非你这个珠子是京城里娘娘用的，就算是，我柳七七也不稀罕啊。"

云梦织女一席话如珠玉乱迸，却被一旁的老匡接过嘴去："七七嫂子，你要找人凑角打麻将还不容易，我们兄弟有的是工夫。不打兔子也就罢了，你看我老匡一只眼睛，放铳可是一放一个准！"匠人们闻听哄笑成一团。那柳七七道："你这个'独眼龙'，一把老骨头去熬汤都换不到几个钱。我云梦织女算不得什么，可是那云梦隐侠赵文韶的名头可就大了。他一年到头都是读书练剑，能被芸姨拖出来打麻将，除非是太阳由西边升起来。今天太阳总算是要由西边升起，你这个汪自力，臭小子，却弄一个珠子来将它砸下去了。"

大伙儿说笑不已，却见到那黑大汉喜极而泣，拎着一袋子据说由"云梦麻侠"李芸打一天一夜的麻将都赢不到其中一颗的宝珠，在翠柳街前的老柳树下号啕，眼泪由他的黄豆小眼里迸射出来，纵横在他胡须丛生的脸上。大伙儿聚集目光的一瞬，他已将一张黑脸弄得像汁水淋漓的酱肘子。牛沧海沉着脸，上前去拍着他的肩膀，安慰道："这位大哥，有话咱们慢慢说，你看你这脸色又黑又紫，就是喜怒无常、肝火交攻的结果。"黑大个却不纳大帮主的良谏，继续哭了一小炷香的工夫，才消停下来，那哽住的喉头也自舒缓，能向牛沧海解释此事的来龙去脉。

"这珠子的确不是一般的夜明珠，不是皇帝去弄来，挂在宫里，当灯用的那种。这每一颗珠子，都是洞庭湖里那些水妖的修身珠。洞庭湖里的鱼虾、螺蛳、蚌壳、乌龟一类的水族，运气好，活过了一百岁，身体里面就会长珠子，到五百岁，珠子才能长得有模有样，像我袋子里的这些就是。五百年后，要是将珠子弄丢了，就好比你们中间的财主丢了金子，官儿丢了印玺，姑娘丢了美貌，男人们丢了那话儿，麻烦就大了。"黑大个说着，却见牛沧海一众人的眼睛越睁越大。

"不瞒诸位，我就是洞庭湖里的一只老乌龟，我的修身珠还在肚子里，所以我能变成人的样子，来云梦县央各位去盖房子。我给自己取的名字叫邬归，大家以后，叫我老邬啊、邬总啊、邬老板啊，统统都行。"

在刚刚被扰散的牌局上，赵文韶对牛沧海讲："云梦县来了一位奇人啊,还未见得是人呢。沧海你去看看,他要拉人去修房子,你就跟着去,不光是见世面,就冲着这珠子,也值得去。"牛沧海惊疑地打量着眼前的奇人老邬,问道:"你是讲这珠子是妖怪们的修身珠,你一个一个将它们打死,将珠子剖出来,然后你来用它请我们去为你盖房子?你虽然除的是妖,但这种行径也够令人发指的。你这个老妖怪,快将这一袋珠子留下来夹屁而逃,不然我牛沧海的庖丁解牛刀可不是吃素的。"大伙转眼看去,果然看见牛帮主已将手伸向腰间那名震江湖的杀猪刀上。

这玉面帅哥的几句狠话却又将黑大个老邬的眼泪弄出来了:"小兄弟,你要跟我打架,我也不怕你,可是你不能这样讲我洞庭湖底的那些兄弟们。他们一心为着重新将龙宫盖起来,宁愿将几百年的修行破掉,重新风里来,水里去,做小鱼虾,也要献出珠子给我,来做修龙宫的本钱。他们讲,要是洞庭湖里没有龙宫,就是在那里再活一千年,修成了大罗金仙,也没得意思!"

老郑一瘸一拐地走上来,问老邬道:"你这乌龟兄的意思是,你要我们去修龙宫?我知道你是妖怪,有本领,可修龙宫这种事,不是好玩的,小心弄闪了舌头,变哑王八了你。"

邬归点头称是:"我早听说,你们云梦县的工匠,什么都能盖起来。这龙宫可能是有一些麻烦,但说到底,也是盖房子啊。我这些珠子可值钱,要是你们不愿意干,我说不得也只好去东京碰碰运气,想那天子脚下,百匠如云,自然有强过云梦县的。"

牛沧海锵的一声,又将杀猪刀插回刀鞘里,对那老郑、老匡们讲道:"这老乌龟是在激将我们呢,但云梦县的泥瓦匠岂是吃得下这瘪气的!大伙儿去吧,我也带几个乞丐头子跟大家一一起去。我这一把杀猪刀,为你们保平安是其一,也不是不能当泥刀砌墙,至于我老婆,她要是务起正业，不是成天打架与整治老公，一手缝纫的本领，云梦街上也没人比得了，所以她去缝龙宫里那些帐子啊帘子啊一定用得着。"邬归也点头称是，说人靠衣裳马靠鞍，龙宫里要是没得风一吹就一飘的帐帘有何趣味，本来就要召一个成衣匠去，现在这云梦织女愿意去，当然是更好了。一伙人既然接下了挑子，就以牛沧海做包工头儿，加上柳七七、老郑、老匡、汪自力，还有何砦的瓦匠何祥、魏家河的漆匠魏忠贤、梅家湾的木匠梅皓，一起七个人，然后由牛沧海找来十个丐帮的青壮小伙子，暂时放弃掉讨饭的生涯，接下洞庭老乌龟修龙宫的活儿，以一年为期，工钱就是这老家伙背上的一袋子夜明珠，一共一百颗。大家说好就一哄而散，回家告爹妈的告爹妈，与老婆商量的与老婆商量，虽说给妖精打工，听起来有些吓人，但有牛沧海与柳七七这样的好汉和巾帼须眉去护驾，又有赵文韶所称的无价的宝珠赚，那老妈老婆们也就将汉子们的危难丢到了一边，欢天喜地，扎括行李，清理衣裳，铜盆雨伞扣在被子外面，又去洗锅烧灶，炕出饼子来一路做干粮。又有何祥、梅皓这样的青年工匠要关上门与堂客话别的，也由不得邬归急如热锅上的蚂蚁，在县衙门前的柳荫里甩着珠袋转来转去。只到午后，才聚齐上述十七八人，出城上路。

一行人撞州过县，正是花红柳绿的时节，路上看不尽德安府、岳州府荞麦青青山妍水秀的好风光，不必赘述。这一日，洞庭老怪邬归领着云梦县的工匠们来到了洞庭湖边，暖日微风里，好一片无边无涯的洞庭春水。本朝名臣范仲淹在《岳阳楼记》里赞道："衔远山，吞长江，浩浩汤汤，横无际涯，朝晖夕阴，气象万千。"老范写此雄文也不过是一二十年的光景，邬归、牛沧海等一干粗汉哪里晓得。邬归也还罢了，直看得云梦十八人目瞪口呆，心里想："乖乖，我听由湄洲出海的人讲，海是没得边的，这个洞庭湖，莫非就是海。"又想到就是在这没边的湖里修龙宫，觉得不妙，大家伙都是口鼻出气的俗人儿，那牛沧海与柳七七会弄一点把式，但也不至于可以捂着鼻子扎到水底里去修房子吧。

老匡嘿嘿笑道："老邬啊老邬，你也莫装神弄鬼了，我看你就是湖中间那君山岛上的老强盗，你们要在上面修贼窝，取了个好听的名叫龙宫。你怕我们周知县捉你去砍头，所以背着劳什子珠子，哄我们跑来。这个我们也不怪你，出门在外无非是图着发财，你出得起价钱，我们就修得起房子，你快找船来，送我们到君山去！"

汪自力也跟着讲："你要我们去湖底修龙宫，除非你去将你那些要来住的龙叫来，将这洞庭湖吸干掉，我们才能去扒老泥巴立地脚盖房子啊。"

乞丐们都跟着牛沧海在湖边青草丛里搔着脑壳，附和那两个人尖儿道："是啊，是啊，除非你舀干掉洞庭湖，不然修你个龟儿子的龙宫。"

这一回邬归倒是胸有成竹，将手伸进背后那个袋子里，摸出十几个珠子来，一一分发给众人说："这些修身珠，你们吞下去，死不了的。你们人都在嘴边长着鳃，只是爷娘养下来后塞住了，这个珠子可帮你们找到鳃。在水里，它也可帮你们来来去去，不冷也不热，不浮也不沉，跟在地上走没得两样。你们每人五个珠子做工钱，这一颗算老邬我白送。"他捏着夜明珠在那里卖弄，那珠子被上午的阳光照得闪闪发亮，大伙儿却面面相觑。牛沧海除了有点怕柳七七，一向是天不怕地不怕，上前去接过珠子，觑了一眼七七，见她粉面无嗔，微露赞许之意，便仰头咕咚一声吞下肚去，一个鱼跃，就往洞庭湖跳下去，半晌由几丈外的水面里露出头来，一脸油光光地笑，朝着众人招手。柳七七看过去，只见牛沧海腮边双耳下，果然隆隆鼓起，像山里的猴子似的。她也接下邬归的夜明珠。只听咕咚咕咚十六响，扑通扑通十七声，一行人纷纷跳入洞庭湖里，激起一片春水。

第二回　红拂夜奔梦华录

明月照积雪，积雪塞京华。江南新春时节，北地却还在冰封的严冬里。三更天后，兵营、街巷、勾栏与大内深宫，都灭去了灯烛，空余正月灯节前的一轮明月，照出琉璃世界，仿佛是后人去看那张择端的《清明上河图》，被浸入水银之中。"西北有高楼，上与浮云齐"，可以用来形容汴梁城西紫金山上的紫金塔。披雪裹银的紫金塔里，此刻却有一盏孤灯未眠，灯下持书夜读的，正是当朝太史公飞廉。

"报！"有兵丁敲门进来，递上书简。

太史公展开书信，笑道："这李师师丢了百宝箱的钥匙，也要我来为她起一卦，真过分啊。"说着，一边将名妓的香笺丢到熊熊炭火的铜盆里，一边由袖口里摸出三枚铜钱扔到几上，正好卜出一个"泽"卦的卦象。他又叫来那兵丁道："你让那李师师着丫头去摸索一下她的马桶，八成那钥匙啊，是她小解时掉在里面了。"

"报！"又来了一个兵丁，这回递上的纸条是明黄的短简，年轻的皇帝爱用这个写情书来着。"这小皇帝又在发愁与哪个娘娘睡觉呢。"太史公叹了一口气，裹紧裘衣，推门来到紫金台的顶上，由那门紫铜望远镜上，去看周天星象，紫微星的旁边，到底是哪一颗可爱的岁星，会闪烁出狐媚的光，会在这样的光里，孕育出新的小小的紫微星来。飞廉大人凝视片刻，飞身下楼，回到书房里，那兵丁一脸睡意站在那里，竟还未摔进火盆里睡着。"你去对皇上讲，今晚他应召见宁妃，莫担心别的娘娘有意见。这大雪天，生娃天，生出的娃娃以后骑马过江，中兴天下，正是一代明君。"那兵丁将自己拍醒过来，记下飞廉的话，跑了。

"报！"这是今晚的第九个兵丁了。这一回，是来问飞廉大人的夜宵吃什么。"豆腐，煎豆腐，加上花生米，我说过一万遍了。"飞廉大人生气地说，忽然又摸了摸鼻子，对着书房上的横梁嗅了嗅，笑道，"好吧好吧，厨房的师傅总是怪我天天吃豆腐，不让他显摆手艺，今天晚上，让他焗烤洞庭湖小龙虾给我吃！"听得那兵丁倒是一脸惊疑："大人啊，您一向以不苛待下人出名的，这冰天雪地的，孟师傅他哪里找得出洞庭湖小龙虾烤给您吃？"话还未完，就听扑通一声，由横梁上跳下来一个年轻俏皮的女子，一身红衣像一堆火苗，落在书桌前的烛光里。兵丁心里想，原来飞廉大人雪夜空着肚子看书，还在梁上藏下了红袖招啊。可恨我在这里盘桓太久，扰了他老人家的雅兴，我还是跑路吧。于是他也不去想这洞庭小龙虾，一溜烟地走掉了。

那女子倒是一脸羞怯，向桌后的本朝太史公飞廉揖道："小女子是江汉之间、洞庭湖畔的民女，姓洪名珊，有一事特来叨扰大人。我大哥去岭南做生意十几年，积下了一些银子，想在洞庭湖边修一个房子。他这个人，一向爱面子，想法总跟别人不一样，很想将房子修到洞庭湖里面去。他去云梦城找工匠，让小妹我来京城寻大人您。您一向体恤百姓，最好说话不过了，求太史公您赏一张营造图，我也好去向我那心急如焚的哥哥交差。"这洪珊一边讲，一边把头埋得更低，好像被自己的声音吓到，更加声如蚊蚋，羞不可抑。

飞廉道："我听说江汉间连年大雪，比往年阴冷，洞庭湖间出产的小龙虾，比以前都要来得更红，看起来这些家伙都讲得不错。自唐末惊变，洞庭湖龙宫圮毁成为废墟，已有百余年了。你们这些水族，存下这样的心思，复兴龙宫，也算是可恕。"

那洪珊见飞廉一眼就识出她的本相是由邬归请出来的龙虾精，一时差点就在灯下幻化为原形，好不容易由修身珠里汲来一段元神，鼓足勇气继续在灯下与这个难以捉摸的男人讲话。

"你们知道的，一夜之间，地球上的龙，消失得一条不剩，鬼才晓得他们去了哪里。从前的风雨雷电，由他们管着，现在完全是由着金木水火聚集的性子乱来。唉，我年纪大了，变得越来越唠叨，不说这个。他们临去前，将洞庭湖底的龙宫用巨浪与惊雷震碎。四十年前，我游历君山，还在山下沙滩上，捡到了水波推来的锯木与碎瓦。再去修龙宫，这个主意看起来很不错，但地球上一根龙毛都没有了，你们修起来干什么呢？我猜你们是想做你们这两个妖精的新房，弄一个乌龙院，龙虾配乌龟，生出一窝蚌壳精。"

这下，龙虾精洪珊的脸更是红得发出紫来了，辩解道："我与邬归情同兄妹，一起修道，没有私情的，飞廉大人您莫乱讲。邬归讲，洞庭湖底虽然没有龙，但是在我们心里要觉得有龙。而且，即便没有龙，我们也要去造出龙。所以，先得将龙宫重新建起来，这样大家就觉得活在洞庭湖里，有一些奔头。我觉得他是有点发疯，但是这个听起来，还是很有道理的。我知道，我童年的时候，洞庭湖里是有龙的。有一次，我妈带我去看龙女出嫁，就是嫁去泾阳龙君二太子那一次，虽说不是什么美满的姻缘，却是铺天盖地的排场，我与我妈都看得激动得要命，一起哭了起来。后来我长大了，龙也没有了，日子一天接着一天，除了修道就是修道，毫无乐趣可言。"

飞廉大人的眼睛里，跳出一点点光芒来。"没有龙，也要造出龙？"他喃喃自语道。

龙宫记

"而且，我还听说，最近，有一个名叫望舒的人，由柳毅井跳下去，得到了隐身术与胎息术，已经变成了龙。我们修道的人都知道，大家其实可以突破自己的身体，去达到另外的境界的，修成人已经很难，修成龙当然不太可能，但这个世界上，再难的事，终究也有人做到了啊。邬归与我讲，我们可以先去将望舒请来，让她住到龙宫里。慢慢地，世界上其他修行出来的龙，就可以汇聚到这片龙宫里。"

是啊，望舒，她已经变成了一条龙，在江湖里孤单地嬉戏，她也许有自己的龙宫吧。飞廉大人在他的书房里踱着步，又走到窗边，去推开木窗看塔外积雪里的簌簌寒夜。好半天他才回过头，对洪珊道："你去客栈里歇息，等到明日上元灯节，你再来紫金山取你们的龙宫图吧。我还得去找大匠作李诚大人仔细商议一下。"

洪珊脸上露出欢喜的神气，却没有像飞廉大人讲的那样去投奔客栈，还是依依站在桌前的灯光里。飞廉大人由窗边回过头来，皱着眉问："龙虾精，你怎么还不走啊，上元节其实马上就要到了。"

洪珊红着脸讲："我愿意留下来陪着飞廉大人画图纸。邬归大哥讲，为了龙宫，我们总得付出些什么。"

原来这里面，还有一个美人计啊，一时倒将这飞廉大人弄得又羞又恼。他总不能对这个羞得脖梗都通红的龙虾精讲，他是一个太监，不需要陪啊什么的吧。这些生活在洞庭湖底的家伙，以为对世界了如指掌，却不知道，由过往客商的船底下偷听到的话语，并不等于世界本身。他忍住羞恼，对龙虾精道："你不愿到街上客栈，舍不得去花那几两银子吃住，就由得你在这紫金山里住下吧。没事你就去街上逛逛，只是灯节近了，小心被弄去龙船队里，做了现成的龙虾精。你要是担心，就上来看我的图纸，那邬归的想法，你也正好在一边告诉我。说到底，我们要画的龙宫，不是柳毅的，而是邬归的。"他一边将那告退的老兵唤回来，领洪珊去安息，一边觉得脑海里，那万千龙宫的形象已经盘旋环绕上来。望舒变成龙之后是什么样子呢？龙其实根本就没有样子吧？他还在想这些形体模样，与望舒的修为，已经是隔得太远了……这一夜，本朝太史公司马飞廉，在他飞雪扑盖的紫金塔里合眼睡去的时候，汴京城里，已经鸡鸣四野，一幅《雪霁上河图》就要展开。

接下来的一天，飞廉将那李诚请过来，与他一起关在紫金塔内，去琢磨那个龙宫。龙虾精洪珊倒是落得了清闲，她虽已有三百余岁，一百多年前已幻化成人形，倒是一直待在洞庭湖底，有时候心情不好，就兴小风，作小浪，与其他的洞庭水怪吵架恋爱也是有的，但远离湖岸，来到上京首国，来见这大大的世面，却也是第一次。当日承平已久，经过太宗、真宗、仁宗诸庙近百年的休养生息，有宋一代，仁和繁华，上贵下富，尤胜往昔。

据说这汴京的城池，由开国太祖赵匡胤当年亲自督造。中书令赵普取来洛阳宫殿的图样，欲在运河之侧黄河之下，再现旧唐豪劲风尚，图纸上井坊条条，四通八达。太祖看了图样，龙颜不悦，让人取来毛笔，在上面抹画，写出无数"之"字，然后去福宁殿召集群臣道："我拿着一条铁棍打出天下，端直正派，见不得藏头着尾的小人鼠辈。但是修城池这样的事，却不能一概而论，像切豆腐似的，而应顺时应势，曲折有度。"所以像柳毅这样唐时的旧人，习惯了长安的齐整，来到宋时的汴梁城，一定会迷路。后人施耐庵写《水浒传》，有段落单表这一名都："柴进、燕青两个离了店肆，看城外人家时，家家热闹，户户喧哗，都安排庆赏元宵，各作贺太平风景。来到城门下，并是没人阻当。果然好座东京去处！怎见得？州名汴水，府号开封。迤逦接吴楚之邦，延亘连齐鲁之地。周公建国，毕公皋改作京师；两晋春秋，梁惠王称为魏国。层叠卧牛之势，按上界戊己中央；崔嵬伏虎之形，象周天二十八宿。王尧九让华夷，太宗一迁基业。元宵景致，鳌山排万盏华灯；夜月楼台，凤辇降三山琼岛。金明池上三春柳，小苑城边四季花。十万里鱼龙变化之乡，四百座军州辐辏之地。黎庶尽歌丰稔曲，娇娥齐唱太平词。坐香车佳人仕女，荡金鞭公子王孙。天街上尽列珠玑，小巷内遍盈罗绮。霭霭祥云笼紫阁，融融瑞气罩楼台。"[①]

其时一百余万大宋臣民，就作息在这"大其城址，曲而宛"的地球第一繁华都市里。你去取来《清明上河图》，再想象那亭台楼阁，皆被白雪盖住，太阳高高地挂在城池上，令屋檐下的雪水消融渗下，如同瀑布一般。街上的余雪已被铲起，堆在店铺之前如同山丘。街巷之内、雪堆之间，自然是人如潮涌，喜庆新岁。店铺上桃符春联门神历历，男女新衣华裳，车马轿行如蚁。

曾有一首词写道这汴京元日的景象："融和初报。乍瑞霭雾色，皇都春早。翠幰竞飞，玉勒争驰都门道。鳌山彩结蓬莱岛，向晚色双龙衔照。绛霄楼上，彤芝盖底，仰瞻天表。缥缈。风传帝乐，庆玉殿共赏，群仙同到。迤逦御香，飘满人间开嬉笑。一点星球小，渐隐隐鸣梢声杳。游人月下归来，洞天未晓。"[①]

不说那剧盗如麻，如何今夜偷入京师游赏、嫖妓、杀人闹事，也不提那风流天子如何去会李师师，钻地道，攻破新橙。回到我们的故事里吧，那一身红衣的龙虾精，由朝阳映雪，到落日熔金，就犹疑地走在太祖的"之"字里，又喜又愁，当日问路无数人，看过了张灯结彩的樊楼，看过了人如蚁、船如梭的金明池，才回到紫金塔，领到飞廉大人赐下的晚宴。

---

① 引自《水浒传》第七十二回"柴进簪花入禁院 李逵元夜闹东京"。

可是说到晚宴，也就是笋丝、茶菇、豆腐、花生米之类，飞廉大人已经差不多成了一个素食者，这个紫金塔里的人都是知道的。今天晚上的好处是，餐桌的正中央热气腾腾地摆着一盆汤圆，正欢快而奢华地散发出桂花的香气。"飞廉大人呢？"洪珊问。布完碗筷站在门边的老兵一脸促狭地笑，回道："姑娘，你跟我去大人的书房找去。"

还是前夜龙虾精好不容易才潜进去的书房。推开书房门，却看不到坐在宽大的木案之后的飞廉大人，洪珊一脸惊疑。那老兵将手指向那木案之下、紫铜火盆之前的地上，那里澎湃有声，两个穿着朝服的家伙，正扭在一起。"他们打架呢！我猜，一定是李诚大人嫌飞廉大人吃多了汤圆，不然朝他嘴里乱挖什么？"

果然就见地板上，一代太史令被大匠作虎骑在下，就像当日景阳冈上醉酒的武松骑到大虫之上，大匠作只是将那一根断掉的哨棒，换成了他的木尺。这李诚低声央求道："飞廉兄，飞廉兄，你将那龙宫图样还给我罢。"飞廉兄虎撑在下，嘴里好像真是塞入了汤圆，如大猫一般咕噜有声。看这气势，倒是打虎将神形沮丧，正在央告老虎，已换成李逵去求人家还回他老母亲了。

龙虾精顾不得去看两人演的到底是哪一出了，她飞身上前，一把将那李诚——一个又黑又胖、一脸油花的老家伙——由桌子底下拖出来。那老兵也按下打趣的心思，搀扶飞廉大人重新站起来，扯衣服打浮灰，忙得不亦乐乎。

李诚止住喘息后，叹气道："飞廉大人，你一意孤行，我只好由得你了。你将那蜡丸给这洞庭湖的客人吧。天意苟如此，人命当区区，我李诚枉窥天意，叵测天规，本来就不会有什么好下场，认命罢！"

飞廉大人这才由嘴里掏出来一个鸽蛋大小的蜡丸，将它放到洪珊的手心里。看到这三百多岁的小女子脸上惊疑难定的神气，不由苦笑道:"我与李兄在这里筹划了一天。我们本来要弄一个巨蛋,就好像洞庭湖底放着一个巨大的鸭蛋,我觉得太超前,不同意。我建议弄得像一个鸟巢,他又觉得太杂碎,不赞成。后来他又想弄一个玻璃宫,就是全部用玻璃将一片湖底罩住,然后将水抽出来。我又觉得这个更像水族馆,要是女龙想洗澡,会非常麻烦。我们讨论来讨论去,终于弄成了这个样子,将它封到蜡丸里。结果他又后悔了,觉得弄得太好,怕等你们将龙宫盖好,老天爷会发脾气,一心要重新来过。我可不干了,所以他就顾不得大匠作的身份,来跟我这个太史公抢东西,真是丢脸啊。"

李诫道:"飞廉兄,我绝非危言耸听,这个龙宫盖起来,必将激发天变,到时候电闪雷鸣,洞庭湖变成一个巨浪滔天的脚盆,将湖边数百万百姓荡涤成鱼鳖,到时候,你就会噬脐莫及啊!"

飞廉大人道:"易之道,在于变。天命固然不可违,但人的使命,与龙不同,龙顺时应势,人却是要去造命。李大人,你心里何尝没有埋下这个龙宫,与飞廉一样,苦思冥想数十年,现在将它画到图纸上,又是欢喜又是害怕。我们且不管这个,皇上已命我们去修明堂。龙宫在野,明堂在朝,刻下已是当务之急。"

大匠作的一张油光焕发的脸愈加阴沉,阴沉之中,迸发出风雷隐隐的决心:"龙宫图样,到此为止吧。飞廉兄英明神武,我的担心,无非是杞人忧天。那蔡仙游要去修明堂,已是筹划经年。这明堂是华夷兴衰、天下转换的关键,我的一条性命,怕就要扔掷在这里了。好在我《营造法式》已写就,死了也没有什么遗憾了。"

飞廉点头同意,一行人下楼吃饭,将那桂花汤圆吞进肚皮里不提。席间李诫问洪珊道:"你那主持修龙宫的邬归,他会去哪里请工匠?"洪珊答道:"他说他去湖广德安府云梦县。"李诫道:"这邬归不糊涂，我知道云梦县有一个叫梅皓的木匠，他的木作手艺，俨然已是天下第一，如果请到他，这洞庭龙宫一定会有挂彩上梁的一日。"龙虾精就想，这邬归哥哥，请到了梅皓没有呢？她越过沉迷在豆腐与花生米中的飞廉大人，由窗口去看那紫金塔外的汴京元夜，鞭炮如粥，人声如潮，由雪地里飞进到星月间的烟花灿烂如霞。这么晴好的元宵夜，这一年会风调雨顺，我们的龙宫，也会按照这个神奇的蜡丸，按部就班地盖起来吧，如果真有像李诚大人讲的结彩上梁的一天，我们也要放鞭炮，放烟火，让洞庭湖自龙宫圮毁，无聊地沉寂百年后，也有一个华美的夜晚。龙虾精想来想去，将自己的脸弄得更红了，她的心思，已经踏上了京师外杨柳萌芽的归乡路。当然，飞廉与李诚可不管这个，龙宫对他们来讲，已成为过去。他们由天子那里，接到了修明堂的旨意，他们要去跟一个阴刻而固执的、名叫蔡京的家伙搏斗，这个已关乎天下的气运。

第三回　沧海送客楚山孤

由汉水顺水而下，达到武昌，再逆流由长江上达洞庭，差不多要花掉大半个月的工夫。柳七七讲，第一是汉口的花楼街，你绝对不能踏进去半步；第二是不可夜泊君山，提防山中强盗。当日牛沧海与梅皓二人受命，雇下这十余只船去采集木料。三月里雨水如麻，整天乍暖还寒，好像全荆楚的秀才们都将墨磨到了云天。一路上两人想到大伙儿在湖底清理淤泥，廓出地基，一群鹅似的伸长脖子等船上物料开工干活,就心急如焚,固然是没有去花楼街眠花宿柳的心思,连这不要夜泊君山的枕头风,也忘得一干二净。

船舱里点起了灯,将墨黑的湖上子夜凭空挖出一箱光明。牛沧海强撑着眼皮不睡,看着对面的梅皓在灯下盯着那张帛图发呆。正是龙虾精洪珊由汴京带回来的图纸,一路上已被梅皓看过无数遍,却还像他老婆的家信一样,没有看够。他的手纤细而白,脸也是,看上去,更像出入县学的秀才,不像一个日晒雨淋里干活的木匠。

牛沧海道:"听说你常给你老婆织毛衣?"

梅皓低头答道:"是的,帮主。"

牛沧海道:"你真没出息,男人应该学会用刀,女人才会喜欢。你看我这个,小时候我用它杀猪,现在我用它来杀人。"一边说,一边又将他的杀猪刀由腰间解出来显摆。

梅皓点点头,脸上有倾慕的神气,答道:"是的,帮主。我干活时用斧头,也觉得很神气,但我没有用斧头杀过人,有时候我老婆用我的斧头去杀鸡。你老婆长得不难看,我老婆长得也很不错的。"

看来我跟这个小白脸木匠,没有什么共同语言,牛沧海在心里叹道。他决定还是要靠自己的意志,而不是春夜的谈话,来赶走瞌睡。可是,在他将杀猪刀重新放回腰间去的时候,他闻到了船舱里有一股子甜甜的橙子一般的香气散发开来。"蒙汗药!"他脑子里咯噔一下,杀猪刀掉到地上,他蒙头倒下去的一刻,看到梅皓也不争气地将脸埋到了龙宫图上。不听女人言,吃亏在眼前啊。完了,这九船木头一船钉,完了,龙宫图纸值万金,全完了,在他掉进蒙汗药的迷梦之前,牛沧海又悔又恨。

云梦县英明神武的丐帮帮主,在一间四面走风的大屋子里醒过来。外面已经是清凛的白日,缠绵地下着细雨。他与梅皓背靠着背,被麻绳捆成粽子不论，身上还浇满冷水。"真该死啊，可是蒙汗药的解药就是一桶冰水啊，以前我常这样干，我们去药倒野狗，就是这样将它们弄醒，然后去炖肉熬汤喝的。"他对梅皓说。可怜的小木匠，听他这样一讲，抖得更厉害了。牛沧海抬起头去看，眼前伸过来一张俊俏的白脸，他心里想："戏里的张生也就长这个样子，我又不是没有见过。"又扭头去看，发现这个屋子里，几百上千个强盗挤成了一堆，正在屏声静气地等着他们的"贵客"醒来。

"我叫李奎，李奎的李，李奎的奎。在张竖那小王八蛋没有回来之前，君山的主人、洞庭湖的大王，就是我。"红润润的一张嘴巴一开一合地说道。

"你不该打劫我的。"牛沧海说，"我武功很好，一把杀猪刀，一身庖丁解牛刀法，天下第一。我老婆名叫柳七七，她的七十二路绣花针的功夫，当年东方不败都比不过。而且，我是丐帮的人，自古丐帮与强盗就是一家，你是大水冲了龙王庙，自家人不认得自家人了。"

"可是，我已经将你打劫了。"那张脸上，由眉毛丛里又跳出来两只贼兮兮的眼睛，果然是与张生一样的桃花眼啊。"我看上了你的一样东西，你猜一猜，要是猜中，我就放你走。"一边的喽啰们山呼海应："猜猜猜，猜中就放你走。"

"我猜啊，你要我那九船木头。"牛沧海撇嘴道，"这一堆木头，是我由汉江边砍下来的一片白杨林。每一根木头又高又直，刚好由一个壮汉可以合抱下来，作屋梁固然是万里挑一，取出板材，也会俏皮得很。这个倒也罢了，这些白杨在一片坟场上长了一百多年，成十上百万人的坟堆啊，怨气所积，它们长得又阴又沉。几年前我与一个朋友还去这片林子里打过架，在那里打败了汉江上来的妖怪与鬼帮，硬是让一个书生娶了一个女鬼。这一战激发出来的鬼气与怪气，也跑到了这些木头里,所以这些木头已经变成了青色,说起来是白杨,却像青檀木似的,扔到水里,扑通一声,立马就会沉掉。"

"难怪他的船吃水这么深!一出汉口我就盯上了,我还以为这小子是贩炭的。"一个喽啰插嘴道。他显然是一个做探子的强盗,长得也算是贼眉鼠目。

"别多嘴,兄弟。"李奎教训了喽啰,回头对牛沧海道,"你讲的书生与女鬼的故事,我听到过,那书生后来考了进士,做了官,他叫杨三畏是也不是?"

牛沧海道:"我听说他现在已改名叫杨四畏了,他从前畏天畏地畏父母,现在又怕上了他那个鬼老婆,所以是杨四畏。他治下的刁民,也有叫他杨刺猬的,说的是他做官清明,油盐不进。因为不愿意让人知道他老婆是个鬼,他们决心要卖掉那片白杨林子,这样,就会将从前的经历统统忘掉。"

一边的梅皓说:"原来这些杨树是这么着来的啊,真是好木头,锯坏了那么多锯子,以后不知又要坏掉我多少凿子!"

李奎说:"这些木头好是好,但并不是我要打劫的,牛帮主你接着猜。"

牛沧海想了想,说:"莫非,你看中了我那一船钉子?这一船钉子的确是好东西,你要是读过一点历史,就应知道九鼎这么一个东西。这些大饭桶,就是由当时的矿工在大冶县的山里挖出来,送到铁厂铸成的。这个矿被挖了上千年,总算要被挖空掉了,这一船钉子,就是最后的一点铁锻打出来的。每一颗钉子,都在发出幽蓝的光,它们从来都不知道生锈是怎么一回事,就像你们无色庵的尼姑,不知男人是怎么一回事。要是用这样的钉子钉棺材,几百年后,人化了,木朽了,好天气,田地里,牛拉着犁,将你的坟翻了个底朝天,也就只能见到

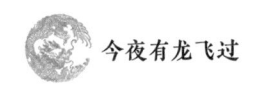

这么几颗钉子在阳光里闪啊闪的。你要是想要，我送一包给你也没有关系，这些兄弟以后可每人分七八颗钉子去钉棺材，但是你想一船都弄走，这个不要想了。"

李奎说："你讲的这个，要是唐门的人知道了，怕是要将其抢去做暗器，让暴雨梨花钉重现江湖，让孔雀翎梦想成真。"

梅皓低声道："到时候，我一定要将没有用完的钉子弄到一起，打一把斧头。"

牛沧海应道："这个也由得你，你省着些用就是了，我听说越高明的木匠，钉子用得越少。我听人讲，在水里修房子，钉子是少不了的，金克木，水立方，才能基业永固。"

李奎一双桃花眼盯着两人说："我相信你们的钉子好，可我要的也不是这个。"

牛沧海被他盯得心里发毛，一下子恍然大悟："啊，你们是打上了我与梅木匠的夜明珠的主意。我就知道，一个人得宝贝，全天下都会知道，这个珠子将我的脸弄得像装了两扇耳门似的，我也不喜欢，可是珠子已经吞到肚子里，说不定已经化掉了，你怎么取得出来？而且，大哥，我们得靠这个到人家洞庭湖底下去修房子，要是没有珠子，我这个旱鸭子，跳到水里就会死。所以您老人家高抬贵手，就当这一次打劫是一次蒙汗药演习吧。我们一帮人都在湖底下，眼巴巴地等着这些木头与钉子盖房子呢，中秋节要是交不出活，今年这年就别想过去了。"

李奎转头去问梅皓："你们在湖底修什么来着？"

梅皓答道："龙宫。"

李奎心绪黯然地对牛沧海讲："你别猜了。我不要你的好木头、好钉子，也不要你的宝贝珠子，我要的其实是这个木匠。"他将手指头点到梅皓的脑门子上，"我派兄弟一路上由云梦县找到你船上，才找到他。"

任是牛沧海千算万算，还是吃惊得要命，弄了半天，人家夜袭船队，费了九牛二虎的力气，并不是想和他帮主作对，而是看中了这个会织毛衣的小白脸啊！由蒙汗药里醒来的庖丁解牛大刀客，多少有一些失望。

"我也在修龙宫，可是我遇到了麻烦。"李奎叹了一口气，命喽啰们解开这两人的绳索，为他俩换上干爽的衣服，领着二人走到外面的细雨里。果然，君山之下、竹林之中，已经被这强盗头子弄成了一片工地。说是工地，也许是对这个强盗头子的褒奖。李奎道："我们自去年冬天开始修这些破房子，被北风刮倒过一次，被大雪压倒过一次，还有一次，我们已经快要上梁，但是半夜大家喝完酒过来，发现主殿已经倒了，一个看场子的家伙跑过来跟我讲，他就是朝下面的立柱尿了一泡尿，就将房子弄倒了。你们看到的是第四次搭起来的主殿，你看，它在那里摇来摆去，要是明天的风再大一点，它一定会倒。它晃得我们好几个晚上都没睡着觉了，一合上眼，就觉得它会朝你迎面扑下来。我们这修的哪里是什么鸟龙宫啊，分明就是一堆风筝，我们都是追风筝的强盗。"李奎一边讲，一边眼眶就要变得湿润，可怜的家伙，他路上抢钱湖里劫色，意气风发，不可一世，从来没有像弄这件事这么沮丧过。

梅皓沿着李奎的手指向前看，脸色越发凝重，他低声对牛沧海说道："难不成那个洪珊跟这个强盗头子也有一腿吗？她半路上将飞廉大人的龙宫图也给他们看过？他们弄的这个龙宫，虽然乱七八糟，但看上去，大致也就是按龙宫图上的样子。"说着，便将那张图纸拿出来，指给牛沧海看。牛沧海看得满腹狐疑，果然，那一个近乎废墟的工地上，已被弄成了两块：一块像一个大螃蟹趴在地上，好像又被一头牛的蹄子踩到；另一块，像一根竹笋由地里长出来，又被一头牛的嘴啃掉了一截。可是无论如何，看上去，总还算是飞廉、李诚画的龙宫图的漫画版。

李奎正色道："你这个图，我昨天晚上也看了，我们可不是照这个修的。张横在世的时候，我们就想修这个劳什子龙宫了，他老人家讲，这洞庭湖的主人，哪里是什么龙王，世界上根本就没有龙王！分明就是我们自己，所以我们也要弄一个龙宫玩玩。可怜他老人家宏图未展，就中道去了。我只好接下他未竟的事业，接着将这龙宫往下修。本来我想照着汴京里皇宫的样子，将它搬到这君山上就成。但兄弟们不同意，讲咱们做强盗的，不能将家弄得像皇宫似的。那皇宫修得横平竖直，三六九等，皇帝一个人的居所数百间，太监们只好睡一张床，太恶心了！我们自由自在，图的就是一个快活。所以，大家都拍着脑袋，想修一个自己的龙宫。想了好几年，也没得什么结果。为这个，我们可是逮了不少附近的好木匠来入伙。"

梅皓点头道："原来是这样啊，难怪我听说岳州府的木匠们，一提到君山，就像躲瘟神似的。"

李奎道："有一天，一个兄弟跟我讲，他看到一头奇怪的黑驴子，不知道由哪里跑到了君山上，天天来山坡下吃草。它吃完草就钻进竹林里去大睡，大家跑过来看它啃出来的草地，好像是一幅图，仔细看过去，前面一个塔，后面一个院，宫室重叠回环，看得人头昏脑涨。大家都很奇怪，有人讲这个驴子智商不低啊，莫非是张果老他老人家的驴子走丢啦？将它由竹林里扯出来，一样的吃草、踢腿、干号、拉外面光亮的驴屎蛋，也没见到什么灵异。第二天，它吃完草再去看，发现又一片草地上，被它啃出这么一个图样来。"

牛沧海惊讶得说不出话来："你们这个叫天降祥瑞，不去报告皇帝，都该砍脑袋。"

李奎不理他，接着往下讲："我们也不管它是不是什么张果老的驴大爷了，心里想这个也许就是上天看着我们可怜，派这头蠢驴来给我们送图纸了，也就按着它啃出来的样子，择选吉日，破土动工了。"

梅皓问："那头黑驴子在哪里？"

李奎说："我们将动土的鞭炮一炸，它就扑通一声跳进洞庭湖里不见了。早知道，我就去岳州多拉几头母驴子来将它留住了。"

梅皓问："它啃出来的图呢？"

李奎往山坡下一指，洞庭湖里、君山之下，青草离离，在春风里摇摆，"草自然是长齐了，图自然是没有了。"

梅皓叹了一口气，说："一路上，我都在想，李诚分明就是神，没想到还有比他更神的一头黑驴子。每个人心里，都在画龙宫，但真正的龙宫，其实是很少的，画出来了，去修也会修得千奇百怪，真正修好的，其实没有。你们这个龙宫得到了龙宫的样子，却没有得到龙宫的神，那个驴子啃掉的青草里，一定是藏下了无数的数术与阴阳五行，可惜你们看不出门道，所以只是照着大致的样子，弄出这么一堆废墟。你们最后就算是建起来，充其量也不过是一个乌龙院罢了。"

李奎被梅皓讲得浑身冒汗，扑通一声就要给这个小白脸木匠磕头，他身后数百名强盗，也要争先恐后，将这个头磕下去。牛沧海眼疾手快，忙将这白脸大汉一把拦下来。

李奎说："梅师傅、梅大爷，事到如今，我们也不指望盖什么乌龙宫了，乌龙院就乌龙院吧，你好歹指点一下我们，将这主殿的梁架稳当，将这个劳什子塔堆起来，我们能够搬进去，安得下床，摆得起灶，挡得住风，躲得过雨，就谢天谢地了。"

细雨之中，洞庭湖由东风吹起细密的水纹，在茫茫的湖水中央，再去看君山，果然像女人挽起的发髻。已经快要到黄昏时分，这样的天气，天会毫无觉察地黑下去。牛沧海与梅皓二人修过了乌龙院，已将船队重新划到了洞庭湖之上，由湖面向下看，已可看到湖底隐约的灯火。

"他们一定等急了，现在我要将木头放下去。"牛沧海说。经过了一天的折腾，他已对梅皓刮目相看。

"你怎么就能将那宫殿弄得不倒了呢？"牛沧海问梅皓。

"我拎着斧头跑进去，发现这帮土匪木匠，弄出了九梁十八柱七十二脊，这个都没有错。但他们将心思都花在了往柱子上刻花，每一道梁都是歪的。我不过是用斧头将它们一一敲正了。"梅皓说得轻描淡写，可这敲来敲去，到底得有很多年的经验吧。他甚至都不愿意带一个木匠跟着进去看，牛沧海当时想凑上前，都不行。

"那你怎么就将那塔弄正了呢？"牛沧海还问过这个。

"那塔本来就不应该是正的，他们将这塔立在山南，每年南风狂吹，北风又吹不到，所以塔应向南斜出一些。南风吹七八年的样子，塔身会正过来，那时候，往塔南的塔基上，再垫一些石头，差不多就能管上几百年的样子。而且，在他们立下的塔基上，根本就只能修六层，他们却痴心妄想，想修到九层。九层的塔是他们能修的吗？我将六层以上的木头都拆下来了。"

牛沧海盯着梅皓，就像刚才强盗们将他们送上船的时候，李奎脸上出现的神气，这小白脸木匠分明就是神啊。李奎说："你这个家伙，说不定是鲁班再世呢。"

梅皓说道："李奎，你说到鲁班，我倒是想起来一个故事。当年他老人家修好了赵州安济桥，张果老骑着毛驴来给他捣乱，毛驴的褡裢里装着东南西北中五岳，将那赵州桥压得摇摇晃晃，鲁班忙跳到桥下，伸手将桥托住。其实这张果老也不算胡来，他牵毛驴来，将桥压实夯紧，三川五岳什么的，只是后来人胡扯。你们要是能将那头黑驴子找到，也可以将它身上背一些石头，牵到塔上去压一压，这个塔会更稳一些。"

李奎点头称是，一边命人去四处继续找那黑驴，一边对牛沧海讲："你们请到这么好的木匠，修成湖下的龙宫，不在话下，到时候喝上梁酒，一定要请我们这些兄弟，我们找不到避水珠，就是扎猛子，也要潜到龙宫里，去讨杯酒喝。"

我们的龙宫会是什么样子呢？牛沧海想。即便是经过了梅皓的修整，强盗们的乌龙院看上去，还是像"烤煳"的卷子。牛沧海问那梅皓："梅师傅，我们的龙宫，要不要换一张图？我看那黑驴子也好，飞廉也好，都是鬼混扯淡的家伙，信不得的。"

梅皓摇摇头道："不换，不换，我们用太史公的图样、汉江上的奇木、晴川阁的神钉、云梦县的工匠，一定可以修出真正的龙宫。"

牛沧海问："什么才算是真正的龙宫呢？"

梅皓叹一口气，说道："我也不太相信飞廉大人在图纸上讲的，会有这样的龙宫，它有自己的时间与空间，它能够接受或者拒绝世界，它能够变，也能够不变，它能被看见，也可以消失掉。真正的龙宫，其实是一个梦。"

牛沧海想，这小木匠刚刚在君山之上作了一下法，就疯魔成这个样子了，真是麻秆儿当轿棍，受不得这一抬！现在可是大宋元祐六年，他莫非将自己当成了外星人？再问下去，我的脑子一定也会乱掉的，说不定，要将七七忘得一干二净。牛沧海打住遐思，运起他的"观沧海"内力，将那百年阴沉木由船上举起，射向深深的湖底。那一根根三丈六尺五寸长、两尺四寸周圆的木头，如同根根青木之箭，劈开湖水，密密麻麻地插到淤泥里。那湖里的水族与工匠，看到原木下降，纷纷如雨，欢天喜地，吵嚷不休，摩拳擦掌，连夜开工构楼，这些暂且不提。

第四回　飞龙在天望神州

"由火星上看地球，无非是一枚鸡蛋。洞庭湖像鸡蛋上的圆点。他们修的龙宫，也就是一个针尖。"

"你说得对。"

"可是你为什么还要在地球上呢？你已经是龙了，你不应该有乡愁，也不应该有留恋，龙的使命是宇宙，是微粒与闪电。"

"你说得对。"

"你还是忘不掉他。他不过是鸡蛋上的一颗灰尘，虚荣，有限，深陷于名缰利绳，很快就要死亡，他不会永远陪伴你。"

"你说得对。"

这是五月端午的夜晚，星河如沸，新月如眉。望舒由东海里化身作一道光，来到月亮上。她重新变回人的形体，坐在荒凉的尘埃里发呆。与下面人类的传说不一样，月亮上，没有草，没有树，没有飞鸟与走兽，也没有吴刚与嫦娥，但是望舒喜欢这里，她化身成龙后，经常化作一道光，来这里游弋。是的，柳毅说得对，毕竟这是茫茫宇宙里离地球最近的一个台阶。她坐在这里，可以看到洞庭湖，可以看到汴京城，如果月亮下面，没有鱼鳞般的云层的话。今天晚上，她发现，发呆的可不止她一个，一道光由宇宙的深处盘旋过来，她运起"桃源真气"全力去戒备的时候，那一道光化作一个中年男子，儒服方巾，

龙宫记

三绺长须,满面的红光里,隐隐地透出清紫之气。她猜出来,这个由龙化身而来的男人名叫柳毅。世界上变成龙的人本来就很少,他比她的变形,整整早了三百年。如果用人的纪元去算,他要做她高祖父的高祖父吧,但是在龙的千万劫里,他们却像诞生在同一秒里。

望舒问:"这一群人修的龙宫,与你们当日住的龙宫像吗?"

柳毅想了想,说:"我住过的龙宫是大唐时代盖的,和他们这些宋人的想法,说起来,也大同小异。但我们的龙宫,看起来,好像更豪劲一些,我们由外面巡游回来,由波浪里隐隐看见龙宫,常觉得它好像是一只凤凰,要振翅由湖底飞起来。他们的龙宫,会醇和、清明、精密,每一个尺寸都经过了飞廉仔细的计算。但这样的龙宫,会安静地卧在洞庭湖底,就像一只敛翅停歇的凤凰。它是梦想的产物,却不一定是梦想本身。"

望舒点点头,努力地去看那一颗遥远的针尖。她常常在深夜,去游过零星的灯火,去看那些正在深水里沉睡的工匠,他们慢慢地将一个废墟整理成一片新的房屋。他们固然是要得到夜明珠,然后去讨生活,但是在建这个龙宫的时候,他们很努力、很快乐,将一张非凡的奇思妙想的图纸,变作一个实在的、可以看得见摸得着的奇迹。大大小小不停息的创造,让他们觉得,他们的泥刀、锯子、漆刷上面,好像都有神。当然,有时候白天,望舒也会去看,她会用隐身术,不去打扰他们。这时候,在这一群好像总是欢天喜地的人中间,她慢慢知道了他们的名字:牛沧海、柳七七、梅皓、老郑、老匡、汪自力、何祥、魏忠贤,这领着一群乞丐与水妖的八个人,她还知道他们来自一个名叫云梦县的地方。云梦,云梦,她喃喃地念道,多好听的名字啊。

瘸腿的老郑果然是一个好木匠,看他干活几乎是一种享受。望舒迷上了他用刨子去刨木头的声音，哗哗地好像海浪由木头上卷过去，掀起长长的薄薄的刨花。小时候，她还在桃花源里，有老人死掉，木匠来打棺材什么的，也会去刨这么粗壮的木头，刨出这样的刨花来。她与村里的孩子们一人弄一堆，由里面挑出一片，蒙到眼睛上，到稻场上去捉迷藏。望舒好多次都努力忍住，不去老郑的刨花堆偷刨花，有一回，终于还是弄了一条，放到眼睛上。由汉江边采来的白杨木有一种爽朗的香气，它们散放出来的气味，会让新的龙宫变得明亮向上吧，这样由坟堆之中，由前人与妖怪们的血海里捞出来的木头，终于否极泰来，贞下起元，派上了用场。

老郑将木头解成木料，由梅皓取去拼在宫室与塔楼里。梅皓抱怨这个老家伙："你没得必要将木头锯这么好吧，我的斧头到现在，都是用它的后背，前面的刀刃都没有派上过用场。"老郑去抹那源源不断地渗到湖水里的汗，说："我一辈子就学会了锯木头，老婆都讨不到，总不能将老脸丢到这洞庭湖底下吧，以后这避水珠化掉，我来找脸都找不着。不过我跟你讲啊大侄子，在水里干活，我觉得腿都不怎么瘸了。"梅皓抱走木块，笑骂道："你这老瘸子，我看你干脆去那边和灰的水妖里挑一个老太婆娶了，以后留在龙宫做维修好了。"

老匡也是很有趣的家伙。他成天黑着一张脸，好像邬归欠着他的工钱，包工头牛沧海也没能填饱他肚皮似的。就这样，牛沧海还经常去惹他，批他砌的墙，这里不直，那里不平，将这决心出来干最后一票的云梦县第一瓦匠气得发疯，要不是怕这小黑社会的杀猪刀与他黑社会老婆的绣花针，早就一泥刀开了他的脑壳子！有一天他让牛沧海去弄几个洞庭钉螺过来，往他刚抹好的一面墙上爬着试试。牛沧海就要去找钉螺，一边看热闹的水妖里，刚好有由钉螺变来的，赶紧化回原形，乌麻麻由老匡捉将来。老匡讲："你们向墙上爬，只要你们爬到了墙头上，我的工钱，就不要了！"钉螺精们听了，当然是拼命向上爬，果然没有爬上去的，成绩最好的一个钉螺精，爬到墙的半腰上，也啪的一声掉下来。牛沧海看得目瞪口呆，隐在一边看热闹的望舒一时也是舌挢难下。此后牛沧海心服口服，不再来啰唣老匡，任由老匡闷声不响，一门心思地用二四之法，挥刀砌墙。

那个粉刷匠汪自力也聪明伶俐。他遇到的麻烦是，由牛沧海从汉口带回来的荆沙漆根本就刷不到墙上去。这是在水里啊，大哥，这样的漆根本就派不上用场。汪自力去抱怨，他盯着那些跑过来看热闹的蚌壳精们发呆，眼睛忽然亮起来了。他跑去找邬归，说，蚌壳精们的衣甲里层莹亮七彩，是湖里顶好的油漆。他求邬归去捉几只蚌壳，刮一些粉末调到油漆里试一试。邬归跑出去一讲，蚌壳精们自己就报名簇拥来了一大堆，咬牙切齿地刮下好几桶蚌粉给汪自力用。汪自力将蚌粉调到油漆里一试，果然将那宫墙漆得五光十色，灿若云霞。他激动得热泪盈眶，向蚌壳精们讲，以后你们的蚌壳掉色了，里面也好，外面也好，就来找我，我免费给你们漆好！一个蚌壳精滑出来讲："一点蚌粉算什么，为了修龙宫，我们将修身珠都交出来了。眼看洞庭湖又要有龙宫了，想到这件事，我们就激动得话都说不出来。"

其他如何祥、魏忠贤都分别有良工神技，柳七七看样子是绣衣匠，她已经在工棚里搭出了绣架，施展她的七十二路针法，在那里拈花惹朵。洞庭湖里的女水妖们，将工棚的窗口与门口挤得满满当当，每个妖精手里都弄一个绣绷子，拈一口绣花针，要绣喜鹊登枝啊双凤朝阳啊什么的给她们心爱的男妖看。柳七七绣得如何，望舒挤不进她的绣房，自然是不得而知。她心想，等龙宫修成，七七的绣品挂出来，她一定要去仔细看。望舒自小也喜欢绣花弄草，现在虽已修身成龙，少女的习性，到底也是未磨灭去。

自惊蛰到端午，荷花盛开，也就三四个月的工夫，龙宫前塔后殿，已经颇具规模。邬归看在眼里，觉得冬至前后竣工有望，一时也喜不自胜，与牛沧海商议，特别准假，让大家伙歇一歇、散散心。这天，老郑、老匡、梅皓等八个人，由湖底里升上来。他们跳进水里的时候，还是春水刺骨、蝌蚪粒粒，现在洞庭湖上阳光如瀑，湖滨柳荫深深。湖边的农田里，水稻沉实、瓜果如麻、蝉鸣阵阵，节候已经到了盛夏。望舒也跟着这八个工匠，往岳州去瞧热闹。

望舒对柳毅说："这群工匠可真是有趣。那天我随他们去岳州看岳阳楼。那老郑拄着梅皓为他弄的拐杖，老匡特别背了一个葫芦去街上打酒，何祥一上岸，就看到一头黑驴子，将它弄来骑上了，柳七七喜滋滋地折了一篮子荷花挽在手里，牛沧海背着刀跟在她后面，那梅皓不知道由哪里弄了一个笛子，汪自力弄来一个渔鼓，魏忠贤则买到一个打数来宝的竹板。他们来到岳阳楼前面，发现一群人围在一棵老松树下面，说是昨天夜里那松树竟然一下子长高了好几尺，有一个道士，前来查看，在树下打坐，说是吕纯阳祖师果真到洞庭湖来了。一时间大家都盯着这八个工匠，觉得他们好像是八仙来赴会。汪自力老实，忙说：'不是不是，我们在湖底修龙宫呢！'一边的地痞们听了，眼睛就睁大了，发现他们的脸上都猴子似的长出夹囊来。牛沧海顺嘴接过来说：'我搞不好就是吕纯阳呢，你们狗咬吕洞宾，不识好人心。'道士站出来说：'你是哪门子吕纯阳啊，吕祖师他老人家，背的可是一把木剑，这一把木剑，屠过黄龙的。'他又扫了一眼其他几个人，说要是老郑是铁拐李的话，他的拐杖也要是镔铁做的；那个拿数来宝的家伙，要是扮韩湘子，他手里的七块竹板也应是碧玉雕出来的；那拿着花篮的女人，长得也算好看，可是何仙姑的篮子里，装的可都是白牡丹。都已经是六月了，还来用元宵节抬故事骗人。旁边的地痞听到,就与牛沧海他们打起来了。好在牛沧海的武功到底也算了得,所以八个人,岳阳楼也没有登上去,好不容易由一伙地痞的包围里逃到湖边,一个接一个地跳到湖里去。他们这一跳湖,跟着追的人倒是傻了眼,觉得这八个人竟能往水里去,果然是神仙啊。神仙在身边时,你当人家是戏耍,神仙跑到云水里去,你们才会走点心。大家又去追打那道士到头破血流,然后在湖边摆香案,烧高香,乱到半夜才罢休。"

柳毅听到,脸上也现出了微笑。他问望舒:"你觉得,这八个人,真能造得出龙宫来吗?"

望舒点点头,说:"会的,他们说到底,就是八仙啊,不过是他们自己并没有意识到,他们经由他们的技艺,成了仙。"

柳毅摇头:"他们不是八仙,他们只是云梦县里平常的工匠。一颗修身珠,并不能给他们带来什么,也许过不了几天,修身珠就会从他们的呼吸里消失。他们中间,运气好的人,会浮到水面上,运气不好的,立马淹死也说不定。这个世界上,能成为龙的人寥寥无几,能成仙的人虽然要多一些,但也是少的,能成妖魔的人,也是少的。你不能凭空就说,他们会有这么好的运气,运气是少的,需要等待。"

望舒说:"我相信他们的好运,凭好运气可以在洞庭湖里建起龙宫,将修龙宫的人也变作仙人。"

柳毅并不同意望舒的看法,他说:"即便这几个人是仙人,他们也不一定能盖成龙宫。我知道飞廉的想法。他用八卦去做宫殿,用九九之数去造塔。他与李诚都被邵雍的《皇极经世书》教坏了。八卦之数,关涉阴阳之变,一旦推演起来,并不是人可以控制的,所以龙宫的宫室,前面可能会做得很顺利,到了后面,就会越来越难,工匠与水怪们,会被宫室隔到不同的时空里去,彼此找不到对方,宫室成了迷宫,首先将工匠们困在里面。那木塔也是,修到九九之数后,会招来雷电之灾,即便是附近的山灵与水怪放过它,我也会去想,要不要让这样的木塔,会自己向上旋转、自己吞掉自己的木塔,竖立在洞庭湖底。如果龙君不同意,他会派我奋起雷霆之威,来将逃过了数字之劫的新龙宫,变成新的废墟。"

望舒神色变得黯然,她深深地向下面的星球看过去,想了好久,才回过头来对柳毅说:"柳毅兄,我们要相信奇迹,因为我们本来就是由奇迹中来的。"

柳毅回望他的伙伴,问道:"你想住到他们修好的龙宫里去?"

望舒摇头:"不会。洞庭湖里的鱼虾需要龙宫,但是龙本身并不需要龙宫。修得再好的龙宫,也不过是一张蜘蛛网,无非是你什么时候自觉地发现这张网。你们不是将从前的蜘蛛网扯破,跑到火星上去了吗?在新的龙的生涯里,你们宁愿生活在火里,也不愿生活在水中,去重修龙宫。"

柳毅说:"也许你应该与我们在一起,龙女会喜欢你,我们一起往更深的宇宙里去,这是龙应该做的。"

望舒继续摇头。

柳毅深深地叹了一口气:"如果你还记着他,你就是变成了龙,也难免会痛苦。"

是啊,望舒,这是五月端午的夜晚,新月如眉,群星如沸,宇宙里微风送吹,最年轻的龙,站立在星月的微光里。她的眼眶里涌出泪水,顺着她的脸颊滑落下来。她的眼泪滴落到地球上。

地球上有一个国家,名叫大宋;大宋有一个湖,名叫洞庭。端午之夜,星月历历,洞庭之上,却是南风乍起,大雨如注,将那争先的竞赛龙舟,都早早遣回渔港。可是一直到午夜,在湖的中央,千百尺的深水里，依然是烛光跳闪、明珠献辉。来自云梦县的工匠们与水妖们一道，伐木丁丁，口号不歇。一座前塔后殿的龙宫，正在慢慢地显现。

（文中建筑部分的常识与附在云梦工匠身上的故事，很多取材自张钦楠《中国古代建筑师》一书，深以为谢。）

作者简介：舒飞廉，1974年生，湖北孝感人，现居武汉。出版有《飞廉的村庄》《绿林记：飞廉的江湖》《草木一村》《云梦出草记》《阮途记：飞廉的江湖奇谈》《云梦泽唉》《团圆酒》等。

蓝眼睛

⊙ 郭嘉

首发于《飞·奇幻世界》2009年9月号

息大娘闻到了海水的味道，不是在梦中，而是在现实中。近三个月以来，这还是第一次。

这让她倍感亲切，既安心又踏实。息大娘从小生在海边，血里都有海盐的咸味。

住在海边的人也会远行，但他们通常是向着大海，向着日出的方向，红头船迎着海风。他们绝少北上。

息大娘不喜欢京城，这里的空气没有海盐的味道，干涩，满是尘土。北风利如刀刃，一刀刀割去皮肤上的水分。初来京城，息大娘的手脚又痒又疼地脱皮，好像一层层蛇蜕。这里很冷，入夜之后尤甚，她常常在厚厚的棉被中颤抖。冷得像这京城里的人，她想。而且他们告诉她，入冬之后会更冷，还会下雪。他们说雪景很美。

雪，息大娘没见过雪。海边只下雨，绵绵细雨，瓢泼大雨，摧枯拉朽的暴雨，不下雪。息大娘不想看雪，她想回家。在海边的茅草小屋待着，雨水滴答滴答往下掉，又湿又冷，一定比她从未见过的雪景美得多。

这里豪华奢侈，天上人间，与她无关。

她就住在御花园边上。有一次，两个伺候她的小姑娘带她去御花园散步。路过鱼池时，她看着水中仿佛用艳色勾勒而成的鱼儿，呆了，一呆好久。两个小姑娘烦了，自顾自就走了。等息大娘回过神来，天色已经暗了。

她一个人在御花园里走了好久好久，走啊，走啊，她一直没有走出来。后来她遇上值班的太监，对方把她带回房里，而且对方告诉她，御花园还不算大，皇宫不知比它大了多少，而京城又比皇宫还大得多。

对息大娘来说，这里的一切都太大，楼宇高耸入云，城墙巍峨骇人，仿佛是为开天辟地的巨人而设。息大娘一度以为，需要住在这么大的地方，皇帝必定是个可与太行、王屋齐肩的巨人。但有一天她在步道上，身边的小姑娘指着下面说，那就是皇上。息大娘鼓足勇气，从石栏上探头往下看。虽然晕乎乎、眼花花的，她还是看到了皇上。在浩浩荡荡的车马队前，是骑着高头大马的皇上。他看起来白白胖胖的，比李大人还矮了一个头。

在那之后，息大娘就不再去想为什么要把皇宫建得那么大了。他喜欢不就行了，他可是皇上。

她只想回家，那里有咸咸的海风、湿润的空气、自己腌的咸鱼、腥味很重的海鲜，还有——小白。

只要一想起这个名字，她手中就有那种湿润光滑温凉的鳞片的触感，还有温暖的海水以及她心中荡漾着水光的美好。

不要去想，她告诉自己。你知道他们为什么不让你回家。你以为你这糟老婆子有什么好让他们贪图的？你知道他们为了什么而大费周章。

那天早上天气很好，海上刮着微风，阳光明朗。息大娘正在市场上杀鱼，先把鱼拍晕，然后一刀下去，掏出内脏。她粗糙的双手上沾满了鱼血和内脏上的汁液。

她身边摆了一大筐鱼，每一尾都又大又鲜。她自己不打鱼，但卖的也不是别人的鱼。

然后他们来了，骑着高头大马，披坚执锐、威风凛凛。他们踢翻摊子，呵斥商贩，踩烂蔬果，来到息大娘面前。市场上鸡飞狗跳。

然后——

一个小姑娘端了一只碗进来，她叫小慧，跟小兰一个模子、一样材料打出来的。息大娘总是弄不清她们谁是谁，后来她叫她们一个固定穿红衣，一个固定穿绿衣，但她们又以此来戏弄她。

"夫人，请用膳。膳后李大人要来见您。"她俯身在桌上放下粥碗，露出精致的蝴蝶骨。都是漂亮可爱的小姑娘啊，来服侍我这个糟老婆子，真是委屈她们了。

想必她们自己也是这么想的。

"知道了。"息大娘低声回答，仿佛做了什么见不得人的事，"你有没有闻到海水的味道？"

"什么？"

她闻不到，大概只闻得到我身上的老女人味。

息大娘拿开调羹，拿起碗呼噜噜地喝粥。小兰，或是小慧，皱起了眉头。

"龙在哪里？"

自从他们把她从市场上掳走以后，在前往京城的路上，他们问了很多次。或者温柔，或者凶恶；或者居高临下，或者毕恭毕敬；或软，或硬。问题只有一个——

"龙在哪儿？"

我不知道什么龙，她想，我只知道我的儿子，你们要对我儿子干什么？

那天天气也很好，暴雨刚刚过去。海浪送来破碎的木板和装在箱子里的货物，还有陆陆续续漂上来的苍白肿胀的尸体。那是遇难海船里的遗体。

这是渔民丰收的季节。

息大娘沿着海滩缓缓地走，拾捡沙滩上零碎的物件。她老了，不能像壮年一样下海去打捞货物。

她捡到一把锈蚀的小刀、两只铜酒杯，还有一只缺了口的瓷盘。她继续往前走……然后站住了。

沙滩上俯卧着一具尸体。

息大娘不是娇滴滴的不经风霜的小姑娘，她是海边与风浪搏斗的渔妇。她见过不少岸边的尸体，也曾动手搜刮死人身上的东西，没什么好怕的。

尸体几乎全裸着，身上纠结着海草，皮肤苍白，尸身肿胀。令人吃惊的是他的背。他的背上有狂风暴雨、惊涛骇浪，有长蛇、巨鲸、群鱼、海王类，还有虬龙。

刺青。粗犷又不失精美，图中的海王类仿佛欲裂体而出，择人而噬，被海水浸泡过之后，刺青更加生动，仿佛生命力因此更加旺盛。

息大娘伸手摸了摸。尸体像海水一样冰冷，刺青却仿佛在燃烧，摸着有种灼热感。她咬咬牙，把尸体翻了过来。这是个壮年男子，乱发虬髯，面容粗豪。他手里抱着一颗蛋，死死抱着。

这颗蛋几乎有蟹篓大，表面流淌着温润的水光。

李大人身高七尺，虎背熊腰。他脸上有一道疤，皮肤好似砂纸一般。

"夫人，您可准备妥当了？"他彬彬有礼地问。

"嗯。"息大娘道。李大人身后出来两位年轻的宫女，轻轻搀她。

她走得小心翼翼，生怕被自己裙子的下摆绊倒。小孩摔大，后生摔伤，老人摔死。四十岁之前，息大娘还没穿过丝绸长裙呢。

两名带刀侍卫走在前面，李大人随后，跟着是息大娘和两位宫女，最后是两名太监。

"我跟您说啊，夫人。皇上准备赐封您为龙母娘娘，要各地为您立生祠设香火呢。"李大人眉飞色舞地说。

"哦。"息大娘应道。在京城，在宫里，在这里，她总是显得口拙舌钝，还有土得掉渣的乡音。她知道他们心里是怎么想的，有什么关系？她本来就是个乡下老婆子。

立生祠什么的，显然皇上认为这是天大的荣耀。她又没死，不过皇上喜欢就行了。他确实很喜欢，他在各地广建自己的生祠。息大娘去过一间，建得金碧辉煌的，不过那塑像看起来跟皇上不太像。

屋外的庭院里还有一整队车马等着。两名宫女扶着息大娘上轿。她双膝酸痛，险些上不了轿，是旧疾，近来发作频繁。

轿内铺了虎皮，燃着火盆，角落里一只铜头香炉燃着香片。这味道可真让她受不了，土老帽儿。

她一坐下，一名宫女随即取过毛毯，裹住她的双腿。她手脚冰凉，这是一直有的。不过他们怎么知道？她用力嗅了嗅，没有。海水的味道叫熏香盖住了。把香炉灭了，这句话她没说。说了就是乡下老婆子发号施令，指手画脚。

息大娘探出头："李大人？"

李大人骑着高头大马，威风凛凛，披风在北风中猎猎作响。他引马来到轿边，腰边宝剑摇摇晃晃："什么事，夫人？是不是这些丫头服侍得不周到？我……"

"她们做得很好，我有事想问您。"

"但说无妨，夫人。"

息大娘咬咬牙："你说，皇上为什么那么想要一条龙？"

李大人哈哈一笑："本朝天子英明神武，开万里之疆土，立不世之功业，文治武功，皆是前无古人后无来者。一条货真价实的龙，正好用来展示真龙天子的神威。如此一来，本朝天子就真的做到了千古帝王第一人嘛！所以皇上前番才会遣南海的龙户不计代价深入海中，寻得龙蛋一枚。本欲火速运往京师，不料阴差阳错，龙蛋竟落入夫人手中。可您又准备将此龙蛋献给皇上，可见冥冥之中自有一股力量保佑吾皇，定要促成此事。天意啊天意。足见吾皇当真是真龙转世，天庇福佑……"

息大娘努力不让自己的声音颤抖："如果那条龙不听话……"

"哈哈哈，倘若这畜生当真野性难驯，不服王化，便是乱棒打死，骨头摆在龙椅上，也是好的嘛！哈哈哈哈哈哈……"

那天晚上，风暴从海上袭来。雨点大如牡蛎，风中有万千哀号，仿佛裹挟着千古的枉死冤灵。

屋里滴答滴答地漏着水，但是不碍事。特地过来照顾她的阿秀已经睡了。单薄的棉被裹在她瘦削但不瘦弱的身子上，一起一伏，仿佛其中膨胀的生命力随时会爆炸开来。

息大娘坐在床边，帮阿秀拢了拢被角。她站起身来，走到屋角，揭开水缸。

她把巨蛋放在水缸里，注满海水。她没把这事儿告诉任何人，阿秀也不知道。巨蛋泡在海水中，焕发出一股灵秀，壳上荡漾着水光。闭上眼睛，心无杂念，仿佛能听见从蛋壳深处传来的脉动，有一股几乎要炸开的生命力。

此刻它有点异常，水光从蛋壳深处发出，隐约可以窥见其中不安的阴影。息大娘的心头一阵狂跳，脉动好似惊雷敲打鼓点，咚咚……咚咚……仿佛茅草小屋也在震动，落下灰尘。

她伸手探进水里，屋里又湿又冷，但水缸里的海水很热，甚至烫手。她双手捧住巨蛋，好烫，不是烈火的灼热，而是开水的滚烫。

脉动，从手上传来。

良久，她把蛋放下，盖上水缸。息大娘拉起一张单薄的棉被，睡在阿秀身边。

她梦见了海。

温暖的海，简直像要把人溶化似的。浪涛在歌唱。

息大娘站在齐腰深的海水里。

"妈妈。"

息大娘茫然四顾。

"妈妈。"

声音清脆温润，仿佛玉琢风铃，令人如浴清爽海风。

"妈妈。"

一只小手从水中握住她的手，冰凉温润，仿佛鳞片的触感。

"我一个不行，妈妈。拉我一把，妈妈。"

息大娘紧紧握住这只手，用力往上拉，好似从一团凝胶中拉出什么。尽管这只小手又湿又凉，海水却开始沸腾起来。

好烫。

好凉。

她用力往上拉，然后……她抱着一团光，温润、空灵、清爽如海风。

"妈妈。"

她的双乳又胀又痛，流出乳汁。她的奶水干涸好久了。多年前，她的孩子便一个个辞世了，但……

这团光在吮吸她的奶水，她意识到，一股暖流在她心中荡漾开来……

突然一声霹雳巨响，将她从梦中拉回。息大娘从床上跳起来，风雨打在她脸上。阿秀已经惊呆了。

茅屋破了好大的一个洞，风雨不请自入。

地上散落着水缸的碎片，遍地狼藉。

其中有破碎的蛋壳。

他们把她从轿子上扶下来，一阵冷风打在她脸上，息大娘骨子里一阵颤抖。

她一抬头，看见天上层层叠加不断聚拢的乌云，闪电不时划开这混沌的黑色。要下雨了，这可真稀罕啊。息大娘在京城住了三个月，还没见过这儿的老天爷掉过一滴雨哩。在海边，稀罕的是不下雨的日子。

她略一低头，就看见了摘星楼。

李大人说这楼高达二百尺，乍一看，让人有一种摘星楼的楼顶陷在乌云里的错觉。塔身漆成朱红，飞檐斗拱，翡翠琉璃瓦下是张开血盆大口朝四方的铜铸龙头，铁舌伸向空中。

"铁条从口中一直通向地下，可以将雷火引向土中，消弭于无形。"李大人告诉她，她点点头，但根本听不懂。

"请移步楼上，夫人。"李大人说。两名太监手持灯笼在前方引路，两名宫女扶着她，李大人带着两名侍卫在后。

楼梯雕栏玉砌，墙上的壁画精美，飞仙、虬龙、白鹤和海中仙岛呼之欲出。只可惜每一步对息大娘来说都是折磨，阶梯是老人共同的敌人，更何况风雨欲来，她的膝盖痛如针扎。

她每走几级就得停下来歇一会儿，歇得比走得还多。有几次她险些失足摔下，幸亏两名宫女反应及时紧紧抓住她的胳膊。但那两只手随即一阵退缩。不好意思，弄脏了你们的手。

两名宫女已经不耐烦了，虽然她们什么都不敢说。李大人提议让一名侍卫背她上去，但息大娘拒绝了，她是海边与风浪搏斗的渔妇。

终于到了楼顶，她喘不上气，胸口一阵烦恶。

幸亏及时赶到，否则两名宫女可能会把她推下楼梯。什么龙母娘娘，真麻烦。

两名太监打开门，一阵清风携着海水的气息吹了进来，让她神清气爽。风雨欲来，楼内的空气淤滞，令人窒息。

他们走进门，置身在摘星楼顶。皇上自己题字为"戏星台"。

一条红毯从门边铺出，红黄交织，红为底色，黄为怒放菊花。地毯两旁林立武士，虎背熊腰，披坚执锐。武士身后是如蜜蜂般忙碌的乐师、宫女、太监和戏子。

地毯的尽头，是一座立在高台上的金黄华盖。

息大娘不知所措。

"快，皇上等着您呢。"李大人催促道。

她茫然地被宫女拖着来到高台前。

"跪下，快！"她身边的宫女道。

她扑通一声跪下，几乎听得到自己膝盖的哀号，然后她就呆住了。

"快参见皇上啊！"宫女低声说。

"民……"她脑子一片空白，口干舌燥，之前他们教她的话不知跑哪儿去了。

"我说，你跟着念。"宫女道。

她茫然点头："民女……息氏拜……拜见皇……上……万岁万万岁！"

"平身。"声音懒洋洋的，而且在息大娘听来没什么中气。

两名宫女扶她起来，这时她才抬起头，想看看皇上是什么模样。

这是她第一次近距离见到皇帝。尽管老眼昏花，她还是看了个大概。他大概三四十岁,白白胖胖,面上无须,皮肤嫩滑,一双呆滞的眼睛嵌在一张暴发户似的脸上。他身边的宫女太监都比他像人,她想,不过这位可是真龙化身,不像人也是理所当然的。

真龙化身吐出嘴里的葡萄核,兴致勃勃地说:"民妇息氏听命,因你培育龙种有功,寡人赐封你为龙母娘娘,永享皇恩庇佑,各地广建生祠。"

寡人?息大娘茫然地想,他死了老婆?身边的宫女推了她一把:"快谢恩!"

她又折磨了自己的膝盖一次:"民妇谢恩!"

皇上打了个哈欠,黑眼圈皱成一团:"息氏,可为寡人召来龙种了没?"

"是……"

披甲武士退开,现出一个大池,由玄武岩砌成,盛满了海水。

浓郁,却有些异样的海水味。这海水是死的,她意识到。

"告诉他们,要海水,很多很多的海水。"玉琢风铃的声音如是说。

他们真的弄来了,不知他们怎么做到的,但真龙天子总有办法的。

两名宫女扶着她走到池边,池壁高约六尺,长约三十尺。息大娘挣开宫女的手,自己沿着石阶走上去。

阶梯建得很缓,但她仍一阵阵眩晕,险些摔下来。海水的气息灌进她鼻里,尽管死气沉沉,但仍让她奋力往上爬。

她站在池边,灰蓝的池水波澜不兴,没有一丝生机,跟她一样背井离乡。

息大娘抬头,层层叠加的乌云似乎不堪重负,就要直接砸到众人的头上。闪电恍如它笨重的身躯条条迸开的裂缝,空气中有股淤滞的怒气。

她俯下身子,费了好大劲才没有让自己一头栽进池子里。她把手伸进池子里，轻轻搅动。池水冰冷，不是冰块的冷，而是尸体的冷。

"轻声呼唤。"玉琢风铃的声音如是说。

"小白——"

那许许多多的夜里，那温暖清爽的海风，那轻柔舒缓的浪涛声。这许许多多的夜是如此相似，以至于在她日趋模糊的记忆中融成一个夜晚。相似的美好。

在这样的夜里，她仿佛又回到了少女时代，充满活力，膨胀的生命力好似要从身体里炸出来。她赤脚走过沙滩，让海水淹到齐腰深的地方。温暖，像要溶化掉一般的舒适。然后她张开双手，拥抱她的孩子。

"他"是一团触手可及的光，一团有形有质的海水，一团空灵的气质。

"他"触摸起来湿滑温润，鳞片光滑柔软，抱着"他"像抱着一捧清凉的海水。

"妈妈，""他"轻声呼唤，声音如海风中的玉琢风铃，"妈妈。"

她叫他"小白"，因为"他"好似没有一丝杂质的白玉。

一个个夜晚过去。

"他"在长大，看不出来，却感觉得出来。鳞片下的肌肉充满弹性，跳动的生命力如泡沫般随时会爆开。"他"的声音边缘变得锋利，尽管温润不改，一如古筝，清风明月之间，亦可奏出金铁交鸣的杀伐之声。

还有"他"的眼神，尽管看不见"他"的眼睛，却看得见"他"的眼神，那曾是小草，如今渐成参天巨木。

"他"在长大。一生能有几次机会见证一个生命的成长？何况"他"是你的孩子？

这样的夜晚，仿佛会一直持续下去，直到息大娘死去，或是小白长大，离开家门，去寻找他的广阔天地为止。

然而一切却戛然而止，一柄金光闪闪的宝剑干净利落地切断了一切。

自从他们把她带离海边，息大娘就再也没有在梦中见过小白，连温暖的海也没有。无梦的夜她无眠，她想念海边，想念清爽的海风，想念咸鱼的味道，最重要的是，她想念她的孩子。直到那天晚上。

那天夜里，息大娘漫步在浓雾弥漫的沙滩上，雾水沾湿了面颊。

连雾中也有一股海盐的味道。

此梦大不同以往。

这里不仅寒冷，而且肃杀。雾气中流淌着金属的锋利，耳边有几不可闻的耳语，似远似近。

她一脚踩进海水里，刺骨的冰冷，是刀剑的冰冷。浪涛声中有金铁交鸣之声。

"妈妈。"

息大娘茫然四顾，唯有雾。

"妈妈。"

声音很近，又很远。

"你碰不到我，看不见我，妈妈。"海风中的风铃道，"我也一样，离开了海，我们不能相见，不能相聚。"

"我该怎么办？"

"海水，跟他们要海水，有了海水我们才能相聚。"

"他们要抓你……"

"他要龙，我们就给他龙。"玉琢风铃的声音突然兴奋地说，"妈妈，我并不孤单。"

浓雾中，突然有许多阴影蠕动起来。海水下，有什么正在游弋，冰冷的鳞片贴着息大娘的皮肤。

它们窃窃私语，在浓雾中却如奔雷一般。

"他们绑架了我，把我从父母的身边，大海的怀中窃走。但我并不孤单。我有你，妈妈，我还有他们。听我说，我们很快就要相聚。"

她静静地听他说。

"海水，轻声呼唤，"玉琢的风铃在海风中道，"还有……"

乌云在翻滚，简直是在沸腾，像一锅打翻了的粥。

雷鸣如鼓，整栋摘星楼都在颤抖，息大娘都听见自己骨子里嘎吱嘎吱的响声了。奇怪的是，她并没有一丝烦恶感，反而觉得充满了力量。心头狂跳，和着雷鸣的节奏。

一道闪电落入水池。

紫色的闪电像一支百步穿杨的箭，越过层层乌云，越过广阔天地之间的距离，落入这一方渺小的水池中。

如蛇般的电流在水面蠕动，水池居然没有炸开。池水沸腾着，冒出一股股蒸汽。

息大娘知道，"他"来了。

一截白玉似的剪影在水池中一闪而过。影子在池水中游弋，仿佛早已习惯辽阔的大海，不耐烦这区区斗室。

息大娘的心几乎要从胸膛中炸出来，溅出白色的狂喜与恐惧。

直达此时，息大娘才第一次见到"他"的样子。"他"也许是天地间最美丽的事物。"他"的脖子上有一圈柳絮般的毛发，鳞片白得透明，能看见其下的血管、起伏的肌肉，甚至还有内脏。而"他"的眼睛，是大海的蓝，冷冷燃烧，深不可测，几乎将息大娘淹没——"他"

像白玉，或是水晶——比那更纯净空灵。"他"仿佛泡沫与云雾聚成的一团气，不可捉摸。

然后她听到那一声"哈"。

水池发出一阵粗嘎的响声，钢栏从池壁伸出，封住水池。

池水中炸出一声怒吼。

息大娘一阵眩晕，几乎瘫坐在地上。她听见那个中气不足的声音说："哎呀呀，干得好！干得好！龙母，你果然不负寡人的厚望！朕要加封你！哈哈哈哈哈哈……"

他的笑声被一声山崩般的巨响打断。

碰！碰！碰！碰！碰！碰！碰！碰！

那是池水中的"东西"在挣扎，在反抗，小小的水池几欲爆裂开来。真龙天子的脸色变得煞白。

息大娘只是晕，没有呆。她记得在雾中那个玉琢风铃般的声音，"他"说——

她挣扎着站起来，看着自己湿漉漉的手。此刻，她不能有丝毫的软弱，她是海边与风浪搏斗的渔妇。她一步步走下石阶，她脚下的石阶在震动。碰！碰！碰！碰！碰！碰！碰！碰！

她慢慢走近真龙天子，那个瑟瑟发抖的胖子。息大娘突然想起他的胡子，他没有胡子，我们的皇上是个没有胡子的男人。

"万岁，"此刻她居然头脑清醒，口齿伶俐了起来，"这种畜生野性难驯，还是稍作回避的好……"

她的手抓住了他的衣袖。

海水，死气沉沉的海水，从她手中滴答滴答地汇入金色的衣料中。

一瞬间，天地仿佛屏住了气。皇上也许说了些什么，但她没听见。一切，都静了下来……

然后，天地轻轻呼出了一口气。一声响彻云霄的啸声，清亮，温润，充满力量，却不狂暴。这一声，穿透了宇宙。

龙吟。

海水从池中喷涌而出，如同一条液态的蛇从巢中窜出，发出瀑布一般的轰鸣。

那一瞬间，海水重新焕发了生机。

巨蛇咆哮着，用纯净的蓝色身躯裹住息大娘，也裹住穿着黄袍的真龙天子。

巨蛇的身躯温润而暖和，充满膨胀的生命力。在失去意识之前，她见到了一双蓝色的眼睛，比海更蓝，比蓝更蓝。

仿佛回到了从前，那许许多多个夜晚融成的一个夜晚再一次复苏了。清新的海风爱抚着她，她贪婪地吸吮着空气中海盐的味道。浪涛轻声唱着海边的民谣，有种不经意的慵懒的艳。

息大娘步过沙滩，留下一串脚印。海水淹过她的脚踝，她轻轻闭上眼睛。远处，几只海鸥掠过，落下几声鸣叫。

"回家真好，妈妈。"

息大娘一转身就看见了小白。

一个弱冠少年赤脚站在沙滩上，穿一身朴素的白衣，一头湿润的黑发披散在胸前。白得一尘不染的少年脸上挂着美玉般温润的笑容。他的眼睛比海更蓝，比蓝更蓝。

"妈妈。"声音犹如海风中的玉琢风铃。

息大娘走过去，紧紧抱住他。

好轻，她想，像云，像雾，像水。他是这么温暖，却非人体的温暖，而是水的温暖。抱着他就像抱着一块温润的美玉。

蓝 眼 睛

"妈妈,以后,就没有人可以拆散我们母子俩了。"

"是啊。"息大娘轻抚着小白的头发,顺滑柔软,海水滴答滴答地往下掉,能从他头发里闻到海盐的味道。

息大娘的身体突然僵硬:"那个皇上呢?"

"他想要龙,我们就给他龙,比他想要的更多。"

小白轻轻挣脱她的怀抱,好似海水从掌中溜走。他微微仰头,蓝眼睛望进息大娘眼中。

他的眼睛真蓝,就像嵌在他脸上的两汪海水。不同于蓝天、蓝宝石、矢车菊,那是海的蓝,比海更蓝,比蓝更蓝。息大娘淹没在这蓝色的汪洋中……

然后,她见到了水下的宫殿。它坐落在海草之中,由珊瑚、水晶、海岩与贝壳砌成,超乎人力的巨大,似乎建造它的工匠是可背负太行的巨人,把整座皇宫扔进去,就像往洞庭湖里扔了一颗石子。

息大娘的视线迅速拉近,穿过层层水晶的宫墙,到达宫殿的深处。

此地不是人间的宫殿,冰冷的海水中,咕嘟咕嘟地冒着气泡。

息大娘起先没注意到它,它嵌在一个架子上,看起来只是个装饰用的水晶球。

真龙天子化身的皇帝陛下坐着,声泪俱下,声嘶力竭地喊着,可惜息大娘听不见。黑暗的大殿中,阴影蠕动着,比黑暗更黑暗。阴影都有一双湛蓝的眼睛……

息大娘又站在了沙滩上。

"他想要龙,他得到了,比他想要的更多。"小白说。

息大娘心中一阵怜悯。

"这里,"小白指着海、天、沙滩说,"还没有人来过。"

息大娘点点头。

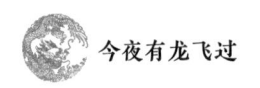

"以后，"小白说，"就没有人可以拆散我们母子俩了。"

息大娘醒来时发现自己仍在梦中。

一只寄居蟹拖着背上的螺壳从她眼前爬过。她站起身来，脚下踩的确实是沙子。

她一抬头就看见蓝得不带一丝烟火气的天，和蓝得一尘不染的海。两种截然不同的蓝，完美交汇出一条地平线。

"以后，就没有人可以拆散我们母子俩了。"

她深深吸进一口带着大海气息的空气，又深深呼出，沿着沙滩走去，身后留下一串浅浅的脚印。海浪伸出舌头轻轻地舔去了。

作者简介：郭嘉，曾用笔名 G+ 零。有作品《菲利妹妹》《追寻黑夜的孩子》《不得好死》等。

斗龙之夜

⊙ 於意云

首发于《飞·奇幻世界》2012 年 11 月号
入选《2013 年度中国最佳奇幻小说集》

一

"请姑娘另寻高处，恕我们不留了。"管家大娘很沉着地下了逐客令。

一旁媳妇丫鬟们的眼里也都射出睥睨的光来，是讥讽她不知天高地厚、还以为自己是个稀罕物的嘲笑，小刀一般在她身上剜来剜去。她的皮肉似乎就被这隐而不见的锋芒一片片地削起，却没削落，只是乍着，如鳞，她就成了一尾血淋淋的鲜鱼。鱼的血是冷的，她的心也是冷的，而且硬。她不是鱼，她是吃了秤砣的王八，铁了心，一口咬定，卖身银子三百两整。只要府上肯出这三百两，那便卖断了身、卖断了命，从此做牛做马、要杀要剐，绝无二话。但现在这三百两银子，一个子儿也不能少。

她年轻呢，她漂亮呢。她既不是小户人家没见识的憨闺女，更不是乡下无知愚鲁的笨村姑。在此之前，她可是五品官的女儿，真真正正的小姐，是该别人买了丫鬟来伺候她的。世家门户的规矩，她知道，不用管家娘子费多大心思调理；她也不是那风一吹就坏的美人灯，而是个实实在在的、买来就能用的人。

管家大娘还是觉得，她是在日头底下走得太久，晒昏了头——三百两！

如今市价，买个小丫头不过五两；稍微会点手艺，比如会烧菜，或者扎花扎得好，六两；年纪大些，再有点姿色，可以让主人家偶尔行个乐的，十五两就顶天了——她开口就是三百两！

管家大娘差点没蹦出"姑娘你抢钱啊"的话。是，姑娘你一个子儿也不肯少，不过这大行台尚书令府也不缺丫鬟。实际上这里漂亮姑娘人满为患，值千值万的东西也多了去了，八尺高的珊瑚树、径一尺的夜明珠，一时高兴，就想听个脆响，砸了也就砸了。但那是主人家的潇洒风度，三百两银子买个丫鬟，不是管家大娘能干出来的事，所以姑娘你请回吧。

于是她转身、抬步。怕她迷路，一个小丫头领着她，懒洋洋地沿来路而去。身后犹传来管家大娘的抱怨，怪那领她进来的人，也不先问清楚了，就这么冒冒失失地把人带来；早知道是根本不成的买卖，见也不会见的，白耽误工夫。那人也只能勉勉强强地辩驳两句，说她当时只求见管事之面，身价银子再议，谁知道她会开出这么一个消遣人的价钱来？

消遣哈？她们以为她是来消遣的。

金星在眼前乱冒，是太渴还是太饿，已近虚脱？又或者只是太阳的光斑在水面跳跃？她跟着那小丫鬟踏着九曲的廊桥往外走，桥下是静悄悄的水，掀着细细的波纹，抚着桥柱，似美伎之柔荑要撩出些妙响来。大行台尚书令府中的水景是极妙的——天下人都知道——观景之外，水里还养着举世罕见的……

"呐，你出去吧。"小丫头指了指一道半掩的小角门。

她蹩出了门，顺着院墙慢慢地走。太阳太毒了，平实的地面也像水一样荡漾起来，一块块耀眼的光就在眼前跳，和金元宝、金叶子一个颜色。她舔了舔嘴唇，努力想让眼前旋转不已的世界安定下来。但她做不到，已经七八天没吃上一顿像样的饭了，每天只喝小半碗稀粥，小口小口地喝，居然能喝上十来口。太奢侈了，分两天喝吧。第二天粥馊了，没关系，权当是白白地添了酸菜的味。

"三百两……"她喃喃地说，"三百两……"

说着她就倒下去了。有人摇着扇子迎面而来，她正朝那个人倒去。那人不慌不忙地向旁边一闪，让她在地上倒了个实在，然后看也不看她一眼，继续摇着绘有蝴蝶与牡丹花的象牙骨扇子往前去。

她却在一片晕眩中瞄准了一对狭长的眉目。那对眉眼被酷暑时热辣辣、白晃晃、雷火般灼人的天穹一衬，冷洌异常。不，不是冷洌，应该说是无动于衷。就像蛇或者鳄鱼的眼，没有表情，却让人打心眼儿里不寒而栗。

她奋力地伸出手，抓着那人的裤脚，嘶声大喊："三百两！三百两我就卖！"

拼了命地呼唤，听起来只是低低的呻吟。她没忘记把头仰起来，好让他看见自己的脸。她打心眼儿里希望自己的容貌能打动他，诚然现在已经憔悴了，不过……

蛇或者鳄鱼也是会眨眼的。她却耗尽了最后的力气，沉入黑暗。她不知道那对狭长的眉目有没有为她这拼死乞活的挣扎瞬上一瞬。

"叫账房兑银子吧。"那对狭长眉目的主人一面说一面脱衣服，直到毫无遮掩。她有些局促地转开了眼、涨红了脸，他却毫不在意。其实他一点下流的意思也没有，好像她和桌子、椅子、衣服架子没什么区别。人怎么会对家具起邪心呢？他不过是跨进浴盆，掬起水来洗了洗脸，吁了口气。

酷暑天走路出了汗，所以在水阁里，就着湖面上吹来的风，用鲜花煮泡后的温水浸浴。此时荷花气与蔷薇的馨香远远飘来，水面浮着鸳鸯和野鸭，绿波间红色的鲤鱼游来游去。

一屋子美艳的侍婢，有的为他奉上鲜果，有的为他奉上佳酿，有的为他擦洗胸背，有的为他弹奏琵琶，还有的什么也不做，只是为他安安静静地坐在一旁，当一个细瓷花瓶般的摆设。她们哪一个看起来都不比她差，但不管她们哪一个，肯定不用他破费三百两。

狭长眉目的主人却不像管家大娘那样计较。他让人把她抬进门，救醒了，认真劝告她，真缺钱不如卖身为娼。

不成的。青楼老鸨买姑娘，一棵值得培养的好苗子，五十两；姑娘本身有些才艺，又读书识字，年纪合适，可省下许多培养时日和工夫的，一百两——她看起来固然有望成为摇钱树，不过鸨妈妈们也精明着呢，三百两，太贵了。

然而打动那狭长眉目主人的不是她的容貌，恰恰是这价钱。他好奇：安心做生意，不会开这个数，所以她必定另有所图。

他对一切不寻常的图谋好奇，何况这图谋就躺在他的脚下。他不跳两脚探个究竟简直对不起苍天大地。

是啊，是另有所图。她毫不隐瞒地告诉他，五品官的父亲被卷入一宗大案，获罪入狱，好在不算主犯，可以用钱赎命。家中一切财产变卖，想尽办法，还差三百两银子的缺口。母亲受惊过度，已是重病；兄长整日东奔西走却一无所获，还要照顾母亲和不懂事的弟弟；为救亲命，不得已，她只好在自己头上插上草标，售价三百两，少一个子儿也不卖。不能卖。

"哦，是个孝女哪……"那狭长眉目的主人十分失望。这个所图太正经、太感天动地、太值得竖个牌坊来表彰了，他却是一个让人想到蛇或者鳄鱼的人呢。

美艳的侍女们都用袖子掩着嘴，嗤嗤地笑。

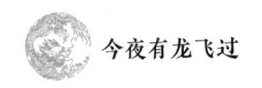

"那么，你叫什么？"他问。

她答了。

他凝神思索了一下，说出了一个男人的名字："想必这位就是令尊喽？"

是的。她回答，心想他竟然知道？那可是一桩惊天动地的大案，许多人受了牵连。他居然从那么多名字里挑出了正确的一个，只不过是因为听了她的名、知了她的姓。

"你知道这是什么地方吗？"他的目光在她身上转了一转，原先的冷硬不见了，取而代之的是威逼的压力，那种蛇或者鳄鱼准备捕食时的蓄势。

当然知道，这是大行台尚书令的府邸，是她刚刚被管家大娘无情嘲笑并生硬驱逐的地方。而大行台尚书令正是一手将大案掀翻、一笔判下无数生离死别、将她逼到如此绝境的人。这对狭长眉目的主人就住在这里，所以他对那桩大案尽知底细，想来也不稀奇。

"知道还敢来？"他从浴桶里站起身，此番没当她是桌椅板凳，大概当她是饿昏了头、钻入人家厨房的阿猫阿狗，只顾叼一口食，忘了兴许人家也等着鲜肉自动走进锅里变成一盘便宜的炖菜。

她又局促地转开了眼、涨红了脸。侍婢们用柔软的毛巾为他攒净水渍，再披上一件细软的纱衣。他走到她的面前，让她再怎么转眼也无用了。

正因为是大行台尚书令判的案，所以才来的。她侧着头，垂得低低的，用比那姿态还低的声音颤抖着解释，她是被卷入这桩大案的罪囚之女，三百两的身价，卖不成奴，卖不成娼，最后一条路，也就是卖与大户人家为妾了。三百两买个妾倒是便宜，但她是官家小姐出身，一般有钱人不能买；做官的人，有些带着物伤其类的心情，不愿买；更多的却是不知大行台尚书令还有什么后续，怕受牵连，不敢买。所以她才来大行台尚书令的府邸，唯有大行台尚书令本人能有此担当。不过她压根儿见不到大行台尚书令，她只能托名卖身为奴先见见管家大娘，试试运气，以谋个机会罢了。

"哦，我就说嘛，三百两肯定不是丫头的价……"他忽然笑起来了，托起她的下巴来看了又看。就算蛇或者鳄鱼已把猎物叼在嘴边，那眼睛依旧是没有表情的，不，更令人生畏了。他又上下打量了她一遍，目光停留在她腰部以下的位置："你还是齐全的吧？"

还是一点下流的意思也没有，就像是在问家具商人，你这桌子是四条腿的吧？

"你是武官家的女儿，应该不会经不起折腾。"他又捏了捏她的胳膊。

店家，你这椅子既然是拿上好驴皮胶粘的，坐个胖子没问题吧？

他挥了挥手，一旁的美艳侍婢们都窸窸窣窣地退出去了，眨眼间不见踪影，就像被风卷走的残云。他退开一步。蛇或者鳄鱼正调整下口的角度，以便顺顺溜溜地把她吞了。她紧张地抓紧了袖口。

湖面波光直投进水阁，柱子上、帘子上、座席上，到处都明晃晃的，一漾一漾，像许许多多弯弯曲曲的刀，要凌迟了所遇见的一切。一只白鹭哑声叫着落在水边，慢腾腾地扑了扑翅膀，猛探头，从水里啄起一条小鱼。

"大行台尚书令是家兄。"狭长眉目的主人开口却是让她意外，"我叫毓臻，你或许听说过，我还有个弟弟叫毓植。此是祖宅，家兄未娶，我们两个不便僭越，没议亲，所以没分爨。妾不妾的倒没必要，不过你打算跟谁呢？"

她把牙关也咬紧了，不知该如何回答。

谁出钱便跟谁，是这样吧？

她却答不出。

家破了，抛头露面地在外行走，毓府二公子的名声真是如雷一般灌进耳朵里来。如果客人不肯饮酒，他就将劝酒的侍婢杀掉。去某将军家做客，将军将冒犯了自己的小妾囫囵地放在蒸笼里做成了菜，端上宴厅，揭去笼盖，那早已熟透了的美人还敷着胭脂，穿着华服，宛然如生。满堂宾客都坐不住，唯独毓府二公子从从容容地拿起镶金的乌木筷，专挑美人胸前和大腿内侧的膏腴，就着葡萄酒，面不改色地吃下去，又对将军说，香料配方不对，建议改善。与这些事迹相比，经年累月地眠花宿柳简直就是善举。官员是不可嫖宿的，他便不做官。然而大行台尚书令治家，不喜欢弟弟的风流名声，所以他出入之时倒是收敛行迹，总是换了不显眼的衣服，从角门出去，不带随从、不乘车马，走到大街上雇一辆车往烟花巷去，返程时也只是在附近下车，再步行回转。至于为什么嫖妓，大概是嫌自己家的侍婢虽美，呼之即来挥之即去的，无聊之极，宁可花大把银子去寻些别样的乐子。

她要成为这个人的盘中餐吗？

"家兄疑心很重，你要是跟他，大概死都不知道是怎么死的。"他在她面前蹲下身，随手抓起扇子，抵着她的下巴，详细耐心地解释，"你要是跟我小弟，他兴许会让人活剥了你的皮，那你倒是可以清清楚楚知道自个儿的死法了。"

她只能成为这个人的盘中餐吗？

"至于我呢，我不会吃了你，也不会随便要你的命。"狭长眉目眯了起来，闪过一丝满意，那是蛇或者鳄鱼吃饱了，一面懒洋洋地晒太阳，一面慢悠悠地消化腹中猎物血肉而引起的餍足，"我也不缺女人。"

三百两银子，他一定另有所图了。

"我只要你穿上斗龙甲。"

邪气从他的眼里溢了出来，带着一丝淫靡。依旧算不上下流，因为他根本不是个下流的人，而是黑暗，无比黑暗，就像冷冰冰的蛇忽然咧嘴大笑，大大方方地把毒牙亮给人看，并说"来，让我咬一口"。恐惧之外，最先让人想到的只是——不！不！不！

大行台尚书令府中的水景是极妙的，观景之外，更为宽阔的水域里养着举世罕见的龙娇。大行台尚书令似乎没什么别的爱好，除了看斗龙。

风从湖面上猛扑进来，带着腥气。阔大的水面总会散发出这种又凉又湿的水腥气，她却觉得是潜在水底的龙娇带着怒意和傲慢送出了挑衅。那龙娇说不定就潜在这水阁下面，听着他们的每一言、每一语。

凉意从小腹处升起，细细的，还长着尖尖的牙，一直升到心窝，盘成一个结，绞着，咬着，她喘不上气。不是菜，不是家具，不是摆设，不是偶尔用来擦擦汗的手巾。她是武官的女儿，年轻美貌之外，看起来比一般的闺中小姐强健，所以他要她穿上斗龙甲，做一个与怪物厮杀的……

怪物。

大行台尚书令。惊天大案。牢狱之灾。三百两。

做牛做马，任杀任剐，来这里，就是拼命。

与龙相斗。

如果说不，现在就输了。

我穿，她颤抖着回答。

二

　　二十七岁就当上大行台尚书令，毓隆称得上是前无古人了。心平气和地说，他完全能够胜任这个职位；说得再露骨点，仅是大行台尚书令之职，似乎还容不下他全部的才干和抱负。诚然，作为世家门阀的嫡长子，他入仕入得容易，天经地义。不过他十五岁时就开始当家，管教着两个同胞的弟弟，家道非但没有败落，反而比上一辈在家时更盛。但这变化很安静，很小心，很不惹眼，直到他二十五岁那年主动请缨，领上都护一职，只用两个月的时间就平定了一场有燎原之势的叛乱，又在班师之前，带了数名随从潜回京城，暗中布置，将那些计划捅他几刀的人杀了个措手不及。这时才有人恍然，蛰伏十年实为蓄力，如今想把那冲天而去的人再拽下来，大概已失了起手。

　　然而毓隆的青云之势似乎才刚刚开始，二十六岁任大都护，二十七岁任大行台尚书令，这简直是抟羊角扶摇而上，令人瞠目结舌。有人开始暗暗揣测，他该不会不到三十岁就当上司空或太尉吧？

　　不，毓隆或公开或私下地跟人表示过了，做到大行台尚书令，他已战战兢兢、如履薄冰，除了克己奉公，他没有其他的想法，绝对没有。

　　看来是真的，他没安插自己的弟弟担任要职。毓臻是出了名的浪荡公子，或许不堪大任。那毓植呢？据说小公子幼时也有神童之誉，可惜十岁那年患上了无名的疯癫之症，突然发起狂来便持剑乱砍，杀伤侍婢之事屡见不鲜。及至后来越发狂暴，闻雷便惊，继而躁怒，披发跣足地在雨中奔走，仗剑向天，叫嚣唾骂，无人能阻。有那么一次或者两次，天雷被他手中长剑引下，将他劈翻在地，他居然侥幸不死。下人们将他抬回屋中，他从奄奄一息之境回过魂来，终于安静了，却添了一个如恶鬼般的怪癖行径，有时忽发兴致，便选肌肤白腻之侍婢，将她后背连同腰腹的皮肤完整剥下，鞣制为极软的平滑细革，充作画纸，专绘曼妙天女之形。因此世人皆说，小公子早已被恶鬼附体，所以才遭天雷劈打；可惜恶鬼借他的人身躲过雷劫，所以毫无顾忌地猖狂起来了。

两个弟弟，一个荒淫无耻，一个暴虐如魔，大行台尚书令多半也头疼。自家兄弟帮不上忙，他便大力提携寒门子弟为己所用。自来寒门子弟是不能当官的，充其量只能做不入流的、品级极低的小官，大行台尚书令这下可犯了诸世家之怒了。此时一项极有趣的消遣游戏流传开来，众人一时追逐新鲜，倒把对大行台尚书令的不满按了一按。

这消遣正是大行台尚书令那不成器的弟弟毓臻发明的——斗龙。

纨绔弟子斗来取乐的东西实在不少，鸡狗鹅雁，小至蟋蟀，大至孔雀，谁曾养过龙来斗？

当然，那不是真正的龙，而是龙娇。至于龙娇的来历，则要从一道罕见的珍馐——醢龙烩说起。

烹制醢龙烩的食材是还未成熟的冕虫。冕虫生在大江大湖中，非鱼非豚，看起来倒似鼍龙一类，但尾部极短，形态更壮硕，性情更凶恶，周身硬甲遍布，异刺利距峋突，头生三角、四眼，又生白色冠鳍，从顶角处延伸至颈，左右又有两道耳鳍，游动时鳍展招摇如旌，华丽如王冕，因而得名。雄冕凶狠好斗，往往数里水面只容一雄。两雄相逢，先将冠鳍耳鳍竖起，比较大小，形伟色艳者为胜；若大小颜色相当，便少不了一番厮杀，至死方休。

其实冕虫真正的身体，看起来只是一层扁扁的硬甲，让人误认为是胸腹躯干的部位其实是卵荚。春夏两季，冕虫交配，雌虫巢中产卵，雄虫一旁守护。雌虫一次产卵二十余枚，随即力竭而死，雄虫便将它的内脏血肉吃得干净，再吐出一种极黏的胶，将雌虫残余的鳞甲粘成长椭形状的荚，将虫卵包裹起来。然后雄虫爬上卵荚，吐出胶汁，将卵荚粘在自己的胸腹处，又用扁平宽大的后肢将卵荚牢牢抱住，只用前肢划水取食。一个月后，卵荚内幼虫孵出，不过是筷子长短，无鳞无爪，蚯蚓一般，连眼睛也未长出，却已生出尖牙，就在卵荚内相互吞啖。此时雄虫胸腹处的鳞甲脱落，生出数十条触手状的肉刺，探入卵荚中，吸附在荚内肉膜上，如脐带一般，为幼虫提供养料。

再过八月，幼虫争斗方止。此时卵荚内只余两三幼虫，已生长完全，但被卵荚紧紧包裹，憋闷欲死，拼命挣扎。雄虫的触手肉刺早已完全化去，与卵荚肉膜合为一体，幼虫就坠在雄虫身腔内，挣跳之时便将雄虫内脏抓伤。雄虫吃痛，在水中上下翻窜，暴躁如狂，便是遇见丈余长的巨鳄，也冲上去撕咬，乃至将水面渔船掀翻。三天之内，幼虫若不能挣脱，便会闷死在荚中，雄虫亦因内脏受创而亡。幼虫破荚而出时，雄虫四分五裂，幼虫跃出水面一丈来高，于空中伸展肢体，然后落下水来，将雄虫残骸吃个干净，随即摇头摆尾，逍遥东去，直入汪洋，待一甲子后，再洄游江湖，繁衍生息。

为给幼虫提供营养，雄虫需大量进食，但携带卵荚，只依靠前肢划水，行动不如先前敏捷。因此抱荚期间，雄虫除了抓捕，还能从前爪放出电流,一击之下,方圆五尺水域内的鱼虾蟹蚌尽数麻痹,雄虫便从容挑选吞噬。两虫相争时,亦会相互猛烈电击,不过这往往是僵持不下时的杀招;若对方体力已弱,一记猛击将对方彻底打倒,便可将对方卵荚内的幼虫当自家的美餐;若这一击不能奏效,便是自家精力大打折扣,能逃走便罢,逃不走,也只能充当对方的大补之肴了。

幼虫在荚中长到四五月时,鳞甲未生,但虫身肉质最是丰肥爽滑。此时将幼虫取出,剁成肉酱,烹做肉饼,不仅是绝世美味,更有滋阴壮阳、延年益寿的功效,达官显贵皆喜食此物。因嫌冕虫之名不雅,便呼之为"冕龙",拿幼虫做菜,也美其名曰"醢龙烩"。宴请宾客时若能端出一盘醢龙烩,真是令主人家增色不少。因此渔民们便算计时节,捕捞冕虫。雄虫护荚,挣逃不得时拼尽全力放电,此一击能将一两人打死。因此渔民事先预备一只活鸡,在将雄虫拉出水面之际,将鸡丢入水中,耗去雄虫险恶杀招。幼虫一旦被从卵荚中取出便死亡,如此做成菜也失了滋味、少了药效。于是渔民们将卵荚从雄虫怀中活剥下来,幼虫在卵荚中还可存活四五天,用快马运入京城,此一荚价值千金,却是供不应求。即便如此,仍有人嫌幼虫虽活,但少了雄虫养护,于路途中消耗自身营养,算不得尽善尽美。于是有商贩连虫带荚装在桶中,一齐上路。雄虫渐渐恢复精神,狂怒不已,看管稍有不慎,往往被它挣脱束缚,撞翻水桶。一旦落地失水,雄虫不过片刻便窒息而亡,临死之前,卵荚脱落,内中幼虫亦死绝。但若要在卵荚脱落之前将之抢下,又易被雄虫临死一击所伤。因此,若要将抱荚雄虫完好无损地送入京城,实则万般艰难。但为谋厚利,仍是有人想尽办法,不惜人力物力,万般筹措。至于京城之内,能得一只抱荚活冕的人,有时也舍不得自家进补或招待亲友,而是当作厚礼孝敬上司,将之派做大功名、大富贵的开路先锋了。

起初渔民取得幼虫，便将雄虫抛弃。雄虫失了卵荚，极为恼怒，疯狂反击，甚至将渔民扑下水去，直沉入水底。人们都道此人必是溺毙，不料过了一些时日，有渔民看见一人一虫同在江中漂荡，那人被雄虫抓得极紧，半死不活，正是先前被雄虫扑下水去的同伴，在水中溺了数日居然还有气息，实令人惊骇，以为鬼怪。原来雄虫特性，失了卵荚后再抱得活物，只当是幼虫失而复得，便不顾一切地牢牢抓住，触手肉刺直钻入人体，血肉融作一处，竟为那人提供了营养，虫鳃能在水下呼吸，那人竟也不至气绝。只是雄虫没养过这么大的累赘，觅食游水都十分辛苦；那人在水中也只能勉强活动手足，偶尔才抓些生鱼生虾来吃，沉沉浮浮，始终上不得岸。

渔民们将这一人一虫捞上岸，雄虫离水，又凶暴发作，不多时那人便断了气，随即雄虫亦死。原来雄虫垂死，亦不再爱护后代，将卵荚内的生气吸回自身，以延续性命，再断开触手肉刺，以图再返水中，另谋延续，是以失水之后，卵荚遭弃，幼虫先亡。那雄虫将活人认作是卵荚，在水中时慷慨给养，离了水便将人血中的生气尽数吸走，但毕竟已成共生之局，虽延长一瞬性命，终究不能独活。

因雄虫暴烈，为捕捞雄虫而被扑下水去的人也有好些，这种一人一虫共生的离奇之事也发生过三五次。人多以为不吉，但见此类，一律捞上岸来，令其双亡。这种奇闻京城中人也曾听说，正所谓江上行人但爱鲈鱼，不见小舟风波险恶，既吃得醢龙烩延年益寿，谁还在乎那捕龙之人死活。然而这些话传到毓臻耳里，他便选年轻美貌、体态丰健之婢，将冕虫怀中卵荚剥去后，立刻放在婢女后背。几番试验，果然一人一虫合二为一，毓臻便将之养在宅中，以为爱物，又于豪宴之际，邀宾朋临水赏玩。外人乍见一女子头戴鳍冠、身披鳞甲，水中沉浮婉转，十分冶艳，无不惊为神异；听得缘由，皆咋舌不已，因是冕龙与娇女共生，便呼为龙娇了。

此风一开，再不能止，达官显贵为得珍玩，何惜千金万金，遑论一命两命。然而雄冕与人共生，仍是见不得同类，若是二龙娇共在一池，依旧剧烈厮打，至死方休。水波翻卷中，但见锐角抵触，娇容往返，龙麟掀滔，炫耀映日紫彩，蛮腰击浪，踊跃闭月红颜，尖刺锥胸攒股是绝情狠式，曲距剖腹割喉为取命毒招，流丹滟滟更显雪肤之皓，利爪森森平添碎胆之寒，忽抖鳍旌而威宣，既横玉体已死缠。此情此景，令人血脉偾张、目眩神迷。为此世间兴起斗龙之戏，或是自家豢养的龙娇相斗以娱宾客，或是两家约斗以争输赢。但凡一场约斗便是盛事，总是提前数日便广布消息，无数人想方设法，以求一观，赌注之金，百万难计，更有酸腐文人兴诗作赋地咏叹此等奇景。因听闻大行台尚书令毓隆亦爱观龙娇争斗，便有谄媚之人道，为避大人之讳，不提斗龙，但称斗娇。附和之人皆赞曰，双娇在水，既竞美竞艳，又逐力逐勇，斗娇二字，实是大妙；又道域外番邦，多兴角斗，不过是命健奴相互搏命，或与狮虎拼杀，虽有些趣味，未免粗糙狼藉、唐突污秽，终不如我朝文明华贵，才能有此雄奇娇艳兼得之赛。

要培养上等龙娇，除选用美貌丰健之婢、雄壮凶猛之冕，最关键的一步，就是要将冕龙在女子后背放得端正。否则所得龙娇不仅形体扭曲，水中游动更受阻碍，用作赛斗，难免落了下风。因此行家术语，将被剥下卵荚的雄冕称作"斗龙甲"，选来培养龙娇之女则名"穿甲奴"，评判龙娇优劣，首先便看斗龙甲穿得正不正了。据说发明这些新鲜词句的正是最先养出龙娇的毓臻，而他豢养的龙娇，每一只都端正无比、凶悍绝伦。

三

　　比起冠鳍华丽、体形雄健的抱荚冕龙，穿甲奴倒来得容易。京城里的人贩子们兴起了这门好生意，主顾上门来，牵出一列穿甲奴任君挑选。若龙娇只做观赏用，首选货色无非容貌出众、身姿妖娆、皮肤光洁细致无有瑕疵；若为竞斗之娇，体格健壮、行动敏捷更是必要。许多人买了穿甲奴，便急急忙忙地把她与冕龙放作一处，毓臻从不这么干。当他选定了穿甲奴，便把她精心饲养起来，每天给她吃鸡蛋、精选的牛羊肉，还有从北疆运来的最好的奶酪；他还请了武师来训练穿甲奴格斗搏击之术。如此至少过两个月，才算做好了初步准备。他总是同时养着三四个穿甲奴，一旦得到上好的冕龙，便选出状态最佳的一人穿斗龙甲，所得龙娇俱是上等。因而人们都说，二公子真不愧是玩斗娇的大行家。

　　然而，头一天才三百两银子买了她，第二天他便说："明天你就穿斗龙甲吧。"

　　她呆了，下意识地问为什么。她才在这大行台尚书令府中待了一天，这一天，刚刚够她从极度的疲惫中勉强恢复精神。

　　"再等，龙要老了。"他一面懒洋洋地说，一面靠在一只小几上，用青玉挖耳掏着耳朵，舒服得眯起了眼。

　　所谓龙老了，是指抱荚雄冕生出的触手肉刺和荚内肉膜完全融合。那时候强剥下来的冕龙就很难和人生在一处，荚内的幼虫也长出了鳞甲，不是做菜的好材料了。穿甲奴随时可有，时机正好的冕虫却不常得。说起来这仅有的一天休息也不是给她的，而是给刚刚运抵的冕虫，要让它们稍微熟悉一下环境，顺利进食，不那么狂暴而已。

"如果害怕，"他继续懒懒地说，"想反悔，现在走我也不留你。"

害怕？那是当然的。但不能反悔，反悔就得把三百两银子还回来。她咬着牙。不悔。

"穿了斗龙甲，可就六亲不认了。"他挪了挪小儿，换了个方向倚着，舒服地掏着另一只耳朵，"还有什么想见的人吗？比如情郎……我不是计较的人，让你们乐一晚也没什么不可以。"

没有情郎，也不想见任何人，除了大行台尚书令大人。

他闭着眼，轻轻转着那一支又细又长的青玉："有什么事吗？"

明天就要变成非人非虫的怪物了。她觉得胸口沉甸甸地冷，好像腔子里放的不是心，而是秤砣——没什么事，只不过是想当面拜谢大行台尚书令大人，谢他当初手下留情，没有判父亲死罪。

若是判了死罪，就没有赎命一说，也就不会卖身为奴，也就不会穿斗龙甲了。这拜谢二字，还真是拜得怨、谢得恨。

"他忙得很，还没回来。"他睁开狭长的眼睛，笑了一笑，"还想见别的人吗？"

她想了一想，龙娇。

穿上斗龙甲，她就是龙娇。在此之前她想看看龙娇到底是什么样的。她还从来没见过龙娇呢。她总该知道今夜之后，自己会是个什么形容吧？

他又闭起眼睛，慢慢地掏着耳朵，好像要变戏法，准备从自家脑袋里掏出些令人惊奇、拍案叫绝的东西来。许久，他才缓缓吐出三个字："阅娇台。"

阅娇台据说是专为大行台尚书令观斗娇而建的,看起来一点也不豪华、不显眼,甚至光秃秃的,只是用原木搭建的一个又窄又小的平台,从假山脚下延伸到水面,周围连护栏都没有。如果是她自己走到这里,多半会误认为是登游船的码头。不过走到台上,她发现这是观赏水景和园林的好地方。她望见山坳里翘起的飞檐,有一条小路正从阅娇台通往那处。

月光不大显,水面是交错的浓黑与银灰。下人们搬来高枝的铜灯,点亮蜡烛,罩上防风透亮的玻璃灯罩,然后将一条穿了鳃的鲇鱼挂在台下的铁钩上。那鲇鱼近两尺长,又肥又壮,半截身子离了水,便拼命地甩着尾巴,打起水花,哗啦哗啦地响。他抬手一指。

顺着他的指尖,她看见一线暗暗涌动的水波飞速涌来,旋即到了面前。一道一尺来高、银白色的鳍划破水面,鳍展绷紧了,如风中飘扬的旗;四颗椭圆的宝石浮起,泛着水光与灯光,闪闪发亮,是冕龙的眼;三只嶙峋的利角和左右两道蓝色的耳鳍半没在水中,水下是紫红色的鳞甲和白森森的、如獠牙般的刺,还有裸体女子的美妙身形若隐若现。

她屏住了呼吸,若要看得更清楚,或许应该再往前走一步,但她双腿发软,恨不能转身就跑。

忽听刺的一声,幽蓝电光包裹了挣跳不已的鲇鱼,它顿时安静下来,一动不动。接着一道水淋淋的身影从闪烁不定的灯光中跃起,她看见了一对黄金般的眼。只不过一瞬,龙娇半转了个身,向后一仰,又窜入水中。待飞溅的水花落下时,灯影与月光动荡,龙娇却已去得无影无踪。

铁钩上只剩一个孤零零的鱼头,被撕裂的断口处还滴着血。他弯腰将那鱼头解下,顺手抛了出去。远远的扑通一响后,一切都那么平静，那么干净，波澜不兴。若说方才所见都是梦，她怀疑自己现在还没醒。抖了好一会儿，她才发现自己已坐在地上，若非用手死撑着，只怕已经躺倒了。

"害怕呀？"他转过身来，狭长的眉目间漾着戏谑的笑，"后悔还来得及。"

她在心里拼命点头，但做给那狭长眉目看的，却是哆哆嗦嗦地摇着脑袋，不悔，不悔。

他蹲下身，托起她的脸，细细端详那比生铁还坚硬的神色，又眯着眼睛笑了起来，仿佛毒蛇亮出了毒牙，来，让我咬一口。

不！不！不！

她瞪着眼睛看天上那不太圆的月亮，感觉到风中的凉意。水上有风，水下有龙……穿斗龙甲，与龙相斗，斗得过吗？斗不过也无非一死，没什么大不了……

昏昏沉沉了许久，才听见他的声音："你觉得是老虎厉害，还是人厉害？"

这还用问吗？

是人吧，她对着月亮喃喃地说。

老虎虽有尖牙利爪，却比不过人能排阴谋、布诡计、设陷阱、投毒药。老虎再猛，终究是畜生，不如人心残忍冷酷、狡诈奸猾。

"用来斗龙，没有比金目龙娇更狠的了，那算是龙娇中的老虎。"他望着水面微笑道，"她和你不一样，她是被我强逼着穿上斗龙甲的，所以把我恨得要死。以前总想把我拽下水去，不过我没给她这个机会。在水下活得久了，她就一点一点地失了心智。眼睛完全变成金色时，她就彻底不认得我了，"他叹了口气，似乎十分惋惜，"大概也不恨我了。"

他希望她恨他吗？

"评判冕龙强弱，首看冠鳍。"他转过眼来看着她，"明天会有两只冕龙，你可以挑一只。以我的经验来看，如果冕龙太强，你就会立刻变成——"他指了指水面，"那个样子。一般来说，那样比较有胜算。"

如果不……她沉默了片刻才问，要过多久，才会有一对金色的眼睛呢？

"如果不斗，大概一年。"他的话就像水面上吹来的风，生于无心无识，所以无情无义，"斗得越勤，变得越快，"风停了一停，"如果斗胜了的话。"

呵，真不愧是玩斗娇的大行家。

"明年元宵节，你若能成金目，"他指了指咫尺外细碎的水波，"就到这里来，如何？"

殷勤而谦逊的口吻，好像这是对她莫大的奖励，好像她还有得选。现在是夏季，离元宵节还有半年。元宵是个大节庆啊，看来彼时此处之斗，应是庆贺新年的好节目了。这小小的阅娇台上，说不定会坐满了人，最先一位，必然是大行台尚书令了。大行台尚书令爱看斗龙，他有一个玩斗龙的大行家弟弟，想必能为他安排最惊险、最刺激的好戏。

一阵尖锐的大笑从远处传来，似乎是山坳的方向。夜鸟惊飞，恓恓惶惶地从他们的头顶掠过。大行家的眉头微微皱了一皱。不一会儿，有人匆匆忙忙地跑来，战战兢兢地禀告："三……三爷又发作了。"

"知道了，我这就去。"他叹着气站起身来，临去之前摸了摸她的头发，满心慈爱似的叮咛，"可别输了哟。"

斗龙有活斗与死斗两类。

在胜负已分、一方龙娇优势明显时，岸上就投下渔网，将双方硬拉开——毕竟龙娇是既昂贵又稀罕的玩物，死一个就少一个——这是活斗。

至于死斗，那非得斗到一方断气为止。只要有权有势，又有大把银子，便是要真龙也会有人抓了献来，龙娇又算什么呢？

通常自家观赏的是活斗，有人下注的约斗多是死斗。不过阅娇台那么小，并没有多余的位置留给投网的人，所以台前上演必是死斗。如果能成金目龙娇，元宵节时，就会在阅娇台下与对手拼命，谁死谁活可说不准了；如果不成……大概连元宵节都活不到吧？

无论如何，要活下去。她在心底拿定了主意，走进门，首先看见一个厨子，拿着刀，面前摆着砧板，砧板下捆了一只老母鸡。然后她才看见几名彪形大汉，都穿着厚实的牛皮甲，手里拿着长长的、顶端装有铁钩的木棍。最后，她看见了冕龙。

两条冕龙，各自在池中不安地潜游。池底是石板砌成的平缓的坡，连着屋外的湖。精钢闸门将冕龙锁在池内，大汉们用木棍敲打冕龙的尾部，迫使它们游向浅水。冕龙暴怒，便将冠鳍高高竖起，喷着水，发出恐吓的嘶声。

冠鳍的尺寸是评判冕龙强弱的第一标志，此外还要看身形长宽、虫角弯直、虫目颜色、鳞甲光泽，以及周身刺距的大小和数量。这两条冕龙的样子差不多，看来非大行家不能分辨孰强孰弱。

如果冕龙足够强，她就能立刻拥有一双金灿灿的眼睛了。

穿斗龙甲，与龙斗，死斗。元宵节，阅娇台——可别输了哟。

不能输，她当然要选强者。

"那就这条吧。"大行家用手中折扇漫不经心地指了一指。

黄铜铸成的架子，一横一竖，像个巨大的十。她展开双臂，贴在黄铜架子上。铜环铜箍一一扣起，紧紧固定住她的四肢和身体。黄铜的凉意透过衣服传来，激得她身上起了一层栗。有人用剪刀剪开她的衣服，后背亮了出来。大行家啧啧称赞着，把扇尾抵在她的后颈，沿着脊椎，轻轻地向下滑，滑到她的臀部，又轻轻地升起来，回到她的颈窝。她觉得自己的心也隔着腔子，随着他的手，上下沉浮了一回。

"最后一次，现在后悔，还来得及。"他在她耳边似笑非笑地低声说。

她闭着眼，不发一言。

他用坚硬的扇柄在她两边肩胛下方和后腰处狠狠地戳，像是要把她戳出透风的窟窿来。"这三处对准。"他冷静地吩咐那些大汉，随手将一个枚夹塞进她的嘴。

她听见身后传来巨大的水响、冕龙的咆哮、壮汉们紧张的吆喝、老母鸡的咯咯大叫，以及啪的一响。鸡叫停了，壮汉们的吆喝也低下去，似乎达成了某种共识。"这边！这边！"他们依旧紧张地说，"抓紧！抓紧！拉开！"

一阵皮肉分离的腻响，卜啦啦啦，同时冕龙发出了长长的嘶叫。听来和先前不大相同，愤怒的鸣声中似乎混着哀怨的呻吟。

就算是虫，也会恨吧？

嘶鸣不停。她能感觉到，一个水淋淋、硬邦邦的东西离后背越来越近。她深吸了一口气，把眼睛闭得更紧。"不要急。"她听见大行家从容的命令，"对准。"

一盆冷水泼上身来，她又被激得浑身起栗。其实她是想打个寒战，但她被捆得太紧，一丝一毫都不能动。不能动才保险，以免斗龙甲穿得不正。那水淋淋、硬邦邦的东西离皮肤不过毫厘了，嘶鸣就在耳边，听来却分外遥远。随之而来的说不上是什么感觉，她只觉得嗡的一声，脑袋似乎探进了一口正被敲响的大钟，五脏六腑如暴雨前的青蛙四下里乱跳；眼前各种各样的颜色争先恐后地往外迸，仿佛喷泉，又像新年时的焰火。疼吗？一点儿也不疼，但如果不是口中含枚，她一定不知不觉地把舌头咬掉了。

那说不清道不明的感觉化作无边黑暗，兜头压下。黑暗里一切声息都消失了，除了那阵呆板的剁剁剁剁。厨子在切肉，醢龙烩。

醒来的第一眼，她就看见了生平第一场死斗的对手。

不知是池水动荡，还是尚未完全脱离混沌，眼前是眩晕昏花的一片，晃得她想吐。她下意识地闭了闭眼，但闭着眼她仍能看见，对手冲过来了。她本能地抬手一挡。不动则已，一动，浑身皮肉都像是要从骨架上掉下来一般。但有什么东西压在背上，把她紧紧抱住，不让她散了。

杀！心里只有这一个念头，同时一阵沉闷的痛感从胸口迟钝地弥漫开来，她已受了对手重重一击。

此招得手，对手迅速退开，以防她反扑。她这才把对手看得清楚。虽然眼前景象仍是晃晃悠悠、层层叠叠的，她还是看出来，对手的右臂断了，头顶冠鳍已被撕得七零八落，好像一张破布。鳍骨一根根地支棱着，非但不能显出威吓，倒越发有种穷途末路的凄凉。饶是如此，对手仍对她咆哮着。那声音与其说是听见的，不如说是感觉到的。震动从水中传来，像百千万支又冷又热的钢针砭入肌肤，令她毛骨悚然。

俯在后背的那个东西似乎也感受到了威胁，把她抓得更紧，紧得她喘不上气。但她并没有窒息，气流并不是从口鼻中来的，而是从后背。她听见头顶传来一种奇特的摩挲声，非常低微，几乎不可闻，但对手明显感觉畏惧，正要发动的攻势停了一停。

冠鳍展开有一尺多高，银光闪闪，亮丽夺目，就算对手全须全尾，也该懂得退避三舍吧，何况她的身体已经残损。

她非常意外，竟能看见自己头顶的冠鳍。更令她意外的是，那个明显劣势的对手仍是猛扑过来。摇曳不定的视野里，她看见一对血红的眼睛——疯了吧？

彻底疯了——她还看见一对狭长的眉目高高在上，仿佛是从太阳或月亮的位置俯视自己，手里把玩着一只小小的吹筒——对手的后颈偏右处，扎着一支细小的矢。

"如果连废物也斗不过，也就是个新鲜废物罢了。"吹筒落地，嗒嗒地蹦了两蹦，那对狭长的眉目也消失了。他对她这第一场死斗，根本没兴趣。

杀！杀！杀！心念如狂潮汹涌，眼看对手冲来，一动不动，切近之时，她才紧贴着对手的右侧蹿出——右臂断了，右胁一片空门大开，一击穿透胁下柔软之处，必胜。

她只是伸手去拔那支细小的矢。

不过眼前的一切都动荡闪烁，她看不准。手上传来火辣辣的灼痛，她抓住的是对手的耳鳍。她这才发现，看起来平滑的耳鳍上其实生满绒毛一般的细刺，这一手抓下去，无数细刺断在皮肉里，随即手掌红肿，麻痹之意还顺着手臂蜿蜒而上。

中毒了。

重重一击打在下颌，然后是胸口，然后是小腹，最后对手死死地扼住了她的脖子，发出了狂躁的叫嚣——没有另一只手来给她致命一击，于是垂下头，用前额的顶角扎向她的眼睛。

可别输了哟……

她侧头，同时毫不迟疑地用左手抓住对手的耳鳍，下死劲地一撕。就算是发了疯也受不了这样的反击，扼在脖子上的手松了一松，她却没有脱身。她趁机紧跟而上，在双手彻底失去知觉前，紧拽着那道蓝色的鳍，屈膝在对手的胸前狠命一顶。

血红四下里漫开，耳鳍松脱，露出了一片片细嫩的肉，半月形状，生满深红色的丝——她猜对了，这毒刺保护的一定是要害——虫鳃。

对手的动作明显迟钝。她大把大把地将那半月形状的嫩肉撕下来，水中漾着哀鸣，她却毫不同情。垂死挣扎的打击虚弱无力，起先还能引起痛感，渐渐地只是一下一下、在她身上轻轻抚过。最后对手剧烈地抽搐了一下，紫红色的爪缓缓地垂下，眼中赤红褪去，浮上来的是一层浑浊的死白。

池水中没有多少血，她却觉得窒息，拼命拍着池壁，红肿的双手打在石板上，没有任何感觉，那似乎已不再是她的肢体。一侧闸门打开，她看见了新鲜的开阔水面，再顾不得其他，一头扎了过去。身后传来硬物的摩擦声，是铁钩钩住了失败者，将尸体拖出去。

她沉在水底，看着自己的手发抖，眼前的一切仍是摇摇晃晃、层层叠叠。她似乎看见了无数双手，凶手。

四

三天后，红肿消了。

一个月后，原本柔腻洁白的手变成了坚硬的、紫红色的利爪；肘后也鼓起了尖尖的两点，是新生的距。

朦胧重叠的视野变得清晰明朗。她似乎生出了几千只眼睛，她可以任意选一只或两只眼睛来看面前的东西。这些眼睛都像露珠，映出事物的影像两头细、中间粗，而时间在这几千只眼睛里变得缓慢。她能看出水波与水波的间隙，她能看出水草摇曳的轨迹。当她在水中游动时，光从空中射来，似乎拐了个弯，能让她看见一些被遮蔽的东西。所以，脚步还在远处行走，她却已经瞄准了那对狭长的眉目。

"真是孺子可教哪——"他坐在水阁里称赞她，"还认得我吗？"

她当然认得，就是这个人，在这处水阁，对她说，我只要你穿上斗龙甲。她已如他所愿了。她贪婪地大嚼他送来的生牛肉。大行台尚书令府中的水域都是通的，不过水道间关着硬木的栅栏门，将这一片大水分作了几处。每一处分隔都有两道门，间隔两丈。她是经历了三场或者四场死斗之后，才进入水阁前的湖面的。这几场死斗的对手，都和第一次一样，是"废物"。她们的身上多少有些残缺，比如鳞甲不全，或者顶角已折、冠鳍破损，不过她们似乎毫不在意自己处于劣势，一见到她就不顾一切地攻击。

她们每一个，身上都插着细小的矢——毫无疑问，这是"废物"最后的利用价值——让她练爪。而她确实受益匪浅。她已完全熟悉了水中的生活，沉浮进退，攻守自如。无论是把对手的肠子拖出来还是把肝脏戳几个洞，她都毫不在意。每胜一次，就会有门打开，让她进入更开阔的水域。现在半个大行台尚书令府——的水下，已是她的领地了。

"今天是中秋啦，晚上在这里赏月，真希望你也能在啊。"他感慨了一声，狭长眉目里闪烁的几乎算是慈爱。

湖面有船，正往岸边行来。水面交叠而来的层层涟漪并不能掩盖危险的凶相，她迅速地转了个身，还没吃完的半块牛肉往水底沉去，紫红色的鳞甲则从黑沉沉的下方蹿起，干净利落的一爪，几乎将她开膛。

船靠岸了，船下的铁网将她们困在水阁前。狭长眉目的主人捧着一杯茶，笑着叮嘱："可别输了哟……"

　　今天才算遇上真正的死对头。不是"废物"，几千只眼睛都清清楚楚地看见那华丽的鳍和粗壮的角，还有跃跃欲试的、偾张的爪。仿佛有几千个死对头在面前虎视眈眈，呵，是的，那就像老虎的眼，泛着一层蒙蒙的金光。被这样的目光逼视，胜算渺茫。此战结束时，她是死，还是变成"废物"，被吹矢的烈药逼迫，做其利爪磨炼技巧的好材料？

　　绝不能输，她咬紧了牙。

　　她们先是相互试探、相互挑衅。总体说来，她躲闪的次数较多，对手认定她是弱者，开始猛烈攻击。有几次，她避无可避，只能蜷起身子，用肩背处的硬甲来承受重击。渐渐地，她的嘴里充满了甜腥，无论她如何挣扎，也力不从心地朝水底坠去。

　　黑沉沉的水底，太阳乱晃，像紫色的花。方才那块没吃完的牛肉不知落在哪里。那眸中泛着金光的龙娇一拧身，紧跟而来，姿态优雅矫健，同时杀气腾腾。

　　金目龙娇，龙娇中的猛虎。人如何跟老虎争呢？何况她现在也算不得是个人了吧？

　　月亮升起来了，又大又圆，像一面红铜铸的锣；越升越高后，红光退了，变成一只金灿灿的盘子。水阁里也有许多纯金的盘子，盛着月饼和时鲜的水果。浓妆艳抹满头珠翠的丽人拿起一牙月饼，媚笑着喂到那狭长眉目主人的口里。她的领口半敞着，他想让她敞得更多，于是她半推半就，欲拒还迎。忽然她惊叫了一声，低声道："有……有人看呢……"

　　水中浮起的脸，正安安静静地望着他们。

那狭长眉目的主人毫不在意，好像浸在水里的只是一把椅子。

"眼睛……是金色的呀……"丽人仍是在百忙之中惊叹。

她仍是安安静静地看着那对交缠在一起的人。如果是人，应该满面通红地掉头而去吧？现在她只是瞪着眼睛，木然地看几千对男男女女在殊死搏斗一般。

死斗。那龙娇追来了，一定没想到这看起来毫无招架之功、遑论还手之力的对手会猛然跃起，侧身一滚，肘后的距在颈间狠狠一划。她瞄准的不是气管，而是颈侧的一根大血管。她是武官的女儿，学过拳脚功夫，知道要害在何处。

血红一时遮蔽了视野。她以为可以松口气时，真正的致命一击才打来，这是先前那些"废物"都做不到的——蓝色的电光刺破血浪。她呼吸一窒，再也动弹不得，和对手双双沉了下去。

铁网撤去了，船上的人把她们捞了起来。她的对头是彻底断气了，大行家看了她一眼，说："这个还活着呢。"于是船上的人松开了钩索，由她沉浮了。

在水底，月亮也是乱晃的，像蓝幽幽的花。她的心跳慢慢恢复，然而那一记电打的威力似乎还没散去。她觉得脑子里昏极了，就像一张千疮百孔的网，许许多多的事，仿佛百千条小鱼，倏地一下，就从漏网处溜了出去，一条也抓不住。她拼命地想了又想，只有一个愤恨的念头——杀！

要杀谁呢？

她浮出水面，看见几千轮满月、几千处水阁，还有水阁里那人狭长的眉目。她动了动爪，感觉周身涌动的蓬勃之力，细细的蓝白色电光就在爪尖闪烁。不知什么地方，传来了尖锐的大笑。

斗龙之夜

元宵节和中秋节一样，夜空里会挂上一轮圆圆的满月。元宵节比中秋节更热闹，会有灯会、烟火，连平日足不出户的女子们都会盛装打扮，呼朋引伴地去观赏一夜鱼龙舞。

在大行台尚书令府，会有比这些夜景更可观的斗龙。

阅娇台上设好了两处座席，一处最前居中，另一处稍偏靠后。两道闸门合拢，在台前围起三丈方圆的水面，只留左右两条通道。水深七尺，白石铺底，台上台下挂满灯笼，照得通透。在元宵节的前几日，已有人将水中的杂草浮萍都清理了一遍。当她游到阅娇台前时，那生着狭长眉目的人弯下腰来，笑道："还认得我吗？"

她抬起金色的眼，无动于衷地与他对视。

"可别输了哟……"他近乎慈爱地叮嘱着，坐在了稍偏靠后的位置上。

另一条通道口的门开了，她的死对头一跃而入。同样是金光灿烂的眼，比她的眼更明丽。

几千轮圆月挂在天边，被无数灯火映得没了神采。这是今生最后一次看见月亮了吧？

一个消瘦的男人慢悠悠地踱上阅娇台，坐在了正中的位置上。他生着和旁边那人同样的狭长眉目，无疑，他们是兄弟。这阅娇台可是为大行台尚书令观斗娇而建的。

大、行、台、尚、书、令！

她奋力地从水中跃起。

忍辱负重，拼了命，就为此时，刺杀这个叫毓隆的人。

二十七岁就当上大行台尚书令，分明是最有名望的士族出身，却大力提拔寒士子弟，处处贬抑名门之后；所谓惊天大案，不过是排除异己的手段。再这样下去，挟天子以令诸侯是必然，谋权篡位也不过迟早。

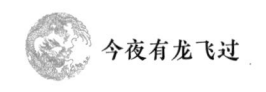

这样的人，会有诸方势力，为各种原因，用不同的办法来杀他的。

她不过是众多暗箭中的一支。

大行台尚书令是极聪明的人，一切都要设计完美。五品官的父亲受牵连下狱，正是计划的开始。他和大案本无牵连，却被人翻出些证据告发了；涉案不算深，不是主犯一类，用钱赎命即可；差最后三百两银子，她卖身，合情合理。一切愁惨困顿都是真的，让人查不出破绽。晃眼看来，父亲既还活命，大行台尚书令与她便没有杀父之仇，她最恨的应是告发之人，所以就算她进了毓府，大行台尚书令应该也没有太多理由对她起疑。

然而，保险起见，她不打算一开始就接近大行台尚书令——何况他那般谨慎，根本接近不得——他还有两个弟弟呢。小公子毓植一向深居避世，二公子毓臻却是出了名的浪荡，经常从自家府邸的角门偷偷溜出去嫖妓。他平常进出的时辰和路径早已查得清楚，于是她在他迎面而来时，顺顺利利地倒在他面前，告诉他，三百两就卖。

她年轻美貌，毓臻不可能不动心；她是武官的女儿，玩斗娇的大行家多半会将她留作穿甲奴。按大行家往日的作风，她在毓府中至少有两个月的时间。这两个月内，她应该能摸清门路、寻找时机，将大行台尚书令一举格杀。

不过她没料到只过了一天，大行家就要她穿斗龙甲。穿上斗龙甲便成龙娇，再离不开水，但元宵夜，阅娇台是好机会，也是唯一的机会。她的死敌是大行台尚书令，在见到他之前，她既不能输给其他的龙娇，也不能输给与自己血肉交融的冕龙。她要做金目龙娇，龙娇中的猛虎，但她不能失了心智，忘了自己破釜沉舟的目的。事已至此，她赌命到底。

她不认识大行台尚书令，她曾说想当面拜谢，只为认准他的模样，不过这个计划落空了。但坐在阅娇台最前方的那个男人，他有着和大行家一般无二的狭长眉目。坐在那个位置，他若不是大行台尚书令，还会是谁？

计划了这么久，忍耐了这么久，穿斗龙甲，正是为他！一步步九死一生地走来，这一夜，终于走到恶龙的面前了。于是她从水中跃起，斗龙！

只有这一口气的时间，只有这一次出手的机会。即便双眸的颜色已成金黄，但一片混沌的心思里仍保留着几许清明，这一定是玩斗娇的大行家也没料到的事吧？

她得了猛虎的力量，她存着人的黠心，此搏命一击，何人能挡？

毓隆，你就死在大行台尚书令的位置上吧！

五

大行台尚书令毓隆死在任上。诚如他自己曾表示的那样，官至此位足矣，别无他求。不过朝廷还是追赐了正一品的太尉一职。生荣死哀，在外人看来，应是没有遗憾了。

在后世稗官野史及坊间戏说中，毓隆本名为泷，字润麟。十二岁那年，他得了一场重病，百般医治却毫无起色。都说这孩子活不成了，他的母亲哭得数度昏死，最后说，如果世间容不下，也只能让儿子舍世，于是将毓泷带到一处神祠。主持神祠的老神仙见了毓泷大为惊讶，说依此子面相，日后定当位极人臣，富贵威势不可限量，寻常

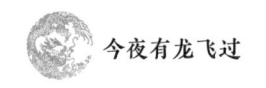

人家求也求不来这样的龙麟佳儿，如何就舍了？待听说是因为久病不愈，便询问毓泷的姓名和八字，推算了一遍，老神仙笑了，详细解说，此子八字若在五行上论，乃是金龙年木龙月火龙日土龙时，加上名中的泷之水龙，实是极罕见极贵重的命格，虽生在臣家，却有王者气象；然而应了那水满则溢，月满则亏的道理，太齐全就难保长久，为今之计，无需用药，无需舍世，破了齐全就好。八字是天定，动不得，这才改名为隆，字重恩。老神仙还嘱咐，更名之后，为保此子运势不减，应多近润泽之地。所以毓隆起居，都在临水之处，毓府也将自家园林的水景渐渐扩大，渠池沟塘交通，无论何处，都能见得潋滟水光。及至毓隆二十七岁就当上了大行台尚书令，世人都知道，大行台尚书令府中的水景是极妙的，除了观景，水里还养着举世罕见的龙娇。大行台尚书令似乎没有什么别的爱好，除了看斗龙，所以水边建了一处阅娇台。阅娇台既低又小，只因这是为大行台尚书令一人而建，压根就没给旁人留下位置，就像这片天地，只由他一人把持，其他人没有插手的余地。

都说皇帝是应天命而来的真龙，而大行台尚书令，生杀予夺，呼风唤雨，俨然无冕之王，他才是这世间真正的主宰。但他从不将自己的峥嵘头角彻底现在人前，官衔是正二品还是正一品，无所谓；改朝换代对他而言，也不过就是再往前小小地进一步，但这一步他始终没跨出去。他知道自己能走到什么地方就够了，不必真的站那么高、行那么远。所以小说家言和传奇角本都道，正是十二岁那年几乎要了性命的大病，令大行台尚书令深谙势不可尽的道理。他非但没有篡位称帝，甚至连官阶都没有做到最高。他小心翼翼地给自己留足了余地，如飞龙在天，绝不入亢龙之局。

毓隆死后，他的小弟毓植接替了他的位置，继续独揽朝纲。毓隆的太尉之名是死后追赠，毓植却是在身前就将太师和司空之职都揽到了自己名下。兄弟俩把持朝政前后长达五十年。这五十年里，他们毫不留情地把势力最强大的世家门阀打得粉身碎骨、回天乏术，尤其是毓植的雷霆手段，在史书中留下了"雷鬼"的称呼。但坊间的解释却是他常活剥人皮以为画纸，因他曾被天雷加身、有恶鬼附体。后世人说，这是政敌对他的污蔑。至于毓隆爱看斗龙的说法，后世人说，那是他一时矫饰的伪态。当时世家贵族们狂热地喜爱斗龙，而毓隆破格提拔寒门子弟的做法已引起大士族们不满，他便显出些与人同乐的随和样子来。实际上，最后下令禁止豢养龙娇斗龙赌赛的正是毓隆，当时为权贵们这项昂贵又轻忽人命的消遣已是民怨沸腾，毓隆此举深得人心，而斗龙引起的底层百姓和寒门的怨恨，则通通算到了其他门阀的头上。

不过那时候，江河湖泊中几乎已看不到冕虫了。官方下了禁令，斗龙便转入地下黑市。不过黑市也没能持续多久，倒不是因为官方清扫，而是冕虫彻底绝了种。

京城外有山，山中有泉、有涧、有瀑、有湖。山上还有大行台尚书令的一处别墅。大行台尚书令喜爱水景，所以别墅建在湖边。不过大行台尚书令住在别墅的时间很少，这地方后来成了毓臻的静养之处。

毓臻是三兄弟中死得最早的一个。他纵欲过度，身体虚弱却毫不收敛。就算大行台尚书令强逼着他去山间别墅清净休养，他仍偷偷地服用方士进献的古怪药丸，与姬妾行乐，死因可想而知。他死的时候是白天，地点在一处敞轩，四周无遮无拦，是观水景的绝佳之处。这种死法未免难看，大行台尚书令震怒。不过死人已听不见他的教训，所以大行台尚书令把献药的方士抓起来，判了个庸医致死的罪名，秋后处斩；至于那些姬妾的下场，外人就不得而知了。

再过两年，大行台尚书令也死了。一世叱咤风云，死因却很寻常，操劳过度引发头风而已。朝廷追赐了正一品的太尉之职。生荣死哀，在外人看来，应是没有遗憾了。

现在，只剩他一个了。他坐在敞轩，缓缓地摇着一柄象牙骨的折扇。

清风徐来，水波不兴。

下人提了一条两尺长的、极肥的鲇鱼来。鲇鱼穿了鳃，挂在敞轩外的一处铁钩上。半个身子悬在水面，鲇鱼拼命地挣着尾巴，打起水花来，噼噼啪啪。

他轻轻摆了摆手，示意周围的人都退下。

天光暗了一暗，是一片薄云遮住了太阳。一道浅浅的水波涌起，水下有巨大的动物游动；白色的鳍像刀似的破开水面，飞速而来。

他微微地笑。

呼啦一声水花四溅，血腥扑面，鲇鱼已被活生生撕成两半。美艳女子的脸半没在水中，水光映衬，双眸比黄金更亮。三只利角狰狞粗壮，三道鳍展华贵如冕；四颗虫目熠熠生辉，如硕大的、精心打磨的宝石；紫红色的鳞甲光润整齐，恍若琉璃排列；在左右肩头挺起的一对尖刺，仿佛是从猛虎口中借来的獠牙。

"真是没见过比你更漂亮的龙娇啦……"他叹着气说，"还记得我吗？"

她充耳不闻，无动于衷，抓着鲇鱼，慢慢地、一口一口地啃。

"已听不懂人话了吗？"他用手摸了摸自己的脖子，叹了口气，似是抱怨她的薄情，"除了你，这世上再也没有龙娇了。我都这么老了，你看起来却是一点也没变。别人知道了，多半会以为你是长生不老的妙药，要把你剁来吃了吧？"

她把鲇鱼的半边身子啃得干干净净，粉色的鱼骨露了出来。

"大白天的，他死在这里，我大概知道他在想什么。他不是好人，不过你也太天真。所以……"他又叹了口气，站起身，"好好活着吧。"

他转身离开了，临走时又摸了摸自己的脖子。

她几乎扑到了他的怀里，一把抓住了他的脖子。

冕龙最狠的电击是能打死人的。她把性命握在手里，化作这奔雷一击，正中他的要害。她不信他能逃出生天。

他果然一震，浑身僵硬。

接着他发出了一阵尖锐的、疯狂的大笑。

他是被天雷劈过尚侥幸不死的人，据说他早已被恶鬼附体。能杀人的招数未必能斩鬼，而她的力量，能和天比吗？

说到底，她根本就没见过大行台尚书令啊。

至于那个让人想到蛇或鳄鱼的生着狭长眉目的人，他根本不给她在大行台尚书令府中行走的机会，他根本不让她见大行台尚书令的面，他带她到了阏娇台、让她以为绝境中尚有可乘之机，他让她一次又一次地死斗，直到最后，当她满心欢喜地赴死时，他才让她知道，她用一生仅一次的性命，犯了个最无稽的、想当然的错误。

已被扫出棋盘尚不自知的小卒，犹自朝那不存在的楚汉河一步一步地拱、虫子似的拱。自始至终，他都是在用最残酷的方式捉弄她。

不知什么时候，心里还抱着一丝微弱的、茫然的念头，杀。但她不知道要杀谁，只是一次一次、竭尽全力地放出爪间蓄满的力量。

时间越来越长，周围的鱼虾便越来越少。后来水中几乎看不见别的活物了，她便跳出水面，如一条奔向龙门的鲤鱼。她向天空伸直了手臂，放出最强的电击，然后重重落下，砸出一朵巨大的水花。她精疲力竭地沉到水底，要过一天或者两天才能恢复精神。精神一旦恢复，她就再一次跃出水面，伸直手臂……

　　最后一丝念头消失时，她便再感觉不到痛苦。她不知道自己在什么地方，也不知道自己在做什么，她更不知道自己背后牵连的所有人，早已被碾得灰飞烟灭。她只是本能地跃起，无知无觉地向天空展示自己高高擎起的、一闪即灭的电光。

　　冕虫已经绝种，龙娇也不复存在，而这世上血腥与残忍的游戏，永远也不会结束。

　　作者简介：於意云，作家，曾任《飞·奇幻世界》编辑。其作品种类多样，风格华丽细腻，多次入选年度奇幻小说选集。代表作有长篇小说《流皇后》《鹃血牙璋》《太阳和雨》等，中短篇小说《石用伶》《魔女苏珊》《头蚊子帝》等。

血肉之锤

⊙ 辛维木

首发于《科幻世界》2022 年 9 月号
入围第二届科幻星球奖·文学奖最佳科幻短篇小说

今夜有龙飞过

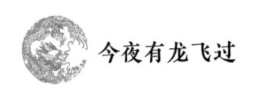

一

那家人是和龙一起来的。

1880年2月初的一天，轮子碾过碎石发出隆隆的声响，打破了埃文斯顿小城午后的沉寂。在路中间懒散闲逛的黑猪急着避让，惊动边上的鸡群纷纷扑扇起翅膀。李屠夫——它们共同的宿敌——正在拐角处一边笑呵呵地磨刀，一边注视着那长长的挂车从眼前驶过。镇上的十几个华人孩子都叫嚷着跑出来，有的还光着脚丫，争相窥探那张庞大灰布底下藏着的东西。很快，车的两旁就跟了一队大人，不紧不慢地随它一起朝不远处的唐庙进发。

傅九任方向盘在手掌间滑归原位，对四周羡慕的眼神报以笑容。他带着一种演员谢幕的姿态跨出蒸汽车，绕到另一边搀扶妻子。一男一女两个孩子从后座下来，怯怯地望着聚拢过来的同龄人。而在后面的挂车里，原本斜坐在灰布上的少年也一步跃下，这时才有几个围观的老人摇头叹气，这满脸尘土、穿着苦力似的旧裤子飞奔到父母身前的竟是个姑娘。

傅家的五口人就这样在唐庙后院的小屋里住下了。先是两个和傅家老二玩熟的男孩儿发誓说看到了帆布底下闪光的尖爪，再是一车刚从石泉城采来的煤被直接运进了庙里，那个总穿裤子的大女儿将煤一点儿一点儿铲进被帆布遮蔽的膛腔。负责筹划春节庆典的代表们都把傅九视为贵宾，结伴来拜访、宴请，围着那块布啧啧赞叹。就连白人报纸都刊登了引人遐想的消息:"龙年春节,华人群体邀请埃文斯顿居民来唐人街观龙。"

那是怎样一条龙啊!当鞭炮炸响,刺鼻的火药味取代了往日弥漫的煤烟,戴着帽子的白人和拖着辫子的华人一道惊呼,三十米长的巨龙从唐庙正门蜿蜒爬出,口中吐出缕缕灰烟,红金相间的鳞片在阳光下反射出金属的光芒,比拳头还大一圈的眼珠里依稀映出火光。

舞龙是埃文斯顿唐人街每年春节的必备节目,但这次不再有赤膊男子顶着龙身前进了。傅家的龙一爪接一爪,就像傅九那满身绸缎的妻子梅阿香一样优雅地行走,到了大路尽头,又在傅家小妹的轻轻牵引下转了个直角,继续巡游。

"这样的机械龙,金山市五年前有过!傅先生设计的!他带它去过好几个唐人街,今年终于来了这里!"十六岁的乔治·戈登二世听到一名华人长者抬高嗓门,比画着对身边的记者说。

小贩推着车挤到人群前,对各色面孔兜售肠粉、糖人和爆米花。噼里啪啦的油味散开,熏得乔治转身要走。这时,空气仿佛震动起来,隔壁街道轰隆一响,还没等乔治扭头,刚刚还匍匐而过的龙已经从连排的平房另一边腾空飞起,背上展开的两对翅膀笨拙地上下拍打,金属部件互相摩擦发出微弱的吱嘎声。

突然,它口中喷射出一个方盒,周围的华人推搡着奔跑起来,追逐盒子坠落的轨迹,直到人群中一只手举起一把黄铜色的钥匙:"定了!定了!"

"捡到钥匙的,就能成为今年唐庙的主持。"那个华人长者赶着向记者解释,"我们的一个传统!"不少观众刚从抢夺中回过神来,惊魂未定地左右四顾,乔治却顾不得喉咙口的燥热,紧盯着那龙身后聚拢的烟雾渐渐淡去。须臾间,龙盘旋降落在唐庙门口,穿着彩裙的傅家大小姐躬身拍了拍它的脑袋,像在爱抚一条完成训练的小狗。

二

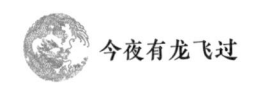

那姑娘名叫傅灵芳，才十四岁。一个多小时后，当乔治的父亲——太平洋铁路托拉斯董事会主席乔治·戈登先生在埃文斯顿市长、警长等人的簇拥下跨过门槛，皱着眉头听新旧两任唐庙主持介绍厅堂中央的泥塑神像时，乔治已经在后院和她攀谈起来。

他本来只想看看有没有机会近距离观察一下那条龙，却撞见已经换上工装的她戴着厚手套跨坐在龙脊上拧螺丝——身体还没有龙那么宽，因为用力抬起翅膀而把脸涨得通红。乔治一个箭步上前，从下方把那折叠的铁板托举起来。她用纯正的加州口音道谢，听到乔治的赞叹时毫无羞赧，就像私立学校里那些富家子弟一样昂头道："谢谢，这是我父亲和我一起设计的。"

可龙是怎么飞起来的呢？乔治说起南北战争中的热气球轰炸机、自己在伦敦坐过的飞艇，还有在巴黎试飞成功的双翼飞机。傅灵芳全都听说过，当乔治对她的博学表示讶异的时候，她也一脸疑惑："报上都写过的，大家不是都知道吗？"

傅灵芳大大方方地向乔治解释，傅九在金山唐人街开五金店，跟美国西部许多供应商都建立了联系，剩下的修理材料也可以回收利用。涂了彩漆的龙身仍然色彩斑驳，就因为它们是由不同材料焊接而成的。驱动龙前进的引擎今年换了新的，是从一辆出厂不久就出了车祸的

1879年款斯宾塞车上拆下来的。

但她却对乔治关于飞行原理的提问不理不睬。无论乔治猜是龙翼底下藏了螺旋桨，还是龙身里注入了大量氢气，她都像没听懂似的，转而请他帮忙拎一桶水或者擦一擦煤灰。乔治唯一得到的信息是，今年改造飞龙的想法是傅灵芳向父亲提的，因为"既然人都可以飞上天，为什么我们的龙不可以？"而中国对飞行技术似乎已经研究了几百年，毕竟"三百年前吧，就有个叫万户的人把自己绑在椅子上，想借助火箭的推力上天，可惜被炸死了。"

"乔治·戈登！"戈登先生严厉的声音从背后传来时，乔治正对满脸向往的傅灵芳介绍自己将来准备就读的哥伦比亚大学矿业学院以及太平洋铁路在怀俄明州的煤炭产业，他头上的帽子不知所终，被汗浸透的衬衫上灰蒙蒙一片。傅灵芳在一众惊愕的华洋面孔下低头溜到了傅九身后，接着就消失在昏暗的厅堂中。

"实在抱歉，这孩子野惯了……"傅九赔着笑向众人解释，但戈登先生没有搭话，领着白人宾客，外加一个垂头丧气的乔治，转身离去。不知是谁丢了一句话："信异教的野人！"

三

春节巡游不那么体面的结尾没有影响傅家在埃文斯顿的生活。他们没像往年一样拖着龙回金山去，在唐庙借住了快一个月，竟在唐人街外缘找到一间刚被腾空的小屋搬了进去。不久，门口挂出招牌："傅记五金修理——金山名店"，里面日夜传来咣咣当当的金属敲打声，间杂着两个女孩儿背"四书"的声音，背错了很快就有父亲纠正。傅家独子入读了当地唯一的私塾，梅阿香也迈着她那郑重其事的步伐，在街上和菜贩讨价还价。

五金店的顾客络绎不绝，从买剪刀锤头、润滑钟表，到替换搅拌机齿轮、改装蒸汽车轮胎，傅九对任何要求都欣然答允。他的精湛技艺全都写在粗粝的双手上——出生在广东台山的工匠世家，去村里秀才家念书，都是靠给对方修房子作为学费，直到十八岁出洋闯荡，不知何时就传出"什么都能造"的美名。单身的金山客少有能在异国成家的，他却颇为顺利地结了婚，赶上太平洋铁路招募技术工人，便暂别怀着孕的妻子，去华工苦力聚集的路段奔波。

如今，他参与修建的铁路已经成了生活的一部分，附近奥美、石泉城等地煤矿的工人，每到休息日总有几个乘火车慕名过来报到——照理说他们只能在公司商店买工具，但来这里喝杯茶、聊会儿天总是可以的，磨磨镐和钻头只是傅九顺手帮个忙而已。

各个煤矿的矿长们对此也心照不宣。一年冬天，石泉城矿上的锅炉爆炸，周边的机修工都被叫去支援，傅九也不例外。埃文斯顿的白人社区也有少数人看中五金店低廉又优质的服务，记下"傅记"两字的形状，带着自家需要修理的物什找来。

几年下来，傅九成了埃文斯顿唐人街最不可或缺的人物之一。运进埃文斯顿的煤炭、金属和中国进口产品似乎因为他的存在而多了些，而每次他们全家载着龙去其他什么地方过春节，唐人街的各位要人总会列队为他们送行，祝愿他们一切顺利，更重要的是，确认他们还会回来。幸好他们从未爽约，每到初五迎财神，五金店门口便有鞭炮一飞冲天。

在唐人街的宴席上，常有人问傅九为什么已经在金山发了财还要搬来这座小城。傅九总是不无怀念地说，修铁路经过怀俄明州时爱上了这里的空旷，后来去金山闹市挤了快十年，更想给妻儿一个舒适的环境。听者虽然连连点头，但没过几天，看到沙土卷着煤灰从四面包抄过来，又不免对傅九的回答打个问号。

有人猜傅家是被迫离开金山的，也有人像说书似的讲傅九如何被卷入金山几大华人堂口的争斗，全家遭到追杀，终于躲到了这荒山之中。还有人煞有其事地分析，问题出在傅九的夫人梅阿香身上。她自己向邻居承认过，最初是被父母从广州卖给金山商人，当模特展销红木家具，凭着那双若隐若现的三寸金莲出了点儿小名，结果一年不到就突然销声匿迹。那是因为她的脚坏了——有人在她背后说得绘声绘色——看她走路就知道，她从不露出鞋子，因为她其实没有脚。

傅九对这些传言一笑了之，照旧在柜台后面和傅灵芳研究图纸，津津有味地听邻居描述金山堂口最新的一场械斗。梅阿香也一次都没让人看到她的脚。

四

魔法正在逼近石泉城，就连每周主持礼拜的牧师都这么说。魔法来自太平洋的另一边，那里的人存在了数千年，说话抑扬顿挫，写的字像画出来的方块符咒。他们像数以万计的种子那样飘散到地球各处，脑后荡着长长的尾巴，吃肉少，工作起来却可以一口气做上十多个小时。他们采矿的速度比白人快了一倍，进入19世纪80年代以来，没有一个在矿上死去。即使1882年的锅炉事故差点儿炸断了两个华工的手臂，没过一个星期，他们又回到了矿上，搬煤的力气比以前还大了一些。

牧师不知道魔法就藏在华工们每天挑在扁担后头的小桶里，饭盒上层装着米饭配杂碎，下面是中餐馆煲的浓汤，看似多余的弧形底座则可以拆下，翻个面便是废铁打成的小帽，刚好能罩住他们浑圆的脑门。到1884年，几个常去埃文斯顿闲逛的华工还添了个金丝雀形状的新玩意儿——他们时不时将小鸟拿出来把玩，偶尔鸟头突然垂下，他们便狂奔出来要求加大排风。白人工头虽然觉着蹊跷，但看到这些素来不苟言笑的人们突然慌张地叫嚷，还是只得照做。

每两三个星期，傅九都会开车来石泉城看看，和工人们吃个早茶，打打麻将。他忆起当年修铁路的时候，天天弓着背固定钢轨，有时都忘了直起身子是什么感觉，唯一的慰藉是沙漠尽头的落日景象。他说，从铁路上回来的华工谁不是九死一生，当时他就总是尽力帮大家，现在也希望能为受苦的同胞们减轻点儿负担。他询问工人们戴头盔的感受，与他们讨论怎么改良锤头可以更省力。偶尔傅灵芳跟他一起来，男人们聚餐时她只得等在门外东张西望，但傅九每次问起"自动金丝雀"时，总会确保傅灵芳就在近旁。

无论来石泉城做什么，拜访1882年锅炉事故中受伤的陈阿发和陈阿贤是傅家父女雷打不动的任务。他们会让茅棚里的其他工人回避，请两人捋起袖子，动动修复的伤手。傅九轻敲它们坚硬的外壳、替换磨损的螺丝时，傅灵芳倒不避嫌，站在近旁低头盯着。有几次，傅九索性让傅灵芳发号施令，就像学徒正式出师前的考试。每次告别，年过五十的陈阿发都差点儿跪下来磕头，比傅灵芳还小一岁的陈阿贤则对着难得一见的少女目不转睛，直到傅九抛下一句："请务必保密。"

"既然陈伯和阿贤都可以用假肢采煤，为什么不造一个假肢组成的假人，代替他们下井呢？"一次在家帮母亲"洗脚"的时候，傅灵芳转头问父亲。虽有布鞋的保护，梅阿香的铁脚上还是积了薄薄的灰土，皮肤与金属咬合的地方略微泛红。傅灵芳蹲在地上为她擦洗，用小妹递来的干布抹净之后，再从二弟手里接过润滑油，轻轻涂上一层。

"别人还没看到过你阿妈的脚，就传说她是怪物。陈伯和阿贤也是处处小心防备，才没让人起疑。真造个假人出来，别人会骂我们搞妖术的。"傅九的口吻里带着警告。

"我看到报上说了，伦敦展览了会下象棋的自动人，还有巴黎商人的机械动物园。中国不是也有很多吗？《列子》里偃师造的伶人人偶、《太平广记》里帮皇后梳妆打扮的木头侍女，一直有人在做的……"傅灵芳不肯放弃，"为什么只把这些做成玩具呢？有了假人，阿贤他们就不用天天冒着生命危险蜷缩在地下，也不用老是胸闷咳嗽了。阿爸您也想让他们不要那么苦，才一直帮他们吧？"

"那不一样，带自动人下矿的风险太大了。"傅九板着脸。

"不试一下怎么知道呢？"梅阿香插了进来，看向丈夫，"那年，我听说华埠有个什么都会做的匠人，溜出来求你砍掉我的废脚的时候，你也说风险太大了。后来呢？看这三个孩子都这么大了。阿芳这么好心想帮人家，你应该帮她才是。"

傅九受不了看到妻子宽厚的铁脚，他闭着眼睛都能画出上面淡淡的磨痕，同时也会想起她头一次脱鞋时那被缠得扭曲发黑的尖角、从泛着血光的布帘那头传来的号叫，还有他自己将她愈合的伤口嵌入铁架时的心惊胆战。

傅灵芳正和弟弟、妹妹一起满脸期待地对他仰着脸，从学手艺到造飞龙，每次她提出什么出格的要求时都是这样，和梅阿香扶着墙壁重学走路时的兴奋劲儿一模一样。

"你们俩真是太像了！"他无奈地叹了口气，又忍不住微笑起来。

五

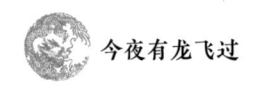

1885年4月的一个黎明，陈阿贤拉着比他矮一个头的"阿弟"走进了矿里。幽蓝的夜色仍然笼罩着小镇，无声行进的工人就像一队队摇晃的鬼影。在前后矿工的遮挡下，陈阿贤弯腰将"阿弟"抱进矿车里，下到接近煤房的地方，他再将"阿弟"搬出来，按下一个开关，刺啦刺啦的摩擦声后，"阿弟"四肢触地，露出一条细绳，被陈阿贤牵着在狭窄的巷道里爬行起来。陈阿贤不时回头去看——他在傅氏五金店和自己家里无数次演练过这动作，但在漆黑的煤房里与它独处，依然难以相信自己不是在做梦。

"陈家阿弟"是陈阿贤和傅灵芳一起想出来的掩护。其实工头从不正眼看华工的长相，就算数数时发现多了个人，都会以为是走神数错了。即便如此，万一有人问起，这个总低着头、大半个脸藏在兜帽里的家伙就是陈家来帮忙的傻"弟弟"。

其实它一点儿也不傻。刚开始它只是一摊金属块、铁丝和齿轮，在傅灵芳的巧手下才能走路、爬行、凿挖。过去一年里，每到休息天，傅家就请陈阿贤去埃文斯顿做客，傅灵芳来石泉城的频次也更高了，问他采煤的每个步骤、巷道和硐室的大小和分布，还跟他一起去看进出矿井的路线。工友们打趣说陈阿贤找了个管不住的媳妇，陈阿贤只是憨笑。能安一个家自然是好事，可他的眼睛从来跟不上傅灵芳在图纸上写写画画的速度，除了矿上的工作，他也不敢多和傅九聊什么私事。

"阿弟"适应得比矿上任何人都快。它在巷道里经常磕到的左膝被傅九换掉了一小块，虽然走路略有点儿歪斜，但不再时不时发出钝响了。刚开始它只能凿开最表面的碎煤，陈阿贤嫌它太慢，常把它推到一边自己上，回来跟傅灵芳一说，等她拆开"阿弟"的肩膀捣鼓了几下，第二天上工的时候，"阿弟"一锤就砸开了一大片。它的两套换洗衣服都是梅阿香拿旧布料改的，有什么地方磨破了就被送回埃文斯顿，隔几天拿回来时已经打上了补丁。

它与普通矿工相比的优势也逐渐显现了出来，从勉强赶上一天十吨的人均产量，到十一吨、十三吨、十八吨，最后几近翻倍。这些增量被均摊到每个华工头上，结算时工头几乎不敢相信自己的眼睛。不久消息就传到了白人矿工那里，他们之中最熟练的最多也只能一天采十吨不到，而华工显然找到了什么更好的采煤方法。

从没有人破解过华工们的秘诀——从上下班到午休吃饭，他们总是一大群人拥在一起，被分到的煤房也紧挨着，白人矿工经过时，只能看到他们挥汗的背影，谁在门口多逗留一会儿，其他华工便会逐渐聚拢过来，挡住他的视线，或者咕哝着打发他离开。

六

"正常人怎么可能一天采十二三吨？虚报的吧！""采的煤都称过，真有那么多，准是中国佬偷了咱们的。""说不定他们会魔法呢，他们

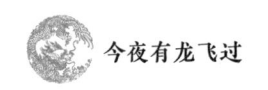

的语言这么怪,谁知道是什么咒语!"8月初,二十一岁的乔治·戈登二世来到太平洋铁路在石泉城的煤矿时,在白人矿工时常光顾的爱尔兰酒吧听到了这样的议论。他在哥伦比亚大学矿业学院读完大三,趁暑假沿铁路向西考察。虽然继承父业是板上钉钉,但他毕业后想先寻一个合适的去处,做几年工程师后再接触管理工作。

他路过的每个煤矿、工地,几乎都有华工的传说,不是挖煤挖得比其他人快,就是损耗的原材料少。他走近观察过,那些拖着辫子的黄种人没有太多表情,垂着眼帘躬身劳作,纤细骨架上裹着的肌肉与大地同色,仿佛一列列安静的蚂蚁。

"我们可是造了万里长城的民族,"内华达州雷诺市的一位华埠长老在宴请中慢条斯理地解释说,"修建宫殿、开辟驿道、治理江河,都几千年了。修太平洋铁路的时候,雇了华工的路段不是也比其他路段快吗?不是因为我们力气大,而是因为我们有更出色的工匠和更勤劳的人民。"

也有人给出另一种解释,那是在斯特拉斯堡路段的俱乐部里,从科罗拉多矿业学院毕业的工程师摇晃着威士忌说:"说实在的,这么危险的工程也只有中国佬做得到,他们天生就是做苦工的,对他们来说这根本谈不上奴役,只是一种自然的生活状态。他们真是完美的工人,连对付黑鬼的鞭子都用不着,更别提那些不自量力的印第安土著了!"

石泉城的华工甚至把他们在其他地方的同胞都甩开了一截。在卡本的时候,乔治就发现,从矿长到工头都想调到石泉城去,说那里准是矿藏丰富,轻轻松松就能得到超高业绩。到石泉城一翻日志,这里的人均产量果然超过了其他地方,特别是那些两三个音节组成的名字,产量竟略高于乔治在课上学到的人类极值。细问矿长有什么秘诀,却和其他地方没什么两样。

乔治戴上工程师专用的钢盔下到井里，特别嘱咐工头带他去华工聚集的煤房。黑漆漆的巷道里，一锤一锤的声音不绝于耳，乒乒乓乓，乒乒乓乓。没有人讲话，压在头顶的岩壁和呛人的烟尘令乔治感到烦闷。从煤房门口向里张望，那些瘦小的背影并无特别——只是戴着某种形似头盔的特殊帽子，很少停下休息，凿击的频次相对密集而已。

工头忍不住咳嗽起来，看着同样捂住口鼻的乔治，提议赶紧上去。乔治正要应声，却突然注意到了最靠里的煤房，一对少年正在专注地面壁工作，外面那个汗流浃背，里面那个却长裤长袖，脸看不真切。

"戈登先生，我们上去吧！"工头有点儿不耐烦，乔治却站定下来——里面那个工人捶打的声音是匀速的，和外面那人夹在一起虽然不太明显，但听惯宿舍楼下军鼓乐队排练的乔治分得很清楚，那就像个钟摆，为巷道里的各路声响打着节拍。

外面那个工人听到声音，已经转过脸来，身体刚好挡住他的视线。"你们叫什么名字，来这里多久了？"乔治试探地问。那人一脸茫然，指指自己和里面的人，再指乔治，摆了几下手，然后干脆交叉双臂，连连摇头。

"他们不懂英文。"工头生怕乔治没看懂似的解释道。乔治近前一步想看个究竟，那人却顶了上来，不让他进去。有几个华工也不知从什么地方冒了出来，围在乔治身边，其中一个用英文开口道："真抱歉，那是陈家的两个孩子，力气大，就是脑袋有点儿笨。"

最终乔治和工头还是退了出去，坐进矿车的时候，有五六个华工站在原地盯着他们，包括那个挡路的少年。"您也知道，他们和白人矿工关系不好，对外人防得很紧，"工头赔着笑脸，"随他们去吧，保证安全产出就行了。"

七

　　进入8月底，白天异常闷热，夜里的温度却骤降到接近冰点。梅阿香说脚有点儿胀，不出门了。休息天来埃文斯顿唐人街闲逛的矿工少了，偶尔来的几个也是满脸疲累，长期地下工作导致的苍白和煤灰沉进毛孔里的脏污混在一起，加上从发根滴下的虚汗，令他们看起来都病恹恹的。

　　傅九叫傅灵芳待在家里，自己去石泉城探望，嘱咐陈阿贤让阿弟歇几日，等天好些了再带它上工。回来的时候，傅九给家人们看他在矿外捡到的传单，上面写着"赶走东方怪物"，画中的机器长着人脸，细长眼，挂着长辫，却把煤吞进肚子。传单落款处画了个盾牌，里面标着"劳工卫士"组织的缩写。

　　"怕是要出事了。"傅九说这话的时候，眼睛望着十九岁的大女儿。

　　傅灵芳不懂父亲的意思，前些日子埃文斯顿市长招待前来考察的太平洋铁路继承人乔治·戈登二世时，她还躲在门外偷听到了乔治对傅九和另两位唐人街代表的赞许："先生们，请接受我的敬意，这些华工的纪律性和精确度可以和最先进的机器媲美，甚至可以说是令人生畏。"

　　之后几天，傅灵芳还常常回想乔治在宴会上的发言："……既然机器变得越来越像人，我们也有了反思的机会——是否还要为了我们自己的便利，逼迫外国的国民过一种近似被奴役的生活？生而为人，我们更应当发挥创造力，管理好机器来为我们服务。正像文艺复兴时期的皮科·德拉·米兰多拉在《论人的尊严》中所说，上帝唯独给予人以自由意志，人能够随自己的意愿决定自己的本性，既可以堕落成低等的野兽，也可在神圣的更高等级中重生……"

他说的只有一点不对，傅灵芳想，如果人能自由决定本性，那她为什么不能成为男孩？这样就能进去同这个戈登少爷切磋一番，看看他能造出什么机器，或者干脆去上他的学校，系统地读科学，还可以长篇大论，顺口引用先贤的名句。她坐在五金店柜台后的长凳上甩着脚、随手拨弄自动算盘的时候，思绪时不时会回到这个问题。

八

9月2日，天还没亮，陈阿贤就挑着工具和盒饭出了位于地下的住处，在开早市的云吞店与陈阿强汇合。阿强和他来自同村，两个月前才凭一纸假证明扮作金山商人的儿子入境美国，再辗转来石泉城打工还债，论辈分可以算陈阿贤的远房侄子。既然傅九叫他最近把"阿弟"留在家里，陈阿贤便转而与阿强搭档。正好阿强个头和"阿弟"差不多，矿上很多人都开玩笑说阿强才是真的陈家阿弟，还常假装大惊小怪地说："原来阿弟也会说话呀！"阿强不知来龙去脉，有时被逗得气急，握紧拳头跳起来，陈阿贤只得赶快把他压回去。

不管怎样，陈阿贤感觉负担轻了许多，他不用再时刻遮掩住身旁的铁人，也不用在白人面前扮演不懂英文的傻瓜。产量低点儿不是问题，矿下本来就热得好似焖烧着一锅烂肉，人人都焦躁不安。有几次他看到白人出了矿还围成一团，有几个挥舞着手臂，好像在激烈地争论着什么，稍有谁动作大了一点儿，就吵嚷着推搡起来。陈阿贤总按矿上老人的提醒，避得远远的。

他和阿强是最早到五号矿的。下到煤房，他们整理好器具就开工，还没凿几下，身后就传来威尔士口音的声音："就是这小子吧？"陈阿贤转身，两个握着锤子的白人正走进来："滚出去，这煤房是我们的。"

陈阿贤正犹豫着要不要假装听不懂，阿强已经像拿武器那样用镐对准了他们，用生硬的英文吼道："你们说什么？这是我们的地盘！"

"哟，还能说话啊！"其中的胖子吹了声口哨，"看来真有魔法！"

"我们一直在这里采煤，早就是这么安排……"陈阿贤终于决定开口，但话没说完，胖子就上前一把扭住了他的领子，"挺灵活嘛，你是用什么造的？铁？锡？木头？"那人露出凹凸不平的黄牙，隔夜酒的残渣和夹着汗味的狐臭熏得陈阿贤一个恍神。

"放开我陈伯！"阿强用中文大叫着冲过来，镐尖还没戳到对手，就被另一名高个子打落在地，随即肚子上吃了一拳。

"软的，"高个子像是在做报告，"个子这么小，能有多大力气？"

在阿强带着哭腔的咒骂声中，陈阿贤与抓着自己的胖子缠斗起来。以他的身形挣脱出来并不困难，他将对方撂倒在地，弯腰去捡地上的镐，正看到高个子提着锤头就要往阿强身上砸，赶快伸出左臂一挡。

"哐"的一声撞击，煤房里的四人都怔住了——阿强的手臂没有流血，而是瘪下去了一块。最先反应过来的胖子用力拽开陈阿贤的袖子，金属打造的坚硬臂膀显露出来。

"果然！"他哼了一声。

陈阿贤没来得及反应，旁边就响起阿强的惨叫——高个子不知从哪里掏出一把利刃，直接插进了男孩儿的胸膛。与此同时，刺痛连同一股热意从陈阿贤的腹部传来，他愣愣地低头看，有什么肉状的东西正从体内流出，而同样持刀的胖子还在往里面一下一下地捅，嘴里嘟哝着："假的！都是假的！"

九

工头打着呵欠踏进煤矿大门的时候，被眼前的景象吓醒了。四个华工将两具尸体——十八岁的陈阿贤和十四岁的陈阿强——从矿车里抱出来摆在地上，周围渐渐形成一摊血泊。他们的尸体都敞开着，内脏像是掉出来后又被胡乱堆回去的。

接着两个白人被押了出来——布雷克和威洛比，总让他头疼的"劳工卫士"持证成员，最近几次罢工都少不了他俩骂骂咧咧的声音。他们被捆了手脚，青肿的脸上仍不免轻蔑神气。

随后，三个流血的华工一瘸一拐地被没有负伤的同伴搀扶出来。据他们的讲述，那两个白人指控陈阿贤和阿强是机械制造的自动人，尾随下来捅死了他们，后来的华工闻声赶到，虽然最终将他们制服，但无奈对方带着刀，在搏斗中刺伤了几人。

"你们还有一个小时，"华工们正七嘴八舌地催促工头报警时，布雷克冷冷的警告声令他们安静下来，"滚出石泉城，不然就和他们一个下场。"工头朝矿外看去，几个白人正举着尖刀和来复枪匆匆跑过，他们都是本该按照排班下井的工人。

石泉城里钟声鸣响，正准备午间开张的商店和餐馆匆匆插上了门闩，降下百叶窗，有的好像早就准备了木板，挡在玻璃后面。唯有枪械店大门敞开，柜台里几乎空了。从矿上回来的华工四散开去，很快，唐人街有几间房屋上就升起了带有警戒意味的红布。

工头亮出腰间的枪把，将两个凶手锁进一间空着的储煤棚，去办公室依次给外出的矿长、太平洋铁路、石泉城警局和怀俄明州政府打了电话，思忖了一下，还是没有在煤矿逗留，回家顶上了门。

一个小时还不到的时候，成群的白人就出来了，大都是做工的男人，也有因怒气而面目扭曲的女性、老人和孩子。他们像是有计划地分成了几支队伍，封锁住煤矿出口的桥和道路，然后闯进来检查每一处矿坑和泵房，见到躲藏的华工就揪出来，有人逃跑就开枪，引来爬到高处的围观者一片欢呼。

旁边的华工营地升起了黑烟，帐篷和茅棚噼噼啪啪的燃烧声中，偶有辨不清男女的火人嘶叫着从地里冒出来，不一会儿就倒地没了声音。唐人街也被包围起来，一扇又一扇门窗被撞开、打破，揣着大小包裹的华人惊惶地跑出来，有的只穿着里衣，像群被猛兽捕猎的羚羊，在人们的注视和咒骂下出了石泉城，向四面八方奔去。

十

石泉城里钟声鸣响，传到埃文斯顿已是 9 月 3 日。

"中国佬滚出去！"一早，傅灵芳还没在五金店的柜台后面坐定，就被叫喊声惊跳起来。没等她开口,傅九向她点头示意,推门出去了。傅灵芳来回转了几圈,意识到自己不由自主地啃起了指甲,赶快放下手看向窗外。傅九的背影已经消失在了拐角,三个衣衫褴褛的壮年华工正摇摇晃晃地走来,脸上不知是血、沙、土还是泪,糊成了泥污的颜色,后面跟了一群从未在唐人街出现过的白人小孩,挑衅地骂着脏话。

傅灵芳毫不犹豫地将那些男子迎进了门,狠狠地瞪了几个孩子一眼。梅阿香和两个弟弟、妹妹听到动静也来了,为他们拿来毛巾和点心,听他们讲了石泉城前一日发生的惨案。前一日下午逃出小镇后,他们沿铁轨往西,冒着严寒又累又怕地走了一夜,直到早上在沿途一处小站歇脚,遇到停站的火车。据说是政府下令,要求沿途火车接上从石泉城出来的华工,统一送往埃文斯顿。

傅九拖着脚步推门回来时,那三个客人正低头不语,梅阿香神情凝重地搂着两个孩子的头,死寂中只有傅灵芳一人的悲鸣。"是我……是我害了阿贤!"她扑进父亲的怀里大口喘气。傅九轻拍她的后背,向众人讲述了自己了解到的情况。

石泉城的华人正在四处奔逃,有的沿着铁轨往埃文斯顿进发,饿昏的、累倒的、迷路的,恐怕不在少数,也有沿着河道往其他方向去的,情况恐怕更加危急。埃文斯顿的"劳工卫士"分支也在敲钟了,恐怕在筹划如何抵制更多华人涌入,过不了几天,石泉城排华的最后通牒可能也会在这里重演。

"我得去救他们,"傅九等女儿放开他,转到柜台后面从锁着的抽屉里取出两把手枪,对梅阿香说,"如果连我都不去,那……"

"你必须去。"梅阿香打断了他,无须他再解释。

傅灵芳立刻接口:"我也要去!"

"太危险了，你不能去！"傅九厉声阻拦，见她又要落泪，拆下其中一把枪的弹匣检查了一下，又装好塞进她手里，恢复了温和的口气，"如果你不在家，谁来保护阿妈和弟弟、妹妹呢？"

一家人目送傅九开着蒸汽车远去，车后拖着以前用来运龙的挂车，说是万一需要可以多装点儿人。与此同时，更多在噩梦中跋涉的华人像一条条小溪，探进埃文斯顿的街道与平房里。

十 一

傅家又收留了五人，梅阿香忙着让众人吃饭、洗漱，二弟帮忙铺好床褥，小妹则充当信使，前后穿梭送这送那。前屋的店里，傅灵芳一刻不停，麻利地整理各种工具，特别是挑出斧头、锯子这样的利器，藏在不会一眼看见但可以随时取用的柜台后面，免费发给进来找武器自卫的华人。每当看到陌生的白人面孔路过，她都会拨算盘计数：两个，五个，九个，十六个……然后看看手边的枪，回想父亲以前拿空枪教她的动作。

不过，傍晚抗议者闯进五金店的时候，傅灵芳还是没有举枪，只是静静地站在原地看几个白人翻箱倒柜。她记得有一条法律说开枪保卫自家财产不会被判有罪，但她不得不计算得失——进来的四人个个挥着枪杆，一旦自己开火，势必是一发子弹换来四发，母亲、弟弟、妹妹和家里收留的同胞也将遭到更猛烈的攻击。她屏住呼吸，仿佛稍稍用力就会打着空气里看不见的火药——刚才有几个华工听到响动就要出来对峙,但被傅灵芳喝住了,只得挤在里屋的门槛边强压着火气窥探。

"就这么点儿?其他东西呢?"其中一个白人不满地指着一地零零散散的螺丝、小齿轮和扳手。

傅灵芳答:"卖完了。"

"你们店主呢?我们要见店主!"

"我就是店主。"

那人恶狠狠地瞪着她:"就是你们吧,卖便宜工具给那些黄皮工贼,还给他们造省力的玩意儿,明知道公司规定他们只能在矿上的商店买东西!还有他们的头盔,也是你们给的?"

"我们都是卖给他们家里用的,和矿上的工作无关。"傅灵芳依照傅九平日里的说辞,"如果你们愿意来,都可以买到。至于为什么你们的公司觉得头盔比工人的命贵,我也不太明白,得问你们老板。"

"嘿,等等,这是什么?"另一个在房间角落里翻柜子的人突然叫道。他手里捏着几只金属做的小鸟,"我好像听矿上的朋友提过这个!"

"只是个小玩具而已。"傅灵芳面不改色,望着那人拨动鸟头上下摇摆。这可以探测气体泄漏的小鸟也许曾救过他朋友的命。

"狡猾的中国佬……"那人玩得无聊,嘴里骂起来,"你们还打算赖在埃文斯顿多久?"

傅灵芳本不想搭腔,但见他将自己心爱的作品往上抛起又接住,掰了掰它的尾巴,又一把拔掉它的头,想起尸首还不知在何处的陈阿贤和可能已经消失在火海中的"阿弟",压在胸口的巨石一点点碎裂开来:"在埃文斯顿'赖多久'?那你们打算躺在我们的血汗里赖多久?你们进出埃文斯顿的铁路、工厂里烧的煤、取暖用的柴火、家里器具上的铁皮、报纸上吹嘘的黄金，哪样不是所谓的'中国佬'用伤疤和性命换来的？我们和你们任何人一样，用劳动挣得骄傲，也要求同等的尊严和自由！"

几个人被她说得一愣，一时无人应声。傅灵芳深深吸气，她只在心里这么暗暗想过，连在父亲面前都没敢说，更别提是用英文——傅九教她"满招损，谦受益""生而不有，为而不恃，功成而弗居"，说这是古老的美德。可当他们的辛劳被视而不见甚至被践踏在脚下时，也要保持沉默吗？她想好好问问父亲，但就是拜这些人所赐，她根本不知道能不能再与他团聚。

最终，那些闯入者扔下一句"想活命就快滚"，提着搜刮来的废铜烂铁离开了。里屋的人们出来围着傅灵芳道谢，随后张罗起晚餐。傅灵芳却毫无饿意，入夜了也不休息，怔怔地盯着外面终于平息下来的街道，和母亲商量了几句，便转身钻进后院的工作棚里。在什么东西燃烧的热气和烟雾里，敲打、电焊的声音断断续续响了一夜，伴随着飘溅出来的点点火星。

9月4日早晨，更多抗议的居民向埃文斯顿唐人街进发，几支人流从不同街区出来，到唐人街主路汇合。他们还没喊出第一声口号，就愣在了原地。唐庙矗立在空荡荡的道路尽头，看上去比平时更为威严。两尊不知是在玩闹还是在咆哮的石狮中间，是那条曾在龙年春节庆典上大放异彩的巨龙。这次它没有高高飞起，而是缓步踏出唐庙，在一个少女的牵引下吱嘎吱嘎地沿主路向他们走来。从它口中笔直喷出的不再是唐庙钥匙，而是一簇烈火。

十二

官方公布的伤亡数字停留在二十八人死亡、十五人受伤。谁也不知道其中有没有包括一两周后死去的伤者、没有被列入矿工名册的孩童、在回荡着狼嚎的沙漠中连夜跋涉的逃难者。两天后，傅九脸色发青地载着十来个伤员回到了家，他带出去的食物和煤全用光了，枪里的子弹也少了几发。

傅九整整一个星期没有说话，人们给他讲那天傅灵芳是如何操控火龙吓退抗议者，他也只是疲惫地扯起嘴角，拍拍大女儿的头。直到警长派人来守卫唐人街安全，他终于缓过神，但每次提到在石泉城和周边地区目睹的惨状，他的身体总是不由地颤抖。

克利夫兰总统派来的联邦军队护送华工们从埃文斯顿回到石泉城。有些人赌咒发誓再也不回那鬼地方，而那些想着再去挣点儿钱的人没过几天也重新跑了出来，说是夜里一闭眼就看到未能入土的冤魂，况且家都没了，他们只能住在车厢里。他们有的留在了埃文斯顿，更多的则像埃文斯顿现有的华人一样，收拾细软准备去其他地方碰碰运气。

傅家向清政府驻美公使的调查团提供了证词，送别最后一个暂住的华工后，也在10月初离开了埃文斯顿。唐人街外围的楼房已开始有白人搬入，往日横行的鸡鸭、叫卖的菜贩销声匿迹。来火车站送行的只有寥寥几人，与傅九拱手作揖，但下一刻就忍不住抱头痛哭。反倒是傅灵芳镇定地示意母亲牵小妹上车，自己和二弟一起将行李外加从龙身上拆下来的引擎，跟着搬了上去。

他们向东去纽约。傅九说，如果到纽约都待不下去，还不如举家去中国。其实他们还可以回金山，但最初驱使傅九离开的因素还在——各大堂口争着雇傅九为他们制枪械，而他除了防身用的两把枪，恰恰是个坚定的和平主义者。纽约的堂斗一样激烈，但他初来乍到，起码不会引来过多注意。

"我们应该造点儿枪炮的，"傅灵芳望着散落在荒原中的一座座小镇从窗外闪过，喃喃地对父亲说，"起码可以保护好大家。"

"然后呢？"傅九反问，"杀了一个，引来更多人复仇，再和他们打仗？怎么才算完？在其他地方的华人没有枪怎么办？国会已经禁止新来的华工入境了，再发一道法令下来，将这里的全体华人赶尽杀绝怎么办？你出生在美国，但这里不是你我的家。"

"家是什么样的？我是说……在中国，您和阿妈的家？"

傅九脸上浮起怅然的微笑："那都在我叫你们背的诗里，是一片壮丽而悲苦的土地……"

十　三

他们到纽约唐人街安顿下来，在同乡会的帮助下盘了一间小店，买了辆二手车，"傅记五金修理"的招牌又挂了起来。曼哈顿毕竟比西部边疆拥挤得多，在汽车尾气和中餐馆的油烟中，一家五口被塞进一间屋子隔成的两个小间里。深夜,碗筷的敲击声仍不绝于耳,傅灵芳就着灯泡趴在小床上读报,只是不再漫无目的地翻阅,而是剪下任何提到石泉城、华人和中国的报道,贴进用废纸粘成的本子里。

石泉城惨案的庭审全部结束了。布雷克和威洛比被无罪释放,因为"没有人看到是他们杀了人,那些据说曾与他们搏斗的华工也无处可寻",仅凭当天矿上工头的证词,无法证明两人不是在正当防卫。其他枪击、纵火事件同样没有目击证人,按辩护律师的说法,"我们甚至无法确认这不是一场意外火灾。"

清政府拿出调查结果向美国索赔,从《哈泼斯杂志》到《美华新报》,华洋报章上不时出现关于白宫是否要对外侨人身安全负责的讨论,其中不乏对此前美国要求他国做类似赔偿、清政府对外条约体系和中国民间排外浪潮的介绍。一天,傅灵芳在《纽约时报》上看到了熟悉的名字:乔治·戈登二世,哥伦比亚大学辩论社社长,太平洋铁路董事会主席乔治·戈登之子。

"……天朝的子民终将回归故土,他们没有义务为了发展我们的国家而远渡重洋,冒着生命危险来赚低于常人的薪水。"乔治写道,"我们这自由而机智的民族,也不应被东方那种不加思考的顺从和琐碎庸俗的追求所侵蚀。我们理当做世界的表率,去寻找减轻人类苦难、开发地球资源的捷径,用机器代替蛮力,用头脑领导蒙昧。企业精打细算,并不是出于恶意去盘剥劳工的利益,而是为了将资本用在最紧迫的地方,更新技术以扩大产出,造福包括劳工本身在内的所有消费者。

"今年8月,我恰巧到石泉城拜访。在井下我看到两个华人孩子,一个十五六岁,一个可能只有十三四岁。他们都不聪明,甚至不会说话,做起工来却像装了马达,效率超过了我所见过的任何人。我问工头怎么做才能使他们的产量成为整座煤矿的平均值,工头告诉我,除非将所有工人都换成华工，或者发明一种比人更省力又便宜的采矿机器。在我看来，后者才是正确的选择，因为石泉城已经用最极端的方式向我们提示了前者的后果。如今，当那个批量生产出机械般的人的异教国度把我们视为仇敌的时候，我们别无选择，必须将上帝恩赐我们的创造力奉为珍宝。"

十 四

  傅灵芳想起曾在埃文斯顿晚宴上偷听过乔治的演讲，他用着复杂的长句和多音节的大词，声音清澈，好似半神在对凡人宣教，但"庸俗""蒙昧""机械般的人"，读起来却无比刺眼。如果那些事情从未发生，谁又会把谁视为仇敌？

  他所提到的两个华人"孩子"，听起来就像陈阿贤和"阿弟"，许是东方人长得太瘦弱，他把阿贤看小了两岁。难道他看到了"阿弟"工作，还告诉了工头？傅灵芳反复读那段文字，简简单单的叙述中隐藏着某种说不出来的恐怖——工头知道"阿弟"，也知道未来的老板有意让更多工人变得像他一样；工头听说了会有更多华工来代替白人，或者索性将他们全换成不会偷懒犯错的机器；工头记住了他的指示，在某个场合透露给了其他工人，可能是下班在酒吧闲聊的时候，可能是在责骂他们效率太低的时候，可能是在他们再次威胁罢工的时候……

  总之，最后有人知道了那两个"机械般"的华工，跟踪了他们，还带了尖刀，就像过去砸烂纺织机器的英国工人一样，将他们——被误会的阿贤和被偶然牵连的阿强——开膛破肚。

傅九听完傅灵芳的推论，仔细读了报纸，神情凝重。他说8月的那场晚宴上，乔治确实一直在向唐人街的代表们打探"两个简直不像人的华工"，对白人宾客也不讳言，说是一定要找到石泉城煤矿成功的秘密。当时傅九叫陈阿贤暂时不要带"阿弟"下井，除天气外，也有一部分是这个原因。

"真正杀死他们的人，是他吧？"傅灵芳问父亲，"随便哪个白人矿工都有可能刺出那刀，只要想到自己随时都可能丢掉饭碗，就因为他们的上司想'省力又便宜'。"

"你都快二十岁了，还整天想着杀来杀去的。你阿妈像你这么大的时候，早就生下你了。"傅九喷了一声，他早就不指望女儿像其他女孩儿那样早早嫁人了，但离开埃文斯顿后，眼看着她在惨案的回忆中越陷越深，他开始害怕女儿向他提出的每一个问题。

"阿贤还有其他人就这么白死了吗？没有人要负起责任？"傅灵芳脸涨得通红，"不管怎样，我总得负责的，是我造出'阿弟'，害死了阿贤，还有他们所有人。就算用我的命来偿还，也不够伸张他们的冤屈。我必须再为他们做点儿什么。"

"别把你自己牵扯进去。你也是为了帮他们，降低他们的危险，让他们稍微轻松点儿，怎么料得到后来的事？"傅九劝道，但自己听听都觉得无力。他攥着手里的报纸，想到乔治说起"人力成本"时理所当然的精明眼神。他明白傅灵芳的判断没有错，换作他自己，恐怕此时此刻就要动身。

"只有我可以做到，哪怕您不愿帮我，至少不要阻拦。"傅灵芳的脸上带着哀求。

傅九深深地望着她,她眼里的亮光令旁边的白炽灯都显得黯淡。这么多年来,每次他看向这不肯安分的大女儿,感觉都像在直视太阳本身,总是惊诧于她似乎与生俱来的天分,又被她的执着和活力所温暖。

没有任何力量能敌过渴望复仇的太阳,哪怕是最先进的马达。他的面前有且只有一个答案:"你需要一个帮手。"

"你需要的帮手不止一个。"梅阿香的声音在房间门口响起,不知她在旁边默默听了多久,但她显然听够了。

十　　五

1886年2月4日,丙戌年正月初一。纽约曼哈顿下城的唐人街钟鼓齐鸣,鞭炮呼啸着炸开,撒下的红色纸屑挂在人们的头上和衣服上,抖落到地下铺成薄薄的一层。往日不起眼的洗衣工、厨师、皮条客和鸦片馆伙计换上鲜艳的新衣,在百老汇大街上悠然游荡。敲锣的、唱戏的、舞狮的,争先恐后地抢夺着围观者的眼睛和耳朵。

乔治·戈登二世与清政府驻纽约领事等一行人坐在茶楼包厢里俯瞰底下的巡游。他是代表父亲出席的——太平洋铁路雇用了大量华工,加上最近的石泉城惨案和赔款风波,中方大概想探探戈登先生的口风,但父亲在纽约这么多年从不肯踏进唐人街一步,更不想卷入外交斡旋。乔治本人其实也兴趣寥寥,但在哥大校园里偶然看到传单,说今年唐人街会有特别的机械龙表演和拍卖会。他想起当年在埃文斯顿的见闻,便回去主动向父亲揽下了这个邀约。

"听说西部早就有机械龙了，轮了一大圈，倒是纽约落在了后面。"领事对宾客们说，"不过今年我们为支持华工权益举办拍卖会，有位五金师傅自告奋勇说也想造一条试试。当然，还有我们同胞传家的古董、专程从国内进口的顶级茶叶和瓷器，诸位先生如有兴趣，等会儿不妨赏光来看看。"

乔治无暇去和旁边几位酷爱收藏的旧富新贵讨论家中的珍宝，他的视线聚焦到慢慢跟在人群后面的龙身上。和在埃文斯顿那次一样，龙就像被注入了生命，只需一个孩子牵着就能轻松前进。大概是纽约的街道过于逼仄，它的长度只有十米左右，但色彩更显浓烈，在刺眼的金色鳞片之间，描红的边缘让人恍惚以为它的体内流淌的是真实的血液。

"精彩的还在后面。"见到宾客们倾着身子指指点点，领事得意地笑着，像一个难得有机会炫耀家中宝贝的孩子。乔治却已经料到了将要发生的事——果然，牵龙的孩子跑开了，龙腔里轰鸣起来，身前的人们向两边散去。龙口中喷出火焰，爪子底下的轮子向前快速滚动，跑了不到一个街区，它已全身离地，朝华尔街的方向展开了翅膀。乔治站起身，目光追随它消失在一栋高楼后面，又在另一栋高楼边上出现。人群的惊叹声就像起起落落的海浪，在龙穿越狭窄的建筑间隙时恐惧地吸气，又在它成功冲进广阔蓝天时爆发出欢呼。

无论模仿的是风筝、飞艇、自动人还是别的什么神秘技艺，这一飞需要大量实地测算和细致到英分的规划，以及足够强大的引擎。曼哈顿才是最适合这条龙的地方，乔治想，不是在埃文斯顿那片蛮荒之地，而是在这新世界的中心，钢筋水泥中间，与人类最宏伟的创造并列在一起。他感到自己的胸口也在随着龙翼震颤，那种感动，就连他去雅典帕特农神庙参观时都未曾体会过。

他忆起在埃文斯顿遇见的那个"驯龙"的少女,她纤弱的身形与龙坚硬的外壳形成了某种微妙的平衡。石泉城排华的时候,她还安全吗?当龙缓缓降落时,他试图在簇拥上去的男人之间寻找她的身影。可惜她是个黄种女孩,不然,乔治无法想象自己会在这样一个白人姑娘面前做出什么傻事,哪怕她只是个普通工人家的儿子,乔治也会很乐意在哥大的课堂上与其相识,资助一点儿奖学金都不成问题。

乔治去参加了拍卖会,并用两千美金买下了那条龙。周围那些"东方收藏家"都笑他竟然花钱买了堆已经显出锈迹的边角料,话说回来,这个打算亲自去矿上做工程师的继承人本来就有点儿傻气。戈登先生倒是习惯了儿子的任性,一接到消息,便命人腾出家宅大厅,静候龙的到来。

十 六

2月6日是周六,乔治从学校开蒸汽车回到曼哈顿以北的庄园。与此同时,傅家四人——除了等在终点的小妹——也坐蒸汽船沿哈德逊河逆流而上,将龙护送到买主手中。

傅灵芳盘起的长发藏在帽子里,一身学徒打扮,趴在栏杆上眺望冬日里苍凉的山林。一切比她的打算还要顺畅——两个月前,母亲通过邻里闲聊层层介绍认识了清政府驻纽约领事的夫人,提议由父亲造龙参加拍卖;一个月前,小妹经同乡会牵线,顶替正打算永久回国的女佣潜入戈登家;一周前,二弟假称为洗衣店送货混进哥大,在矿业学院周边的几处公告栏都贴上了关于唐人街春节活动的传单。

这一切的基础是傅九的一句无心之语："对了，我们来埃文斯顿的第一年春节，你见过那个戈登少爷，他好像对飞龙挺感兴趣，在唐庙后院跟你聊了很久。"

原来就是他。傅灵芳在黄昏的落日下看到乔治大步走出宅邸，礼貌地与傅九握手，对用帆布遮盖的龙两眼放光时，她认出了那个曾帮她提水、罗列着各种新飞行器，还亲自飞上过天的少年。这次，他的注意力全都集中在龙身上，没有看她一眼。

她恨这个满口"自由意志"，转头又将华工比作机器的家伙。正是他的比喻，连同他那位被报上的激进派斥为"强盗男爵"的父亲，开启了那场屠杀。

龙被盘起身体，安放在大厅里。按乔治和戈登先生的说法，他们想将这里布置成一座"技术的殿堂"，以金属锻造的神兽为中心，安放他们将来收集的各种展现工业之美的物品。傅九监督两个徒弟——他的两个"儿子"——与被召集来的男仆们一起完成了工作，就和妻子站在墙边不发一言。直到乔治结束了与父亲的讨论，想起屋里还有别人，才转向他们，像对小孩子那样刻意放慢了语速："谢谢你们，辛苦了。"

"这里面还装着燃料，安全起见，是不是应该把燃料和引擎都取出来？"傅九问。

"不急，我还想多研究一会儿，之后自己会拆。"乔治咧着嘴道，突然意识到什么，迟疑着问，"请问，我们是不是见过？您看上去有点儿脸熟。"

傅九谦恭地垂着眼睛："没有，您一定是认错了。"

"哦，抱歉，"乔治也不好意思地笑笑，"我不是很擅长认……东方人的面孔。"

十　七

夜深，傅灵芳躲在小妹提前勘查好的隐蔽角落，眼看着大厅里的灯光暗去，乔治轻快地走上楼梯，哼着小曲回到房间，一路留下淡淡的煤味。过了一会儿，从门缝里透出的光亮也消失了，整栋宅子沉入完全的黑暗中。

她蹑手蹑脚地下楼，进到厅中。龙依然在原位，反射出荧荧月光的鳞片好像经过擦拭，比送来时干净了些。龙腔被打开过，但里面的东西一样不少，应该是想等白天空闲时慢慢处理。

她找到龙头底下的牵引绳，用力一拽，再往左右摇摆了两下，绳子自动缩了回去，龙腔内的齿轮开始运转，一会儿将要摩擦的木条渐渐靠近。她退到大厅门口用手帕蒙住口鼻。

"在另一个更理想的世界里，你们也许能成为伯牙子期那样的知己，是不是很讽刺？"傅灵芳想起傅九当时听完计划之后的苦笑，现在她完全懂他的意思了。只有一颗和她一样的灵魂会落进这个陷阱，她不需要多动脑筋就能预判乔治的行动，因为她只需想象换成自己会如何就够了。

她怀里的金丝雀垂下了头，时候到了。

火球轰地炸开的时候，傅灵芳也满头大汗地从树林中冒了出来，裤腿沾着泥土，发间插着杂草。候在路边的蒸汽车发动了，梅阿香和小妹一起伸手，将她拉上车。"结束了吗？"捏着手枪的傅九从副驾驶座回过头。傅灵芳上气不接下气地应了一声。"那就出发吧。"傅九发令道，二弟踩下了踏板。

乔治·戈登夫妇和他们的一双成年儿女在爆炸中丧生，住在底楼和庄园外围的佣人们及时逃生，少数几个消失了，恐怕是被吓跑的，反正事发时确定不在现场。调查表明，乔治·戈登二世买来的唐人街飞龙因喷火用的气体泄漏引发爆炸，而戈登家的主要卧室正好都位于大厅上方。多名男仆作证，戈登父子曾在唐人街师傅面前验货，当时对方提醒是否要取出龙身里的危险物品，但被乔治拒绝了。傅记五金店老板也向警察展示了设计图纸和燃料订购单，说龙从制作到唐人街巡游都从未出过问题，恐怕是乔治后来自己捣鼓时误触了什么东西。

"痴迷技术的富豪之子意外酿成灭门惨剧。"各大媒体做出这样的结论后，便将注意力转向太平洋铁路的股权之争。每天都有记者穿梭在华尔街的高楼间，到处打探。而就在不到一英里的地方，傅记五金店在某天清晨摘下了招牌，五口人坐着蒸汽车离开了。没有人送别，出摊卖早点的小贩经过时只是好奇地抬头看了一眼，便继续去忙自己的生意了。

没有人知道傅家去了哪里。他们的飞龙就像其他那些新大陆的华人故事一样——一个为孩子正常上学将官司打到最高法院的母亲，一个用筷子和洋人约战决斗的学者，一个随美国军舰闯进北极无人区、在浮冰上放风筝的厨师……细节渐渐模糊，直到成为传奇。

在之后的那些年，有哗众取宠的三流作家臆想出一个来自东方的恐怖发明家，操纵机械和魔法妄图破坏白人的世界。有大人吓唬孩子，不要去偷看老妇人的小脚，说不定哪次掀开宽袍，看到的是一个铁怪。

有记者写到一个出生在金山的中年女飞行员，健步如飞，目光如炬，孤身回到父辈的故国，投身推翻帝制的革命。

他们和她们的脸庞与姓名就像千千万万普通华人一样，流离于地球的细微角落，消失在翻滚的历史之中。

作者简介：辛维木，1992年生于上海，从事国际传播工作，业余写小说、翻译，关注跨国交流、科技与社会、历史记忆、女性议题等。作品发表于《2020中国最佳科幻作品》《小说月报》《新华文摘》《科幻世界》等书刊，曾获"她故事"写作计划一等奖、第九届"未来科幻大师奖"二等奖等，曾入围"惊奇奖"最佳新人奖与"科幻星球奖"最佳科幻短篇小说奖。硕士毕业于美国耶鲁大学历史学系。

龙骸

⊙ 海漄

首发于《银河边缘 006：X 生物》(人民文学出版社，2020 年 5 月)

一

海天之间渐渐亮了起来。

太阳像一个刚刚煎熟、红彤彤的蛋黄，从远处的海平线上慢慢探出。夜色中如固态般的铅灰色海水被染成金色，变得柔和，轻柔地拍击着巡洋舰锐利的船身，化为一堆堆斑斓的泡沫。冰冷刺骨的西北风此时竟带上了一丝暖意，为甲板上老人略微僵硬的四肢注入了些许活力，他挺直了背。在老人身后的桅杆上，德意志帝国海军的旗帜正迎风飘扬，猎猎作响。

"早上好，齐柏林[①]先生。"船舱里走出一个年轻人。

"早上好，谢。"齐柏林回头对年轻人笑笑，又把目光投向了大海。四十多年的军旅生涯已经夺走了他曾经强健的体魄，这也许是他最后一次远行了。再过几个小时，"奥古斯塔皇后号"就将抵达此行的终点，德意志帝国在远东新开辟的唯一殖民地——胶州湾。

自1897年11月狄特立克斯少将率军登陆胶州湾以来，远东舰队终于获得了梦寐以求的港口。尽管各国在外交部和国家海军部不断地斡旋及暗示下对占领行动的发生已然心照不宣，但皇帝陛下仍然下令火速增援，以防干涉事件重演。只不过这一次，抢先在大清这块

[①] 斐迪南·冯·齐柏林伯爵（1838—1917），德国贵族、工程师，大型硬式飞艇的发明者。

肥肉上咬上一口的换成了德国人。除了大肆增兵，胶州湾沿岸还需要修筑炮台要塞、建设港口码头，斐迪南·冯·齐柏林爵士作为"奥古斯塔皇后号"防护巡洋舰的随军工程师，就这样踏上了前往这个古老东方国度的旅途。对于年近六旬的齐柏林来说，年轻时梦想周游世界的豪情壮志早已烟消云散，此刻的他只想早日完成任务返回康斯坦茨的庄园安享晚年，殊不知自己的命运和整个历史都已悄然改变。

与齐柏林一道的年轻人是他在香港时寻得的助手。"奥古斯塔皇后号"途经香港补给时，齐柏林出于好奇便在这座东西方风情交融的城市里转了转。不承想稍未留意，竟在鳞次栉比的建筑群中迷失了方向。齐柏林从军多年，世界上许多地方都留下了他的足迹，见多识广的他却在最后一次任务中迷了路，还不知会被船上那帮不知天高地厚的浑小子笑话成什么样呢。他接连拦住几个行人问路，可当地华人虽对他毕恭毕敬，却听不懂他说的德语，实在爱莫能助。无奈之下，齐柏林只得四处乱逛，随意走进了街边一家杂货铺。此时店内已无客人，只有一个文弱秀气的年轻人站在货架前，一手拨弄算盘，一手提笔演算，并未注意到面前的不速之客。齐柏林略微一看，注意力就被这个年轻人吸引了，在自己进店这短短的时间内，年轻人竟已将店内货品库存进出、钱财收支核算完毕，并梳理得井井有条，运算之快连齐柏林都自叹不如。只是到了最后，年轻人却突然停了下来。片刻后，年轻人发现了问题所在，正要更改，而齐柏林也指着他账簿的一处地方，几乎同时说道："是这里，这里算错了。"

"您是德国人？"年轻人这才注意到齐柏林，用德语礼貌地问道。

两人就这样阴差阳错地相识了。眼见天色已晚，年轻人便好心收留齐柏林共进晚餐。席间齐柏林了解到，年轻人名叫谢缵泰[1]，本是澳洲华侨，随母亲来到香港，读书之余帮助长辈打理家中产业。几番交谈下来，齐柏林发现，谢缵泰是这个保守愚昧的国度里难得一见的聪明能干之人，不但精通多国语言，更在数学、机械方面具有极高造诣。接下来几天，由谢缵泰充当向导，齐柏林饶有兴致地浏览了香港的大街小巷，亦不时向谢缵泰介绍和讲解西方先进的机械技术。两人亦师亦友，一见如故。

不久后，"奥古斯塔皇后号"补给完毕，即将起航，齐柏林想到此行路途遥远，语言不通，便邀请谢缵泰作为助手同行。起初谢缵泰并不愿意登上德国军舰，但齐柏林一再保证"奥古斯塔皇后号"此行只是为了给清廷施压，督促其尽快破获近日发生在山东的德国传教士被杀一案，绝不会轻启战端。谢缵泰见他语气诚恳不似作伪，加之正想见识外面世界广阔的天地，便接受了邀请。

待到正午时分，"奥古斯塔皇后号"驶入一环山海湾，就此进入胶澳海域，风浪被阻挡在外，湾内水面宽阔，风平浪静，实在是不可多得的天然良港。四面山势陡峭，易守难攻，北面的山坡上，一门黑黝黝的克虏伯大炮居高临下，扼守海口航道，看来，这便是大名鼎鼎的俾斯麦炮台了。据说，清军数年前便已在此布防，设置炮台，安放重炮，但狄特立克斯率军登陆时，清军虽占尽地利却一炮未发，不战而退，在登陆部队中传为笑谈。

这些愚蠢懦弱的东方人！齐柏林微微一笑，轻蔑地想道。却见一旁的谢缵泰目光炯炯，死死盯着黑洞洞的炮口，就像猎人毫不畏惧地和野兽对视一般。

---

[1] 谢缵泰（1871—1938），字重安，工程师。曾参加孙中山策动的广州起义和惠州起义，同时也是中国近代时事漫画《时局图》的作者。

龙　骸

二

随着"奥古斯塔皇后号"的到来，胶澳地区与登陆部队对峙的清军开始撤退。三年前黄海一战，购自伏尔铿造船厂的经远舰以一敌四，遭日舰猛轰十余炮仍死战不退。自此，德制军舰在清廷上下大受赞赏，如今比经远舰更大、更先进的"奥古斯塔皇后号"他们又如何敢惹？到第二年初，海军军营建立，占领之势日益稳固，接下来，便是外交部的事了。

这几个月来，齐柏林一直忙于港口工程的营建工作，测绘地形、丈量水深、安装机器，等等，而谢缵泰则寸步不离地跟在他身边，除了任劳任怨地做些携带工具、搬运设备的体力活，还在齐柏林的指导下负责收集数据、绘制草图的工作，兢兢业业的态度令齐柏林非常满意。只是偶尔，谢缵泰会看着新绘制的港口图纸若有所思，当齐柏林与他目光相接时，他却总是欲言又止。随着日子一天天过去，谢缵泰走神的次数越来越多。这天晚餐过后，谢缵泰约齐柏林一起去青岛山——也就是他们口中的俾斯麦山上走走。当天的工作已经结束了，青岛山上暂时也没有需要营建的工程，齐柏林有些诧异，但还是毫不迟疑地答应了。

齐柏林对谢缵泰的才学颇为欣赏，谢缵泰同样也将齐柏林视为良师益友，两人之间早有默契，不约而同地在一处山崖边停下了脚步。

举目望去，不远处的海岸灯火通明，港口已经初具雏形。

"谢，你有什么想和我说的吗？"齐柏林问道。

"是的，先生，从第一次见到港口的设计图时我就想问您了。"谢缵泰愣愣地看着山下的海港，轻声说道。

"哦？那是好几个月之前的事了吧。"齐柏林点点头，示意谢缵泰继续。

"你们并不仅仅是为了那两个传教士而来的，对吧？即使抓到凶手，你们也不会离开这里了，是吗？"谢缵泰直视齐柏林，冷冷地问道。

"对，这没什么好隐瞒的，我们在这里建立的港口、防波堤都是永久设施，我们的海军在远东需要一个储煤站，一个属于自己的基地。这不过是我们帮助你们讨回辽东的小小报酬而已！"齐柏林语带不屑地答道。

"小小报酬？先生，你们想要的，恐怕远不止胶澳一地吧！你们在港口修建的铁路，早就预留了向内地延伸的轨道，沿途的地形地貌也已经被你们摸得一清二楚！你们是不是还想要济南，还想要整个山东？"谢缵泰按捺着愤怒，恨恨地说道。

面对谢缵泰的质问，齐柏林一时竟无言以对。自己还是低估了这个年轻人，没想到他仅仅凭借几张铁路设计草图便推测出了殖民军通过铁路将整个山东纳入势力范围的计划。齐柏林沉默良久，终于叹道："谢，你生于澳洲，长于香港，我原以为你和其他守旧迂腐的华人有所不同。你要知道，当今世界弱肉强食，只有强权，才是唯一的真理！"说完，齐柏林对谢缵泰指了指停泊在港口中的军舰。

"好！我定当谨记您今日之言！总有一天，我会向您证明，我们也可以自强于世界！"谢缵泰目光如炬，一口气说完，转身离去。

看着他在山路中渐渐消失的背影，齐柏林突然感觉，自己对这个年轻人，对这个民族，还远远不够了解。

接下来几天，谢缵泰将自己锁在房间里，再不出现。缺少了他的协助，齐柏林手头上工作的进度也慢了下来，不过齐柏林并不想勉强他，齐柏林相信年轻的谢缵泰只不过是一时热血，现实很快会让他低下骄傲的头颅。

三

谢缵泰早早醒来，披上外套走到窗前，军舰和货船静静地停泊在码头内，随着海浪缓缓起伏着。微弱的晨光从阴沉的乌云的缝隙中透出，并不发散，像是给乌云染上了一道道碎裂的金边。风停了，往日喧嚣的海鸟早已不见踪影，天地间突然格外的寂静，看来马上就有一场大风暴要来了。谢缵泰关紧书桌前的窗户，慢慢坐下，愣愣地发着呆。确如齐柏林所料，他的内心是矛盾而无奈的，他曾经天真地相信了齐柏林关于德国人胶澳之行目的的说辞，却没想到传教士事件正是他们求之不得的借口。从德国人在胶澳地区的经营和规划建设来看，他们非但没有离开的打算，野心恐怕还远未得到满足。那天齐柏林的话也破灭了他心中最后一丝幻想。他不得不痛苦地承认，所谓外交，所谓道义，在坚船利炮面前是那样苍白无力。当下他唯一能做的就是继续跟在齐柏林身边，或许有朝一日可以"师夷长技以制夷"，但他又实在厌恶这种为虎作伥的感觉。

今夜有龙飞过

　　谢缵泰正迷茫着，窗户忽然一紧，骤起的大风带动窗框将插销顶得来回摇晃，豆大的雨滴也随风而至，密集地击打在玻璃上，发出爆豆似的脆响。雨水还没来得及流走，又被新的雨滴覆盖，视野很快便模糊起来。透过窗户，只能隐约看到外面水天一线，什么都看不分明，只有港口的引航灯像萤火虫一般，忽明忽暗地闪烁着。

　　"看！那是什么……"

　　"上帝啊……"

　　"是约尔曼冈德[①]！"

　　"闭嘴，蠢货！约尔曼冈德怎么会飞？"

　　"行了，别吵了，快看，它钻到云里面去了！"

　　"这边！它又钻出来了！"

　　这样恶劣的天气，外面却喧闹了起来，谢缵泰不禁有些好奇，但从德国人断断续续的争论中也听不出个所以然。他索性披上雨衣，走了出去。没想到的是，外面已经挤满了人，人们在风雨中举步维艰，却都不肯离去，所有人都齐刷刷地望向天边一片厚厚的乌云，议论纷纷。

　　到底发生了什么？眼前的一切让谢缵泰一头雾水，这些德国人莫不是吃饱了撑的，顶着风暴出来就为了看朵云？

　　"轰！"一道闪电就像急速生长并分叉的树枝，从众人注目的乌云中劈出，雷鸣声滚滚而来，人群中传出一阵惊呼，却不是被吓到，而是因为那片被闪电照亮的乌云中呈现出的异象。只见云层中猛然浮现出一条巨大的黑影，不住地盘旋穿梭，一会儿加速直行，一会儿又扭转翻腾，忽而隐于云雾之中，片刻后又在另一片云层中出现。蓦地，

---

① 北欧神话中的尘世巨蟒，头尾相衔，环绕着整个世界。

那巨大的黑影破云而出，空中传来一声汽笛般的长鸣，悠远浑厚，在电闪雷鸣中竟是那样清晰。

谢缵泰从身边一个德国士兵手里抢过望远镜，不顾他的咒骂将镜头擦了擦，然后对准了云层中的怪兽。被雨水反复冲刷的镜片极为清晰，他看到那怪兽有着形似蟒蛇却大上数十倍的庞大身躯，上面覆盖着鳞片，鳞片起伏波动，其下喷出一股股气流，引得云气缭绕，仿佛是在吞云吐雾。它的头颅既像马，又像鹿，布满鲤鱼似的胡须，其脑后长有两只Ｖ字型的长长的犄角，而在躯干两端下侧，还各生有一对遒劲的利爪。

"哈哈！"谢缵泰看得有些痴了，随即迎风大笑，胶澳之行，不枉此生！它哪里是什么约尔曼冈德，正所谓神龙见首不见尾，那云层中的怪兽，分明就是龙啊！

龙！龙！在越来越猛烈的狂风暴雨中，谢缵泰兴奋得手舞足蹈，但身旁的德国人听不懂他的话，纷纷避让，只有齐柏林挤了过来，一把拉住他的肩膀，问道："谢，你说什么？龙？那怪物就是你们传说中的龙吗？"

"没错！今天我知道了，龙并不是编造出来的图腾，它是真实存在于这个世界上的生物！"谢缵泰指着空中翻云覆雨的巨龙，大声答道。

闪电越来越密集，几乎是一道连着一道，到最后已经分不清雷声来自哪个方向。空中的巨龙变得十分亢奋，腾云驾雾，飞得极快，似乎正在追逐那些骇人的闪电，却总是差之毫厘。盘旋了一阵，巨龙突然猛地掉头扑向天边另一朵透着亮光的乌云，刹那间，一道闪电从乌云的亮光中划出，狠狠地击在了龙身上！

强忍着炫目的闪光对眼睛造成的刺痛，谢缵泰透过望远镜看去，只见雷击下的巨龙周身鳞片张开，统统立了起来，强大的电流似乎被禁锢在了龙身上，在它互相平行竖起的鳞片之间，时不时闪现出一片电火花。巨龙好像被闪电定格了，就这样悬停在半空中一动不动，也许只有短短几秒，谢缵泰却觉得像几个世纪那样漫长。直到巨龙的鳞片合上，空中传来"滋——"的一声怪响，它僵直的身躯才开始重新活动。不可思议的是，随着巨龙的扭动，它原本就硕大无朋的身躯，就像气球一样迅速地膨胀起来。龙难道是在借助闪电完成某种蜕变？谢缵泰的心绪随着这条神奇的巨龙起起伏伏，可还没等他高兴起来，变故陡生。

承受住雷电的轰击后，巨龙仿佛将这天地间的洪荒伟力都吸收了，虽无羽翼，却更加气势磅礴地向高空爬升。眼看就要直冲云霄之际，巨龙靠近尾部的一段身躯却猛地一阵抽搐，幽蓝色的火焰突然从它体内窜出，迎着风雨向上剧烈地燃烧起来，并产生连续的爆鸣声。顷刻间，烈焰从龙的尾部一路蔓延，巨龙发出震耳欲聋的悲鸣，终于支撑不住，向下坠去。

"也许，它会坠落在胶澳海域！"目瞪口呆的齐柏林心中默算了巨龙大致的飞行高度和坠落轨迹，自言自语道。他随即反应过来，一跺脚，用德语向岸上围观的水兵大声嚷嚷了起来。

"谢！我们立刻出海！跟我一起去吧！"齐柏林一边向谢缵泰大声喊道，一边飞快地向港口跑去，仿佛一下子变回了几十年前那个身姿矫健的年轻人。

谢缵泰低下头，犹豫了片刻，咬咬牙追了上去。虽然不愿再和这群侵略者为伍，但这次与神话中的龙近距离接触的机会，他无论如何也不能错过！

龙　骸

四

　　风雨渐弱，"奥古斯塔皇后号"以二十一节[①]的航速全速航行，很快便赶到了胶澳海域与外海的交界处，齐柏林对自己的推算颇为自信，那条龙一定就坠落在这附近！果然，经过一番搜寻，水手们发现了成片的死鱼，其中夹杂着许多硕大的鳞片，应该是巨龙重坠之时震落的。鳞片被打捞上来，足有成人手掌大小，谢缵泰接过一片轻轻抚摸，上面还略带余温，显然经受了烈火烧灼。即便如此，它却完好无损，透着奇异的金属质感，与寻常鱼鳞截然不同。

　　四周散落的鳞片越来越多，瞭望塔上的水兵随即在前方发现了数处仍在燃烧的火苗，抵近一看，正是那巨龙尚未沉入海底的尸体！此刻这庞然大物已经完全没有了生命迹象，但这丝毫不影响它所带来的震撼——仅仅只是漂浮在海面上的部分，就足有数十米长，整具龙尸的长度恐怕与"奥古斯塔皇后号"相差无几！齐柏林与舰长来不及惊叹，这里距外海仅有一步之遥，商船往来频繁，随时可能出现英、日、俄等国军舰。为掩人耳目，他们派出十余名船员携带绳索驾驶数艘小艇靠近龙尸，将绳索分别缠绕捆绑在龙角、龙爪等处，再用"奥古斯塔皇后号"将其拖走，一切等回港再说。

[①]　1 节 ≈ 1.8 千米 / 小时。

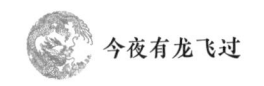

谢缵泰在甲板上看着船员们驾驶小艇不断往返于巡洋舰与龙尸之间，在龙尸附近有条不紊地聚散忙碌，渺小得像一群分食巨兽尸体的蚂蚁，心中不禁凄然。这个国家又何尝不是如此呢？曾经威风凛凛，不可一世，现在却只能任人宰割。也许，这些古老的事物，都会有所谓的劫数吧？这条巨龙是不是就是因为渡劫失败，被天雷击中，才殒命坠落的？可是，他明明记得，当时那条巨龙是自己主动迎向闪电的，难道这中间出了什么差错？在瓢泼大雨下，那诡异的蓝色火焰又是如何燃起的呢？

百思不得其解之际，德国人已经一丝不苟地将龙尸与"奥古斯塔皇后号"牵引连接完毕，只待小艇上的水手上船后便可返航。谢缵泰随意一瞥，却猛地睁大双眼，目光被牢牢定住：远处海面之下，一条蛇形黑影正疾速潜行上浮，距离那几艘小艇已不足百米！

"快跑！快散开！"谢缵泰大声示警，齐柏林也注意到了水下的黑影，急忙与他一起使劲呼喊。直到这时，小艇上的船员们才意识到了迫在眉睫的危险，慌乱地分头逃散。可是为时已晚，那黑影的骨质背鳍像牛排刀一样刺出水面，划开一道巨大的分水线，顷刻间便掀翻了几艘小艇，落水的船员们惊慌失措，唯有拼命游向"奥古斯塔皇后号"。在舰长的指挥下，"奥古斯塔皇后号"几度试图以舰炮攻击水面下的怪物，但那怪物虽然体型庞大，在水下却异常灵活，速度极快，根本来不及瞄准，加之距离太近，担心误伤落水船员，投鼠忌器之下，众人只得眼睁睁看着幸存者被一个个卷入水下，片刻后便有大片血水涌上海面。

幸存者们的惨叫声很快就消失了，只余下一些残肢断体随波逐流。怪兽仍不罢休，绕着"奥古斯塔皇后号"转圈徘徊，时不时还在水下拱起龙尸，发出阵阵悲鸣，似乎想将其夺走。

龙　骸

　　舰上的船员们早已惊骇得肝胆俱裂，只想尽快离开。谁知水下怪兽见"奥古斯塔皇后号"就要拉走龙尸，几番拖拽不成后竟突然跃出海面，直扑战舰甲板，亏得德国水兵训练有素、操纵娴熟，千钧一发之际及时转舵，避开了怪兽大半身躯，但怪兽身体前端的两只利爪仍扣住了左舷甲板。众人被剧烈的颠簸震得东倒西歪，一直潜藏在水面下的怪兽露出了真容——虽然体形略小，角也纤细许多，但一看便知，它也是一条龙！难怪它要与巡洋舰争夺巨龙尸体，它与那死去的巨龙，分明就是一对伴侣！一名士兵逃跑时不慎滑倒，不偏不倚正对上巨龙腥臭的血盆大口，那名士兵亦是勇悍之辈，绝望下竟掏出手枪朝龙头连开数枪，只是子弹打在龙头上却只溅起了几点火星，反而激怒了龙。谢缵泰见势不妙，一把将齐柏林扑倒，从龙口中喷出的火舌堪堪从他们头顶擦过，瞬间就将开枪的士兵和同一直线上的其他几人化为焦炭。

　　"撤！所有人撤出甲板，快进船舱！右满舵，全速前进！"巡洋舰"奥古斯塔皇后号"全体船员自德意志本土远道而来，踌躇满志地以为可以在远东大展拳脚，为帝国争得一份荣耀，万万没想到此刻一仗未打便已伤亡惨重。舰长目眦尽裂，冒着军舰倾覆的危险咆哮着下达了命令。燃煤锅炉骤然满负荷运转，烟囱喷出浓烈的黑烟，在铁与火撞击的轰鸣声中，巡洋舰保持高速的同时向右急转。这次舰长赌赢了，左舷的巨龙与船尾龙尸的重量止住了"奥古斯塔皇后号"侧翻的势头，而只有一小部分身体攀上了甲板的巨龙无处借力，被军舰产生的离心力抛了出去，只在甲板上留下了数道触目惊心的爪痕。

　　好不容易从巨龙爪下挣脱的"奥古斯塔皇后号"无心恋战，朝着母港方向落荒而逃，而被甩到海里的巨龙则跟在军舰后穷追不舍。好在龙尸虽然庞大，重量却轻得出奇，并未过于拖累船速，双方始终保持着微小的距离。在这个距离上，舰上主炮施展不开，舰长只好指挥炮手以舰尾副炮射击。但那巨龙极为狡猾通灵，时浮时潜，炮弹虽然在海面上激起一束束壮观的水柱，却未能伤到它分毫，唯一的用处便是迫使巨龙不敢再次扑上甲板。

军舰就这样与巨龙僵持着且战且逃，大部分船员只能躲在船舱里束手无策，连甲板上同伴的尸体都无法收殓。正当众人的精神即将在这场惊心动魄的追逐中崩溃时，海岸线总算在远方出现了。在齐柏林和谢缵泰的连声提醒下，绷紧到几乎只剩下战斗本能的舰长恢复了理智，用旗语向岸上发出了求救信号。或许是求救内容过于匪夷所思，港口过了好一会儿才派出了几艘军舰前来接应。双方会合后，"奥古斯塔皇后号"的船员们不禁欢呼雀跃，一时竟忘了危险，纷纷走上甲板向友舰脱帽致意，巨龙此刻也不见了踪影，想来已经知难而退了。

"该死的海怪，见鬼去吧！"一名船员忘乎所以，冲到船舷边骂骂咧咧地朝海里吐了一口唾沫，却没注意到海面突然卷起的漩涡。巨龙在水下猛地转身，龙尾以雷霆万钧之势从甲板上横扫而过，不但将那名船员击飞，还卷走了数人，他们像破碎的洋娃娃一样被扔到半空后跌落，很快就悄无声息地沉入了海底。原来巨龙根本没有离开，只是潜行在水下等待机会给予人类致命一击！即使身处险境，谢缵泰也不得不惊叹于龙的智慧，它们到底是一种怎样的神奇生物？

这时，炮声响了，不是军舰上的舰炮，而是青岛山上的岸炮。巨龙终归只是野兽，全力与军舰缠斗却忽视了人类在陆地上的威胁，这一炮虽然没有直接命中，但显然伤到了它，巨龙发出一声痛嚎，潜入水中，再不出现。当天晚上，港口周围再次传来巨龙的悲鸣，如泣如诉，似乎在呼唤死去的伴侣。德国人不敢掉以轻心，派出大批军舰彻夜巡逻警戒，直到第二天一早，海面上泛起了大片血迹，蜿蜒着向外海延伸，他们才确信，这次巨龙真的已经离开了。

持续一天一夜，钢铁巨舰与神话生物间的战斗落下了帷幕。是役，德国远东舰队死伤数十人，另有多人失踪，巡洋舰"奥古斯塔皇后号"甲板毁损严重，可谓出师不利。因德皇计划将胶澳地区建设为其在远东的"模范殖民地"，为防士气受损、引来各方觊觎，殖民当局将此战消息严密封锁，并将拖回的龙尸运回海军基地，秘密加以研究。

五

自从跟齐柏林在青岛山上摊牌之后，谢缵泰早有离去之意，却不想就在这当口居然亲历了坠龙斗龙的千古奇事。"奥古斯塔皇后号"回港后，正逢青岛山炮台筹备建设地下指挥所，前期工程已经在山体中挖出了数个巨大空洞，刚好用于储存龙尸。谢缵泰素来博学，对历史典籍和神话传说中的龙颇为好奇，如今得以观其真身，自然心痒难耐，就此打消了离开的念头。但德国人疑心其华人身份，只是从部队中遴选了军医及工程师开展龙尸研究，谢缵泰并无太多机会接触研究。好在天无绝人之路，齐柏林既是工程师，又出身贵族，还同为坠龙斗龙事件的目击者，自然入选。他考虑龙自古以来便是中国神话传说中的生物，学贯中西的谢缵泰无疑将对研究产生极大帮助，加之感念谢缵泰多次出手相救，便力排众议，为谢缵泰争取到了参与龙尸研究的机会。就这样，两人在争执与决裂后，再度携手合作。

当谢缵泰通过层层检查终于走进那巨大的地下空间后，尽管已经有了心理准备，他仍然感叹于德国人严谨高效的作风，并再次确认了他们野心勃勃。坚固的花岗岩山体已经几乎被掏空，虽然只是前期的土方挖掘，但看得出来，大洞套小洞，洞洞相连，多处同时进行的地下工程构成了一个复杂但有序的整体。不少地方还看到了预留铁轨和电线的痕迹，等到这里最终建成之时，进可攻退可守，绝对是远东地区首屈一指的要塞！而庞大的龙尸就被安置在炮台正下方预备用于建造弹药库的最大空洞内，德国人利用陡峭的山体巧妙设计，虽处于地下，空气依然凉爽干燥，龙尸虽腥味极大，但保存尚好，暂未腐败。

说来奇怪，在历代典籍中，越往古代，关于坠龙的记载越是屡见不鲜，但越到近代，此类现象出现的频率却大大降低。谢缵泰原以为龙不过是寄托先民某种崇拜的化身，随着近百年来科学昌明，民智渐开，神话传说自然便少了。但事实也许是龙这种生物在上古时期曾繁盛一时，甚至与华夏先民有过极其密切的接触，只是在时光流逝中它们的种群逐渐消亡，现如今恐怕只余下了少数孑遗。对于龙这种生物，谢缵泰尚且一知半解，德国人想要研究更是不知从何入手，况且军队中又没有专研生物的学者，他们只得让军医摸索着将龙尸解剖，由工程师记录绘制它的身体构造，并推测其飞行原理及死因。除了运送器械工具，清理现场的工人，此次参与龙尸解剖研究的人员共有十余人。在他们到来之前，工人们已对龙尸做了些简单的防腐处理，并安装了许多滑轮牵引和起吊装置，方便研究者们在解剖过程中随时挪动它。

万事俱备，众人便硬着头皮开始了对这一未知生物的解剖。谁知行动刚一开始，便遇到了棘手的麻烦。龙的周身覆盖着无数硕大坚硬的鳞片，虽然在被雷击坠海时掉落了不少，但剩余部分生长排列得仍十分错落紧致。如果不破开龙体表的鳞片，解剖就无法继续进行，但若一味蛮干，恐怕又会破坏这具珍贵的尸体，操刀的军医陷入了两难。谢缵泰正在一旁观察，回想起目睹巨龙的场景，他灵机一动，巨龙是因为雷击自燃而坠海的啊！它身上最初的起火点，不就是打开这身致密铠甲的缺口吗？他将自己的想法告诉了几位军医，那几人听过后连连点头，随后依据谢缵泰的回忆，果真在龙尾附近找到了一处伤口。

相比于龙巨大的体形，这伤口并不起眼，只有碗口大小，又隐藏在龙尾关节处，如不仔细检查确实极难发现，实在无法想象龙居然是死于这样一处微不足道的创伤。但将伤口处理干净后大家才发现：它虽不大，却很深，几乎洞穿了整个龙躯，伤口边缘处不但鳞片缺失，连龙皮和肌肉都被烧焦了，足见当时雷击威力之大。谢缵泰心中疑惑稍解，但一时又说不出来还有哪里不对。

众人商议后决定从这处伤口着手，先沿着它将四周破损的鳞片去除，再顺着鳞片生长的方向扩展，一步步将较大的鳞片全部剥下，待到柔软的表皮完全暴露后再进行下一步肌肉、骨骼、内脏的解剖。随着鳞片被一片片拔除，谢缵泰心中异样的感觉越来越强烈，龙鳞的排列似乎有某种规律，闭合时彼此契合相连、严丝合缝，正因为如此，最初解剖时大家才会无从入手。但他们很快发现，大多数龙鳞其实是活动的，能够各自张开竖立，在将它们剥离的过程中，从龙的皮下体腔内还带出了一些纤维状的组织，就像树木被推倒后露出地面的树根一样。研究者们面面相觑，谁也没在其他生物身上见过类似的组织。一名年长的军医猜测，龙身上这些能张开的鳞片可能用于散热，而这些纤维可以传导热量、固定鳞片，也许还能像鸟类羽毛毛囊那样起到供给养分的作用。包括齐柏林在内的其他人都认为这一推测很有道理，唯独谢缵泰仍然疑虑重重。

那天目击龙的人虽然不少，但因为天气和距离的原因，实际上看得并不真切，只有他通过望远镜将龙飞行的每个姿态和细节都看得明明白白。他永远也不会忘记龙在云雨雷电中穿梭腾飞的壮观景象，当时龙的鳞片确实有节奏地闭合又张开，就像波浪一样在龙身上翻滚起伏，而且鳞片下还喷出了气流，难道这就是龙将体内热量排出时的现象？或者和鲸鱼一样，这也是龙在换气？

但他清楚地记得，只有在雷击时，龙身上所有鳞片才是张开并竖起的……等等，雷击！谢缵泰心中一震，终于发现了让自己一直感觉奇怪的地方！那条龙不断穿越雷雨云，分明就是在寻雷，它是主动让闪电击中的！那些竖起的鳞片，就像在迎接雷击，除了散热，它一定还有更重要的用途！而龙刚被雷击中时安然无恙，是在雷击结束后，闭合鳞片时才自燃坠落的。对了！他突然又想起，龙承受雷击的部位在身体前半部分，但导致它坠落的起火点却在龙尾，也就是说，这处伤口并不是由雷击直接造成的。

谢缵泰反应过来后连忙去检查龙尾处的鳞片，但为时已晚，这部分的鳞片已经被清除，看不出任何异常了。谢缵泰懊恼不已，不甘心地在祖露的龙尾上寻找着蛛丝马迹，果不其然，他发现了几道不易察觉且已经快愈合的伤痕，它们呈撕裂状分布在龙尾肌肉上，最后汇于龙尾自燃点的伤口处。看到这里，谢缵泰恍然大悟，这处伤口显然在遭受雷击前就已经形成了，伤痕的形态很像是抓伤，有可能是这条巨龙遭遇天敌或是与同类相斗时所留下的。从龙鳞下肌肉受创的程度看，这处损伤原本并不致命，但很可能将巨龙此处的鳞片给破坏了，而龙鳞极有可能在引雷过程中起着非常关键的作用，正是因为这处龙鳞的缺失，才导致巨龙最终引雷失败，自燃坠海！

为了验证自己的推测，谢缵泰取了一片龙鳞和一块龙鳞下的表皮送往化验室检测。不出所料，检测的结果显示：龙鳞具有极好的导电性，龙皮则是优质的绝缘体。毫无疑问，谢缵泰对龙鳞作用的推测比那位年长军医做出的判断更加接近事实的真相。但龙主动引雷的目的又是什么呢？谢缵泰联想到了民间巨蟒飞天、引雷渡劫从而化身为龙的传说，一度怀疑龙就是由某些巨蟒在特殊条件下突变而来的新物种。难道说，它冒险引雷就是为了自身下一步的提升和进化？

谢缵泰从龙的死因研究到龙鳞的作用，最后竟发展到追寻龙的起源与进化。正当他冥思苦想之际，齐柏林却对其做法不以为然，齐柏林认为龙的死因毫无争议，不值得深究，只想知道如此巨大的生物是凭借什么原理实现飞行的。他将研究重点放在了龙鳞下纤维状组织生长出来的肌肉及龙的体腔内。在解剖过程中，齐柏林敏锐地发现，龙的身体正在缓慢地干瘪缩小，而这似乎不是尸体腐败造成的。剖开龙身表层极富弹性的肌肉后，齐柏林有了新的发现，这些肌肉包裹着一个个较小的囊泡，纤维状组织从小囊泡中穿过，深入体腔内相连的更大囊泡中。龙体内许多囊泡已经破裂了，一些无色无味的气体正从中泄漏出来，于是造成了龙尸干瘪缩小的现象。

齐柏林和几名军医小心翼翼地划开龙身上每一块肌肉，好不容易剥离出了一些完好的囊泡。这些囊泡表面覆盖着一层筋膜，与肌肉粘连在一起，大小各异，有的鼓胀，有的干瘪。所有囊泡被清理出来后，齐柏林发现了一个有趣的现象，囊泡自动分为三类：第一类最小，是从靠近体表的部位发现的，外层与肌肉及表皮紧密相连，将它拿起后放手，飘浮一阵后便缓慢落地；第二类大小居中，重量最重，其内明显有液体存在；第三类囊泡体积最大，重量却最轻，分布在龙的体腔深处，骨骼与内脏之间，脱离龙体后便迅速上浮，若在开阔地带早已随风飘走。

早在"奥古斯塔皇后号"打捞龙尸遭到另一条龙攻击时，齐柏林就确信，龙这种生物虽然能飞，但大部分时间应该是生活在海洋中的。它的身体构造完美地适应海洋环境，也只有浩渺丰饶的大海，才能供养如此巨大的生物。通过解剖，齐柏林认为它们之所以能飞，很可能就是因为那些能够悬浮上升的囊泡，结合那条龙曾经口吐烈焰吞噬船员，齐柏林几乎已经猜到囊泡中的气体是什么了！完整的囊泡已经所剩无几了，但为了验证其内部的成分，齐柏林不得不在三类囊泡中各挑出了一个用于检测。

检测结果很快就出来了，因为这三个囊泡中都是极其常见的物质：第一种囊泡中的气体就是普通的空气；第二种囊泡中的神秘液体不过是水；而第三种囊泡中的气体则是氢气。除了第二种囊泡中的不明液体居然是水有些出乎意料，其他两类囊泡中的气体成分完全证实了齐柏林的猜想：龙就是靠体内的巨量氢气实现浮升的，而那些小囊泡中的空气，除了可以带走体内多余的热量，更能起到调节身体相对密度的作用。当龙在飞行中需要爬升时，它就会排出小囊泡中的空气，龙身变轻则上升。而在下降时，小囊泡吸入空气，龙身变重则下沉。这也是小囊泡生在体表附近的原因，它的外层与表皮相连，能随时吸入或喷出空气，空气被加压后喷射，配合龙身在空中做出的复杂摆动，又形成了推力。

简而言之，氢气囊泡提供升力，空气囊泡提供推力，这便是龙翱翔天际的奥秘！至于第二类囊泡，齐柏林在检测前原以为里面是某种特殊的组织液，是氢气的生发器官。但现在看来，它可能仅仅只是龙在海洋中生活时的"压舱物"而已——因为体内氢气的存在，龙需要不断吸水储存在体内，以免身体不受控制地漂浮在海面上。

齐柏林提出的这一套理论逻辑缜密，与检测结果又相互验证，尽管还有一些细节未明，但大家普遍认为已经足以揭开龙身上的谜团。齐柏林一方面感慨造物主之伟大，在自然界中竟然存在如此神奇的生物，另一方面又欣喜若狂，在龙身上，他得到了巨大的启发，仿佛看到一个全新时代的大门正朝自己缓缓开启。

龙　骸

六

　　解剖工作进行到了尾声，大家已经在地下待了很长时间，整天在弥漫着浓烈腥臭味的空气里呼吸，都感到头昏脑涨。齐柏林的研究取得突破后，众人迫不及待地想要尽快结束这项任务，去外面接触下新鲜空气。只有谢缵泰保持着高昂的热情，孜孜不倦地继续研究，不放过任何一处细节。齐柏林看在眼里，心中对这个年轻人的欣赏又多了一分。他甚至向谢缵泰提出，龙尸解剖结束后他就要回国，希望谢缵泰也能一同前往德国，两人携手开创一番事业。

　　谢缵泰当然明白齐柏林所说的事业是指什么，他很佩服齐柏林在科技运用上超前的眼光，更清楚这邀请意味着什么。他只要点点头，未来就能一展所学，荣华富贵将变得唾手可得，更有可能名扬世界。但他低头沉思了片刻，便委婉地拒绝了齐柏林的提议："先生，龙身上还有不少未解之谜没能解开。您有没有想过龙体内的氢气是从何而来的？龙又为何要冒着莫大的危险去主动引雷？这两者间是否有什么关联？这些问题尚未得到合理的解释，就此参照龙的飞行原理研制大型飞艇还为时过早。"

　　"谢，你知不知道自己放弃了一个千载难逢的机会？"齐柏林对谢缵泰的回答有些难以置信，恼怒之余讽刺道，"谢，我不明白你再追查那些虚无缥缈的问题有什么意义，大型飞艇必须马上投入生产，只有这样才能快速积累资本，有了钱，研究才能继续进行。你们中国人不是常说要经世致用吗？你们的作为却恰恰相反，也许这就是你们落后的原因！"

齐柏林口不择言的一番话再度让两人间充满了火药味。谢缵泰不甘示弱，回击道："先生，请你听好，经世致用不代表不求甚解，再说你敢保证大型飞艇生产出来后，你们不会用它占领更多地方？"

"这……大型飞艇的商业前景不可估量，我当然只想投入民用！"

"是吗？鸦片最初也只是一味药材，但到了豺狼手中，就变成了残害民众的毒物！"

两人各执己见，谁也说服不了谁，最终不欢而散。

这次争吵后，齐柏林便马不停蹄地开始了大型飞艇的设计工作。他详细记录了龙尸的长度、重量、身体构造特别是骨骼等方面的数据，建立了数个模型，以此为参考，绘制出了多幅大型飞艇的设计草图。另一头，谢缵泰仍沉浸在龙与雷电的关系中不能自拔，每当夜深人静之时，脑海中总是不自觉地闪现出当日巨龙引雷的画面，却一直不得要领。一筹莫展之际，谢缵泰突然想到，自然界中，除了龙，还有其他生物利用电的情形吗？这或许能给自己提供一些线索。循着这个思路，谢缵泰还真想到了一种生物，那就是在南美洲大名鼎鼎的电鳗。

与龙依赖天气追逐雷电不同的是，电鳗靠自身就可以产生可观的电流，不但能击毙体型较小的鱼类，甚至还能将涉水过河的野牛电晕。其发电器生长在身体两侧的肌肉里，尾部为正极，头部为负极，电流自尾部沿身体向头部传导并逐步增强直至释放。谢缵泰猜测，虽然体形相差巨大，但龙与电鳗在体态上颇有相似之处，长条形的身体，不但利于在海中游动，同样也适合电流传导。与之相对应的，龙身体的正负极情况或许与电鳗正好相反。电鳗放电用于捕猎或御敌，龙反其道而行之，通过触雷将电流引入体内，为的是什么呢？如此巨量的电能，又被龙用到了哪里？

带着这些疑问，他更加细致地解剖了龙的体表肌肉，试图找到电流传导的痕迹，以此推测电流的去向及用途。原本只是抱着另辟蹊径的想法试上一试，结果却歪打正着，在龙体内几乎相同的位置，谢缵泰竟然发现了与电鳗极为相似、但功率显然要大上许多的发电器，正负极的方向也与电鳗完全一致。这直接推翻了他之前的设想，表明龙不仅能依靠自身放电，体内电流也不只有单一的流向，而是存在着一个远比想象中更为复杂的电路系统。山重水复疑无路，柳暗花明又一村。新的发现让谢缵泰欣喜若狂，他从龙尾一路推进，想要弄清电能传导并最终释放的全过程。然而事实再次与设想大相径庭，龙尾产生的电流并没有传导至龙头，更没有被释放，而是直接导入了龙体内深处。

谢缵泰对龙身上层出不穷的神奇之处早已习以为常，思索片刻便想通了其中的关键，龙体形庞大，爪牙锋利，在海中也必定是横行无忌的霸主，完全不需要像电鳗一样大费周章放电捕猎。但他同样坚信，任何生物都遵循着进化的规律，龙既然能产生巨大的电能，也一定会有相应的作用，只是自己暂时还未发现其中的奥妙罢了。而此刻他心中隐隐有种感觉，自己距离揭开最后的谜底，已经不远了。

最终，谢缵泰顺着龙体内的发电器认定，电流的终点恰恰是早先齐柏林发现的那些生长在龙体腔深处的囊泡，这些囊泡内充满水，又与含有氢气的囊泡相连。如果说谢缵泰之前的研究好比是在黑暗中顺着唯一一道光线艰难摸索，而现在，他终于找到了漏出这道光线的天窗，推开它，一切皆在眼前豁然开朗——自然界的广袤多姿竟造就了如此鬼斧神工的杰作，因为直流发电机的发明，直到不足三十年前才被人类大规模应用的电解水制氢法，居然早已在龙身上实现了！

至此，谢缵泰已经能够依据这些线索再加上一点儿想象大致还原出龙这种神奇生物波澜壮阔的一生了。根据龙的解剖结果，龙的四肢保留了一些两栖动物的特征，但体表的鳞片，用肺呼吸的方式，又表明它更接近于爬行动物，应该是介于两者之间的过渡物种。它的繁殖方式尚不明确，但极有可能为卵生，且具有洄游的习性——即成年体在繁殖期自入海口逆流而上，在江河湖泊中产卵，幼体孵化并发育成熟后又返回大海。这一过程在漫长的历史中不断重复，被亚洲东部延绵数千年的文明目睹并记载了下来，形成了独特的神话传说。

生存和繁衍是生物最基本的需求，龙也不例外。龙成年后在海中生活，既无须担心食物来源，又没有天敌威胁，那么它们通过放电将体内的水电解成氢气毫无疑问就是为了繁殖。它们平日潜行在海底，捕食之余不断电解水，将生成的氢气一点点储存在体内囊泡中，达到一定程度后再将体内多余的水分排空，在某些特殊条件下，例如风暴来临之际，借助肌肉力量冲出海面后就能实现飞行。可以肯定的是，尽管飞行原理并不复杂，但对于龙而言，飞行仍然是一项极富难度、风险巨大的技能，只有足够成熟、强壮的个体才能游刃有余地施展。而对于繁殖期的雄性而言，还有什么是比这更好的在雌性面前展示自己的方式呢？

但如果有两条甚至更多的雄性同时完成了飞天的壮举，那么一番惨烈的争斗就不可避免了。而胶澳海域坠落的这条龙，它身上的伤痕，很可能就是它的竞争者留下的，在被人们目击之前，它已经经历了至少一场生死搏杀。谢缵泰无从想象它获胜的细节，但可以合理推测的是，在激烈的搏斗中，为了躲避对方的攻击，它一定需要急速下降，而这又不是仅靠吸入空气就能立竿见影的。它只得将体内宝贵的氢气

龙骸

一并排出,或许还能造成出其不意的杀伤力——这一点,袭击"奥古斯塔皇后号"的那条龙已经演示过了。

在这种情况下,它想要维持飞行状态甚至再次爬升,就不得不使用一些极端但快速的方法来补充氢气。云层中饱含水汽,龙只要钻入其中,龙鳞下的空气囊泡就能在呼吸之间吞噬和过滤大量水分,并将它们输送到更深层的囊泡中。虽然轻而易举地获得了原料,但龙依靠自身放电缓慢电解水生成氢气的效率在这危急时刻就过于低效了,它需要更强大、更快捷的能量来源!谢缵泰是唯一一个清晰观察到那条巨龙引雷、触雷每个细节的目击者,龙在引雷、触雷前后鳞片的不同形态令他印象深刻,这也是他一直固执地认为龙是主动被雷电击中的原因。尽管他之前已经证实龙鳞与龙皮分别是优良的导体和绝缘体,但却一直无从探寻这背后的深意。直到现在,他从电鳗身上得到启发,又在解剖中一步步推导出了龙通过放电电解水生成氢气的全过程,反推之,谢缵泰终于恍然大悟——龙主动触雷,是在给自己充电!

作为一种操纵电能的生物,龙必然对电极为敏感,甚至于它的每一片鳞片、每一根触须都能感应到游离在空气中的微弱电荷,这样它就能在千里之外预知正在聚集生成的雷雨云。当龙冲入雷雨云后,它就开始了在天地刀尖之上的舞蹈,它将周身鳞片竖直张开,被闪电击中后,互不相连的鳞片之间便形成了简易的电容,汹涌澎湃的自然巨力就这样被龙用同样狂暴壮烈的方式暂时降服了。龙如同一支容量惊人的蓄电池,不断从自然界中吸收电能,直到达到自身的储能上限。这时它便合上鳞片,带电的鳞片彼此相连,阻绝的电能重新流动,在鳞片上连通后经由鳞片下的纤维组织导入充满水的囊泡中,再次完成电解水的反应。闪电所蕴含的能量比龙自行产生的要高上几个数量级,龙几乎在瞬间就可以重获足够它继续飞行的氢气,能量与物质的转化就这样在它身上形成了完美的闭环。

可惜的是，即使最精密的机器也会发生故障。出现在胶澳海域上空的那条巨龙，在同类相争中脱颖而出，却敌不过大自然。它在搏斗中负伤，原本并不致命，但被损坏的鳞片成了它的阿喀琉斯之踵。在引雷充电时，剩余的鳞片还能继续发挥作用，但缺损的鳞片在连通放电时只会导致一个灾难性的后果，那就是短路。强大而不受约束的电流在鳞片缺失的部位击穿了它的身体，引燃了它体内的氢气，最终导致了不可逆转的坠落。而在海中等待它凯旋的伴侣，迎来的只能是一具残缺不全的尸体和如同嗜血苍蝇般尾随而来的人类。

龙尸的解剖和研究结束了，众人从山体要塞中走出，都有一种恍如隔世的感觉。

"谢，请接受我的歉意。"天下无不散之筵席，或许意识到了这一点，齐柏林低声说道。

"不必了，先生。这几个月承蒙您指点，我应该谢您才是。"谢缵泰淡然一笑。

"谢，你无须自谦！你的研究完全是开创性的工作，而我只是做了一个工程师该做的，仅凭这点你就远胜于我。咱们一起去德国开创飞艇空中运输的黄金时代吧！"齐柏林有些激动，紧紧地握住了谢缵泰的手。

"辜负您的好意，我很抱歉。"谢缵泰这次的回答更快、更坚定。

"大清当前的境况，有谁会重视你？在这里你永远不可能造出飞艇！"

"您说得没错。比技术更重要的，是人心。如果民智不被开启，技术再先进又有什么用呢？"

见谢缵泰心意已决，齐柏林尽管惋惜也只得放弃。他临走时，谢缵泰前来送行，也许感怀于齐柏林对自己的欣赏，又或者是因为巨龙引雷失败的惨剧造成的冲击过于深刻，谢缵泰最后劝道："先生，建造大型飞艇用于运输确实是技术应用上的创举，但那条龙的结局您也看到了，还请您务必重视飞艇的防雷性能，否则迟早要酿成大祸。我运用最新的强度及刚度理论进行了测算，发现完全可以使用铝合金制作飞艇蒙皮，飞艇其他部分则替换成绝缘材料，这样飞艇就形成了一个法拉第笼，从而对雷击产生一定的屏蔽作用。而且我还听说有英国人在用硫酸处理沥青铀矿时，制成了一种不活泼的气体[①]，虽然浮力略小于氢气，但安全性要好得多，您不妨考虑考虑。"

"好，我会认真考虑的，但当务之急还是把飞艇先造出来……"齐柏林的回答有些漫不经心，与谢缵泰握手道别后，他登上了回德国的轮船。随着汽笛响起，轮船缓缓驶离了码头，两人渐行渐远，再无交集。

尾　　声

1937年5月6日，代表飞艇技术巅峰的"兴登堡号"在美国莱克赫斯特海军航空总站上空准备着陆时突然失火，仅仅三十二秒后便燃尽坠毁，三十六人在这场可怕的事故中丧生。

---

① 此处指1895年英国化学家制成的氦气。

关于这场空难的原因，历来众说纷纭，但一种猜测是："兴登堡号"降落时，一根被吹断的缆绳划破了一个气囊，造成了轻微的氢气泄漏，而一道闪电恰巧击中了这个位置，引起了大火。

属于飞艇这个空中巨无霸的时代，自此由盛转衰，徐徐落幕。

（本文在写作过程中，得到了fate、付强两位老师的帮助及指点，特此致谢！）

作者简介：海漄，科幻迷，纪录片爱好者。对或然历史及怪兽情有独钟，作品追求在不改变真实历史轨迹的前提下，重构、解析其背后的故事，以此反衬历史的恢宏与个体的渺小。2011年于《今古传奇·故事版》（月末版）发表处女作《惊情喀纳斯》。作品散见于《科幻世界》《银河边缘》等，曾被收录于《2019年中国悬疑小说精选》《2022年中国悬疑小说精选》《2023中国最佳科幻作品》。另有《走蛟》获第四届冷湖奖中篇小说二等奖，《时空画师》获2023年雨果奖最佳短中篇小说奖。

寻龙记

⊙ 韩松

首发于《布老虎中篇小说·2004春之卷》(春风文艺出版社，2004年1月)

一 寻龙者

由北京发往哈尔滨的特快列车，在酷热难耐的季节里气喘吁吁地艰涩向前，浑身散发出一股猪尿脬般的臊味。

三十三岁寻龙者陈刚躺在上铺，强忍着晕车的不适，勉力研读上车前购买的《龙：神话与真相》一书。著名学者何新在这本著作中详考了龙的来历。

在下铺，另一名寻龙者李杰半倚着，用一支圆珠笔在白纸上描画，画的都是龙。但这些龙都被他卡通般美化了，成了长须垂胸的酷男儿。

李杰三十七岁，在河南开封的一家副食品商店卖猪肉，画画是他打小便有的爱好。相对于李杰笔下美丽的龙，在何新的书中，龙却成了獠牙鳄鱼，缺乏寻龙者想象中的卓绝美感。

随着龙一般的火车蜿蜒北行，陈刚浑身包裹着一层腾云驾雾的感觉。他心惊肉跳，不时停下阅读，俯头去看同伴。

车厢里拥挤不堪，一群东北人在大呼小叫地炸金花。几个广东人不断打手机，说的话谁也听不懂。穿着肮脏制服的列车员无精打采地走来走去，兜售杂志，封面印满穿吊带裙的女人和拿手枪的男人。到处弥散着啤酒、烧鸡、香烟和方便面混合成的怪味。陈刚对面的铺位上躺着一个慵倦的姑娘，她每过半个钟头就要从化妆包里掏出一面镜子来照照脸，抹抹口红，打打粉。她也偶尔打手机，听口音是四川人。

陈刚和李杰不想跟这些人说话，他们觉得，在这样的旅途中，萍水相逢的人里面是没有谁会去谈论龙的。

后来，李杰睡着了。陈刚溜下床，坐到了窗户边，对面坐着广东人。他们默默看了一阵窗外乏味的景色。广东人忽然开口用普通话问陈刚：

"先生是做什么生意的啦？"

"我们寻龙。"陈刚迟疑了一下，如实说。

"做什么啦？"

"寻龙。"

"我没有听明白啊。"

"就是寻找那个龙嘛。龙，你总知道吧？"陈刚有些不耐烦了。

这回，广东人听清楚了露出黄牙笑道：

"龙啊，龙子龙孙、龙的传人的龙吗？成龙的龙吗？"

"啊，对对对！"

"不过，我还是搞不太懂。是寻……龙吧？"

"正是！"

"让我想一想……哦，是恐龙吧？你们是科学家？电视上说东北有个地方专门出土那种东西的化石啦。"

"那是辽西的龙鸟，但不是龙。我们是去寻龙，是真龙，不是恐龙。"

"真龙，那是什么呢？"广东人眼珠骨碌碌直转。

"龙是一种确实存在的动物，是活生生的动物。"

"这就有点意思啦。你是说，世界上真的有龙？"

"是的。古代传说中的龙，其实是一种幸存下来的史前两栖动物，就像大熊猫和野人，它逃过时间的劫难，活了下来。这很不容易啊。"

"咦，你是怎么知道的？"

"有人亲眼看见过。"陈刚想了想，还是拿出了龙的照片。当然了，这是复制件。

广东人歪着脑袋看了看，笑得直摇头。

"伪造的啦。这年头，什么都是假的啦——大哥，你不要生气。你花多少钱买来的？我敢说，你上当了。"

陈刚很生气，红着脸收起照片，忍住火气说："没关系。好多人都这么说我们，习惯了。但这龙肯定是有的。"

"好吧，就算是真有，那么有人赞助你们吗？"

"没有。"

"就是说，完全靠自力更生啦。那也很好啦，至少成本很低啦。等寻到龙，你们就发了。"

广东人对陈刚眨眨眼，回到了铺位上。上铺的年轻女人这时火鸡般灵巧地蹿了下来，走到车厢接口处吸烟，不时斜瞟广东人。陈刚又打开书看，却再也看不进去。

不久，夜来了。李杰醒来，佝坐在床上，两眼贼亮得都不像眼了。

陈刚想，终于成行了。

二　志同道合的两个男人

陈刚不是科学家，他是北京市平谷区一所中学的政治课老师。半年前，陈刚正式开始了寻龙行动。

他通过互联网寻找志同道合的人。但他的帖子很久也没有得到回应，有个别人好奇地问一问，也就过去了。一个月后，才有人认真应答。

那位网友自称是河南人。当时陈刚心头就咯噔了一下，那种感觉就是"对上号了"。河南濮阳出土过蚌龙，被称作"中华第一龙"，六千多年前的，已经是很成熟的、让人心跳的龙的形态了。那个河南人便是李杰，也是一位龙迷。

他们不断通过电子邮件交换看法，越谈越投机。一个月后，李杰把龙的照片扫描后，传给了陈刚。然后，他们决定见上一面。

陈刚从北京出发，去到开封。李杰举着一块写着陈刚名字的纸牌到火车站来接。"还没有吃饭吧？"李杰热情地带陈刚去吃烩面。

在饭桌上，陈刚急不可耐地说："你再说说你掌握的情况吧。"

"原版照片我带来了。"

"你带到这里来了？原版的？"陈刚吓了一跳。环顾四周，这是一家破旧的小馆子，臭烘烘乱糟糟的，有两个要饭的孩子站在他们身后，眼睛紧盯着碗里的面条。

陈刚恼火地想，幼稚啊，这样太冒险了。但也正因如此，他被河南人的真诚感动了。

黑白照片已经发黄，与在网上看到的相比，因为有了质感而更加有冲击力。

照片看样子是从三十米开外拍的，一头硕大的动物卧在江边，身形比较模糊，但约莫看得出有缤纷闪亮的鳞片，头是骏马一般的，向上耸起一个影影绰绰的短角。有几十个村民模样的人举着盆碗，往龙身上作泼水状。

陈刚的眼泪差点滚落下来。

李杰十分兴奋，眉飞色舞地谈起了获得照片的经过。那是三十多年前的事了，他父亲去山东莒南出差，住在一个小旅店里。同住一屋的，还有一个老头儿。他们晚上睡不着觉便聊天，就聊到了龙。

老头儿转述了一个天上掉龙的故事，并给李杰的父亲看了那张奇异的照片。照片也是从别人那里得来的，这些年来，老头儿一直带在身边，期望着能遇上一位有学问的人，把这事整明白。也许是谈得特别投机，老头儿把照片转交给了李杰的父亲。

他说："你比我有文化，有了机会，找人问问这是个啥怪物吧，说不定，是重大的科学发现哩。"李杰父亲是个有心人，向老头儿问了姓名和住址。原来，他是一位东北人。

那是三十多年前的事了，现在李杰的父亲已经故去。

陈刚问："这拍的是哪条江呢？从照片上看，不像是长江黄河。"

"是黑龙江。"李杰说。

联系到那老头儿是东北人的情况，这是可能的。陈刚也搜集到了一些民间传说，说20世纪40年代，黑龙江边掉过龙，有许多老百姓去抢救，给龙泼水，就像今天的环保主义者救助搁浅的鲸鱼。但是，坠龙的具体地点却众说纷纭。照片所反映的，便是这么一回事吧。照片印证了传说的真实性。

"黑龙江，这名字本身便耐人寻味。"陈刚沉吟。

"我觉得秃尾巴老李的说法，一定有它不寻常的来历。"李杰用筷子在碗里搅出黑乎乎的漩涡。

所谓秃尾巴老李，指的便是黑龙江中的龙。多少年来当地人一直这么说着。

但为什么不是黄河、长江呢？黄河为什么不叫黄龙河，而长江为什么不叫长龙江呢？陈刚感到了一种揪心的遗憾。

"是因为东北人都是活雷锋，龙才心甘情愿掉在那里嘛。"李杰深

寻龙记

情地注视着照片上人们往龙身上浇水的场面，"他们当时一定在齐声高喊：'龙啊龙，我们这旮旯盛产高丽参！'"

听了这话，陈刚绷着的脸上才露出笑容。想不到，卖猪肉的李杰还是一个挺幽默的人。联系到寻龙的举动，陈刚忽然觉得自己也要成为活雷锋了，不禁摩拳擦掌。

要说起来，掉龙这事久了。在东北地区一直流传着有关"龙棚"的传说，说是有一个村子里有一个张木匠，心灵手巧，连龙王也慕名把他接去装修龙宫，张木匠却担心着家乡大旱，以罢工要挟龙王，要他先去行雨。龙王只好答应，并把张木匠也变成一条龙与之同往。但张木匠不幸从空中掉在了地上。善良的老乡们说，这龙是为咱行雨掉下来的，得给它搭了棚子遮太阳，别让它晒干巴了，并且都往龙身上浇水……

不过，现实中的龙当然不是从天上掉下来的，而是几亿年来都生活在江河湖海里啊。有时它们也爬上岸来，一不小心便搁浅了。问题在于，几千年来龙被神化了。现在，到了还原它真实面目的时候了。

想到这里，陈刚便产生了一种欲与李杰握手甚至拥抱的冲动。他正要站起来，但这时外面突然传来一阵奇异的巨大噪声。昏暗的马路上，车辆都堵住了。一面面书写着"重塑河南形象"的大红锦旗在黄色的人行道和绿色的房顶上整齐地飘舞。满街吐痰的咯咯声和小贩们吱吱的吆喝声汇成了一曲民乐。神龙富康汽车旁边走来了嗷嗷叫的骡群。

陈刚不禁产生了误会：这是在拍电影吗？

陈刚说："龙的传人，被刻画为蟒蛇的传人，或者巨蜥的传人，一想起来便很恶心。大家还真接受了，这真是个鱼龙混杂的时代。是龙的妖魔化吧，必定真的有龙，龙绝对不是鳄鱼。你的照片很珍贵，足以说明问题。"

这时，越过满是碎骨、剩面和残汤的桌面，两人的手牢牢地握在了一起。可惜，没有留下照片，倒是乞丐们的眼睛都冒出火花来了。

晚上，李杰邀请陈刚住在他家。李杰还是单身，与他母亲一起住在一间十五平方米的平房里。而陈刚刚刚离婚，也与母亲共住。看起来，寻龙这种事情，只有他们这样与母亲同居的独身男人才能办到。说起来，龙，从来是与凤有着关联但又分庭抗礼的家伙哪。

整夜，陈刚和李杰睡在一张床上，合盖一床被子，热烈地商议着如何去东北寻龙，应该从哪些线索入手，需要多大花销。身边响起了李杰母亲的鼾声。

在入睡之前，他们也谈了一会儿女人，谈娶老婆是如何的不好，谈与母亲住在一起是如何的放心和省心。他们也觉得，龙便是他们共同的恋人。世上仅有他们两个人去寻龙，也许网上还会有潜在的候选者，但这种可能性不会太大了。再说，他们也不希望有第三者插足。要找到值得信赖的寻龙者，感觉比寻龙本身还困难。

"又不是打'拖拉机'，两个人其实就足够了。"李杰说，"龙是为少数人而存在的，就像猪下水一样。"

三　龙非鳄

陈刚开始对龙着迷，是在1999年北约轰炸中国驻南斯拉夫大使馆和2001年中美南海撞机之后。在这两起震惊世界的事件中，根据网上流传的一些照片，天空中都出现了飞龙的神秘身影。

自此之后，陈刚便把几乎所有的业余时间都用于研究龙了。他太专心致志于此，以致忽略老婆的感受，其结果便是她提出离婚。

这件事对于陈刚的影响并不大。龙的真相到底是什么呢？它在新世纪重现，对于中国又有着什么意义？"寻找这样的答案，要比与女人搭伙过日子重要得多啊。"这是陈刚真实的想法。

离婚后，陈刚反倒可以放开干了。他从已有的资料入手去认识龙的真相。很快他便了解到，按照既定的观点，作为龙的那种存在，在中国文化中是一种虚构的动物。《辞海》（1989年版）说："龙，古代传说中一种有鳞角须爪，能兴云作雨的神异动物。"

总的来讲，龙是好几种动物的综合体，比如马啊、蛇啊、鹿啊什么的。而学者们经过考证，认定龙是依据鳄鱼、巨蟒和鲸这样的动物原型生成的。特别是鳄鱼中有一种叫湾鳄的，体长可达十二三米。当时，华南也有这种动物分布，这便是龙的本来面目。

但是，陈刚一旦开动自己的大脑进行独立思考，便发觉此中存有疑问。

比如，十二生肖中，有十一种都是实实在在的既有动物，唯有龙是虚构的，是综合而成的，这难道是偶然的吗？

说龙是鳄鱼，那么为什么不直说鳄鱼呢？在古代，鳄鱼并不是一种罕见的动物，人们对于什么是鳄鱼应该能分得十分清楚。李时珍在《本草纲目》中记载扬子鳄曾是南方人婚娶筵席上常见的佳肴，足以证明鳄鱼为人所熟知。在震古烁今的韩愈《祭鳄鱼文》中，鳄鱼也不曾被误会为龙。

陈刚进一步考证出，说龙不是鳄鱼，还是有着生物学根据的。比较明显的是，在所有有关龙的描述中，龙都有角，而鳄鱼没有；龙有口须，而鳄鱼绝无；鳄鱼长着满嘴利齿，龙又何曾这样的呢？在古代文献中，鳄鱼都被记载为一种残暴的动物，而龙则大都被描绘成祥瑞的象征。

"今人不见古时月呀。"陈刚感叹。总之，龙是有生物原型的，但绝不是鳄鱼。元人周达观曾出访真腊（今柬埔寨），在《真腊风土记》一书中写道："鳄鱼大者如船，有四脚，绝类龙，特无角耳。"充分说明鳄与龙是两种动物。当然，龙与蛇的区别就更大了。至少，蛇是没有四肢的。

陈刚心想，龙被妖魔化，是中国五千年文明最不幸之事。而为龙去妖魔化，只有待到今天——中国这条巨龙重新腾飞之时。

在搜集到20世纪东北出现真龙的传说后，陈刚进一步推测，龙应该是一种处于进化环节中间阶段的古老生物。准确来讲，它是从两亿八千万年前石炭纪末期幸存下来的一种两栖动物。

如果要把这幅失落的历史图画复原，那么还可以进一步追溯到三亿五千万年前，也就是泥盆纪晚期。

那是一个鱼类鼎盛的时代，陆地上除少量昆虫以外，还看不到其他动物的身影。但随着陆地的上升，原先的海洋萎缩，有的被分割成了内陆湖泊，并逐渐干涸，一些鱼类为了寻找新的生活空间，艰难地爬上了陆地，鱼鳔渐渐转化为肺组织，胸鳍、腹鳍慢慢发展为五趾型的四肢，鱼成了两栖类。龙，便是这登陆大军中的一员。

这一过程持续了六千万年。古代两栖类经过烦琐复杂的进化，有的成了走兽，有的成了飞禽，有的成了直立人，龙的演进却不知为什么停滞了，于是龙就成了熊猫和银杏那样的一种活化石。它以古老得让人难以置信的形态，直到20世纪前半叶，还悠游于神州大地，被幸运的人们目击。

在看到李杰提供的照片后，陈刚对自己的结论更加深信不疑了。照片上的龙虽然模糊不清，但与古画中的龙非常相似，而不同于鳄鱼。

陈刚和李杰采取的第一个行动，是带着照片和资料去北京求教于古生物学家，但没有一位学者感兴趣。有的人像看骗子一样打量着俩人，那目光分明在说，你们这种家伙，我们见得多了。辽西有人搞假化石，卖到国外去，玷污了中国学术界的声誉；还有人伪造猿人头骨和史前工具，极其无耻。

被归为骗子之列，陈刚和李杰的自尊心受到了极大伤害，他们非常失望和愤怒。

四　龙的传人

陈刚和李杰决定，在不依赖专家的情况下独立去东北实地寻龙。

就在此时，他们的信心得到了最新考古发现的支持。考古学家在辽宁阜新发现了一条用红褐色石块摆塑的龙，昂首张口，弯身弓背。全龙竟长达二十米，龙身宽两米。这是一条八千年前的龙，就是说，比河南濮阳的"中华第一龙"还要早一千多年。

看到了这样的东西，寻龙者坚信，这意味着现实中一定存在着能与艺术形象互相映衬的巨大不明生物的实体，而东北或可称作龙的故乡了。

但为什么是在东北呢？

到达哈尔滨的时候是早晨。初升的太阳使两位寻龙者心中充满粉红色的希望，他们想象在这里能得到活雷锋们的帮助。

狼狈不堪地穿过卖盗版书和影碟的摊子，两人在火车站附近找了一家便宜的私人旅馆住了下来。在房间中，他们把计划复盘了一遍，稍微休息了一会儿，就去了省图书馆。图书馆收藏有民国时期的报刊，他们想，也许有与龙相关的记载。

他们忙了一上午，结果却很失望。半个世纪前的报纸刊登了五花八门的奇闻逸事，却没有讲到龙的。

在省城的调查没有结果，这也是在预料中的。陈刚和李杰便按计划向大庆出发了。向李杰父亲提供照片的那位老人，便住在这座城市。

之前，陈刚和李杰也按地址寄去了信，但始终没有回音。这次，干脆直接找去了。

他们来到大庆，却发现老人已于两年前去世。老人的儿子去南方做生意，老人的孙子一人在家，接待了访客。

看着这个十七八岁的年轻人，陈刚不禁起了一个念头，这才是真正的龙的传人啊。

他们说明了来意，老人的孙子却皱起了眉头，说他从来没有听爷爷奶奶爸爸妈妈说过这样的事情。

"请好好回忆一下吧，这样重要的事情，他们不可能不说的。他们一定告诉过你，照片是怎么得来的，是谁拍的，怎样拍到的。"

"爷爷奶奶和爸爸妈妈都没有告诉过我。我从来没有见过这张照片。那上面拍的是什么呀？真的是我爷爷给你们的吗？"染着一头红发、鼻孔上挂着环饰的男孩一脸警惕，"你们是来告诉我，我中大奖了吗？说吧，你们要我交纳多少手续费？"

陈刚和李杰都傻了。

"很奇怪的一件事情，上辈子的事情了。"男孩子若有所思，"他们为什么一定要对我说呢？一点儿也不酷。"

"也许你父亲知道一些。怎么才能与他联系上？"

"我不知道。他是他，我是我。"

半天，都没话了。想了一想，陈刚才说："那么，你们一直住在大庆吗？"

"不，我爷爷小时候住在黑河，后来才搬过来的。"男孩子撇撇嘴说，"你们要寻龙，我看还是去那里吧。但我不会跟你们一起去的，忙着呢。"

五　黑河

第二天，陈刚和李杰踏上了前往黑河的列车。

越往北走，身心就越发有一种湿漉漉的霉臭的感觉。一路上他们还在想，那老人为什么可以把龙的事情告诉萍水相逢的外乡人，却不告诉自己的直系亲属呢？他不相信下一代人能够理解龙吗？

陈刚心烦意乱地把鼻子贴在车窗上。外面一丛丛薄云似的树影掠过，样子跟南方的树种颇有不同。一望无际的黑土地肥闷积重，下面不知埋有多少中国人、俄国人和日本人的枯骨。这是昔日伪满洲国的土地啊。有一队俄罗斯游客也在车上，携带着在哈尔滨疯狂采购的大包小裹。陈刚想，一百多年前他们也来过，但是拿着枪。五十多年前，龙还在这块土地上漫游。现在，它们在哪里呢？

列车次日一早来到了黑河，这是一座改革开放后才崛起的边境城市。陈刚和李杰住进了一家招待所，打开窗户，便看到了一条浑浊的大江。想也不用想,这便是魂牵梦绕的黑龙江了。陈刚头一次看见黑龙江,心里暗暗一凛。

晶亮的江水仿佛一动不动,就像一张年画。对岸便是异国他乡,匍匐着成片低矮的白色房屋,绿树一望无际,烟筒高耸,呈现出一种难以言说的辽阔与寂寞。

陈刚张大嘴巴久久凝视,想象黑龙江变成了一条巨龙。龙不在这里,还能在哪里呢?

李杰早已按捺不住,拉着陈刚奔出招待所。他们沿着江边疾走,互相也不说话。李杰掏出照片,不断与大江作对比,心急火燎的样子。

这时,在他们的周围,蜃景一般浮现了广告牌的群阵:柯达、可口可乐、《哈利·波特》、宝洁、海尔、李宁、李小双、李玟……黑河看上去和国内其他城市没什么不同。他们也注意到,黑河正在办一个贸洽会,到处是招商的标语广告,用中文、英文、俄文、日文书写着大字。

龙的照片果真是在这里拍到的吗?龙还会现身于此地吗?它难道没有逃向无人区吗?是否有偷渡的龙?

第一眼看到黑龙江所引起的兴奋被冲淡了,陈刚和李杰渐渐被失望的情绪包围,又感到一种刺冷的陌生,便悻然离开江边。

黑河的主街十分热闹,小贩们在吆喝着售卖俄罗斯商品,望远镜、套娃、酒壶什么的。有人上来要与陈刚和李杰兑换卢布。但在街上没有看到俄罗斯人,据说他们都集中在江中的一个岛上做易货贸易。街头有不少夜总会的招牌,墙上画着暴露的俄罗斯女郎。

陈刚和李杰逃开,拐进一家艺术品商店,那里卖的全是低价收购来的俄罗斯知名画家的作品,另外,还有其他好东西,比如"二战"勋章和15世纪的民间工艺品等。这感觉像是俄罗斯人可以把他们整个国家都卖了。陈刚和李杰暗暗心惊。

"有关于龙的图画或者照片吗?"陈刚把龙的照片递给年轻的老板看。那人摇头,说:"这种事情,应该去问老人。"他们又来到大街上,问摆摊的老人。但老人们也说不知道。

陈刚想,龙从人类生活中匿迹的时间的确已经太久了。他们来晚了,但或许真的是无所谓了,可能的情况是,寻龙者落伍于时代了。

"如果去到还没有被现代文明打搅的那些村子里,恐怕还行。"陈刚闷闷不乐地说。他在想,传说和照片反映的可能是发生在某个僻远村子里的事情。

"你说是哪个村子呢?"李杰急切地问。

陈刚说不出来,他不知道是哪个村子。这才意识道,他们准备工作远没有做到家。是否应该向当地政府求助呢?看着那些贸洽会的广告,他不愿去,去了恐怕也是一无所获。

"如果真的是发生在抗战时期,当年见到龙的人,怕都老死了吧。那个时代的事,今天怕是真的没有人关心了。"李杰担心,即便找到了那个村子也没有用。

"难道,龙就不愿意在和平时代重新现身于年轻人面前,并给大家一些教诲吗?"陈刚恨恨地说,眼前又浮现出在大庆见到的那个孩子,一个新人类。

"恐怕,龙并不是为了意义而存在的。"

卖猪肉的李杰说出这样一句话来,把陈刚吓了一跳,他想,这一定是李杰从《读者》或《青年文摘》一类的杂志上摘录的警句,陈刚班上的学生都是这样的。李杰很要强,把业余时间都花在了自学上,可惜竟没有一个女人慧眼识珠。唉,想这些也没用。

他们有些气馁,便悻悻回到了住处。周围都是发廊,他们竟看到了在去哈尔滨的列车上遇到的那个四川姑娘。世界比一节卧铺车厢还要小啊。

不久，夜晚来临了，世界被卡拉 OK 的声音淹没了，连他们住的这家小小招待所里也有夜总会演出。俄罗斯女子——卓娅和舒拉的后代们——跳起了舞。中国姑娘都在暗暗忌恨她们抢走了生意。

陈刚和李杰实在睡不着，烦躁地又来到了江边，看见对岸有野狐眼睛般的灯火。堤上有几个日本人在闲逛，又来了一队美国人，扛着摄像机。陈刚心里来回倒腾着一些词句：《瑷珲条约》、伪满洲国、中美撞机、老头儿、默多克、布满电视天线的村子、龙、隐藏起来的龙、龙隐……

他们没头苍蝇般走了好半天，最后又回到招待所，电话又响了，问要不要做按摩。他们回绝了，还要把钱省下来寻龙呢。两人躺在一张床上，搂抱着，睡不着觉。陈刚便想象着龙，想象着龙的爪子梳理着这世界混沌一片的脊梁，想象着他们明天就要深入龙潭，找到的，恐怕仅仅是龙的尸骨，不，连尸骨也没有。

六　飞龙在天

第二天吃早饭时，两人却意外地获得了有关龙的消息。餐厅中，有一个旅游团队与陈刚和李杰同坐一桌，热烈谈论着对岸的事情。听见陈刚和李杰在说龙，年轻的男导游便插话说："见过。在老毛子那边能见着龙。"

"你说什么？"陈刚的筷子差点从手中掉下来。

"是在老毛子的博物馆里,有龙的尸体。"

"龙的尸体?是什么样子的?"

"什么样子?还不是龙的样子。"导游比比画画地说了一遍。

看到陈刚和李杰显露出那样的神情,导游飞快转了转眼珠子,说:"你们要想看真龙,就跟我们一起出境吧,但今天太迟了,过江去玩的人太多了,要等五六天。"但等陈刚表示要给导游三百元小费时,他又说可以马上去了。

当天,他们便办好了各种证件,上了船。这是两层楼的渡船,飘扬着崭新的五星红旗,载的都是中国游客。旁边还有一艘,是俄罗斯的。俄罗斯人扛着蛇皮袋,呼哧呼哧地往船上搬,像是一群刚刚打到猛犸象的猿人。陈刚和李杰心中浮现了一种强烈的非现实感。原本只想在中国境内寻龙,但一念之间便要去国外了,好像是做梦啊。没想到出国竟是这般容易。

船儿嘟嘟嘟地一会儿便开过了主航道。黑龙江早先是中国的内河,后来才成了两国的界河,俄罗斯人管它叫阿穆尔河。江面白花花的,冒着豆花一样的怪泡,但一直没有龙出现。在那边的入境处,边防人员十分倨傲,中国游客仅等待验证通行就花了两三个钟头。上街后,景色便与中国这边不一样了。陈刚记得,这座名叫布拉戈维申斯克的城市,一个半世纪前还叫作海兰泡。

导游诡黠地眨眨眼说:"很快便能看到龙啦。但是,这也有更多其他好玩的。"

来了一个地陪,是一位身高马大的俄罗斯女人。她带领中国游客参观了一些地方,包括纪念碑、广场、领袖塑像等。一路上总是有俄罗斯小孩找大家讨钱或者兜售纪念邮票。陈刚和李杰焦急地等待着去博物馆。

布拉戈维申斯克地质博物馆终于到了,是一座典雅的白色欧式建筑。有关这座远东城市的历史，它怎么从一片荒芜，最后变成了俄罗斯民族的重要聚居地，通过展品一览无余。陈刚和李杰却对这些不感兴趣，只是去注意动物标本的陈列。

动物很多，有熊、鹿、狼等，体现出了寒带的特征。据说此地的森林直到今天仍很茂密，野生动物出没无常。但是，龙在哪里呢？

终于，他们在一个玻璃柜中，见到一具动物的尸体，仅仅剩骨架了，样子比较怪异。讲解员似乎不屑一讲，就带着中国人越过去了。大家也都没有留意那家伙，只有陈刚和李杰故意落在了后面。仔细看，它应该是一头脊椎动物，有一个硕大的脑袋和匀称的四肢，尾巴很长，像是爬行纲，但又与他们见过的任何爬行动物不同。最让人兴奋的是，它的脑袋上有一个角质物。这骨骼还没有成为化石。

陈刚举起照相机正要按下快门，俄罗斯讲解员发出了防空警报般的吼叫："博物馆里是不让拍照的！"在北京语言文化大学进修过的她用标准的普通话这么说。

"对不起，我们只是想知道，这是什么怪物呢？"陈刚吓得赶忙收起相机。

"我们的祖先打死的一种野兽。中国人将其叫作龙。"讲解员使劲朝上扬了扬下巴。

"可是，你们怎么能确定这便是龙？"陈刚心跳不止。

"是龙，"她有些不耐烦了，"俄罗斯科学院的专家这么说的。但我们也不知道龙在动物分类学上属于什么。"

"还想问一问：你们是怎么弄到手的呢？"陈刚小心翼翼地问。

"嗐，这也不是什么秘密。是1858年那场俄国与大清的战争中的事情。我们的穆拉维约夫将军把黑龙江里的龙打死了。"讲解员像是有几分得意。

寻龙记

陈刚心中堵得慌，不知道该说什么好。事实是，一个半世纪前，有无数的龙嗷嗷叫着，在这一带的河湖、沼泽和森林中出没。那时，这块面积达六十万平方公里的土地还属于中国。但战争毁坏了龙的家园，大清的龙旗没有庇护住它们。作为战利品的龙，真的是很可怜啊。但是，龙的后代却顽强地生存了下来，并被人救助且拍下了照片。龙回到了南岸居住，现在，正在被觉醒的人们寻找。

想到这里，陈刚又有些高兴起来，毕竟看到了龙，证实了龙。虽然它在这里没有受到应有的重视，与熊、鹿、狼等动物并处一室。但不管怎么说，这也是值得庆贺的一天。

"一定不能拍照片吗？就拍一张？"陈刚实在不甘心。

"不行。"讲解员严正地说，"这是在俄罗斯。"

在博物馆里，果真竖立着中文的"禁止摄影""请勿随地吐痰"的标牌。这样一来，连一份龙的影像也带不回去了。陈刚想到，据报道，中国的考古学家、古生物学家正在与俄罗斯同行搞联合调查。他们怎么也没有注意到如此重要的情况呢？

余下的参观，陈刚和李杰都没心情了。

吃了晚饭，他们决定到旅馆外面去散步。

很多中国人群聚在沿江大堤上，不知要做什么。有的说东北话，有的说江浙话，有的说北京话，有的说广东话，但都用焦渴的眼神望着呈一字型展开的对岸。黑河的建筑物正在以飞快的速度成长，比这边要厉害很多。中国人那么多，在大堤上好像茂密的灌木丛。陈刚一下觉得这里简直成了中国人的天地，这么多中国人聚在一起，都分不清是在国内还是在国外了。

陈刚不禁想起了江东六十四屯的往事，但只是转瞬即逝。转眼看去，见江边还伫立着一尊跃马横枪的军人塑像，双眼炯炯地照射着南岸。那正是穆拉维约夫将军，那位屠龙有功的俄罗斯东西伯利亚总督。一些俄罗斯人穿着节日盛装，正在塑像下面拍照留影。

这时，黑龙江上空飞翔着的晚霞变化了。晚霞主要聚集在主航道的南面，像是千万个品种的菊花，呼啦一声绚烂地开了，又如同核聚变的一瞬。有的赤金，有的紫黑，有的桃白，有的颜色甚至无法形容。它们在蜷缩，在怒展，在波涛般起伏，在银蛇般狂舞，在金鱼般跳跃。说这晚霞是除夕之夜的焰火，也是恰如其分的。总之，那是一个无比繁荣、自足和向上的世界所能展示的奇观。大自然像是受着一个皮影戏师傅的调控。江面有些不自在了，哗哗的水声越来越大，使人产生了河图洛书即将浮出的预感。陈刚和李杰看看天，又看看水，都咬紧嘴唇不说话。

猛然间，龙便毫无预兆地出现了。龙飞腾在半空的万重晚霞中。它是以黄色为主的彩色身段，通体发光透明，灵活而威武地蹿动跳跃，有时冲向江面，有时又升入云端，就像一位表演高空特技的杂技演员。那是激光打出的龙。它出现的方位，正是黑河贸洽会主会场的正上方。龙在炫耀，龙在展示，龙毫无顾忌，龙傲视一切。在黑龙江北岸，所有的中国人都长时间鼓起掌来。在龙的辉映下，天空中仿佛浪花无际，华丽的浮云中跌宕出的红光像是鲜血，江边矗立的穆拉维约夫将军塑像顿然失色了。

那是等待了六千年、七千年或者八千年的龙哦。但只有在江这边才能看到！陈刚紧紧拉着李杰的衣袖。李杰泣不成声。陈刚说："哭什么，让老毛子看见了笑话！"

俄罗斯人仍抱着酒瓶在街上走，在江边逗狗，做他们的事。有的人偶尔抬头看一眼不明飞行物似的龙，眼中流露出了嫉妒或不屑的神情。

七　潜龙在渊

次日，陈刚和李杰回到了自己的国家，回到了龙的国度。他们发现龙的文化正在被发扬光大。

出国不过一夜间，大街小巷便出现了无数龙的招贴画和广告牌，连贸洽会的会标也更换成大龙图案了，似乎不是龙便吸引不来客商。但那些龙千篇一律，无不具有日本卡通的特征，丧失了古代中国龙的多样性、庄严性和灵异性。制作者不知是从何方聘来的，分明是拙劣而漫不经心的。但这拙劣和漫不经心，大概才是时尚和流行吧。那被称作"酷"的，陈刚和李杰却很生疏。

他们逢人便激动地大谈在江北博物馆中看到的那条龙。但人们都不感兴趣。一些人甚至笑道："是假的，因为知道中国人喜欢龙，所以弄一个出来吸引游客。老毛子精着哪。"

陈刚觉得很悲哀，觉得同胞们仍旧像百年前日俄战争时期那样无知，是鲁迅先生所痛心疾首着的那种可怜的看客。而且如今，他们看电视连续剧看多了，更不清楚真正的历史了。江对岸的居民，倒是更有文化底蕴一些。但事实是，陈刚和李杰成了在两边都不受欢迎的人，无聊的是他们。两个低下头不再说话，像流浪的野狗一样走来走去。

忽然，陈刚觉得鼻头凉了一下，跟着又是一下。他惶惑地抬头看去，便苦笑了，原来是下雪了。

很多人拥到房子外面来拍照。人们都在拊掌而笑，不少人手拿烈酒瓶，北极狐一般笑一笑再喝上两口。正是七月天。雪的莅临奇怪极了。陈刚和李杰感到遍体凉意纷起，有些惧怕，便回到了招待所。他们心事重重，哪里也不愿去了。

很快又到了傍晚，他们又想起了激光龙，便到窗户边去观望。但是漫天飘雪，阴霾重叠，连五彩晚霞都没有了，龙隐，自是唯一的现实。只有歌舞厅仍然炽烈。俄罗斯女人不惧严寒，在地面蛇状起伏。她们神秘的形状使陈刚又想起了对面博物馆中的龙，肺叶中仿佛淤堵满了灰尘。事出仓促，暖气还没有来得及供应，看客中有人穿上了裘衣。五湖四海的人们看得痴迷，忘记了一墙之隔的气候剧变。陈刚和李杰商量了一下，就凑钱去买了一瓶伏特加，一人一口喝酒取暖，慢慢都醉了。他们不知道是什么时候回到客房的，仿佛又回到了北上的列车，回到了温暖而暧昧的车厢。

第二天一早，黑龙江结冰了，成千上万的人聚集在江边堆雪人，那壮观的场景难以用言辞来形容。陈刚和李杰不知所措，但全黑河似乎都习以为常了。这个世界，所有的变化都不再让人感到惊奇，来自南方的陈刚和李杰倒像是乡巴佬了。但是，是谁造成这种变化的呢？

陈刚又看到了那几个日本人。他们正兴高采烈与地方政府官员交谈着什么，连翻译都不要。官员中有几个人，曾出现在昨夜的歌舞厅。原来这突如其来的大雪是日本人搞了一个局部气象人工控制的项目，而这件事的出发点是为了使贸洽会更有吸引力一些。广东的客商提出要求，说一定要看到雪景，否则他们不会来。他们咬定东北一年四季都应该是有雪的。这样的要求很无理，好像财大气粗了就连大自然也要改变规律似的。但看到时下满眼冰雪的现实，又觉得他们的要求也在情理之中。气象控制的花销，一部分由黑河政府出，另一部分由广东人出。日本人也出了一些，日本人有他们的如意算盘，他们回到了东北，心情激动。

就在黑河的官员与日本人交谈的同时，龙被加倍推崇了。人们筑起的冰雕都做成了龙的样子，包括龙的九个孩子，还有龙女。蛟螭等也被造了出来。小学生们难以从整体上把握龙，便做蜥蜴。有部分龙的群雕干脆模仿了F4演唱组合。这时，两人才知道，冰雕请来了真正的行家做艺术指导，那是花了大价钱的。但龙的形象仍然十分卡通。陈刚的胸口鼓荡来鼓荡去，慌乱得不行。他听见地方政府的人在说："改名啦，不叫贸洽会，叫国际龙灯节哟！"

"听，什么声音！"是李杰在颤然叫唤。

陈刚侧耳去听，便听见了一道连续的刺啦声，是从江面上传来的，正向远处奔逸而去，不仔细听便被忽略了。江面结冰了，应该是没有航船的，但这却是破冰的声音。日本人和黑河政府的官员根本就没有注意到。陈刚脊椎一震，忙拉着李杰，坦克般启动，往江边飞奔而去。他们摔了好几跤，爬起来又疯跑。

在主航道南侧的冰面上，陈刚和李杰看到了一条长长的裂缝，径直通向远方，往下能看到墨黑凝滞的江水。冰面是被某种尖利的东西划开的，水中散发出浓烈的鱼腥味。

"只有龙角，才能制造出这种效果！"李杰声嘶力竭地喊着。

陈刚坚信，龙被感动了。藏匿在水底的潜龙终于出现了。大雪是龙带来的吗？或者，大雪吸引了潜龙？

今夜有龙飞过

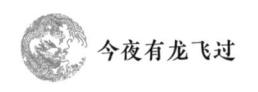

八　世界的龙

这时，身后传来了奇异的说话声。陈刚和李杰回头看去，见岸边还站着两个人。那是一个黑人和一个白人，穿着银色连裤服，个子高高的，乍看像是外星人。他们的身后有一台越野车大小的气泡状金属装置，但没有轮子。

白人和黑人居高临下地打量着陈刚和李杰，这使后者十分紧张。

"你们是在找龙吗？"黑人神情坦然，用流利的英语问。

"是的。"陈刚犹豫了一下，用结结巴巴的英语回答。李杰拉了拉他的衣袖。他们这是第一次与外国人面对面交流，他们担心自己言谈之间不合国际礼仪，有损国家形象。

黑人露出一口洁白如厕所瓷砖的牙齿，大大方方笑着。

"你怎么知道我们在找龙？"陈刚壮起胆子反问了一句。

"因为我也在找龙。"

"你来自哪里？"

"博茨瓦纳。"

"博茨瓦纳，天哪，您的国家现在正是寒冬腊月吧？"

博茨瓦纳人不屑地朝着周围的冰雪世界挥了挥手，道："看，环球同此凉热，哪里还有冬夏之分？龙不再为中国所独有了，龙是为全世界的六十多亿人而存在的。博茨瓦纳也发现了龙，博茨瓦纳人也崇拜着龙。

我们成立了研究会。不过，我们的调查表明，最容易找到龙的地方，还是在中国。这次，研究会派来了三十几个人在中国各地分头寻龙。我来到了黑龙江，我们确认这里有龙，我是用非洲人的立场在寻龙啊。"

一直板着脸一言不发的白人说："我来自新西兰。我们那里的情况也跟博茨瓦纳一样。"说罢，他腼腆地笑笑。

不知不觉间，世界已发生了奇妙的变化，陈刚和李杰说不上是兴奋还是畏惧。大家不约而同把目光投射到冰面的裂缝上。

"一条龙刚才就从这下面经过。"博茨瓦纳人用行家的口吻说。

"我们在水下安放了佳能 AR2 声控照相机。一有物体从三十米的范围内经过便会自动按下快门。我们在这里等待一个半月了。"新西兰人拿出一张即时成像照片，果真，上面有一个黑乎乎的巨大身影。新西兰人把照片晃一晃便收了起来。陈刚想到他们的那张照片，觉得不好意思拿出来作比较。

新西兰人指着身后那古怪的金属家伙说："我们带了一台深潜器，它不是普通的潜水钟，是法国人设计的，意大利人加工的，越南人组装的。它有两个机械捕捉手，一个浮游生物采集网，舱内配备了 JIM 系统。这台 Jules Verne 2000 能够下潜至深海五千米，用在黑龙江，是大材小用，但是考虑到是寻龙，使用这样的超级家伙，才充分说明我们的诚意哟。中国人，你们运气好，可以跟我们一道去了。"

深潜器刚好能坐四个人。河底黑黑的，深潜器几乎不发出噪声，灯光照亮了晦暝不堪的水下事物。陈刚看到了一些萎靡不振的水草和鱼虾。他想，龙靠吃它们而活了下来，就这么过了亿万年。他觉得一切都像是在神话的意境里，包括遭遇博茨瓦纳和新西兰人，以及平生第一回乘坐深潜器。这是一个神话卷土重来的时代。

大概是受着突如其来的文化震荡，有一段时间，陈刚感到很拘束。他努力搜索头脑中有关博茨瓦纳和新西兰的知识，试图与两位外国朋友搭话，拉近距离。你们那里吃人吗？你们那里猎头吗？你们那里有不明飞行物吗？有时候，他又想到了俄罗斯人。他们对此会有什么反应？他搞不清他们现在是在主航道的哪一侧。

行驶了一会儿，声呐有了反应。Jules Verne 2000 追上了一个高速游动着的物体，但还不能马上确定它便是龙。深潜器加速了，灯光照在那物体的身上。陈刚和李杰屏住呼吸，渐渐看清楚了。那是一个大块头，身长有十五六米，游姿优美异常。它有粗拙的四肢，细长的脖颈，马儿似的头，甚至闪光的鳞甲也历历在目。龙侧头看了一眼，却没有加速逃走的意思。它不认识人类，感受不到威胁。

陈刚咬紧嘴唇，心怦怦直跳。

"这就是龙？"李杰不敢相信自己的眼睛。他在心中把龙与猪进行着比较。

"得来全不费工夫。"博茨瓦纳人忽然说起了标准的中文。

"感谢技术的进步啊！"陈刚泣不成声。

这时他产生了一种矛盾的心情。他希望龙游快一些，又希望它游慢一些。游快一些，是不想让博茨瓦纳人和新西兰人多看。他不愿相信环球各地的人们崇拜龙的新闻，这一点他还有自知之明，《倚天屠龙记》永远不会在英语世界里流行，白人给《卧虎藏龙》的恩赐只有一次。他坚信龙是中国的专利，并且是一项不可转化的专利。还有，说不定，这艇上有捕龙的尖端武器呢。这是什么时代了啊，龙不应再死于外国人之手。可是，操纵 Jules Verne 2000 的，却不是他和李杰……游慢一些，是想再亲眼多看一看这朝思暮想的龙啊。他转眼去看李杰。李杰的脸部有些歪斜，面色很坏。

这时，新西兰人一声尖叫："危险，注意！"船舱里的报警器哇哇响了。

难以置信的是，龙忽然间转身了，圆睁着暴怒的双眼，直冲过来，连声嚎叫，猛烈撞击深潜器的外壳。陈刚很自然地想到，它一定是看见船身上的英文标志了。习惯了旧世界的龙受不得这意外刺激，自很久以前俄国人和日本人之后，还不曾有过这样的怪异物体闯入它的家园呢。

深潜器摇晃得十分厉害，很快失去了控制。博茨瓦纳人大叫："上浮，上浮！"船却只是往水底沉去。电源忽然断了。新西兰人惊恐地喊起来："赶快进入紧急逃生水下减压舱！"说完，自己先去了。

陈刚看到，龙又一次冲过来，把脸贴在前窗玻璃上，面色总体来讲是苍白的，带一些金龟子那样的浅绿色，额头上有密密的数十道皱纹，挂着几缕水草，两眼饱含智慧，却透露出一副深深的失望神情。

陈刚闭上眼，等待龙把他吃掉。但什么也没有发生。他睁开眼，看到龙已经消失了。水域中布满一片暗黑的平静。陈刚忽然不确定起来，刚才看到的，是幽灵吗？那是时间中的幽灵吧。龙早已灭绝了。龙作为一个族，分明已经消失在了远古。

这时，电源又恢复了，新西兰人已经不见了。三个人驾着深潜器在河底周游了一圈，没有发现任何踪迹，没有见到龙的尸体、骨架或化石，也没见到新西兰人的尸体。他们便怅然返航了。

九　困龙

他们回到岸上，十分疲乏。满地冰雪正在解冻，汇成无数小河欢叫着往黑龙江里奔淌。日本人因为国内忽然爆发经济危机，贷款的银行一夜间倒闭，不得不放弃了黑河气象控制项目，悉数撤退回国。广东人干着急，手里资金攥了一大把，技术力量却跟不上。

陈刚、李杰和博茨瓦纳人感到，气温在急剧回升，贸洽会/国际龙灯节要功败垂成了。在温室效应制造的巨大暖意中，他们在江堤上美美地睡着了。在梦中，大家都见到了龙。那是西方的毒龙和中国的黄龙杂交成的一种新型龙。

半夜时分，陈刚忽然惊醒，看到面前有一双眼睛。

那是一双灯笼般的眼睛，长在一张马脸上。一条龙卧在面前，正在沉重地喘息。陈刚看到，龙眼中长满了蛆。他嗅到了浓烈的鱼腥气。他猜测龙的身体上一定分布着无数的黏液腺，那是用来交换气体的。

他不安地朝四周看看。全城的灯都熄了，黑河一片死寂。

他的本能反应是拔腿逃跑，身体却僵住了，一动也不能动。他只好又去看龙。龙无力地趴着，把头正对着陈刚，求助似的看着他。它的身边，是一尊正在融化的冰雕龙，头和大半个身子都化完了，像是西湖畔的秦桧跪像。

陈刚不敢确定，这是否便是令新西兰人失踪的那条龙。或许，新西兰人便在它的肚子里呢，此刻已化成了一泡血水。那么，在深夜时分，龙上岸来干什么呢？陈刚感到一阵恐惧。

陈刚慌忙摇了摇李杰。李杰醒了，看见了龙，"呀"地叫出了声。龙被这叫声吓了一跳，头向上昂了昂，像要站起来，却又没能起来，像是正害着大病的样子。

陈刚举起相机，却被李杰一把按住了。

这时，博茨瓦纳人也醒了。他看看面前的龙，说："做梦吗？是的，做梦。"说罢，又倒头睡去了。陈刚和李杰交换了一个眼色，一人拽住手，一人捉着脚，把博茨瓦纳人抬到百米外的一处民居后面。从这里，博茨瓦纳人就再也看不到龙了。这时，陈刚和李杰不约而同回望过去，便看到了龙的全躯。

龙静卧在距黑龙江约二十米的岸上，其身围直径足有一米，上下略宽，左右略窄，身子是椭圆形的，尾巴比身子略短。龙的四肢深深地趴进沙土里，看不清具体的形状。龙全长大约有十五米，后腿以后的尾部大概有六米，越往后越细，尾尖最细，没有毛，就像一头巨大的蜥蜴。

陈刚和李杰被一种神奇的感觉吸引，恐惧感也减轻了，忐忑地走近了一些。龙的脑袋有小牛犊那么大，头上有一根朝天角，位于额头正上方，独角根部较粗，形状像牛角，短且直，顶部稍尖但不锐利。龙的额头向前突起，脸上无毛，鼻子和嘴较近，形似牛头一般，鼻孔稍小于牛鼻孔，嘴形特别像鲇鱼，又扁又宽，嘴上有几根青色的又硬又长的须子，在微微抖动。龙有一个比较细的脖子，形状很像马脖子，脖子和身上都有鳞。

他们继续往龙跟前走，走到近处便看到龙身上的鳞片是圆形的，一端略有一些尖，极像是鲤鱼的鳞。鳞是不透明的，身脊上的鳞最大，铁青色，脖子和尾部的略小，颜色也略浅，微带粉红色。鳞片咔咔抖动，把群聚而上的苍蝇一一夹死。这时，他们便不敢再走近了。

"我们怎么办？"李杰全身抖得像是在筛糠。

"除了报警，我看没有别的办法。"陈刚咬咬牙。

"你要报警？"

"这回一定要获得龙存在的实物证据！没有武装力量的帮忙，恐怕是做不到的。"陈刚咬文嚼字地说。

"但是，说不定，公安会一不留神把龙击毙的。想一想《E.T. 外星人》。"

"公安不是 FBI。"

"可是，是公安呀。"

"啊，是公安呀。你提醒了我。可是，我们两个人怎么可能擒住这巨龙呢？"

"说什么呢？你要擒龙吗？"李杰像看陌生人一样看着陈刚。

"我……"陈刚支吾起来，他才发现他并不真的了解李杰。

"你是那么想的，对不对？"

"不，我不是那么想的……是呀，干吗一定要擒龙？"陈刚感到自己像一棵嫩草，正在被忽然伸头过来的野山羊吃掉。

"我觉得，就待在这里，好好看着这龙，把它身上所有的细节都记在脑海里，不用照相机，这才是成熟而文明的举动。"李杰努力控制身体不再抖，夸张地做了一个手势，却像在切肉。

"或许，我们应该想一想，龙需要我们做些什么？"陈刚一阵意乱，瞳仁却猛地亮了一下，他记起了龙求助的眼神。

"噢对，你说得对，龙需要我们做些什么呢？"

一路上随身携带的老照片给了他们启示。陈刚和李杰环顾四周，到处是冰雪融化后汩汩的水流，他们仿佛来到了世界上所有江河的源头。两人开始用手舀水。水，以最原始和最质朴的方式，一捧捧浇落在龙的头颅和身躯上。龙就像一个慈祥的老人，不停地打着激灵，沾满晶莹水珠的龙须上下摆动，偶尔感激地点点头。但是它仍然动弹不了，后来便闭上了眼睛，轻轻喘气，仿佛奄奄一息了。

陈刚和李杰都急哭了，他们担心天很快会亮，到了那时，等太阳出来，龙的命运便更加难卜了。在白昼里，人们甚至会看出龙的性别，这是一件难堪而危险的事情。

"打打扑克吧。这样能让我们镇定下来。"李杰忽然灵机一动。

他真的拿出两副扑克牌洗了起来。陈刚一直不知道李杰除照片之外竟还带着扑克牌，不禁愣住了。李杰疯子一样地洗牌，再也停不下来。陈刚歪着脖子看了半天，猛地一把夺过扑克，扔了个满天开花。

扑克牌鹅毛大雪般降落下来，化作了龙身上的鳞片。巨龙猛地睁开眼睛，孩子一般好奇地看着纷坠而下的纸牌。这是龙活了一世，在两亿八千万年中，从未见过的新鲜事物。龙显得有些激动，牛似的哼哼了几声，看上去比刚才精神了一些。

这时，陈刚觉出天上有某种异样。他抬起头，透过迷乱的扑克牌，看到雪停后的天空惊人的晴朗，就像暴雨冲刷后的长安街。东方的天庭上盘踞了一条青色的巨龙，那是由七宿三十颗恒星组成的地外生命。在青龙的心腹中，搏动着一颗闪射红色火光的大星。他知道那才是龙的真心。龙原来是通过时间旅行来到了黑河啊。在这无所不察而略带嘲讽味儿的星光的直射下，陈刚和李杰都被催眠了。

他们醒来后，发现龙不见了。地上被犁出了一道深沟，径直向黑龙江而去，泥土中散发着浓烈的腥气。龙真的存在过。他们追悔莫及。这时，博茨瓦纳人摇摇晃晃走了过来，揉着惺忪的睡眼，说他做了一个梦，梦中，他见到了真龙。陈刚和李杰不说话，用怪异的目光看着他。博茨瓦纳人有些不知所措，一下子陷入了可怕的沉默。

十　龙在好莱坞

三个月后，陈刚来到首都国际机场。在贵宾休息厅，他被记者围上了。

"你自始至终真的不知道自己是《寻龙》的主角吗?"

"你对乔治·卢卡斯在影片中没有设置女主角一事有何看法?"

"你准备怎么处置你的百万美元片酬和奖金?"

"你会组织一次更大规模的寻龙行动吗?是否会使用纳米探针、无人驾驶侦察机和喷流机器鱼?"

"据说,是硅谷图形的计算机工程师根据你潜意识活动中的脑电波创造的量子龙。你怎么看安迪·琼斯和他的新CG实验室?"

"你认为意识释放技术会给朝鲜半岛的和平进程带来何种影响?你事先签订了记忆抹除合同吗?"

"你是否准备起诉他们侵犯隐私权?"

……

记者们提的问题实在是混乱,陈刚一个也不想回答,也回答不了。他只是觉得,停机坪上灰黑色的美联航波音747好似一条巨龙,它将是今夜的七宿三十星,辉耀整个宇宙。

在洛杉矶的颁奖晚会上,陈刚没有见到李杰和博茨瓦纳人。

回国第一天,陈刚便看到,《寻龙》的DVD已经在大街上泛滥成灾了,都是盗版的。他花十块钱买了一张。小贩认出了陈刚,要他签名。

摄制的细节仍然是科学、政治和外交机密。陈刚心中有一百个疑问:他们怎么能够制造出那么逼真的实体龙,并把它搬运到了黑龙江?是如何通关的?怎样办的检疫手续?都把谁收买了?回扣多少?草草收场的贸洽会有何猫腻?它是在为龙的到来打掩护吗?外经贸部的人到底参与没有?会发生龙的倾销与反倾销吗?龙现身的技术秘密在哪里?龙是计算机控制的仿真道具吗?是AI?是激光全息的?还是如同《侏罗纪公园》里的龙,用真实的基因片断复原或者拼接的?龙的脱氧核糖核酸双螺旋结构是什么样的呢？或者，安迪·琼斯真的用计算机搞出了一个人龙共存的VR世界？或者，是某种更加先进的技术，他们把某一段黑龙江给逐格影视化了？谁根据他的潜意识创造的龙？谁能把意识变成物理现实？真的是量子龙吗？哇，那可不得了，没有量子力学，就没有电子和光电革命，就没有全球经济……不过，这一切都没有确定的答案。唯一知道的是，龙确实复活了，这已上了《科学》和《自然》的封面，连《华盛顿邮报》和《纽约时报》也做了整版报道。陈刚想，他们是办得到的，中国巨大的市场激发了他们的灵感、激情和创造力。

陈刚无精打采地蜷缩在沙发里，与老眼昏花的妈妈一起，从头到尾看了一遍光碟。画面既清晰又完整，陈刚是如何在网上发帖子，如何与李杰见面，他们如何乘火车到哈尔滨，如何乘船到俄罗斯，都被滴水不漏地拍了下来。这却让他知道：他们已经有办法把一些特定的空气分子改造成微型摄像机镜头。在看到水底追龙那一段时，他再次感到心惊肉跳。新西兰人逃出船舱，被龙吃掉的场面是真实的。其实这本也有可能发生在陈刚身上，之所以没这样，大概是因为对方认为如今中国人比新西兰人更有用吧。

陈刚从喉咙底部发出一声低频的怪号。他从沙发上僵尸般跃起，仿佛被鬼魂附体，扑过去就要砸电视机，但最后一刻却停住了。他觉得什么地方不对，窗外好像有双眼睛在盯着他。

他的眼泪流了下来。他想，真正的主角并不是他，龙才是主角。因此，回到那个问题：龙真的是被制作的吗？不，绝不是。龙是真实的，具有强大的非制作性。龙存在了两亿八千万年，不依附于任何人、任何意识形态、任何机构组织、任何跨国公司或者任何民族国家而悠游于世，繁衍后裔。

今夜有龙飞过

　　陈刚抹掉眼泪，决定给李杰打个电话。他想告诉李杰，有了美国人给的这笔钱，他们就有办法寻找真龙了，从而一劳永逸证伪好莱坞的造龙神话。在中国，一百万美元找一条龙还找不到吗？

　　但电话怎么也打不通。李杰永远地消失了。

　　作者简介：韩松，科幻作家，中国作家协会科幻文学委员会副主任，世界华人科幻协会会长，代表作《宇宙墓碑》《红色海洋》《医院》《地铁》《火星照耀美国》等。曾获得华语科幻星云奖、银河奖等。

404 之见龙在天

⊙ 凌晨

首发于《科幻世界》2016 年 6 月号
入选《2016 中国年度科幻小说》《2016 中国最佳科幻作品》

今夜有龙飞过

2017年4月2日　农历三月初六　宜祈福　忌出行

一

凌晨时分。

我抽完烟，回到键盘前，信心十足地敲击出一行文字："老子的墓志铭就是——我还会回来的。"经典台词，霸气十足。怎样，怕了吧，你们？！

读者群里一众"90后""00后"顿时笑晕，表情包在二十七寸的显示器上乱飞。

"大叔，你太落伍了吧？"有人好心安慰我，"《终结者5》的票房很差啊，阿诺肯定回不来了！"

"靠，老子就要在墓碑上刻这句话，到时候你们来查！"我咬牙切齿。萝莉和鲜肉们顿时哑口无语。

半响，才有人怯怯发言："大叔，我三表舅家的墓碑都采用上等大理石制作，价格优惠，上门定制。您要的话，表舅给您打七折。"

我彻底败了，愤恨至极，对突如其来的电话丝毫没有了君子风度，大声吼叫："吴妮，你这鬼话题！搞什么墓志铭征集活动！"

"我也没办法啊，这年头微话题不够劲爆都没人点击，清明节嘛。"电话那头的吴妮笑道，"怎么，你被广大粉丝羞辱了？"

"切，怎么可能？就是觉得无聊。"我辩解。

"你同意掺和这个话题，说明你比话题更无聊。"吴妮嘲笑，随即语气一转，"前进，有大新闻了。"

我立时正襟危坐，对一个记者来说，"有新闻"这三个字简直就是冲锋号角，让我精神亢奋，哪怕躺在坟墓里了也要坐起来奔赴前线。但我并不会由此丢弃明辨是非的能力，我提醒吴妮："拉倒吧，就你一跑娱乐口的八卦婆姨，能有什么大新闻？！"

"真是大新闻，错过了可别怪我。"吴妮是北京大妞，说话、办事爽利痛快，绝不拖泥带水，"叫上钦佩，到 G9 高速公路起点来。"

"关于什么的？价值不大的话，我让实习生去。"我扫了一眼沙发上连包装都没有拆开的蓝光碟片，清明假期待家里看鬼片是多好的安排啊！

吴妮沉默了一秒，非常严肃地说："有一条龙，正在高速公路上散步。"

二

钦佩是我们报社的专职摄影师，技术不好评价，但人从不耍大牌，二十四小时随叫随到，工作原则是"要我拍，我就拍，别的我不管"，因此深受同事喜爱。就这么一个好人，被我从《辐射4》的世界中揪出来也没怨言，听到要去拍一条龙的时候，他却炸毛了："龙！天，我要拿什么镜头？还有灯……我得回去！"手忙脚乱得像个要见公婆的小媳妇儿。

"回去干吗？吴妮的话，你还当真了？"我笑，递给他一支烟，"不是喝醉了就是看花眼了。你以为真会有龙？"

"那……我干吗去？"钦佩实心眼儿地问。

"拍摄啊！总能拍点什么。"我说，"清明小长假第一天，免费高速公路肯定会堵车什么的，科技新闻没有，找社会新闻呗，或者就拍吴妮同志，歌颂她放假仍不忘工作的敬业态度。"我说到这儿，不由得心生怨念：吴妮你外出踏青为啥不叫我呢，你太无情无义了……

钦佩不再争辩，乖乖爬上我的大吉普车副驾驶座，路上就问了我一个问题："龙应该是爬行动物吧？这得我师哥来，他是生态摄影师，最擅长拍蜥蜴了！"

我给了钦佩一个大大的白眼，教育他："龙是虚拟生物，懂不？！"

三

二十四分钟后，我的车狂奔到 G9 收费站。吴妮的红色标致 308SUV 就停在站口外路边。她披一件银白风衣站在车前，风姿不仅绰约，而且还很妖娆。

"不是说妖怪不许成精吗？"我笑，"怎么还是让你钻了空子？"

"呸，我好心给你成名机会，你别狗咬吕洞宾！"吴妮瞪我。

我摇头："名咱不稀罕，只要事实。话说，龙在哪儿啊？"

此时，正是夜晚中最黑暗的时刻，城市的灯光被收费站阻拦，高速公路上只剩下伸手不见五指的黢黑。我和吴妮的两辆车都打开了大灯,也只能把十米直径内的世界看个大概。偶然一辆车子经过,公路上的反光板便闪烁几秒,然而这对环境照明并没有什么用处。站在这种地方,我看不到任何非人生物的存在。

吴妮递给我一副眼镜:"我从大张那儿拿的。"

大张乃我报社第一线人,兼职民间科学家,主要研究领域是那些"我不说你绝对不知道的地方",和我、吴妮关系不错。

"叫你别跟大张混,惹了他那母夜叉的老婆,小心给你毁容。"我戴上眼镜,眼前顿时更黑了,"这什么破玩意儿?大张忽悠你用的吧?"

"三七二一,十一点钟方向,三千五百米。"吴妮不慌不忙对眼镜下达命令。

眼前的黑暗中忽然出现一片淡淡的灰色,正以二十迈的速度从容不迫地移动着。那灰色的轮廓,吴妮的想象力再丰富也无法将其定义为别的东西——那就是一条传说中的中国龙,长长的躯干顶着大大的头,头上有角,头下长须飘动,躯干下方还有四条短腿。看不清躯干上的鳞片和头上的眼睛——但不知为何,我能感觉到这家伙身上的鳞片在抖动,眼珠子也在滴溜溜乱转,似乎对这个世界有无限好奇心。一辆轿车驶上高速,穿过龙的身体,我不由得打个寒战。但车和龙各行其是,彼此之间没有产生丝毫影响。

"那儿有什么?那儿有什么?"钦佩着急,恼火无物可拍,也好奇我脸上流露出的诡异表情。

我把眼镜递给钦佩,问吴妮:"这不是红外夜视仪,是什么?"

"大张说还没想好名字,反正是一种全波段辅助视觉系统。"吴妮扬扬得意,"看见龙了吧?"

"看见个鬼!"我好不耐烦,"那东西到底是什么?我不是问它像什么，我是问它是什么！"摘下眼镜，十一点钟方向，三千五百米外，依然是浓得如墨的黑暗，竟然会有一条龙在那里溜达？一定是这眼镜捣鬼！

这时，钦佩显示出处变不惊的职业素质，他拍拍我的肩膀，温和地说："别急，别急，我们开车过去一探虚实。"

我咬牙："没什么用，你拍不到龙。"

钦佩笑了，是那种对自己的职业技能有百分之百把握的自信笑容："那可不一定。"

四

天亮了。

我做了个奇怪的梦，梦到一条龙从动画片中跑出来，在高速公路上散步。那部动画片是《大圣归来》吗？我不能确定。

"前进！"有人叫我。我睁开眼睛，眼前是钦佩追求艺术感的胡须脸。他松了口气，欣然道："你终于醒了。"

我跳起来，但头立刻碰到坚硬的物体，将我弹回座位上。我依然在车里，坐在驾驶座上，副驾驶座上是我的摄影师钦佩，后座上有个人正埋头捣鼓什么东西。

有个人！

我伸手拽住这个人的衣领子，毫不客气："大张，你这家伙终于来了！"

"来了好半天啊！你睡得像头猪。"大张说，"钦佩都和我说了。"

"吴妮呢？"我四处张望。

"现在，恐怕已经到温泉度假村了。"钦佩回答，"她说不能为了一条虚龙舍弃难得的假期。"

"虚龙？"我揉揉眼睛，意识还是有些模糊。

钦佩提示说："你给起的名字。一条不在可见光范围内的龙，我们看不到也感觉不到，所以你叫它虚龙。"

是的，虚龙。我们驾车穿过它的躯体，它没有任何反应，我们也没有任何感觉。依靠大张的仪器，我们不但看清了龙的模样，还得到了龙的基础数据——长八点三五米、直径一点二一米，这是个大家伙！

我们回到收费站，百思不得其解，我急召大张前来解释。吴妮告别我们，继续她的旅行。我和钦佩坐在车里等大张。我异常困倦，头一仰就睡着了，完全失去了知觉。

"你怎么没睡？"我问钦佩。

"我睡了一小会儿，后来就睡不着了。"钦佩说，"想到一条龙就在那里，还是有点兴奋啊。"

"兴奋个头。那家伙还在吗？"我问。窗外是干净清爽的早晨，高速公路笔直宽广，伸向蓝色的天边。天地之间，丝毫没有龙的踪影。

钦佩摇头。我看向大张："喂，你那眼镜不会没有录像功能吧？"

大张哼哼："当然有了，但录下的是这个。"他让开身子，我才看清那副眼镜连上了笔记本电脑。屏幕上，波形闪动，记录下来的竟是一段高频电磁波信号。

"龙呢？"我问，立刻招来大张和钦佩两人的鄙视目光，我彻底清醒了，忙做恍然大悟状，"噢，你的眼镜有成像功能，原理就和热成像仪差不多。"为了显示我仍然是一个跑科技口的专业记者，我追问大张："那是这条龙发出的电磁波让你收到了，还是电磁波组成了龙的形状？哪种情况比较靠谱？"

大张回答："宇宙至大，包含无穷。亿万年的时空，龙会发出电磁波的概率，与电磁波组成龙的概率，都差不多。"

这答案真是无比正确。

"好吧，"我不依不饶，继续问，"万物有始有终，不管是发波的龙还是成龙的波，它到哪儿去了？"

大张脸上的表情像是便秘了好几天，特别纠结，他看看电脑，又看看我，再看看电脑，再看看我，低头抬头十七八次，才叹息道："我不知道。"

"靠！"我连骂的气力都没有了，眼看着龙就是一梦，凌晨的经历原来只是个幻觉。我是该嘲笑大张呢，还是嘲笑大张？

"我追踪不到它。这个信号，我需要研究。"大张说，"你们没有别的发现？"

"都可见光外了，你指望我们肉眼凡胎能有什么发现？"我冷笑。

钦佩却打开相机，调整照片，得意道："我拍的。"

照片上是高速公路的一段护栏，护栏上有一道蓝色弧光，微弱而迅疾。弧光中，清楚地包含一小块生了青色鳞片的肌体。

"我的天啊！你怎么做到的？"我几乎要拥抱钦佩。从今往后，谁要小瞧他的技术我跟谁急！

"强曝光加广角镜头，连续拍摄。"钦佩说，"这是一张大照片上的一个局部。"他把整张照片放给我们看。那是我们走近龙后，停下车子，用眼镜四处搜索时，他仔细拍摄的许多张照片中的一张。

"那道弧光是什么？"大张问我们。

"是……"我回答不上来,手机恰好响了。

值班主编的声音好像着了火:"前进,你小子快带钦佩给我滚回来!"

"怎么了?我早饭还没吃呢!"

"怎么了?有人爆料!"主编那边拍桌子吼道,"他看到龙了!"

五

爆料人是个三十岁左右的眼镜男。我们一行三人风风火火冲进主编办公室时,此人正在主编面前手舞足蹈讲述他的清晨奇遇,手指头差点儿戳到值班主编的鼻尖:"我每天骑十五分钟电动车去坐地铁首班车,四点四十八分到达地铁站,五点零一分地铁列车进站,五年了,我每天都踩这个点,绝对不会错。所以,我是在四点四十八分到五点零一分之间看到它的。你明白吗?那个时候我在进站,但我看到了它。那个时候乘客加地铁工作人员不到十个人,但只有我看到了它!"

"哪个车站?"钦佩问。

"17号线起点站,郭家堡,我住桃园新村。去地铁站的公共汽车首发车五点二十,我要坐这趟车铁定迟到。所以我从来都是骑车去地铁站,四点四十八分到达地铁,坐五点零一分的地铁首班车。我在市府路那边上班,要坐二十七站。"爆料人回答。

"说重点。龙!"我吼道,"你来这儿是爆料拿赏金的,不说料就走人!"

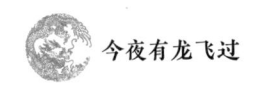

眼镜不慌不忙反问我:"爆料要真实,真实才有价值,对不对?"

大张一步跨到眼镜男身后,凭借一米八五的身高优势咄咄逼人地道:"龙!它在哪儿?!什么样子?!"

眼镜男顿时蔫了,满脸委屈,嘟囔道:"我……我好心爆料,要不我就报案了……"

主编好言相劝:"那你倒是说龙啊,说半天了我都没明白你看到了什么。"

"我昨晚上睡得很晚,没喝酒,没吃药,精神正常。"眼镜男拍拍胸脯,"我真的看到了!"

"什么呀?"我、钦佩、大张和主编异口同声问。

"龙头、龙爪、龙尾巴,在空中闪,绝对不是我的幻觉。神龙见首不见尾啊。"眼镜男信誓旦旦。

"证据呢?"我质问。

眼镜男打开手机,照片上都是噪点,什么也看不清。他还辩解:"我照相了,但照出来就是这个样子!"

主编打起了呵欠,通宵值班后,他有点熬不住了。他问我:"前进,你怎么看?"

眼镜男十分紧张。

我用手机打开智能网络和投影功能,墙上立刻出现我们城市摊煎饼样的地图。

"两点四十分,我们在 G9 发现一条虚龙。四点四十八分到五点零一分之间,郭家堡也出现了一条形迹可疑的龙。如果这两条龙是同一条龙,那它从 G9 到郭家堡用了三个小时。"随着我的声音,红色箭头在地图上不断延伸,沿着六环路绕行城市。

"这条龙似乎在寻找什么。"大张说。

"何以见得?"主编问。

"现在不是讨论龙的时候,"我提醒众人,"如果这条龙还在动的话,用不了多久就该有人去《每日快讯》爆料了。爆料的人会越来越多,我们在此事上的先机将丧失殆尽。"《每日快讯》可是我们《晨报》的死对头。我一拳砸在主编的办公桌上,做悲愤状:"同志们,热搜头条本来是我们的。"

"你的意思是?"主编被我说得有点儿找不着北,挺虚心地问。

"我们发消息,全城找龙!这是清明小长假我们报社推出的微活动!"我强调。

"活动?"钦佩完全理解不了我的意思,"可那龙不是我们报社的啊。"

"它是谁的不重要!重要的是,我们发现了它的存在,我们有第一手的消息。我们!明白吗?"我再次强调。

主编的脑子转过来了,困意顿消,起劲儿鼓掌:"不错的主意,前进,那就赶紧忙起来。你写个文案,拉出流程单子,需要人力、物力尽管列上。我马上找总编室、找社长。钦佩,你配合下。大张,事关重大,请你多协助。"主编说着就往外走。

眼镜男焦急地问:"那我呢?"

主任很和气地握住他的手:"你得留下,你是第一个报料的人,非常重要。误工费、报料费、车马费一起算给你。"

"那就好,那就好。"眼镜男放下心来,"我愿意协助你们。龙是珍稀动物嘛,得爱护。嗯……你们能不能先把误餐费发了?我还没有吃早饭……"

六

别说早饭，一直到中午我都没吃上东西。会议室成了报道中心，六个实习生听我使唤——他们给大张建好了技术平台，联络各种相关人士，分分钟更新网络平台，接听热线电话，搜集信息，绘制龙的踪迹图，忙得团团转。我看着这些生机勃勃的面孔出出进进，随时和要闻版、社会版、文化版、科技版的栏目主编在线沟通，心里很有满足感，找龙这事儿确实比看鬼片有趣多了。

吴妮走进来，怒气冲冲："前进你这家伙！我好心给你大新闻，你却把我从温泉召回来。你有病吧你？"

"我吃药了。"我回应，"必须找你！下午两点钟有四家电视台和三个网站来采访。总编指定你做发言人。"

"那条龙？你把事情做大了？"吴妮接过我递上的茶，漂亮的眼睛里闪过兴奋的光芒，她和我一样都是看热闹不嫌事儿大的主。

"就是那条龙。要闻版在跟踪龙的踪迹，社会版在现场采访各位目击者，文化版已经约了几位民俗专家谈龙文化。科技版，就他们最忙，和大张一起组建了分布计算网络，正动员全世界的宅男加入龙形波的分析计算。"

"'龙形波'？这种名词你也发明得出来？！"吴妮笑得见眉不见眼，

"引力波可是动员了一千多位科学家分析了四个月！"

"但我们的信号比引力波要强，而且出现的次数越来越多，也越来越清晰。"我把吴妮拉到大屏幕前，城市的电子地图上亮起了许多小红点，"这些红点都是龙出现的地方。你看它们越来越密集了。"

"密集？到处都有龙形波？"吴妮有些疑惑，"大张制造了很多台全波段观察仪？"

"不，不，没用仪器观测。是肉眼看到了。"

吴妮看着我。我认识她很多年了，但被她大大的眼睛盯住的感觉还是很不自在。

"你的意思是，它可以被看到了？那它是实体了？有血有肉了？"

"到现在为止，还没有人看到它的全部，但确实，它在实体化。"我说着，调出一张图片，龙的大体轮廓已经清晰，"我们就像拼图一样把各个目击者看到的龙拼在一起，现在这条龙的完成度已接近百分之七十五。大张估计，到晚上它就能全头全尾在城市中游荡了。"

吴妮甩甩她海藻般浓密的长发，皱着眉头："我要这么和电视台的人说吗——诸位观众，今晚本市将出现一条真龙，请不要聚集围观，也不要随意投喂食物。"

"可以啊，这随你，必须说的话在这里。"我把一张打印纸递给她，"文本已经发你手机了，其他的你就自由发挥吧。"

"凌晨的时候龙还在可见光外，只是一段波，现在，八个小时后，它就开始实体化了，能被人看见了。它怎么做到的？"吴妮感叹，"太不可思议了！对了，"她凑近我，好奇的表情中有点小邪恶，"你想过没有：实体化后，龙吃什么？"

七

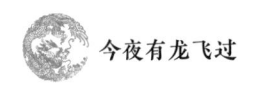

龙吃什么？这个问题我压根儿不用动脑筋，把它稍加语言包装，就会变成可口的鱼饵，扔进某某和某某和某某网站（我不能说名字，以免广告嫌疑，你懂的），立刻会有大批考据党、博物学者以及不睡午觉观光团自愿贡献脑力。都不等吴妮化妆完毕，实习生便已甄选出四十八个答案并且编辑成趣味台词打印好了送到她面前。

吴妮扫了一眼答案，笑道："'只要不吃我就好'——这就是最佳答案？"

"肯定最佳。"我说，"在这欢乐的节日里不宜制造恐怖气氛。"

"欢乐你个头。"吴妮瞪我，"明天寒食、后天清明，全民扫墓祭祀的日子你来谈娱乐？"

"死亡未尝不是一场喜剧。太严肃了影响身体健康。"

"哼哼，看这些答案：二、龙只吸收天地灵气、日月精华；三、龙是杂食动物；四、龙喷火，因此体内有嗜吃石油的细菌；五、龙最爱吃马！"吴妮念到这里，笑得喘不上气。

我制止住她的失态，告诉她："这个倒是有根据的。《西游记》里，小白龙就是吃了唐僧的马才变成了马。东汉王允的《论衡》里也提到过龙吃马的事情。"

"那我要在台词中加一句：'请东郊各赛马俱乐部重点防范'。"

"随你。记住控制好场面，保持采访者的兴奋度，还有，让摄像师拍你最漂亮的角度。"我交代几句，就把吴妮交给新媒体部主任，一溜烟小跑回到会议室。

会议室门口，站着两个等高等瘦的黑夹克、板寸头青年男子，胸前还别着徽章。总编大人唯唯诺诺地站在一旁。我的心脏顿时停跳了半拍，有关部门这就要插手了吗？

"我好了！"大张提了电脑包走出会议室，招呼那两个青年。

我连忙上前拦住他："你要去哪儿？"

"国家高能物理研究中心。"大张说明，"他们又想起我了。"

"那这儿怎么办？"

"我们线上联系，别担心，龙的任何消息，《晨报》还会是首发。"

我凑近大张耳朵，压低声音问："你不是民科吗？主流学术圈怎能看得上你？"

大张笑："流落民间你就真当我民间科学家了？我在中心呼风唤雨的时候你是没看到。"他也拿出个徽章别在衣领上，看我傻愣愣的样子，拍拍我的肩膀，"这是盖革计数器，测量辐射强度的。我要忙起来了，运气好的话，晚上找你撸串，还是小羊圈胡同那家烤吧。"

"运气不好呢？"我乌鸦嘴。

"那就得通宵达旦守机房了。对了，中心已经联络了'繁星1号'——世界排名第一的超级计算机——一起破解龙形波。"大张吹了声口哨，"这可是个大事件，你小子就偷着乐吧。"

我还想说什么，大张已经在那两个青年的左右陪伴下，扬长而去了。

八

缺了大张的会议室有点冷清,爆料眼镜男留下电话和爆料视频后消失了,钦佩则赶赴目击点拍照。我终于能坐下来喘口气,喝茶、吃饭、打瞌睡,但一股子兴奋的情绪在我血管里窜动,让我没法子安稳待着,脑子里不断回放今天的经历。

我们在发现龙的四个小时后放出了第一条消息,标题必须耸人听闻:"活龙在本市出现,绝对令你震惊的消息!"内容却要简单明了,强调参与性:"真是活久见!你想不到大自然还会做出什么事情!一条真龙正潜入我市。如果你看到它的任何踪迹,都请告诉我们。你会得到红包奖励,以及与这条龙近距离接触的机会。"

这条消息看上去商业广告气息十足,不会引起大众的恐慌和惊诧,而且很给龙拉好感度。

二十分钟后,第二条消息以转发加评论第一条消息的形式放出:"是什么样的龙说清楚。红包谁不想拿?但这要求准确些不难吧?我楼下卖的龙形馒头你要不?"

然后才发爆料眼镜男的叙述,以及他的手机图片。图片经过了处理,使那些噪点中模模糊糊出现了龙的影像。

接下来就看朋友圈的转发速度了,等待人民大众添砖加瓦,给这些消息插上飞翔的小翅膀。

整个上午，我和众同事边做传播流程，边做技术准备，边紧盯大众反馈，随时调整，随时跟进，精神高度紧张，可也很爽——那种掌控引导舆论方向的快感，甚至超越男女之间的性事。

爆料眼镜男的"强调真实"此时起了作用，网友居然耐心地看完了他长达一分半的爆料视频。在这个视频传播率达到峰值的时候，第二个目击者出现了。这人丝毫没有爆料眼镜男的镇定，无论是文字还是语言都凌乱得一塌糊涂，实习生和我花了好几分钟才明白他的意思。他被吓坏了："为什么龙在地铁里？那么多人只有我看到了。我是不是有什么特殊之处，会不会变身，要承担拯救地球的任务吗？妈呀，好紧张！"

我叫实习生回答他："天将降大任于你，必须时刻准备着。"

龙在地铁里。

地铁车厢中挤满上班族，或打瞌睡或看手机或吃鸡蛋灌饼，只有一个人无所事事地将目光看向车窗外。窗外是隧道铁灰色的墙壁，时不时出现一组色泽艳丽的广告。这个人试图背诵广告上的电话和网站，既锻炼记忆力又打发时间。忽然，广告被一层灰色覆盖。灰色停留了一两秒，便没有了踪影。灰色再次覆盖上来，很长一条，隐隐地，有巴掌大的鳞片在闪动。灰色尽头是一颗硕大的头颅轮廓，眼珠子黑得明亮清晰。这个人条件反射，立刻举起手机拍照。上传朋友圈时，他看到朋友圈中转发的《晨报》寻龙活动告示，哆嗦着再向窗外看，那灰色正在向前移动，如波浪微微起伏，分明是一条龙正蜿蜒飞行。

这就是第二个目击者的故事，他很幸运，不但得到了我们的第二现场目击奖金，还让我永远记住了他那带着兴奋和颤抖的独特声音。

龙出现在地铁6号线动物园站到市场站之间的地铁隧道中，离17号线起点站郭家堡站直线距离二十七千米。龙在两个小时中才走了这么点路，挺奇怪的。

当时大张很担心龙会引发地铁事故。据他计算，组成龙的高频电磁波携带的能量虽然不强，但在电力网密布的地铁隧道中到处窜动，很难说不会发生意外。

还好，第三个目击位置在城市西南部的水上公园，龙或者龙形波已经钻出了地铁。随后，目击报告就潮水般涌进报社。公布的电话、网站、移动终端，全部被或激动或怀疑或好奇或神经的目击者占据了。

"幸好龙今天出现。"同业群里《每日快讯》的人对我开着嘲讽模式，"搁昨天四月一日，谁都不会理你。"这个群里的各路媒体精英都认定龙只是一个噱头，是老掉牙的历史灰尘，但不得不承认，我们应用巧妙。中午时，找龙这事儿就上了省级电视台的时事新闻，晚上还会在新闻评论里做专题。这是逼电视台也要满城找龙的节奏。

"我们会报道你们的这场闹剧。"《每日快讯》的人说，附赠我一套"鄙视"系列表情包。

呵呵，事实在那里，我不用多解释。我只回答他："我就喜欢看你不喜欢而又不得不和我一起并肩战斗的样子。"

我走到电子地图前，龙下一步会去哪里呢？G9、郭家堡站、动物园、水上公园……这些地方有什么共同点吗？为什么龙会在这里和那里出现？为什么……为什么……

"我要全市管道分布图、电网分布图、商业网点分布图、地铁线路规划图……"我冲实习生喊，一口气说了七八种城市信息图，实习生脸色都变了。我这才意识到这些事关城市生存的图纸别说他一个实习生，就算总编出马也搞不到。

"吴妮，赶紧给我想办法。"我急电求助。

吴妮那边手机信号不好，她用微信告诉我，她在省电视台准备直播，正和主编、新闻评论栏目导演、主持以及特邀嘉宾讨论直播内容。

"找大张，找他！"吴妮提醒我。

大张的电话更是干脆打不通，微信也不回我。

钦佩忽然出现，他嫌传图太慢，索性亲自跑回来送照片。他已经拍摄了几个G的素材，拷贝了十七位目击者的图像资料，自己也拍到了龙！

"太神奇了。前进，你应该到现场去看看。"钦佩将硬盘递给实习生，接过一杯茶，大饮一口，"好茶！"

"那是，明前茶，贵如金，何况是清明前的顾渚紫笋。我在家给你坐镇指挥，你才好在前方冲锋陷阵。你去的这些地方有什么共同点吗？"

"共同点？"钦佩思索着，"你是想找到一条规律，好预测龙的下一个出现地点？"

我打个响指，赶紧夸赞："答对了。有吗？"

"好像还真没有什么，公园、工厂、学校、医院，都有目击者，它……"钦佩忽然不说话，跑到电子地图前，伸手丈量长度。

我说："它的行动越来越慢，如果找得到规律，你可以等着它出现。"

"那样当然最好。要是能拍到它完成实体化的那一瞬间，"钦佩满脸憧憬，"我就死而无憾了。"

"必须啊，你必须得拍到。快想想那些地方有什么特别的，一条龙不可能随随便便在城里溜达。快想！"我催促。

钦佩看着地图，我也看着地图，两人同时陷入一种无序的思维之中。

"变压器。"大张回复微信了，只有三个字。

九

G9起点附近布满高压电塔，17号线起点站附近布满高压电塔，动物园附近有大型变压器，水上公园附近有大型变压器……龙顺着电线流窜，变压器是它的最爱。它起初在高频区，随后又在低频区，波长频率始终不能稳定，它似乎是在吸收电能，又似乎是在通过对电网的盘查检查全市的能源供给状态。

这真是一条任性的龙。

但我们没法报道这条龙的科学属性。找龙在新闻评论后演变成了全城行动，所有小长假待在家里的人都响应媒体号召，拿了手机和平板电脑走到街上。这时候，报道龙的行踪已经失去了新闻价值，找龙演变成了一个娱乐事件，彻底脱离了我的工作范畴。

我的工作就只剩下给龙一个科学标签，可这不是我能掌控的工作节奏，得等上面给出权威说法。

所以，我依然去了小羊圈胡同的烤吧撸串，每晚八点去烤吧吃饭是我人生不多的乐趣之一。

大张没来，这在我意料之中。上面不会那么快就给龙一个合理的科学解释，还得让龙在城里飞一阵子。

肉串和烤馒头片刚端上桌，吴妮就来了，真是嗅觉高度发达的女人。她又累又饿，已经路人粉转黑，对龙心生厌烦。

"为什么是我第一个看到它了呢？我要是看不到它就不会找你，那你就不会想出找龙这个主意，那么我现在就能舒舒服服地躺在水床上看电视剧了。"抱怨声中，吴妮已将盘中各种食物一扫而空，连个渣都没给我剩。

"因为你是女人，有着与生俱来的不可磨灭的好奇心。"

吴妮瞪大眼睛："前进，你真觉得龙没有做任何选择，随随便便就来到我们这座城市？你和我真的没有奇特之处吸引了龙？"

"真没有，亲。我们太普通。"我冷静分析，"至于龙，概率，亲，这是个概率问题。比如考虑整个时空的粒子分布，你有千分之一的概率多巴胺分泌加剧，从而爱上我，这个没有逻辑性可以依据。"

"扯淡。"吴妮干脆否定，"因果律在哪里？一定有什么参数改变了才会出现龙。"

"那就无法探究了。十三亿光年外的空间扰动我们才知道，要列出全时空参数，恐怕上帝都无能为力。"

"是吗？"吴妮的表情忽然诡异，目光穿过我的脸，看向我背后，"呵呵，也许它知道。"

我回过头，五米开外，东面"张记卤煮火烧"家的屋顶，霓虹灯与黑暗的交界处，一条龙正趴在瓦片上，大脑袋对着我。

这家伙头尾完全、须角分明，已经彻底实体化了。

今夜有龙飞过

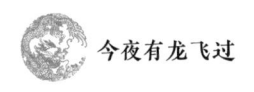

2017年4月3日　农历三月初七　宜祭祀　忌嫁娶　寒食节

十

"就是这样。"我说,"这就是我的亲身遭遇。昨天为这家伙从凌晨折腾到晚上,好心没好报,差点儿被它吓死。还害我进警察局。"

坐对面的李姓警官收起笔记本:"我觉得你是故意的。"

"老李,熟归熟,你这样说小心我告你诽谤!"我强词夺理。

老李笑了,猫捉了老鼠一样的表情:"得了吧,前进。我们去的时候只有被砸得乱七八糟的铺子,还有你烂醉如泥,连根龙毛都没见到。"

"你不相信龙和我一起喝酒,然后它把烤吧搞得乱七八糟?"

"不相信。烤吧里的人说是你干的,是你故意干的。"

"监控!你调监控一看不就清楚了?我没有酗酒闹事。当然烤吧不可能找龙赔偿,看在龙是稀罕物的份儿上,我负担店里一半的经济损失好了。"我大度地说。

老李忽然凑近我的脸,目光直勾勾地要撕开我的脸皮:"监控上一片花白,没信号。前进啊前进,你想在局子里躲两天直接和我说,干吗要砸人家店呢?吃力不讨好的事情。"老李玩着手上的笔,"烤吧不打算追究你的责任。按治安条例,我只能扣留你到中午。你还是得出去面对。"

"我要面对啥呀?!老李你瞎扯什么啊,我怎么记得最起码要拘留五天？！"我急忙辩解。

老李不高兴，一拍桌子："你肚子里那点心思非要我说破？昨天龙还是新鲜玩意儿，到今天就是危险品了。你想知道从你喝醉到现在这十五六个小时都发生了什么事情吗？"

我捂住额头，不知道该说什么，大脑里瞬间全是一个个空洞。

老李递给我一杯水，放缓语调："你也不容易，我理解。哪个做记者的不希望报个大新闻，可新闻报道出来了怎么收场？还有反转和论证调查呢？稍出遗漏，同行就能咬死你。"

空洞里终于有思维开始流淌，我逮住一个思维点："《每日快讯》说什么了？"

"说你们伪造了目击记录。"老李说，"前进，你小子有个本事我特佩服。"

我凛然一惊："哪里哪里，您过奖了！"

"你有一种趋利避害的本能反应，特别快！"老李将我的手机扔给我，"看看吧，昨天晚上到现在都出了什么事。"

手机上一片红，未读消息和未接来电数量已经逼近六位数。

"你慢慢看！"老李拍拍我的肩膀，"看完了想明白了就出去吧。寒食节，局子里不备饭。"

"我可以不吃饭，减肥。"我说。外面闹成什么样我能想象，但我一点儿都不想掺和。每个新闻的收尾都很麻烦，尤其是这个，还是让时间去冲淡一切吧。

老李懒得再做我的思想工作，开了门，哼着西皮流水走了。

他唱道："小子你躲警局享清静，眼见得城里乱纷纷。四处找龙无踪影，却原来是《晨报》编造的消息。我这边差人去打听，真真假假无人说得清……"

我揉揉太阳穴，真希望此时我躺在坟墓里，墓碑上什么也不刻。

我拨出了吴妮的电话，她那边立刻接通，声音十分欢快："前进，你没事了？总编大人希望你能在局子里再坚持几个小时。"

"形势怎么样？"

"现在还不明朗。支持派和反对派火力胶着。"吴妮说，"全市媒体正在站队。我们终于有了一个欢乐闹腾的清明节。"

"公众的反应我不感兴趣。我只关心龙。龙呢，它还在吗？"

"要是它在，我们就不用撕了；要是它不在，我们也不用撕了。"吴妮像在说绕口令，自己都绕不下去了，呵呵乐，"总编大人会控制节奏，好给某些红眼的人最后一击。你只要别太早出来就好。"

十一

昨天晚上，看到龙的瞬间，我的第一个本能和大多数人想都不想就举起手机拍照不同，我的第一个本能是——我没看见啊没看见啊没看见！

别人目击是一回事，我自己亲眼目击又是另一回事。我可不愿意自己是那个被无数遍询问，甚至会被心理医生验证是否说谎的目击者。当我就是"真实"的时候，我如何强调自己是中立立场？

所以我立刻就捧起烤吧的酒坛子喝个底朝天，并且以最夸张的方式打砸桌椅。烤吧老板此刻很讲义气地袖手旁观，等我闹得差不多了，才拨"110"。

至于龙,它一直趴屋脊上,看着我浑身被酒浇透。我跌跌撞撞摔倒在地,一个酒坛子碎了,酒香四溢,漫天酒气。龙抖动了一下,似乎是打了个喷嚏,便倏忽不见。

我被警察带往警察局,在安静的拘留室中呼呼大睡。吴妮立刻赶回报社,向总编汇报我的行为并做出公共对策。果然,不到半个小时,我闹酒被拘的消息就上了《每日快讯》头条。又过了一个小时,《每日快讯》已经将我塑造成一个醉酒的品行不端的记者,靠编造新闻博取公众关注。当公众为我的言行争论激烈的时候,《每日快讯》又抛出重磅消息——眼镜男,在17号线起点站郭家堡第一个目击龙的人,发文申辩他根本没有看到龙,他的爆料视频和爆料照片都是我们制造的,假的。

眼镜男的申辩完成了对我的形象塑造。但这样明目张胆的黑化引起了一部分公众的不满。我们的第二个目击者,就是说话抖得不行的那位老兄,一直等着龙再次召唤并派给他拯救世界的任务,他勇敢地在网上发文,声称他对自己的目击负责,而我和《晨报》是更严谨负责的媒体。

于是公众舆论就分为两派:支持《晨报》造假的一派与反对"支持《晨报》造假"的一派。帖子满网乱飞,对骂、揭短、乱扯、表态,各种人赤膊上阵,用各种传播手段打了半个晚上后,才意识到要想分出胜负只需一个证据——龙。

那时已经是后半夜,距离龙在高速公路上被发现已过去整整二十四小时。就像人要睡觉一样,龙似乎也躲到什么地方睡觉去了,居然再也没有人发现它。

这不消说是《晨报》造假的一大证据。《每日快讯》得意扬扬宣布结论:《晨报》费尽人力、物力编造"龙存在"这样离奇的新闻,无非是要获得热搜,进而获取关注度和广告价值。《晨报》为了新闻,已经无底线。

省电视台的早间新闻播放了《每日快讯》的结论,但新闻主持人并没有批评《晨报》,只是说等待《晨报》给公众一个说法。主持人要说法的话音还未落,晨曦之中,龙忽然跃出云层,顺着高压输电线欢快地飞舞,在一众上班族的欢呼声中扎进地铁。

《晨报》没造假!但龙怎么能及时出现,并且来无踪影就出现在地铁站口,现身二十一秒?这是真正的大自然奇迹,还是现代化的声光影魔术?

龙是出现了,但问题一点儿都没有得到解决。支持派和反对派继续厮杀。

直到我被李警官询问完毕,龙的存在依然扑朔迷离,没有人说得清楚。

总编大人从何而来反击的底气?

我给总编打电话。他可没有吴妮的好情绪,在电话中骂我:"你这浑蛋,你还真敢给我叶公好龙!龙是不是真的,你心里最清楚!我不管你什么理由,你都得给我待到下午三点半!"

龙在高速公路上,龙在地铁隧道中,龙趴在老屋的屋脊上,龙影渐渐清晰:角似鹿,头似牛,嘴似驴,眼似虾,耳似象,鳞似鱼,须似人,腹似蛇,足似凤,张牙舞爪,鳞片闪烁,只差腥味浓烈、叫声如牛这两条,就和传说中的龙不差毫分了。

等等,没有味道,没有声音,来无踪去无影——这是地球上的生物做得到的吗?我抓住手机,脑海中翻江倒海,许多想法冒出来又被消灭,不成体系。抓耳挠腮半天,我终于给大张发出一条信息:"那龙到底还是信息状态的虚龙吧?"

十 二

下午四点，我走出警察局。天气很好，无风，微热，阳光灿烂。总编叫的专车早就候在大门口，司机彬彬有礼地把我让上车。

我坐好后，司机就问我："我正在听广播，可以继续吗？"

"您继续，您继续。"我回答，"什么节目？我也听听。"

"在讲龙的事情。"司机说，"专家说可能是集体幻觉。"

集体幻觉？专家已经进入心理学的讨论范畴了吗？三点半后，龙出现得更频繁了，而且经常同时在相距很远的几个地点现出鳞爪，这现象着实让各路专家伤脑筋。

认为龙的出现是集体幻觉的人也分两大门派。一个是神秘派，指出最初看到龙的人，包括我，都是对神秘事物深信不疑的人，所以就产生了一些错觉，这些错觉经过媒体引导夸大，加上社会从众心理，于是产生了见到龙的集体幻觉。这一派别所持论据就是到现在为止，所有目击者拍摄到的龙的影像，都可以用"非龙"因素来解释。

广播中，一位专家振振有词："这些影像可能是大气现象，如球状闪电、极光、幻日、幻月、圣爱尔摩火、海市蜃楼、地光、流云；也可能是生物学因素，如人眼中的残留影像、眼睛的缺陷、对海洋湖泊中飞机倒影的错觉等；还有可能是光学因素，如照相机的内反射和显影的缺陷所造成的照片假象、窗户和眼镜的反光所引起的重叠影像等；

人造物的因素也很重要——飞机灯光或反射阳光、重返大气层的人造卫星、点火后正在工作的火箭、气球、军事试验飞行器、云层中反射的探照灯光、照明弹、信号弹、信标灯、降落伞、秘密武器等。"

这话好耳熟。我打开手机上的搜索引擎——没法儿不熟，这是"UFO"词条中解释 UFO 现象的一段话。

"狗屁专家！"我忍不住骂。

支持"集体幻觉"一说的另一大派别是中毒派，将所有精神上的异常都归结为食品和环境。寒食节超市促销的青团成了重点怀疑对象——是不是雀麦草上的农药没有洗干净，糯米过期霉变？草汁和米粉的混合过程有没有添加什么化学药剂？豆沙、枣泥等馅料来源何处？包装青团的芦叶也要查一下，会不会是用其他植物的叶子替代的？总之，每个进食环节都必须一一检查。桃花粥、炸刀鱼、冷煎饼卷、生苦菜这些节日食物也都在怀疑之列。

既然说到了食品的安全性，中毒派就不能不说到环境污染、全球变暖——话题一下子发散千万里。

"寒食就不该当成节。介子推肯割肉给国王吃，却为了不接受国王赏赐，害母亲被烧死，这种人，纪念他做什么？"司机忽然发言，吓我一跳。

"两千六百年前的人，嗐，谁知道他当时怎么想。"我说。没骂介子推已经算我好心情，我讨厌任何对父母不好的人。

"是那些拿介子推说事儿的人怎么想。"司机说，"其实我觉得，历史上未必有介子推这么个人。"

我吃惊不小，险些认为这司机是老李假扮，追着来点化我的。介子推早已消失在两千六百年前的山林中，对他从各种角度念念不忘的人，不过就是从各种角度拿他说事而已。龙虽然活在当下，但就不靠谱的程度而言，完全可以和介子推相提并论。这场"龙存不存在、为什么存在"的舆论战，争夺的其实是对未来历史的话语权，《晨报》和《每日快讯》不过是两种不同话语权的代表。这两大阵营谁好谁坏我不知道，我只知道若《晨报》败下阵来，我一定会被挂在电线杆子上示众，从今往后将与传媒圈无缘。

真是细思极恐，说现在情形凶险，到了生死关头都不为过。

所以一见到总编，我就直愣愣问他："大张究竟给了你什么底牌？"一直不回我信息的大张，关键时刻体现出他是有组织、有纪律的人，不肯随便说话了。

总编神色如常，将我让进办公室，关好门，这才说："前进，闹成现在这个样子，你后悔吗？"

"后悔？总编您这话从何说起？"我一时间丈二和尚摸不着头脑。

"如果昨天凌晨，你对看到的影像嗤之以鼻，子不语怪力乱神，那就不会有这两天的乱象了。"

"我不理也会有别人理。只要它是客观存在的，就会被公之于众。"我冷笑，"抢先机总好过跟人家屁股后面做捡漏似的采访。"

总编笑了："你果然是我报经得起考验的忠诚战士。"

我对这表扬嗤之以鼻："拉倒吧，我不跳槽是因为我太懒。对了，我得问清楚，这次关于龙的报道有多少奖金啊？我怎么也该是本月一等吧？"

总编说："奖金肯定有。不过，你要先把事情有始有终地做完。"

"好哇。"我拉开椅子坐下，跷起二郎腿，拿起总编的茶杯，"您说怎么干我就怎么干。"

总编打开显示器，大张在里面抬起头来，向外看看，看到我之后说："前进，你的信息我收到了。信息状态的虚龙，这个描述很棒。你是直觉，还是计算出的结果？"

"直觉，男人的直觉。你这是在高物中心？"我嘲笑，背景太廉价了,"那些塑料桌椅也就是批发市场的货。"

"钱省下来买器材、引进人才了。"大张不在意,"你看这视频对话的清晰度和同步性,就像我站在你面前一样。"

我心急如焚,闲扯不下去,直接问:"你那边有什么研究结果了吗?有我们能公布的权威答案?"

大张点头:"有了,主任告诉你。然后宣传部的马大姐会和你们一起制定公众知情方案。"

说罢,大张就让开身子,露出主任矮胖的身躯和满月样的大脸庞。

总编忽然起身,盯住屏幕。他的紧张情绪瞬间传染给了我,我也有些心神不宁。

主任发言:"这条龙是极其罕见的自然现象。"

我挺直腰板。

主任继续说:"这条龙,它时隐时现,来去无踪,虽然能被我们观察,却不能被我们观测。我们一旦靠近它,就会发现它的实体根本是不存在的,它本身仅仅是一组微观粒子。它展现给公众看的实体,只是公众希望看到的样子,是一段全息影像。我这么说,你们能明白吗?"

总编懵懂:"公众希望看到龙?"

"龙是一个大众符号。最容易得到大众的呼应和认同。"主任回答。

"这么说它选择了'龙'这个符号,是有所图谋的,它有智慧!"我嚷了出来。《外星高等级文明假借龙形传递福音》——这个新闻标题看着就让人颤抖,《每日快讯》想打翻身仗等下辈子吧。

大张一旁摇头:"智慧不好说,还需要进一步甄别判断。"

"我们只能确定,它是能够吸取外界能量、复制信息的高能粒子团,具有量子性,目前状态还不稳定,所以经常消失,又经常同时在异地出现。至于为什么选择龙,我们认为,很有可能和春节期间龙的形象频繁出现有关。"主任说话很谨慎，字斟句酌，"龙的信息量突然增大，这可能是它选择的标准。"

"它不可能无缘无故装龙玩儿，一定有动机，或许里面包含了很复杂的信息！说不准它是一封宇宙级的鸡毛信！"我抑制不住思维的发散，"主任，你们就没有发现什么特别的东西吗？比如信号组成方式、频率、波长，或许宇宙文明用数学来说话，抑或是最基本元素的结构？"

主任轻轻摆手，做了个"一无所有"的手势："我们的观测手段有限，以目前的认知水平，我们还没有特别的发现。"

"那需要我们做什么？"总编问。

"这条龙现在闹得满城风雨了。"主任说，"上面要求我们给公众一个说法，稳定公众情绪。明天是清明节，祭祀先祖的大日子，上面不希望龙破坏这个节日。"

"龙会吗？"我奇怪。

大张点头："不好说。看它现在乱窜的劲头儿，明天会窜到哪儿还真猜不着。"

"那你们打算怎么办？"我脑子里一下子迸出五六种镇压，噢，不，是安抚龙的方案，但好像都不怎么容易操作。

"我们要把龙引导到指定的地点，把它暂时关起来，这样公众就不会怀疑和恐惧了，而且我们还能继续深入研究，也许，还会找到前进同志所说的那封鸡毛信。"主任举重若轻、不慌不忙说出他的计划，末了还拿我开涮。

我与总编面面相觑。科学家和媒体从业人员，究竟谁更疯狂？

主任装作没看见我们怀疑的眼色，认真地说："这个计划整体需要周密的安排。还有，你们不要逞一时之快，该什么时候发什么内容的通稿，听马大姐的。"

今夜有龙飞过

2017 年 4 月 4 日　农历三月初八　宜祭祀　忌破土　清明节

十　三

马大姐其实只有四十岁，妆容细致，衣着得体，往那儿一站就是办公室职业女性的标杆，我觉得她到科研机构工作有点吃亏。

"给国家工作挺好。"马大姐心态阳光，"有主人翁的责任感。"她甚至鼓动吴妮，"你看你不到三十岁，累成什么样子。我们中心工作没同行恶性竞争，心情舒畅，待遇也不错。你要不要过来试试？"

我赶紧把吴妮拉到身后，转移话题："马大姐，龙肯定能来吗？"

马大姐信心十足："当然能来。没问题！"

此时是清明节上午八点钟。我、吴妮、钦佩带了一票同事准备直播捉龙。

大张和主任将捉龙地点选在郊外，距离龙第一次出现的 G9 高速公路十一千米。那地方有个很对景的名字——伏龙坡，其实没坡，倒是有山、有湖、有森林农庄，环境好到不似人间。中国高能物理研究中心就在那里建了一个加速器。大张计划将龙诱入加速器，然后用高能粒子轰击，打散组成龙的粒子，解除龙的潜在威胁，并且从这一过程中了解这些粒子的性质。

"前天你说是龙形波，昨天又说是高能粒子团，它到底是什么？"我问大张。

"知道波粒二象性吗?"

"知道啊。"

"那你还问我?"大张笑,"详细陈述太复杂了,对你没那必要。"

我就这样被鄙视了,闷闷不乐地回到自己的阵地。阵地离加速器大门不远,地势高,前方开阔,视野特别好。

为了公平起见,《每日快讯》和省电视台也得到了不错的拍摄位置,其他传媒都只能转载。主任说这是出于安全考虑,伏龙坡方圆十千米内都被封锁了,以免捉龙过程中误伤无辜。

我觉得大张的计划过于科幻,一个加速器要改变任务哪能这么顺利!前天发现龙,昨天制定方案,今天就着手实施,这速度不是一般的快,是太快了。

大张抹下额头的汗水:"没办法,龙不等人,瞬息间就会消失。"

我们派了一个人跟拍大张,有问题随时让他解答。不过,报社的网络传播平台没有昨天热闹,看样子昨天的纷争过多地耗费了公众的八卦热情。

对此吴妮并不意外,她教育我:"你想想今天什么日子?清明啊!我邻居六点就出门去扫墓了。谁还关心你的龙啊!"

"可是,如果大张他们成功了,那就是科学史上的大事件!"

"如果失败了呢?大张没告诉你失败会怎么样吗?"

我还真没问失败的后果。大张在我印象中,就是绝不说大话、勤奋踏实的科研人员好榜样,我几次三番想做他的专访,以树立民间科学家的正面典型,但都因他的研究领域实在离人民群众的生活太远而作罢。我从没想过大张会失败。

吴妮摇头:"我今天真不该来。扫墓、踏青、植树,哪件事都比守在这儿等一条不靠谱的虚龙强。"

今夜有龙飞过

"既来之,则安之。"旁边的钦佩说,"坐这儿看风景都挺好。"

实习生已经摆好了野餐桌,各种冷食、水果、饮料铺得满满的。天气比昨天还好,万里晴空如洗,干净得发亮,没有云,没有风,阳光充足。四周杨柳新绿,桃李初芳,还有金黄色地毯般的一片片油菜花。

"是的,挺好,尤其是能和你在一起。吴妮,我们俩绝对好搭档,以后也在一起吧。"我温柔地说,频频向美人明送秋波。

吴妮笑了:"好哇,等你告别出租房吧。我看东方名苑那小区就不错,离报社近,旁边还有地铁。"

我还要和吴妮胡扯,钦佩忽然"呀"一声跳起来,抓住相机冲到前面去了。

"来了吗?"吴妮紧张。

我摇头:"主任那边没动静。他们的监测网连十千米外的电磁场轻微扰动都能捕捉到。"

"你说他们怎样诱捕龙来着?"吴妮问。

"'诱捕'两字我可没说过。"我强调,"大张他们采用高频电波,能量场满满,龙喜欢这个,它会来的。"

吴妮点头:"肯定会。"她的目光中有些我不熟悉的地方,炽热而兴奋。她指指远处。

天空与大地汇聚之处,金色的油菜地上,一条银白色的大龙正蜿蜒爬升。它身形矫健、动作敏捷、姿态优美,在空中飞腾。空中仿佛有一条透明的长桥,让它如履平地、行走自如。

阳光照耀在它身上,它的鳞片反射阳光,渐渐变成了金色,华丽、璀璨、新鲜的金黄色。

我急忙呼唤大张:"你看到了吧?那条龙,它……它来了。你没监测到？大张……大张你说话！"

耳机中一片嘈杂，声波无法转变为电波传送，网络信号中断，卫星信号中断，我们周围的电磁场乱成了一团。

龙离我们越来越近，越来越清晰。龙的爪下，涌出一缕缕、一片片洁白的云朵。云朵聚集滚动，时而像海的波浪，时而像夜的莲花。云在龙的身躯下翻卷，龙在云的簇拥下庄严前行。

人们呆望着天空，一动不动。《每日快讯》那边，甚至响起了哭泣声。

这般华丽的场景，可惜我们直播不出去。我不由得叹息。

吴妮尖叫，钦佩惊呼，我刚想说"你们别神经了"，一种巨大的压迫感劈头盖脸而来，将我重重按在椅子上。我挣扎着抬起头。

龙已经飞到了我面前。它足足有十米长，一米多粗细，鳞片微张，大眼如灯。它在呼吸，鼻腔中的气息喷在我脸上。它身上有青草和泥土的味道，腹部分明有心脏在有力地跳动。它悬停在空中，龙须差一点儿就扫到了我的脸上。

龙的目光清澈，在它眼中是我渺小的身影。如此渺小的人类，怎么可能理解宇宙的奥秘？

我看着龙，忽然间眼眶湿润。我端起桌上的一盘清明饼，递到它嘴边。

我说："很好吃。你尝尝。"

几秒后，龙伸出舌头，将一块饼卷进口中。

吴妮悄悄走到我身旁，怯生生地伸出手，触碰龙角。

龙摆摆它巨大的头颅，仰天长啸。我被这声音震得耳膜疼痛。龙直直冲向天空，就像火箭发射，要飞跃进太空。

弧光闪动，从龙身上切过，一道道螺旋形光圈湮没了龙的身体。

空气在颤抖,阳光在颤抖,光圈聚积成球状,随即炸裂。惊天动地的一声爆响,将我们震倒在地,一桌食物和桌子一起倒地,压在我身上。

过了一会儿,我拍拍头上的垃圾和尘土,向天上望去。

碧空万里无云,龙已无踪影。

十　四

一个小时后,通信恢复了。我见到大张。

"你杀了它!"我愤怒,"它是彻底的真龙,它有血有肉,它在呼吸。我甚至感受到了它的思想!"

大张神色平静:"诱龙失败后,只能放出高能粒子炮。我们无法承担龙活着的后果。"

我无言以对。

"往好里想。"大张宽慰我,"我们掌握了这条龙从量子化状态到生物化状态的所有数据,打开了人类认知的一扇窗户。以后,我们可能会从中受益。"他拍拍我的肩膀,"你这假期没白忙活。"

我理清思路,可到底跟不上科学工作者的理性思维,只好冷笑:"是啊,说不定每时每刻都有量子龙到达地球,只是它们中的绝大部分能量都太过微弱,我们检测、观察不到。"

大张点头:"你说得有道理。"

我瞎扯呢，老兄。我喜欢那条会吃饼的龙。

手机响，是短消息提示。我滑动屏幕。

一个陌生的头像留言：我还会回来的。

作者简介：凌晨，中国科普作家协会理事，中国作家协会会员和北京作家协会会员，著名科普与科幻小说作家。创作科幻小说多年，题材涉及航天、海洋、生物、人工智能、能源等科技前沿领域，代表作有长篇小说《月球背面》，短篇小说《潜入贵阳》《天隼》等。出版各类科幻作品 100 余部。多次获得银河奖、华语科幻星云奖等重要奖项。作品被多种科幻选集收录。

无限国的超限龙

⊙ 恺瑞

"巨无霸号"太空游轮撞击虚空间导致解体的事故诸位都有耳闻，我便不再赘述。我想讲的是我在这场事故后的奇遇，也许是这整本书里最不可思议的一段经历。先说在前面，我没有带回任何证据，如果你觉得我在信口雌黄，就把这一章当作是我因为事故造成的心理创伤而产生的臆想吧。

言归正传。

事故发生得很突然，五级警报告诉所有乘客"巨无霸号"要完蛋了。幸运的是，我离逃生舱所在的底层很近，是最先弹射逃离的人；不幸的是，弹射方向正好朝着虚空间，而逃生舱的动力无法使之从虚空间逃逸。我想我也要完蛋了，我的《银河环游记》没法写完了，但愿出版社愿意将已经写完的部分出版。

然后我就晕了过去。

是自由舰队的"阿列夫号"货运船救了我。如果你居住在联邦的中央星区可能对自由舰队不太熟悉。它并不是一支成建制的舰队，而是对不受银河联邦管制的飞船的统称，里面又分好多个派别，我会在后面的章节中细说。"阿列夫号"的船长是个银发壮汉，对"虚空间"这个称谓嗤之以鼻。他们把"虚空间"叫作"口子"，可以通往别的"位面"。要穿过口子，只需要让飞船"保持正确的机动姿态"。我不确定像"巨无霸号"那样的庞然大物能不能做出这样的机动姿态，但"阿列夫号"对此很在行。

在虚空间里翻飞了大概一个标准时，我们就穿过口子来到了另一个位面。

飞船降落时，我从舷窗望出去，乍一看似乎跟大多数宜居星球的景象没什么差别。但我很快发现视线尽头的天际线竟然是一条笔直的直线，而不是通常所见的弧线。这意味着要么这颗星球相当大，要么……这里就是一望无际的平面。我本想向船员确认，但自由舰队的每个人都对我这个联邦人爱搭不理。

降落后，船长领着我走出舱门。当地人开始从飞船货舱搬出货物。他们排成长长的一队，看不到尽头。一个身着呢子西装、有点秃顶的圆鼻子小老头儿抱着一个金属盒子朝船长走来。

"我给你带了件额外的货物来。"船长指了指身后的我说。

"他不是你们的人？"老头儿问。

"在口子里捡的，联邦人。"

"我们不收联邦人。"

"你确定？"船长用沉重的声音说，"你要是不收，我就在回去的路上把他丢回口子里好了。"

这话让我脊背发凉。我还是第一次被当作一件可以丢弃的商品谈论。

老头儿思考了一阵回答："把他留下吧。"他把金属盒子交给船长。

船长连连摇头："加100个点。"

"为什么？他不是你在口子里捡的吗？"

"是我捡的。但他搭我的船从口子进来，增加了燃料消耗和风险。"

老头儿没有说话，打量着我。我或许下意识露出了乞求的眼神。老头儿一咬牙，点头说："好吧。"他打开金属盒子，里面装了很多……点。

我不知道该怎样描述，也许我们的语言里压根儿没有能描绘它的词语。当我的目光聚焦在盒子里的某一个点上时，我能感觉到它的的确确是一个个独立的点；但当我将它们作为整体观察时，所有的点致密地挤在一起，没有空隙，像一个实心砖块一样填满了盒子里的全部空间。

老头儿把手伸进盒子，抓了一把点出来，在手上掂量了一下，又扔了几个回去。他将盒子和那 100 个点分别交给船长。

"他是你的了。"船长把我推到老头儿跟前，"合作愉快。"说完便回到飞船上。源源不断的搬运工不停地将货物从飞船上搬下来，排成没有尽头的队伍朝远处走去。

"走吧。"老头儿登上一辆三轮汽车招呼道。我们坐在前排，后座后面有一个机头似的装置，整辆车看上去有点像卡尔·本茨的古老作品。车子沿着道路缓缓前进，把一个又一个搬运工甩在身后。

"谢谢你。"我来到这个位面后第一次开口说话。

老头儿看了看我，问道："你叫什么名字？"

"道格拉斯。你可以叫我道格。"

"那你听好了，道格。无限国可以暂时收留你，我会在'降临日'到来前想办法送你出去。但你最好不要惹麻烦，否则我就把你送回'阿列夫号'上，让他们把你丢回口子里。"威胁完毕，老头儿补充道，"你可以叫我塔斯基。"

我小心翼翼地点头，好一阵没敢说话。道路两侧是无边无际的原野，笔直的天际线就像是画布上完美的透视图，看得我浑身起鸡皮疙瘩。但无限国里让我汗毛直立的还远不止这些。

搬运工队伍一直伴随我们前进。前方开始出现田野，方块状的耕地向远处铺开，像是无穷无尽的棋盘。再往前是正在兴建的城市，很多建造中的房屋沿着城镇边缘向两侧延伸。路面变成了石板路，沿着斜向贯穿这座方正的城市。

搬运工队伍在进城后不久总算终结。工人们把货物搬进仓库后，一个接一个地从侧门出来，朝城镇的各个方向散去。这个趋势没有停歇，也不见减缓，队伍里成百上千的搬运工把货物送进仓库后又前赴后继地离去，让我惊叹这间并不算大的建筑里到底能容纳多少货物。

塔斯基把车停在一幢带有庭院的老旧建筑前。他下车领我穿过庭院，朝大门走去。庭院里竖着三座青铜人像，我在进门前瞥见了它们的名字：波尔查诺、康托尔和策梅洛。

房子里阴冷潮湿，一股朽木的霉味扑面而来。"巴拿赫！"老头儿一进门就高喊。

回应他的是一个快速飞来的球形物体。塔斯基接住它，那是一个黄澄澄的橙子。另一个声音从房间角落传来："这个周期的橙子长势很旺，也很甜，尝尝吧。"一个戴着圆框眼镜、有点发福的圆脸男人坐在书桌前，厚厚的书本堆得山一般高，"这是谁？"他发现了我。

"外面来的客人。"

"外面"就是指我原来的位面。我自我介绍道："道格，是个作家。"

"降临日就快到了，现在不是收留外人的时候。"巴拿赫对塔斯基的行为表示质疑。

"没事的。"塔斯基的回应不太有底气。他找来一把小刀，将橙子一分为二，递给我一半："要尝尝吗？"

我接过橙子，它从中间横切开，让我能看见每一瓣果肉的横切面。这个切面并不像我认知中的橙子一样呈放射状，而像是一个从果皮朝中央旋转的螺旋。当我盯着螺旋中央仔细观察时，会发现它实际上蕴含了一个同样形状、但规模较小的螺旋，其中又有更小的螺旋……它仿佛一个自我重复的图案，无穷无尽地向橙子中央汇聚、衍生，永不结束。

但一个有限大小的橙子，怎么能容纳下无限衍生的图案？我感到头晕目眩，摇了摇头，把视线从橙子上移开："这是……？"

"这儿的特产——分形橙子。"巴拿赫得意扬扬地说,"这儿能让你惊讶的东西还远不止这些呢。"他拿起另一个橙子,徒手剥掉果皮,大口啃起来。

我尝了一口,味道跟我以前吃的没太大差别,香甜、微酸,味道不错。我把它吃完了。

"走吧,我给你找个地方住。"塔斯基吃完那半个橙子,稍事休整后领我走出去。

"最好早点回来,'分球术'还没准备就绪呢。"巴拿赫在身后叮嘱道。

我们回到石板路上,这一次我才看清楚这条贯穿城市的主干道。一边是我刚才来的方向,出城的方向;另一边则向极目远处无限延伸,道路两旁是形状各异的楼房,向视线中央汇聚,再一次呈现出在画布上才能看到的完美透视图。

"这条路有多长?"我跟在塔斯基身后问。

"用你们的语言来说,无限长。"

"这怎么可能?"

"无限"这种概念只存在于理论中。曾经人们认为宇宙是无限的,但如今这个唯一可能是无限的概念也被证实是有限的,没有真正的无限。

"这里跟外面不同,这里有不一样的法则。"塔斯基友好地笑了笑,"不止这条路无限长,刚才你看到的搬运工队伍也是无限长,有无限多的搬运工,从飞船上搬下来无限多的货物。"

"等等。"我打断了他,"'阿列夫号'是从外面……从我的世界来的。我的世界里不可能有无限多的货物。"

"当飞船穿过口子的时候,它的性质就随之改变了,变得能适应这个世界的法则。你也一样。"

除了在坠入虚空间时晕过去让我感觉有点难受,我并没觉得有什么变化。"我不明白。我感觉不到。"我说。

塔斯基停下脚步，转过身，指着我们来时的方向说："你看，搬运队已经把货物都送进仓库了，对吧？"

我向远处眺望，刚才还沿路排成的长长队伍，现在已经一个搬运工的身影都看不见了。我将信将疑地回答："应该是吧。"

"那你觉得搬完无限多的货物，要多长时间呢？"

"无限长？"

"那你觉得从你走下飞船到现在，过了多久？"

"我不知道，一个小时？"

塔斯基大笑起来："当然是过了无限久了。"

"这不可能。"我并未觉得自己对时间的感知发生了什么改变。

"大脑是个神奇的东西，虽然你的理智不接受无限时间的说法，但你的感官却已经适应了。"他带我走进路边的一家旅店，"来吧，先把你安顿下来。"

踏上门槛时，我注意到门旁亮着"客满"的牌子。"这里的房间满了。"我提醒塔斯基。

"一家开在有无限人口的城市里的旅店，当然会客满了。不过没关系，老板总有办法。"

我们走进大厅时，有很多——也许无限多——住客拎着大包小包离开这里。柜台后的老板见了塔斯基，劈头就问："老塔，降临日的事准备得怎么样了？我这儿好多客人都因为害怕而退房了。我告诉他们无论到哪儿都逃不掉，但是他们不听，以为跑得够远就不会遭殃。"

"该来的总会来的，我和巴拿赫会做好准备。不过现在，"他指了指我说，"给这位从外面来的客人安排一个房间吧。"

老板耸耸肩："让我看看……"

我知道这一幕,我在一本古老杂志的数学专栏里读到过,一位客人来到一家有无限多个客房的旅店,但房间已经住满了客人。这时,只需要将1号房的客人移到2号房,2号房的客人移到3号房,以此类推,便可以在不赶走客人的情况下,把新来的客人安排进1号房,皆大欢喜。

当然,这纯粹是理论上的推演,现实并没有这种奇异的美感。"1号房的客人刚刚退房。"老板干脆地说。他把房间钥匙给了我,指了指不远处的房门。

"你今天经历得够多了。我们明天再聊吧。"塔斯基帮我安顿好后道别离去。我躺在床上,这才有工夫回想起"巨无霸号"的失事和逃生舱坠入虚空间的惊险,在心力交瘁中昏昏睡去。

第二天,我自作主张到昨天塔斯基和巴拿赫碰面的地方去找他。我觉得那幢建筑应该是他们的住所或者办公场所之类的地方。我走到庭院门前时,正巧碰见他们两个登上那辆老式的三轮汽车。

"早上好,我们正准备去接你。"塔斯基向我打招呼,给我搭把手,拉我跳上汽车。他在前排开车,我和巴拿赫坐在后排,略显拥挤。

"我们去哪儿?"我问。

"我觉得你是个有好奇心的人,不像之前那些外来者被这里不一样的法则搞到精神崩溃。所以,我想我可以带你在无限国逛逛,免得你窝在旅店里无聊。"塔斯基回答。

"老塔,"巴拿赫不耐烦地说,"我们有要事在身,带个拖油瓶实在不是个好主意。"

"道格会守规矩的,对吧,道格?"

我当然不会放过这个充实我的游记内容的机会,连连点头。

"如你所见,这里是对角线大道,是整个无限国的主干道。"汽车朝着我们昨天来的方向缓缓前进。我注意到尽管建筑密集繁多,但总的来说只有屈指可数的样式：民居、仓库、旅店、餐厅、学校……它们沿着大道交错排列，没有明显的规律。"如果你把无限国的城区想象成一个正方形，那这就是它的对角线。除了它，其他道路都是沿着横向和纵向修建的。"

"为什么要把主干道修成对角线，而不是也沿着横向或者纵向？"我问。

巴拿赫在我旁边不加掩饰地哼笑了一声。

塔斯基回答："我说过，这里有这里的法则。在这儿，城市规划的法则就是任何两条横向或纵向的街道，建筑样式的排列不可重复。"

"为什么？"

巴拿赫插嘴说："机灵鬼，你在你自己的世界也有这么多'为什么'吗？"

塔斯基没有理会他，回答道："为了确保无限。如果允许一种重复，很快就会出现第二种、第三种……最终，建筑样式便会按照有限种排列循环下去。换言之，我们失去了无限。而在这里，无限是驱动万物的动力。"

我实在没怎么听明白："那这跟大道的对角线朝向有什么关系吗？"

"真是个呆瓜。"巴拿赫自顾自地解释起来，"因为对角线上包含了纵向或横向每一条街道上的一幢建筑。新建一条街道时，只要确保跟对角线上相应位置的建筑类型不同，就可以保证新建街道的建筑排列跟已有的任何一条街道都不同。这是中学生就明白的道理。"

想必这里的学校里教的知识，跟我当初学的一定是完全不同的东西。汽车很快驶出了城区，拐过一个弯，在田野间继续前进。这次我有心情好好观察一下这里的田地了。

它们被划分成一个个方格，每个方格里种植着不同的作物，似乎也遵循着排列不重样的法则。以我粗浅的务农经验，我分辨出田地里种植的作物，跟我以往见过或者从书中读到的没什么两样：小麦、玉米、土豆、生菜、洋葱、苹果、橙子……

"这些作物都是这里土生土长的吗？"我问。

塔斯基回答："不，当然不。不然你以为我们跟自由舰队的飞船做交易是为了什么？这里是有原生植物，但大都不宜食用，所以我们购买外面的植物，并把它培育成适宜在这里生长的版本，比如你昨天吃过的分形橙子，还有混沌牛油果、三体樱桃、克莱因葫芦，等等。"

"那这些粮食够无限国的人吃吗？"

巴拿赫又嗤笑起来，"无限多的粮食，无限多的人，一一对应，当然够吃，就算一个人吃十份、吃一百份、吃无限多份都够吃。你还不明白吗，好奇先生？无限不是问题，最大的问题是超限！"

看来巴拿赫对我问题太多深感不满，但我还是忍不住要问："什么是……超限？"

巴拿赫又要爆发，塔斯基冲他比画了两下，让他冷静下来。塔斯基说："我们之前所说的那些无限，什么搬运工也好、旅店房间也好、还是粮食也好，都是最基本的一种无限。但无限之上，还有更大的无限，称之为超限。这个世界的本质是超限的——无限、高阶无限、更高阶的无限……无限国只是我们能接触到的部分。就像在你的世界里，宇宙是高维的，但你们只能接触到三个维度一样。"

我一时无法消化他的话。

他把车子停在一个深坑旁："到了，道格，你可以来看看这个世界的源头了。"

我小心翼翼地走到深坑边上，稳住重心，探出头向坑里望去。就像我盯着分形橙子的螺旋中心时的感受一样，只不过那种感觉放大了成百上千倍，或者按这里的说法，放大了无限倍。

凿在深坑壁上的螺旋楼梯无限向下延伸，最终汇聚到坑底一个细小的白点上。我现在隐约掌握到一点无限国里的观察技巧了，不用他们解释我就知道，这个坑有无限深，而那个白点正好位于无限深的坑底。

我后退一步，闭了好一会儿眼睛才回过神来："底下那东西是……？"

"这个世界的基本粒子，我们称之为'源球'，它包含了高阶无限个点。无穷国的所有粒子都是由它诞生出来的，包括我们向自由舰队支付的货币——'点'。你们那边的人觉得'点'是个稀奇玩意儿。"

我承认到这一步我已经完全跟不上他的节奏了，只能如实将自己的所见所闻记录下来。巴拿赫开始沿着螺旋楼梯向无底洞深处走去，他将在无限长的时间后抵达"源球"。

"我们也要下去吗？"我问。

"不，大可不必。下面没什么可看的。今天的观光之旅到此结束，我们回去吧。"塔斯基坐回驾驶座上，发动了汽车。

"那他呢？"我指向巴拿赫，但他的身影已经消失在坑洞中。

"他在下面有活儿要干，我晚点再来接他。"

回程路上的景象跟来时没什么不同。无数的农夫们在无限的良田上劳作，无数的建筑工正让无限的新房拔地而起，无数的居民在无限长的对角线大道上往来，各司其职。这里虽然有着跟外面不同的法则，但一切都井然有序、和谐美满，就像是一个遗世独立的世外桃源。

但有一点，塔斯基还未向我说明，无限国很可能并不如眼前看到的这般安宁。"能告诉我降临日是怎么回事吗？好像很多人对此感到不安。"我忍不住问道。

塔斯基的神情凝固了一瞬。他深吸一口气回答："那是'超限龙'降临的日子。"

"超限龙?"虽然叫人不明所以,但这的确是个很酷的名字。

"一种以高阶无限为食的生物。当然,这只是戏剧化的说法而已。与其说它是一种生物,不如说是一种自然现象。'降临日'也是一种富于宗教色彩的说法,'天启''轮回''涨落'……说的都是它。"

"那科学的说法应该是怎样的呢?"

"科学,哈!"塔斯基的笑声中裹挟着一丝无奈,"这已经进入科学的盲区了,有一些假想,但还没有定论。这有点类似你们位面的宇宙坍缩说——宇宙在一次次暴涨和坍缩中轮回,循环往复。对于我们来说,暴涨就是源球的诞生,坍缩就是超限龙吞噬源球。它不是一头真正的龙,更像是一种……负的高阶无穷,或者说'反源球',它的降临会让整个无限国都随之湮灭。"

听上去像是在描述世界末日。"那降临日是哪一天呢?"

塔斯基久久没有回答。他望向对角线大道的尽头,喃喃说道:"快了,就快到了。"

我在旅店门口下车时,塔斯基告诉我:"明天会有一艘飞船穿越口子,这个船长比较好说话,我会让他送你回去。"

我以为我的无限国之旅就要这样结束了。我已经记录了许多我无法理解的景观和现象,但接下来发生的事情才让我终生难忘。

午夜,我在喧嚣中醒来。我听见房门外传来旅店老板的声音:"它来了,超限龙降临了!"无限多的房客从旅店蜂拥而出,我披上外套,跟随人潮拥到街上。夜空中,悬浮着一个黑色的圆球,表面像是镌刻着复杂的花纹。斑驳的纹理从中心涌出,如波纹般漾过球面,再收束到四周。

它在下降。

我抬头仰望时,被路人挤倒在地。无数双急促的脚从我身上跨过,我随时有被踩踏的风险。

"来!"塔斯基向我伸出援手。我抓着他的手腕,跳上三轮汽车。

"都什么时候了,还管这个外人!"巴拿赫暴跳如雷。

"反正顺路,我们可以送他一程。"塔斯基调转车头,把老式三轮汽车开出了方程式赛车的感觉。他连连鸣笛,在落荒而逃的人群中冲开一条道,向城外驶去。

不幸的是,我们抵达着陆点时,飞船早已逃之夭夭,只在黑暗的天际留下一道尾焰。幸运的是,我得以见证接下来这一幕。

"没时间了。"巴拿赫大喊。

"抱歉了,道格,你只能跟我们一起去源球了。"塔斯基驾车在田野间穿梭,向昨天那个深坑的方向疾驰而去。

我注视着缓缓下降的超限龙,它已经从碗口大变成了球场大,表面的纹理进行着让人眼花缭乱的变换,不断从中央扩散、向边缘收束。

大地为之震颤。

巨龙张开了翅膀。

笼罩天际的翅膀。

就像是触碰到了某个临界点——如同水达到沸点、油达到燃点一样——球面轰然展开,布满天际。刚才蜷缩在球面边缘的复杂结构解放了,自由了,向着天边无限远处伸展开来,各种几何构造密不透风地拼接在一起,铺满整个夜空,像是波斯宫殿中镶嵌着的繁复优雅的马赛克,只不过宫殿的穹顶换成了整个天穹。

穹顶向地面压下来,我看得着迷。塔斯基把我拉下车时,我才回过神。

"快下去!"巴拿赫一马当先地跳上螺旋楼梯,朝坑底跑去。我看着塔斯基,他神情严峻,我知道我别无选择。

今夜有龙飞过

无限向下的楼梯让我眩晕，就算我站着不动，它仿佛也在兀自旋转。我不知道自己是怎么花了无限长的时间跑到坑底的。

这里并不是空荡荡的洞穴，里面早已装满了管道、线路和电子管，所有管线都汇聚到靠墙的控制台上，操作面板上布满了开关和旋钮。这就是塔斯基和巴拿赫一直在倒腾的东西。而坑底中央，源球就悬浮在那里，在我眼前。

它像是一个点，一个没有大小、没有实体的点，又像是一个巨大的球，有无限的表面积的球。高阶的无限，我回想起巴拿赫的话。

"再不开始就没机会了！"他歇斯底里地大吼。

我抬头向洞口望去，超限龙已经逼近地面。一个抛物形的表面从天幕中凸出，沿着坑洞向下延伸，像是巨龙修长的颈项探入坑中。它在寻找源球。

"现在怎么办？"我不禁喊出声来。

"分球术。"塔斯基说，"如果我的理论正确，我们可以将源球分成有限个部分，再将它们重新组合起来，变成两个跟原来一模一样的源球。其中一个喂给超限龙，我们留下另一个。不好意思，要失陪一下了。"他走到控制台前，和巴拿赫交换了一个眼神。无数的机械臂从洞穴四壁的传动装置上伸出来，探向源球。两个人全神贯注地投入对源球的分割操作中。

再强调一遍，我只负责忠实地记录我所见的景象，而我对它背后的含义一无所知。

源球开始分裂了，不是像切水果一样分裂成各不相干的几块，而是在原地分裂成几个重叠的、较为"单薄"的球体，每个球体都只包含源球的一部分点。

在塔斯基和巴拿赫的操作下，这几个球体向不同的方向平移、分开、不再堆叠。尽管视觉上难以辨认它们之间的差别，但我的某种特殊的感官——来到无限国之后才激活的某种感官，能感知到它们都不完整，像是内部满是窟窿眼的海绵球。

接下来，见证奇迹的时刻到了。

他们让球体旋转，转过一个不大的角度，简简单单的旋转，让球体变得更"充实"。海绵球像是被凭空填充了物质，从轻飘飘变得实实在在。这在我的世界里是无法想象的事。

尽管每个球体仍然残缺，但离复制源球的目标更近一步。在两人的操纵下，那些球体被分成两组；每一组内的球体向彼此平移过去，汇合成一个新的球体。

合并完成后，洞穴中央只剩下两个球体，每一个都是源球的完美复刻，一个点不多，一个点不少。

一个源球变成了两个。

超限龙的阴影压迫下来，抛物面上的纹理随着下降而变换，像是一张越撑越大的血盆大口，要将我们全部吞噬。

"去死吧！"巴拿赫大叫一声，拧动一个旋钮。两个源球中的一个向上飞去，如炮弹一般射进巨龙的喉咙。

源球与超限龙碰撞在一起，白色的球体将展开的超限龙吸入体内，就像一个功率强劲的吸尘器，将一张画满密铺图形的毯子从正中央吸进去一样。无限长的时间后，超限龙无限大的身躯被完全卷入了球体，而源球像翻袜子一样将自己反卷进去，消失不见。

两者同归于尽。

另一个源球仍然悬浮在原来的位置，跟超限龙降临之前别无二致，仿佛一切都未发生。

塔斯基和巴拿赫松了一口气，两人激动地拥抱在一起。尽管我根本不知道刚才他们那一通操作到底做了些什么，但我还是被那种劫后余生的气氛感染，加入了他们的拥抱。

接我离开无限国的是自由舰队的"无名号"。我跟塔斯基和巴拿赫在无限长的搬运工队伍旁边告别。我告诉他们，我会将这段经历写入我的游记中。塔斯基颇感欣慰，巴拿赫仍然不屑一顾。

总之，那是我们最后一次相见，也是我无限国之旅的尾声。之后，我又向一些自由舰队的船员打听过通往无限国的口子，但大部分表示从未听说过这样的口子，少部分感到莫名其妙、一笑了之。我再也没去过无限国，也再也没听说它的消息。

离开无限国后，我的旅途又遭遇了一点波折。我在"无名号"穿过口子之后才从船长口中得知，此行的目的地并不是回到我们的宇宙，而是前往另一个截然不同的位面。

由于那个位面的名称不断在字面上套用自己，所以我无法记录下来，但船长说，他们通常称之为"自指国"。他还给了我一个忠告："你最好低调一点，因为他们对两种人很不友好，一种是排斥外来者的人，一种是从无限国过去的人。"

作者简介：恺瑞，游戏策划。爱科幻，爱游戏。喜欢奇奇怪怪的点子和不按套路出牌的故事。在《科幻世界》《不存在科幻》、谜想计划、蝌蚪五线谱等杂志和平台发表科幻小说。作品《先知矫正营》入选中篇科幻小说集《未然的历史》。在"小科幻"平台发表《蜂后计划》《无限国的超限龙》等作品，并多次获得"千里码"征文一等奖。曾担任"小科幻"平台"寒武奖"征文评委。

代号『传奇延续：巨龙逆鳞之章』

⊙ 孙望路

本文为《今夜有龙飞过》首发篇目

序　幕

　　漆黑的丛林里，只身潜行的猎人停下了脚步。他听到风的声音，来自不远处的上空。那里有一个巨大的物体掠过，带来死亡和恐惧的气味。强大的风压将树叶和花瓣卷起，成为惊弓之鸟的野生生物纷纷逃去。猎人拈弓搭箭，箭矢离弦，倏地射中一只尖叫飞起的大鸟。

　　猎人向落点跑去，拎起比自己还大的猎物，将其稳稳甩到背上后，向上方射出一支穿云箭。空中的巨物接住带着绳子的箭矢，"腾"地向上飞去，径直穿过厚重的云层，脖颈上的逆鳞在阳光下发出五颜六色的炫目彩光。

　　借着惯性，猎手熟练地落在龙背上。他压低上身，与龙合为一体，迎着即将消逝的落日余晖，向地面俯冲下去。斜下方的小岛地貌逐渐变得清晰起来，火山灰和岩浆凝结成的独特矿物细节逐渐丰富。巨龙降落在这片外观古典的战场上，恭顺地低下头。猎人一溜烟从脖子上滑下来，背上的巨鸟已经自动解体成了各种食材，颇具超现实主义的氛围。

　　巨龙喷出火焰，点燃了大锅。有半人大小的鸡腿在锅中腾起丝丝热气，很快变为一道色香味俱全的菜肴。猎人咬了两口，然后把菜递给巨龙。巨龙用前爪在地面爬行，凑了过来，囫囵吞下了所有食物。

　　这头龙的表情出人意料地温顺，完全失去了捕猎时凶神恶煞的样子。猎人依靠着龙的爪子，打起了哈欠，龙也张开大口，抬起头，长呼一口浓烟。一人一龙，就这样毫不在意地在岩浆喷涌的地区睡着了。猎人知道这样的睡眠不会持续很久，正如同他生命的烛火在风中飘摇一般。

他已经习惯了这样的日常，永恒不变的世界和永恒不变的陪伴，超越物种的陪伴。在这里，不会有任何人来打扰他们。

"火……煌……我的巨……龙。"猎人在睡梦之中呢喃。巨龙睁开了那硕大的、属于两栖类动物的眼睛，眼神从迷茫变得温和。它略微转换姿势，将猎人改放在爪子中间，任其蜷曲着，如同一只幼小的猫咪。它自己则顺势蹭在火山口上，让喷涌而出的岩浆为背部做一点按摩。

不知过了多久，巨龙突然再次睁开眼睛。天空被绚烂的星辰接管了，在遥远的地方，有某种东西正在细碎地撕裂世界。

猎人同样被异响惊醒了。他比巨龙要稍微镇定一些，知道这是一种定时定期的现象。空间的裂纹在持续蔓延，星辰破碎，世界突然成为无数孤独的列岛。巨龙不安地要起飞，这种超出它认知的事情让它无法坐以待毙。

猎人跳到了巨龙的背上，他们一同在空中翱翔，飞过那些散碎的黑色裂纹，从一个岛来到另外一个岛。他们周围的景色也逐渐从火山变为冰海，从沙漠变为雨林，从中世纪城堡变为蒸汽朋克的钢铁巨城。这些地方都在遭受着同样的灾难。那些低智能的NPC要么对剧变充耳不闻，要么惊恐地做出如同机械舞蹈一般的错误应答，使得整片区域都如同人间炼狱。

猎人嘴角噙着自豪的微笑，只要有这头龙，他便可以去到任何区域。他已经在这里生存了很多年，世界每几个月会崩溃一次，然后便会逐渐稳定下来，对他们根本造不成威胁。

就在这时，巨龙突然开始痛苦地翻滚，连带着猎人都坐立不稳，差点被掀下去。

今夜有龙飞过

"发生了什么？！"猎人的问话被黑色裂纹肢解，那些裂纹开始爬上巨龙的身体。它开始变得透明起来，表皮纹理纷纷脱落，巨大的动作绑定骨架仍然支撑着它的运动，但裂纹的持续蔓延让一切挣扎变得毫无意义。

巨龙最终跌落在一个原始村落样貌的古代岛屿上，它的眼神之中，充满了濒死的绝望感，连最后的咆哮都无力发出，它破碎的数据在空气中纷纷扬扬，化为尘埃，转瞬之间便燃尽了。

"再见！"公屏上浮现出一行字。

猎人身上的道具也开始碎裂，镶嵌着宝石的辉煌宝具也没有例外，纷纷化为齑粉。他自己则蜕了一层皮，不再是满身鳞片的狩龙猎手，而成了粗糙遒劲的野蛮人，兽皮随意地耷拉在身上。这意味着他进行了一次角色的切换。

他哀号一声，抡起初始武器勇士大木棒，绝望地在坚硬的岩石上敲来敲去，敲得木屑横飞。

空间逐渐稳定了下来，但一些地方彻底消失了，比如他曾经熟悉的火山岛和野兽丛林。他保存的那些永久坐标，也终于成了无意义的乱码。原本的猎人现在变成了野蛮人勇士。他瘫倒在地上。几十秒后，周围的NPC[①]再次出现，一个原始部落初见形状，周围的蛮族咋咋呼呼，纷纷扰扰，仿佛在努力引起勇士的注意。

他望向水池中的倒影，这不是他的角色。还好，在系统里面，属于他的角色外观仍然存在。他切换外观，再次变成了狩龙猎手，穿上了轻薄华丽的套装。

那它也一定存在于某处？

[①] NPC，为 non-player character 的缩写，意为非玩家角色，指在电子游戏中不受真人玩家操纵的游戏角色。

代号"传奇延续：巨龙逆鳞之章"

他重新站了起来，奔跑着，绝望地呼喊着巨龙的名字：火煌，火煌。他尝试了几乎所有的方法，但除了回声，没有得到任何回应。

束手无策的他，最终躺倒在一堆火焰旁边，蜷缩成了小小的一团……

一

拾荒者捡起来的，是那些被忘却的美梦。

——拾荒者交易第一网站宣言

冰冷的湖水里咕嘟咕嘟地冒起气泡，一个孤单的身影从水里钻了出来，是一位拾荒者。不远处的天空上，皲裂缓缓蔓延。但对于拾荒者来说，那种事情似乎十分遥远。他搬出了刚刚在湖里发现的木头宝箱，小心翼翼地打开，里面有一些好东西。

他熟练地把收获物一字排开。明显没用的物品被丢回湖里，有用的和无法判别价值的物品则被他顺手装入背包。无论多大的物件，一旦进入这个堪比异世界魔法的背包就会消失不见。要求支付转化税的消息正在不断滚动，提醒着他NFT[①]仓库中增加的物品，以及他为了转化而自动支付的金钱。

唯独有两样东西，他没有直接装进去，先把玩了一下。第一件是

---

① NFT，全称为Non-Fungible Token，指非同质化通证。

游戏一周年的纪念皮肤，这套蛮王王者式样的皮肤很适合穿去化装舞会。第二件是三周年纪念品，一把璀璨宝石剑，这剑和拾荒者的装扮有些微妙地相符。他当即把宝石剑挂在身上，作为装扮的一部分。

今天的收获不错。正打算退出去的时候，森林中的一道闪光吸引了他的注意。作为拾荒者，他瞬间提起了兴趣。这款游戏已经停止运营两周年了，保护期才刚刚结束两天，无数的拾荒者就把大部分地皮搜刮一空。但宝物总是留给有准备的人，也许某位老玩家终于在恶劣的环境下放弃了。

想到这里，他蹑手蹑脚地摸索进丛林。到更近处，他发现，闪光的来源似乎是另一个拾荒者。那人穿着的猎人套装上微小宝石闪闪发光，但写实度极高，毫无疑问是难得一见的珍品。他来到那人的身边，轻轻用手接触装扮，装备可以公开的信息便一览无余：从由哪家公司发行，曾经属于哪个游戏项目，权属如何发生变化，到最终拥有者的昵称，一应俱全。只不过，这件物品的一些许可证竟然是空白。

原来是《龙烬余响》，这款游戏可够老的了。但拾荒者对这款游戏比任何人都熟悉，自然清楚它开始运营时，拾荒者法规甚至还不存在。那就可以理解了，难怪物件上面竟然没有许可证。如果推测属实，那这件衣服有可能无法在正规交易行出售。拾荒者想到这里，放弃了和主人谈收购的想法。

他本可以就此离开，但某种奇怪的情绪从内心深处涌了出来。不，他只是有点好奇罢了。躺着的那位也是拾荒者吗？难道是玩家？如果是玩家的话，会对游戏做怎么样的评价？

虚拟世界的时间过得很快。地上的人在太阳起落十七个轮回之后终于醒了过来，他茫然地看着面前出现的拾荒者，没有惊讶的情绪，只是继续躺着。

"打扰一下，你这件衣服是怎么来的？"拾荒者赶紧提问。

"你是？"

拾荒者说："我是个拾荒者，你可以叫我兰成。你好像是我的同行，所以我有点儿好奇。"

躺着的人坐了起来，扫了兰成的角色一眼："这是我在游戏里的衣服。"

兰成惊讶于他真的是玩家，情不自禁说了句屏蔽词："**！那可是十年前的游戏！哥们儿你这件衣服要是能交易，那可能卖不少钱。"

"我没打算卖，拾荒者是啥，我也不知道。"

兰成的头顶出现一个巨大的红色问号："不是，你真的不知道？老哥儿，你叫啥，这些年都在干啥？"

那人自称老赵，比兰成大不少。伴随着老赵的讲述，桂兰成的表情经历了丰富的变化，最后定格为诧异："换句话说，老赵你这十年，天天都在坚持登录《龙烬余响》，甚至可以说一醒来就上？"

老赵点了点头："一直是这样。我情况有点儿特殊，我没有现实生活。"

"那也绝对不如我们网瘾大！你们'00后'的网瘾和咱们'10后'比也就图一乐，我知道好多例'10后'沉迷虚拟世界、不吃饭猝死的新闻。"兰成心说老赵搞不好不是正常人。

"不是，我并没有在现实世界生活。"老赵笃定地说。

兰成想到了最近流传的都市传说，传说一些研究机构在研究完全的AI人，用以弥补虚拟世界人口不足的问题："什么意思，你是AI？虚拟个体？"

"不，我的身体一直被保存在某个容器罐子里。除了睡觉，我就只能在这里活着。"老赵继续说，"诺兰科技，听说过吗？"

"那当然知道啊，行业巨头，我还买了它的股票。"兰成终于明白了老赵的意思,诺兰科技是一家致力于体外生命维持的公司,只可惜这些产品只服务于高端人士,"你看起来对外面的事情不太了解,你到底失去现实生活多少年了?"

"十三年,还是十四年?"老赵仿佛在心算。

兰成再次情不自禁地说出了屏蔽词:"**!这可是重大发现,按互联网辈分,我得叫您祖宗!但是啊,如果这样,你这么多年就玩那一款游戏?"

"因为对我而言,现实世界已经没了。而在那里,我有一个新家,和一头龙一起生活。你可能没法理解,我没有退回去的地方,只要醒过来,就已经在里面了。游戏,睡着,再次醒来,游戏,这就是我面对的现实。"

兰成因为连续狂吐屏蔽词,被系统禁言一分钟……

一分钟之后,兰成竖起了大拇指:"赵哥,刚刚不好意思。不过这事情确实有点儿离奇,我从来没听说过……不对啊,那你怎么会在这里?"

"这是哪里?"

"这是《原始人派对》,和《龙烬余响》属于同一家公司,不过也停止运营了,刚刚满两年的保护期。"兰成继续解释道,"我的职业叫拾荒者,可是法律保护的正经职业。任何游戏停运后都会有一段时间的保护期,保护期过去之后,拾荒者就可以进入了。长期未登录的玩家会失去保护,只要找到他们的物品箱,拾荒者便可以翻查,把有用的东西带走。"

"这不就是偷拿别人东西吗?怎么还受法律保护?我记得,在我的年代还有人专门为类似的事情打过官司,当时法律都说,玩家的物品和账号都是玩家的财产。"

兰成想了想:"那都是20年代的老皇历了。该怎么解释呢?我以前也是做游戏的，简单来说，虚拟现实游戏和当年的网游不一样，这片虚拟空间也是有地租的，而玩家在游戏中通过付费或努力得到物品，可以被视为创造了财富。那如果游戏收支不行，要停运的时候就会面临一个很严重的问题，玩家费钱费力获得的账号财富，到底怎么处理？如果归属于玩家，玩家需要为这份存储空间付费吗？"

"那肯定得归玩家啊！"

"是这样，但是不少玩家退游之后肯定就不关心这份财产了啊，他也不希望某一天收到一份存储游戏物品的账单。所以经历了不少社会讨论，后面的法律就规定了，游戏内物品是玩家和游戏公司的共同财富，游戏公司放弃运营，被视为放弃游戏公司的份额。但玩家想要将游戏物品带出去放进私人账户，不行，必须转化为个人的NFT资产，而这次转化需要付出一笔费用，长期算，可能还需要支付个人存储空间的租金，所以除非有特别喜欢的、有纪念价值的东西，玩家很少会去转化。"兰成拿出背包里面刚得到不久的蛮王皮肤作为示例，"当然，玩家有很长时间可以抉择，停运保护期长达两年，但两年之后，如果玩家连续几天不登录，就被视为放弃了自己的那份权益。这时候，拾荒者如果找到了这些物品，就可以花很小的代价转化为个人NFT资产。比如这件皮肤，虽然品质一般般，但肯定有人愿意买。你身上那件，假如能交易的话，会付钱的人更多。我不骗你。"

老赵问道："那你们不也得付那个转化费用吗？"

兰成说："的确有费用，但过了保护期的停运游戏物品，默认是毫无价值的，拾荒者付出的转化费用十分低廉，比如我今天转化一百件物品，一年之内只要想办法卖出去一两件，就有可能回本。假如，我的仓库内数据量没达到上限，那存储成本更小。这两年保护期，游戏运营方是要持续付费的，而两年后，拾荒者进来破坏了这些账号的数据，他们便可以放心删库了。这对游戏公司是有好处的。"

老赵似懂非懂的样子："那，假如说游戏公司清空数据，结果会怎么样？"

"你不是刚经历过吗？你的账号是登录状态，不会被直接删掉，但游戏环境会直接消失。我帮你分析下，你是不是看到天崩地裂一般的景象？"

"是的。"

"那就对了。但是因为你在线上，你就被直接弹到相同的通行证[①]可以进入的其他游戏，也就是这款游戏里了，至于你原来的物品，搞不好有一部分还能用。"

听到这里，老赵突然激动起来，健硕的双臂抓住了拾荒者的肩膀："那……那游戏里其他非个人物品有可能转到其他游戏里吗？"

兰成不坚定地摇了摇头："一般不会吧，除非你这种物品是存在通行证账号里的，等等，你是说什么物品？"

"火煌，一头龙，和我朝夕相伴的龙。"

一个人，和一头龙，兰成脑海中闪过许多奇怪的画面。

兰成缓缓地摇了摇头："虽然不知道你和那头龙算什么关系，但如果它是NPC的话，那肯定被删掉了；如果是和个人绑定的宠物，理论上你倒是还能把它转变成自己的NFT。"

希望的肥皂泡似乎又被吹破了，老赵突然倒在地上，任兰成怎么摇都没有动静。过了许久之后，桂兰成才听到老赵喃喃的呓语："火煌……"

---

① 通行证是游戏的账号和密码，大公司的不同游戏可共用相同的通行证。

二

> 人类生活在两个世界。一个世界是原本的现实世界,一个世界是传播的舆论世界。
>
> ——邹振东《弱传播:舆论世界的哲学》

桂兰成昨晚没有睡好,他焦虑老赵的事情。假如老赵在现实中有点三长两短,自己算什么性质?算了,不想了,反正龙不是自己搞没的,那是公司做的事情,他只是把残酷的事实说了出来而已。

地铁到站,站门打开,开门带来的风把桂兰成吹得一哆嗦。他急忙跳下地铁,往公司跑去。作为公司集团内最低等级的OD[①],也就是外包员工,桂兰成每个工作日都必须到公司现场打卡。刚出地铁口,他便远远看到"巴比伦"三个大字挂在公司大厦外面。作为曾经的资深员工,桂兰成对这家公司还是很有感情的。

"欢迎您!桂兰成3。"公司的员工数据库代码十分古老,任何员工如果第二次入职,或者有相同姓名的人已经占据了原本的ID,该员工的名字后面就会出现数字。比如这一代典型的张宇轩、王梓轩之类的名字,后面跟个二三十的阿拉伯数字不在话下。但桂兰成

[①] OD,全称为外包派遣(Outsourcing Dispatch)。游戏行业中存在大量外包的现象,其至整个项目都可以外包。

的名字，单姓氏的特殊性就已经把重名的难度拔高到一个不可思议的高度。

往事不堪回首。桂兰成时常想到，这是他第三次在这家公司工作。更令他难以释怀的是，他第一次的身份是创始期核心员工，第二次转变为一般雇佣正式工，第三次只能沦为人力资源合作伙伴提供的OD，成功实现了身份和薪资上的三连降。

桂兰成刷脸通过大楼门禁，然后很自然地挂上蓝色胸牌，这便是他在公司内的身份表征。不过，巴比伦公司毕竟是新崛起没几年的大游戏公司，OD的工资和待遇虽然在内部不算好，但比起他能找到的其他体力型工作还是略微好上一点。作为曾经失业两年多的高龄打工者，他感觉真的很幸福。

他挪到工位上，熟练地按照公司规章开始了一天的工作。首先，他需要查看昨天下班后新出现的、值得注意的客诉[①]。其实大多数的客诉根本不需要处理，玩家在和电子客服叭叭一顿之后，基本上也就接纳了领点打折券或者补偿包的常规补偿。凡是被送到他面前的客诉，多半都是意志坚定、情节严重的个例。

"亲，您好！我是您的专属客服小桃，请问有什么事情可以为您服务吗？"看起来这段话很长，但是公司的话术系统早就出神入化，大多数话语桂兰成只需要直接选就行。他也清楚，这个岗位实际上还可以再智能化一些，毕竟客服部门的老大总想推进智能化，但是没有成功，因为巴比伦集团的雇佣人数太少，达不到基本要求。如果不雇人增加社保缴存量，就将因利润率过高而被当成暴利垄断企业，然后不得不交更高的税。

---

① 客户投诉的简称，视情况严重的程度影响策划、程序、测试三个工种的绩效。

"游戏里有个叫小妖不可爱的,是个大骗子!她一直骗我,说很喜欢我这样聪明的人,然后前天她说,如果我把我的'故人华服舞步'第十二卷绘卷送给她,她就会来我的城市见我。"投诉用户的文字带着淡淡的忧伤。

桂兰成在工位上忍不住捂着嘴笑。这年头竟然还有单纯到相信游戏里的异性的人啊。但表面上,他的回复仍然客观板正:"尊敬的客户您好!很抱歉,游戏礼品赠送功能给您带来了些许不快。关于您的投诉,我们已经正式受理,小桃将会调查清楚情况,及时给予您回复。根据本公司和您签署的《游戏前须知》第十五款第三十二条,游戏中的一切自愿赠予行为……"

这样的工作甚至可以说有点惬意,只可惜昨夜的睡眠质量让他只想快点下班休息。中午的时候,他和一个不讲道理的游戏用户为了赛季奖励的问题掰扯了半个小时,导致午休时间再次缩短。下午的时候,桂兰成一度和眼皮打架,半睡半醒之间,他看到一个标注为紧急的客诉。

"还我的龙!"

这句客诉简单直接,但不断重复,一下子把桂兰成激得一个激灵,恰好,他确实在游戏里见过一个失去龙的家伙。

"赵先生,请准确描述您的需求,是否在如下情形之中,专业客服正在在线为您解决问题……"为了验证微小的可能性,桂兰成在常用语句里加上了赵先生的称呼,假如对方没有反驳,那就更大概率可能是昨天遇到的老赵。

"游戏道具问题;不在下列游戏之中;《龙烬余响》;转人工电话;备注:我的那头龙被删了,快还给我!"

桂兰成感到头皮发麻,真的这么巧?他戴上接入装备,眼前一道光后，一个白色的会客大厅出现在面前，里面只有他一个人，形象是公司通用的客服人物——长相极为可爱的猫客服猫宁宁。

很快，一个白色小人出现在视野之中。

"赵先生您好，我是您的客服猫宁宁喵。"猫宁宁的声音轻柔悦耳，"《龙烬余响》已经停服9年以上，按照最新的《虚拟物品财产暂行解释条例》的规定喵，我们巴比伦公司有权停止对该游戏的服务支持，请问有什么可以帮助您的喵？"

"那头龙，我和它相处了很多年，你们不能就这么把它删了。"

"不好意思喵，请问是哪头龙？根据我们的系统显示喵，您在《龙烬余响》中并未拥有任何的龙形宠物或宝宝呢。"

白条的人形急了起来："游戏里叫火山龙，但我那头是特别的，我驯养了它，你们不是能查到所有的数据？那你们肯定都知道的！"

"不好意思喵，您所说的火山龙并非个人拥有的道具，其模型和相关代码是公司特有的资产，是不可以随便'还'给您的喵。另外，根据相关法律法规,《龙烬回响》的数据已经进行了删除备案，本公司对其线上数据的处理合情、合法、合理、合规。如果您还有疑问，可以拨打本公司的专属投诉电话。或者，我们有一个提案，您可以选择一下，本公司正在热推的新世代3A跑酷漫游自由世界大作《代号：飞天遁地》正在进行删档测试喵！我们可以赠送您公测账号兑换码，以及大量物资补偿喵，如果您充值还可以享受充一百返一百游戏道具的优惠喵！"

"****！我要我的龙！***！"

在无意义的谩骂声中，双方不欢而散。

桂兰成很同情老赵，但是他为公司办事，就没办法按照自己的想法说话。那一句试探性的"赵先生"，已经是他能漏出来的最大破绽。

不过没关系，他知道老赵现在在哪里，等到下班之后，他可以到游戏里找老赵，给他支招儿。其实当了这么久的客服，也当过运营期游戏的策划，他当然知道哪些手段对游戏公司来说更为有效。

兰成在脑海中盘算着，他该如何小心地提醒对方，掀起舆论才是让游戏运营方让步的唯一手段呢？

至于方法，虽然公司不善良，但玩家们也不是善茬儿，本来也就是各取所需的关系。越是赚钱、有钱的大游戏公司，玩家骂起来可就越凶，他们都等着机会冲锋呢，只需要一个小火星就够了。更重要的是，老赵也是玩家，玩家们会站在他那边。

三

宁可做黑暗的天使，也不做光明的恶魔。

——游戏《第五人格》

"怎么，老桂，你是故意的还是不小心？"面前的人用手敲击着名贵的红木桌子。

桂兰成微微抬起头，看向那位位高权重的人物。很多年前，他们之间还曾经是单纯的同事关系。形势比人强，他赔着笑脸："叶总，您别开玩笑了。我哪有胆子，我都混到外包上了，嘿嘿。"

叶总皮笑肉不笑："我知道你没啥花花肠子，但别人能信？你看看，前一天当拾荒者和当事人有接触，然后第二天还当客服和当事人接触。啊？我知道以前公司创业的时候对你可能不够意思，但你这是什么意思啊，是不是不想好好退休了？"

"叶总，这真是巧合。再说啦，那头龙也不是我做的，这数据也不是我删的，直接造成问题的都不是我。至于客服，那工作室内都全程录像，我全程处理没任何问题。"

叶总立刻打断了对话："你在对话中叫对方赵先生，你这是对暗号？就算你只是猜到了，这种事情难道不应该立刻上报吗？我不管事情经过是怎样，你肯定算失职。这活儿你不干，有的是人干。"

"去你妈的。"桂兰成终于骂出了声，这次不再有屏蔽词库阻挠了，"对，你可以开了我，爷大不了不干了。我说叶总，创业时代的事情我不讲细的，后来你一直管外包，我记得那家最大的美术外包公司，你老婆的堂弟的大学室友是主管吧，你觉得这关系够远，查不到你身上吗？你以为事情干得漂亮，没人知道吗？"

叶总涨红了脸，手指紧张地互相掐起来："别血口喷人，这种事情有客观规律……再说我什么地位，一个大工作室，一千号人，我想开谁开谁，还需要靠外包回扣赚钱？再说你有什么证据？你看看你，混到今天可能外包都当不了，你就是性格不行！我敲打你是为了你好，万一人家知道你是我当年的同事，觉得我包庇你怎么能行？巴比伦集团现在蒸蒸日上，靠的就是严格管理，以及自由真诚的行事风格……"

"您就真诚点吧，到底放什么屁？"

桂兰成被带到了发布会的现场。巴比伦大厦的顶楼，俯瞰这座城市，风景壮阔，而各路新时代媒体齐聚一堂。发布会的台子被特地搬到另外一边，原本台子的位置后面，是三张创始人的大幅照片。不知道从哪个时代开始，三个人一起就能在游戏行业干出一番事业成了某种铁律，似乎宣传上也更为吃香。桂兰成明白这三位创始人的含金量，中间的那位是出钱的，边上的两位都是他意志的执行人，真实股份和话语权少得可怜。

在道歉会的舞台上，最中间的是巴比伦集团最重要的巴别塔工作室的总经理叶小秋，他的左边是工作室技术部负责人，右边是工作室公共关系负责人。而舞台两边的角落上分别是当天执行删除操作的外包员工，以及直接担任客服的桂兰成。

尽管大公司病是一种普遍现象，但游戏公司好歹表面上看起来还是先进一点。公关负责人介绍了出场的员工，大家首先对事件的发生表示抱歉，先由叶总出来把实情大概复述一遍，然后技术负责人进行一些讲解，公关负责人再从法律和游戏公司品牌方向进行一番"洗地"。最后轮到两位直接执行的临时工，对于犯下的错误表示深刻的反省，保证未来一定以更好的状态继续服务游戏玩家。

进行到这一步，叶总突然宣布，发布会先暂停一下，在保安的帮助下逃了出去。大概十分钟之后，他急急忙忙地回来，顶着一头运动带来的热气赶上台，宣布："刚刚公司董事会紧急通过了一项决定，我们将开启《龙烬余响》怀旧服，并继续更新，以回馈多年以来仍然支持这款老游戏的玩家。公司将本项目作为今年的重点项目，暂时代号为'传奇延续：巨龙'。"

这句话一出来，瞬间聚光灯乱闪，连带着将桂兰成尴尬的表情一起记录在案。

"头条！巴比伦集团宣布开启《龙烬余响》怀旧服！"

转瞬之间，由AI合成的报道便通过不同的分发渠道传遍了网络，里面详细介绍了整件事情的经过、巴比伦集团的回应、诺兰科技与这件事情的关系，以及巴比伦集团石破天惊的决定。

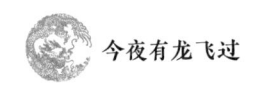

旁边的人提醒桂兰成站起来鞠躬，原来会已经到了最后的议程。他呆呆地跟着其他人走向电梯，把无数的镜头和记者抛在会场。在电梯里，叶总看着公司低开的股价突然走高，最终股价还略微抬升，不由得喜形于色。

桂兰成仍然不敢相信自己的耳朵，他问："叶总，是由巴别塔工作室做怀旧服吗？"

"那不可能，招点外包做就行，反正老游戏，资源和代码都还有本地备份，花不了多少钱。"叶总随口回答道，"这种项目没啥赚头，花点小钱能消除对股票的负面影响，值得的。"

"随便做做？那是咱们发家的项目，你知不知道，可能有很多人在等？"桂兰成认真地提醒道，他发现电梯里面的其他人都像看傻子似的看着他。而叶总正背对着他，电梯镜面的反光里，他不屑的表情暴露无遗。

"那就多开俩服务器，真有傻子愿意充钱就更好了。反正，撑个一年收入不达标就再停服，那个闹事的赵什么来着，他愿意耗就再耗两年。诺兰科技好像也想接盘，这些都无所谓的。"叶总转了回来，"只要把事情压下来就行。这可是很理性的决定。"

"……"

叶总不怒反笑："你也是内行人，不会误以为这一行和捡钱一样容易吧。十个游戏项目，只有一个最终能上线，上线也不一定能回本。只有有利可图的时候，我才可以高尚。"

代号"传奇延续：巨龙逆鳞之章"

四

国内大厂的游戏工作者有多少是真的懂游戏的？

——知乎网友提问

桂兰成回到家里，心里乱七八糟的，不想再去当拾荒者。他躲在被子里，戴上设备，随便翻看一些门户网站。一条跑马灯推荐著名访谈的直播节目，主题居然和诺兰科技及巴比伦集团的事情有关。他好奇地点了进去。

访谈节目现场的六个人身份各不相同，除了两位常驻的主持人，其他都是生面孔。

"最近诺兰科技非常直白地对巴比伦集团宣战，引起了网络的热议，关于这件事情，大家有什么看法？"主持人首先发起了话题。

第一个回答的是法律教育界达人普通市民许某某。许某某说："这篇檄文写得真有文学价值，但有些业余。当代社会，所有事情都是讲法律、讲权利的。服务好客户，照顾好客户的心理需求，是诺兰科技作为人类体外生命维持行业的领头羊应该做到的。法律上讲，巴比伦集团的处置完全符合法律或者任何地方法规、行业规范的规定，巴比伦集团和该事件没有直接的民事行为关系，完全可以拒绝回应。"

"但是啊，从感情上来说，赵先生和那头龙已经建立了一种深厚的感情。你说得对，法律上来讲，巴比伦集团的处理没有任何问题，但是人情味上来说，这是不是太过分了呢？大家可以共情地想一下，你在游戏里朝夕相处的、孩子一般的宠物，突然有一天就没了，这不是一件很可怕的事情吗？"知名亲子情感专家谈某某接过了话茬。

"不对不对，谈老师，这不是感情节目，是一个社会对谈。这件事情影响很差，最近行业协会也经常传出要修改暂行规定的风声。观众可能不知道我是谁，但我做的游戏《爆弹咚咚枪》曾经流水[①]达到每月三千万元，算是小国民级的游戏了。从从业者的角度来看，假如修改现行规定，延长对玩家道具的保护期，对于游戏公司立项来说是非常麻烦的。也就是说，以前你亏本后关服务器，最多亏两年。欸！现在好了，就因为这个事情，大家说，两年可能还是有点短。但是注意一下事实好吗？这个游戏的数据删除已经很晚、很谨慎了，你还要我们游戏公司怎么做？"知名游戏制作人马某某反驳道。

"管你们去死啊！××玩意儿！就是你们这些**氪金游戏，搞得游戏界乌烟瘴气的！我们独立游戏才是中华游戏的希望。"最后一个陌生人，穿着赶时髦的复古马甲，直接站起来就开始谩骂。

这一幕突然定格变灰。

"神秘嘉宾为何突然谩骂？现场会擦出什么样的火花？更多精彩请稍事休息再来！"

系统提示："是否充值大会员以精减广告时间？"

桂兰成无奈地接受了一番广告的轰炸，其实真相和 AI 整合的报道大差不差。投诉无果的老赵找上诺兰科技方面，加上他的生命指标开始大幅波动，引得诺兰科技不得不重视。其实上一次老赵在游戏中昏

[①] 流水，一段时间内玩家充值带来的收入总和，但流水高不代表利润高，世人总把流水误解为净收入。

睡时，他在现实中就进了急救室。

至于诺兰科技为啥这么关心老赵，倒不完全是因为老赵是客户，其实诺兰科技在老赵身上一直是赔钱的。老赵曾经癌细胞扩散，抗癌药物失败，需要切除大量器官，绝望之下加入了诺兰科技的实验计划。当年的诺兰科技还是个初创科技企业，业务能力比较新，还在成长期。但随着时间变化，老赵逐渐成了诺兰科技维持生存时间最长的人，已经打破了国外公司在几年前创造过的纪录。更为可贵的是，只要老赵活着，纪录就会一直刷新，这就是诺兰科技在大客户面前时常炫耀的铁一般的事实。

所以，诺兰科技那叫一个着急，在和巴比伦集团交涉无果、又没办法以常用方式解决的情况下，才写了一篇有失上市公司风度的函件，一经曝光就引发了大量的舆论热度。与此同时，《停服游戏与十年老玩家的坚守》这篇爆款文章被发布在主要新闻门户网站上，作者在游戏中采访了一位只能靠生命维持装置生存的老玩家。他在游戏中坚持十年天天登录，但情同父子的龙居然被无良游戏厂商给删除数据了，这换谁都接受不了。

巴比伦集团最早也不想回应，毕竟自己怎么看都挺合法合规的。但问题是，巴比伦最近发行的某款游戏正在面临运营问题，一大批玩家本来就在集群冲击官方发声渠道，这件事情曝光出来之后，这些玩家清一色地跑到诺兰科技的渠道下面表示支持，使得舆论环境变得非常微妙。

后来，巴比伦集团便开了道歉发布会，更是用了准备好的后手——借着热度，宣布《龙烬余响》推出怀旧服。

想到这里，桂兰成被节目里热闹的争吵给拉了回去。

"你们巴比伦，就是屠龙勇者终成恶龙！当年你们创业，'白嫖'

同行资源，还有人帮你'洗地'，现在你看看，一片骂声，逼玩家氪金！不氪金没法玩下去！怎么了，赚了钱还删玩家数据！呸！恶心！"

"小伙子你说话注意点，我早就不在巴比伦了！你自己就光明正大？你众筹三百万做的新世代游戏呢？我毛都没见到……"

眼见两位要上演全武行，主持人开始打圆场："两位不要再吵了啦……"

过于戏剧化了一点……桂兰成拖动进度条，跳过了大部分闹剧。

"现场嘉宾情绪比较激动啊，进行了很坦诚的交流。大家都有各自的道理，我们对话节目呢，一直是希望能听到更多更真实的声音。为了节目能继续，让我们换个话题，对于《龙烬余响》这款游戏，大家是否了解？"

业内人士用很长一段话肯定了游戏。

而刚刚骂人的小伙子再次打断了他的话："《龙烬余响》背叛了它的玩家，最早龙的社区，我也在里面，运营方承诺会支持自由订制角色，结果后来呢？白嫖了玩家的设计而已，垃圾，真垃圾！本来，虚拟现实时代，分布式存储，它就这么把玩家的东西放进自己的兜里！"

桂兰成脱下了设备，望着天花板，想了很久。他记得，当年社区发行测试时，确实做过一些不现实的承诺，一般正常人也不会当真的吧。但多年之后，他重新想这个问题，却突然感觉到了一丝丝十分微小的可能性。以前，那些豪言壮语还可以用技术不成熟搪塞过去，那现在呢？

大人，时代变了。

五

> 人总要抱紧什么才知道自己真的存在，哪怕那只是幻影。
>
> ——江南《龙族》

在游戏领域，从来不缺以龙为主题的作品。桂兰成听说过，在游戏行业大发展的某个时间段，买量模式[①]流行，只需要剪切一小段龙的视频作为广告，便可以吸引大量玩家点击下载，疯狂内购[②]带来巨额收入。即便是在桂兰成开始接触游戏行业的年代，这种说法都带着一丝田园时代的神话色彩。

对于桂兰成这类游戏从业者们来说，龙是一种终极解决方案。非人类生物、强大、傲慢、魔法、财富、曾经的霸主。只要游戏世界观需要，游戏策划们便会给龙编造不同的解释，使之扮演世界上最终极的力量，甚至是力量的来源本身。

不过现在，事情发生了变化。

有很多数据调查表明，这一代更加脱离现实世界的新新人类，对

[①] 买量模式，游戏进入手游时代颇为流行的模式，游戏商找广告商大量投放广告，诱导玩家点击，进而获得真实付费玩家和安装数。

[②] 内购是指游戏内附加购买内容的模式，是大多数网络游戏得以持续运营的基础。

巨龙开始失去了敬畏之心。快节奏的游戏开发和游戏体验，也使得这种干占地方的巨型生物，在性价比上十分吃亏。正如同龙类自身的文化背景一样，中古幻想世界本身也正在逐渐落伍。龙的设计语言正在老去，应对模式变得僵化……桂兰成知道，这是一种世界潮流的变化，即便是怀旧服真的盈利，也无法阻止世界未来的走向。他早年的遗憾无法挽回，未来的遗憾仍会持续。

但对他来说，真正重要的是怀旧服吗？

"叶总，我想当怀旧服的制作人。"

"注意点身份，你只是个外包。"

"为了弥补我当年的遗憾，我想再试一次。"

在长久的沉默之后，大人物点点头："可以，但集团给的经费不会多，次留[1]和回本周期[2]不过关的话，你就离职吧。不用想着降CPI[3]，ROI[4]也别指望，公司只要求把事情平了。"

情况确实很糟糕，不过没关系，桂兰成的行业经历丰富。他也曾经辉煌过，作为旧时代的巨龙，他所拥有的知识早就被新的行业现实给击垮了。但没关系，他和那些巨龙一样，即便注定失败，也会有一个专属的舞台。

在经历两三周的团队组建之后，桂兰成总算拉起来一个老兵团队。大家的身份大都是外包，少数正式工也是高层安插进来的。

---

[1] 次留，次日留存，游戏行业术语，指玩家下载游戏后第二天仍然登录游戏的比例，是判断游戏对玩家吸引力的重要数值。相似的数据还有七留（七日后留存）和月留（次月留存）。

[2] 回本周期，游戏行业中常用术语，指根据估计的玩家付费情况，结合买量成本计算推广后计算出现净正收益的周期，由于买量成本昂贵，一般回本周期在六个月左右项目才有基本的投资价值。

[3] CPI 是指获得单个用户的成本，其数值对于游戏发行至关重要。

[4] ROI 是指投资回报率，通常其估测值是投资人判断游戏可否值得投资宣发的核心数据。

代号"传奇延续：巨龙逆鳞之章"

项目给的资源和经费都不多，好在当年停服之前，最后一个版本的更新本来就接近完成。那是一个相当大的资料片，只可惜还没来得及更新，游戏便因为各种内部原因宣布停止运营。很多人都以为游戏公司的决策是深思熟虑的结果，但实际上，很多情况的发生都只是因为一瞬间的摇摆，各位从业者的命运自然也是如此。

第一次内部会议上，具体到战略问题，桂兰成便说明了自己的想法，他想恢复《龙烬余响》的社区，引入社区开发者。这个项目的开发将非常独特地采用网络开发的模式，自由度将会非常高。

这个计划里面最大的问题是：社区到底还能吸引多少人，人们还对龙感兴趣吗？

就连桂兰成也不知道答案，一切都只能靠结果来说话。

社区开放的第一天，新进非本IP[①]注册人员1人。第二天，这个数字达到了12人。在第三十天的末尾，数字定格在2109人。然后，在一位知名人物的转发宣传下，新注册用户开始大量涌入社区。

对于很多人来说，他们来到这里最大的兴趣却不是龙，而是宣传中的"亲自参与游戏开发"。以前只能在线上骂骂策划，现在能亲自上手证明那些专业人士不行，单就这一点，便吸引了许多年轻人。

放在以前，他们自然挑战不过专业选手。但是后来AI的发展突飞猛进。从画画，到文字，再到配音，最终再到视频乃至美术渲染，AI就如同一款新式火枪，赋予了普通人击碎专业壁垒的能力。社区就修建在游戏的虚拟世界之中，这就是自由开发者的新世界，无数的巨龙在这里诞生。

大量非专业人士的参与必然会带来一些有趣的意外。仅仅在数值

---

① 非本IP是指通过IP排除了本公司内的注册人员。

方面，最新的龙相较于旧版的就膨胀了一万倍不止，技能上也呈现出一种神仙打架的趋势。对于社区顶级开发者来说，技能说明不写满一整页纸，那就是设计不用功。

这些事情早就在意料之中，也许只有让游戏跑起来，才能让这些狂热的新晋设计师意识到问题。

但比起这些项目上的"小事"，桂兰成遇到了一些更大的麻烦。

六

我系渣渣辉，系兄弟就来砍我。

——游戏《贪玩蓝月》广告词

桂兰成去拜访了老赵所在的基地。老赵的生理指标正保持在某种稳定的低位。诺兰科技的接待人说他最近都是这样，虽然有开启怀旧服的承诺，但赵先生的兴致一直不太高，毕竟重置游戏也并没有可能还回来他的龙。

听说有人能带他去看现在更新过的游戏，老赵的情绪产生了不小的波动。项目组为他准备了特殊的 ID，这样他能通过公司 VPN，登录到工作现场。

在社区里，老赵看到了那群正在工作的新时代游戏人们。

"做游戏原来这么累的吗？"

"以前也没轻松过啊,像一头龙,我刚入行的时候,光建模就得做两个月,然后绑定骨架,做动作啥的。"桂兰成回答道。

"我怎么进游戏看?"

"那边,往那边看。"兰成提示道。

老赵顺着提示方向,看到面前浮现出一个巨大的按钮。在他按下按钮的一瞬间,白光包围了他,周围的景色随之发生变化。从空旷的纯黑世界之中,无数的几何形状和骨骼凭空生出,相互通联,形成一头全身布满网格的巨龙雏形。附着其上的贴图唰的一下,如多米诺骨牌般蔓延开来。然后,巨龙上方的点光源开始变亮,投下不同的颜色的光,贴图的细节则跟随光源变化着,如同被风吹过一般,皮肤的材质一层层迭代,从粗糙的 2D 薄片逐渐升级为 3D 的细密鳞片。与此同时,光源被切换为真实光照,世间万物陆续加载,地表变得栩栩如生,其他动物也如同被按启动键一般,各自开始活动。

老赵看得如痴如醉,忍不住夸赞道:"太牛了,这用来当 CG 宣传都太酷炫了!"

"等等,你可能误会了,这只是加载太慢而已。"桂兰成扶着额头,没好气地说,"让技术美术[①]一会儿来见我,这资源加载速度和三环路堵车一样,是拿屁股做的优化吗?!"

老赵并不理解游戏研发的门道,作为玩家,他的主观感受直接而强烈:"太像了,我记得以前也是这样的画面。太像了。"

"那边还有更惊喜的东西,你看。"

[①] 技术美术,常被简称为 TA,是介于技术和美术之间的高薪工种,负责在有限的性能下,尽可能提高美术表现力,减少游戏卡顿。

今夜有龙飞过

惊喜指的是一头只有骨架的龙，因为身体模型还没做完，战斗策划[①]和动作设计师只能先开始搞骨骼动作。它从巢穴中飞出来，悬停在半空，仿佛发现了什么威胁，先是仰天长啸，然后伸直脖子，向前方喷出灼热的烈火。"火煌！"老赵远远地看着龙，跳起来招手，用它曾经熟悉的方式呼唤它。但那头龙只是重复着盘旋、嘶鸣、喷火的动作，没有任何回应。

"它还在优化动作，换句话说，尚未有智慧，也不曾认识你。"桂兰成继续说，"要训练这头龙，我们也许还要花很多时间。对了，当年那头龙，你是怎么认识它的？"

老赵怔怔望着巨龙，仿佛陷入了回忆之中："我进实验室之前，对公会的朋友们说要做个大手术，事关生死的那种。会长和管理们给我寄了游戏更新的巨幅海报。他们告诉我，只要我活下来了，就带我第一个去刷更新的龙副本，他们会压住其他公会，不让任何人碰新龙一根汗毛。"

"后来我因为实验昏迷了二十多天。等我再次上线，弹出来的却是停止运营的告知单。我来到公会，发现只有一个人还在。他说公会不少人还想念着我，不过游戏停运了，以后也没啥意思，好聚好散。他是坚持到最后的，而且也只是因为其他人的嘱托才坚持每天登录。见到我以后，他就把公会的 NPC 宠物龙交给了我。从那天之后，虽然偶尔有其他人上线看看，但工会里基本就只有我和宠物了。"

"最早我也想过退游，但我还能去玩什么呢？诺兰科技说了，现实世界里，我可能随时会死，如果我去其他地方，重新建立了友谊，某天突然离世，只是让人徒增悲伤而已。像我这种人，就适合在已经毁灭的世界里，混一天算一天吧。于是，我带着这头宠物龙，单人刷到

[①] 战斗策划是游戏策划中一种分工，主要负责战斗效果呈现，常见的策划分工还有系统策划、文案策划和数值策划。

代号"传奇延续：巨龙逆鳞之章"

更新的副本关卡，但奇怪的是，那关卡 Boss 却是一头没做完的龙，连模型都残缺不全。"

桂兰成解释道："那是因为公司已经计划好放弃项目，公司内其他部门比项目组更早知道了消息，紧急叫停了资源生产的排期，所以最后只有这些半成品。"

"当时，我就觉得非常伤心，你说这头龙，我抱着决心活下来和公会的兄弟们一起砍它，但没想到就连它自己都被抛弃了。物伤其类吧，当时我突然想到，公会宠物有个技能是融合自定义的外貌，万一它们能融合一下呢？就这样，我拥有了这样一头龙。我在火山建了营地，和它生活在一起。最初我挺忐忑的，但没想到现实里我愣是活了下来。等到三个月之后，诺兰科技的人告诉我说，实验成功了，指标很好。而我想到的却是，我是不是该离开这里了。但是这头龙已经很亲我了，我没有办法带它走。"

桂兰成忍不住叹了一口气，既然是公会宠物为基底，投喂了未完成的巨龙形态作为外观参考，那底层延续的估计就是当年的基础模型。

老赵试探地问："我训练它，可能花了十年。现在……"

"十年？"桂兰成一惊，"我们可没有十年时间，这方面倒是也有捷径。我们还是先进行第一步吧，等它挂载上智能模块，我们先要让它知道，自己是一头龙。"

"这不是输入一句话就可以吗？"

"不，那你可想得简单了，那些基础模型都非常简略，需要经过 RLHF[①] 进行调优，说白了，就是通过给予反馈，鼓励 AI 往特定应用场景和定位上靠拢。比如你当年那头龙最早是被训练当宠物的，在你公

---

① RLHF，全称为"基于人类反馈的强化学习"，是训练 AI 与人类的需求对齐的重要训练手段。

会朋友的调教下，它对自己的认知都是宠物。直到你让它融合那头龙，花了很多的时间引导，才逐渐帮助它重新定位自身，让它感觉到自己是一头龙。"

老赵摇了摇头："不行，那为啥不沿着老路走呢？"

"第一是没有时间，第二是老路容易让训练目标认知错乱。我并不能帮你完全复刻出当年那头龙，数据早没了。但对于你来说，如果这头龙在你的生命中占据无比重要的位置，关键是什么？是陪伴，日复一日地陪伴。它陪你度过黑暗时代，是你一天一天把它当作一头龙，而不是一个宠物去养。那么多年，你和它的相处方式已经深入骨髓。你再训练它一次，我会调用算力延展你们之间互动的时间，它便会更快地成为你期待的样子。"

"那我什么时候开始？"

七

胜利，失败……只不过是无限循环的一瞬。

——游戏《明日方舟》闪灵

一颗龙蛋上出现了一丝细微的裂缝，一头幼小的火龙艰难地突破了羊膜。纤弱的它吐出一口火，旋即有些震惊地缩回壳中。

一双手帮它掰开了蛋壳，引导它来到世上。

我是谁？幼龙的眼神清澈，它隐隐约约感觉到这一幕似曾相识。

"你是一头龙。"

"龙是什么?"

猎人指向天空,一头绿色巨龙飞过:"龙是世界上最强大的智慧生物,你未来也能长成那样。"

龙会飞!幼龙兴奋地扑腾着,但没有飞起来。它的兴奋转化为了沮丧。

猎人温和地宽慰道:"没有关系,你还小,翅膀还没张开。"

就在这时,一只花蝴蝶从草丛中蹁跹而起,幼龙兴奋地跟随着花蝴蝶:"这是龙!它会飞!"

猎人伸出手,花蝴蝶停在他的手背上:"这不是龙。这是一种昆虫。"

幼龙再次陷入了迷茫,它看到不远处有一只乌鸦,便兴奋地跑了过去,乌鸦飞了起来,散落的黑羽毛掉在了地上。幼龙看着乌鸦:"这一定是龙吧!"

"不,这同样不是龙。它是鸟,你看它的羽毛。"

幼龙看着羽毛:"可是这样的羽毛,最开始那头飞龙也有,我身上也有!"

猎人把羽毛焚烧掉:"没错,你们同样都有羽毛,也有联系。但它只是鸟,而你是龙。龙是一种传奇生物,和这些普通生物不一样。你看那边,那也是龙!"此时,两头龙从大地上站起来,互相用爪子顶住对方巨大的身体,面对面咆哮着。

"我知道了。"幼龙又看向猎人,"龙都有鳞片!那你也是龙吗?"

猎人穿着一件华丽的鳞片狩猎甲,手臂上有龙族血脉带来的龙鳞。

"不,我是人,这些东西叫衣物,是可以脱下来的。没毛生物双足行走的,都是类人生物。对于龙来说,人是为数不多的威胁。"

猎人离开了片刻,幼龙再次陷入了思考。

场地在不断地变化，幼龙蹦蹦跳跳地四处行走，眼神里充满好奇。突然，在它的身后，几头伶盗龙突然出现。它们用相似的眼睛看向对方。

大约半小时后，猎人回来了。在他的视野中，幼龙正在和一群伶盗龙玩耍。伶盗龙看到猎人，发出了威胁的警告声，做好了攻击姿态。

"听好了，它们不是龙，是恐龙。"猎人拿出弓箭，搭弓连射。那些伶盗龙纷纷中箭倒地。

幼龙一脸悲伤："它们和我很像。"

"它们叫恐龙，但和你这种龙不一样。你发现没有，你拥有特别的智慧，可以交流。它们确实也具有生物的智慧，但是和你的智慧不一样，你可以理解无数的概念。首先你需要知道的是，龙是一种独一无二的特殊生物！"

幼龙若有所思："作为一头龙，我需要做什么呢？"

猎人想了很久，最后说："你需要先长成一头巨龙，然后才能知道需要做什么。"

"长大，是魔法般突然变大吗？"

猎人指了指刚刚猎杀的伶盗龙："不，需要吃饭。"

"饭？"

猎人熟练地搭起锅，把伶盗龙瞬间转化为数个鸡腿，然后用魔法点燃火焰。幼龙闻到了味道，但仍然保持着镇定。猎人把烹饪好的食物递给它："吃吃看。"

幼龙一口吞下一个大鸡腿，然后吐出来骨头，打了一个带火星的饱嗝。

猎人双手抱起幼龙，眼神复杂。尽管这头龙和原来那头本质上不一样，但它们是如此相像。时光仿佛倒退到了那一天，倒退到多年之前，他第一次见到那头龙的时候。只是，现在他已经老了。衰老的猎人把龙放进臂弯，用右手摩挲幼龙的脑袋："如果喜欢吃的话，每次你做对了事情，我都会喂你吃。"

世界定格在这一刻。

桂兰成的角色姗姗来迟："情况咋样？"

"还没成功，但起码建立了奖励机制，下一步咋办？你咋回事，咋顶着个急躁的表情？"

果然虚拟角色就是藏不住事情。桂兰成急忙岔开话题："就是忙，没事。下一步啊，我看看，奖励机制已经建立，那就继续这么训练，让它辨认什么是龙。这感觉和训练猫狗差不多，做对了就加分，做不对就纠正，加到一定的分数就奖励吃的，过程中也很好建立信赖关系。你接下来的训练内容也会被我们拿来反复强化它的认知。"

"那现在就开始吧。"

"不，你需要休息一下，诺兰科技第三次给我发警报了。你别着急，这事情我比你更急。"桂兰成如是说道。

老赵便下线了。

桂兰成也退出了虚拟世界，现实世界里，发行[1]、运营[2]和项目经理[3]正在办公室里等着他。

项目经理拿出排期用的甘特图[4]，图上有一连串危险的红色，意味着这些功能都可能延期。而更大的问题是，在最下面有一条时间计划

---

[1] 发行是对游戏进行推广的辅助工种，主要对接项目组和广告商，因为买量模式的推广拥有巨大的财权。

[2] 运营是上线项目中进行营销、运作和数据整理等工作的工种。

[3] 项目经理是游戏行业中进行项目管理，对接各方以确定各工种和每个人排期，管理项目整体进度的管理岗位，时常协调美术、策划、程序三方面关系。

[4] 甘特图又称横道图、条状图，通过条状图来显示项目、进度和其他时间相关的系统进展的内在关系随时间进展的情况。以提出者亨利·劳伦斯·甘特的名字命名。

线，发行方面已经定好了发售日期。

发行负责人说:"上面对这款产品的评价不高，不过他们希望在这天前发售。"

是哪一天呢？桂兰成扫了一眼:"看下周版本的次留和七留数据吧，前期优化做好了能加些分。还有什么事情？"

"线上社区最近又新进了一拨人。'龙性恋'这个词冲上了热搜第一名。"运营负责人说道。

项目经理说:"那点小事别拿出来说，工期才是火烧眉毛，要是还有经费，我们可以加人加工时，没经费只能砍功能，或者砍内容。现在剩余预算表如下，我们需要抉择一下。"

桂兰成知道这是一次抉择:是保留古老的游戏模式，但押注在新增的游戏内容上呢？还是说干脆维持相似的内容，但改造系统以适应现在的玩家群体呢？

"我们需要更多更真实的龙，这才是我们的竞争力。我们那些核心的龙都是有智慧的，这样才比较真实。"

发行负责人明显愣了一下，然后说:"那边要求我们给更新的部分取一个章节名。"

"'传奇延续:逆鳞之章'吧，上次讨论过了，我想没人想改。"

主策看了眼其他两位的反应:"其实叶总说过……"

"告诉他，想指手画脚可以自己来当制作人，你们可以出去了。"

三位下属面面相觑，然后依次离开了办公室。

他们离开后，桂兰成才悄悄地打开了桌子上用其他纸张盖着的一封挂号信，发信方是诺兰科技，那张纸薄薄的，轻飘飘的，远不如上面的消息沉重——老赵的身体正在以惊人的速度衰弱下去。

桂兰成知道，公司不会喜欢他的决策，但叶总需要他背锅。可他无所谓了。多年之前，在面对公司压下来的KPI时，他选择维持运营规划，遵守诺言给予新人创新的机会，而不是想办法补礼包提高付费。他不由得感慨道，难怪自己不适合游戏行业。

他嘿嘿地笑了出来，看来这是他能为老赵争取的最后的时间了。

八

> 遗忘是由灰烬构成，难道还有更好的命运？
>
> ——博尔赫斯

单纯让龙认知到自己是龙，就花了很久。龙本来就是一种多样性十分丰富的传说物种。不过，老赵感觉得到，龙在观察那些自己同类的过程中，似乎也渐渐能判断出来，龙能做到什么了。这本来是下一阶段的训练任务，现在却好像同步进行了。

现在的幼龙已经长到了六米多长。"火煌"已经可以自由地飞翔，也学会了自主捕猎，这可以说是战斗的基础。事情在往好的方向发展。

老赵不知疲倦地训练着火煌，但他很快便受到了一次严重的打击。他呼叫桂兰成，认为一定是操作系统有问题，肯定是个bug。

桂兰成让老赵重新演示一遍，只见老赵人在地面等，龙在天上飞，惊起猎物，一人一龙合作捕猎。突然，老赵再也射不中猎物了。这让他大呼奇怪，仅仅几个月前，他天天都和巨龙如此互动，怎么突然就做不到了呢？

桂兰成让人好好检查了一下，发现并没有问题，甚至连他自己都试了一下，才发现根本就不是系统的问题。联想到前些天的那封信，他终于意识到，老赵的事情或许瞒不住了。

策划们聚在一起分析了老赵的表现。人机互动设计师指出，这里面真正的原因只可能有一个：老赵第一次进入虚拟世界后，身体和神经的状态仍然在持续恶化，那时候记录下来的全操作生物电讯号，到今天已经有很多不顶用了。更糟糕的是，或许因为失去龙造成的感情冲击，老赵恶化的速度大大加快了。

"如果要优化，或者说重构这部分的代码，需要多长时间？"

策划和程序们都低下了头。许久，人群中一个人提问道："我们有必要为他做到这个地步吗？"

桂兰成没有回答。

尽管没有人告知老赵，他仍然感觉到了变化。在经历过骑不上龙的磨难之后，他便回去休息了一天。等到他再次归来时，他感觉身体异常沉重，连脚都无法自由操控了。他努力控制自己，却只带来了肌肉无用的颤抖，游戏世界中的猎人顶着年轻人的脸庞，终于无可避免地衰老了。

火煌对这种变化最开始并不理解，它仍然试图配合老赵，让老赵成功捕猎。但前几天还能开弓射箭的老赵，这次却在猎物面前连弓都拿不起来了。游戏世界中的猎物，可不是温顺良善的生物。他眼看着怪物扑腾而来，将他扑倒在地。巨龙急忙从空中降落，巨大的爪子带着风声，将猎物直接拍成肉泥。

猎人瘫坐在地上，试图站起来，却再次摔了一个跟头。他在地上用一种很怪异的姿势爬动，艰难地来到猎物的面前。他终于意识到，这款游戏对他来说也已经完全不一样了。老赵放声痛哭起来，只有他的巨龙在旁边陪伴着。他的沉痛似乎影响了游戏的天气系统，雨坠落了下来。火煌张开翅膀，为他挡住那些雨点。一人和一龙，就这样在雨中站立了很久，直到老赵掉线。

老赵有三天没上线，三天都在接受抢救。诺兰科技祭出了前所未有的豪华阵容，让数个AI主刀同时合作，几乎是重新组装出一个新的人体。而保留下来的旧人体几乎就是《三体》之中的预演——只留大脑。

一道白光过后，老赵再次出现在训练场。原本趴伏的巨龙瞬间站了起来。他清楚地记得这头龙，这可是陪伴他生活了多年的龙，虽然好像感觉哪里不对，但完全说不出来。

老赵总感觉，自己似乎又失去了一些东西，而不光是肢体和器官。真是奇怪啊，他的手脚似乎又能动了，只是没有以前那么灵活。脑海中似乎有某种奇怪的白噪声，时常在干扰他的思考。面前这个人是谁？他看向那人名牌上那几个文字，有点熟悉，但说不出来。那人似乎在说话，说出来的也是一堆奇怪的音节，完全无法理解。

白噪声突然变强了一些，然后一阵耳鸣。老赵捂住耳朵，尽管这并没有什么用，噪声仍然在炙烤他的灵魂。他狠狠甩了甩头，才勉强理解了对方的话。

"你还好吗？"桂兰成关心地说。

"好。"老赵最终只说出来这个字。

桂兰成只好退出了空间，把时间完全留给他和那头龙。倘若诺兰科技的人所言非虚，只怕老赵已经忘了那段时间的记忆，他只会记得这头龙，就像从未失去过它。

老赵伸出手，巨龙甜腻地轻轻舔舐着，他们俩的默契还在……就这样，老赵几乎没日没夜地和龙泡在一起。仿佛过去的记忆被彻底激活，他居然又能射箭，和龙一起狩猎了。只是，多了一些其他的问题。

现在的老赵并不能靠自己夹坐在龙的身上了，而那头龙却对自己的模型进行了改动，背上的一片鳞片和尖刺消失了，变成了带柔软小倒钩的细绒，就好像大楼楼顶的直升机停机坪标志一般明显。

更有趣的是，老赵扮演的猎人速度属性大降，巨龙则反过来承担了这些任务。它切掉了从龙头到膜翼上的凸起尖刺，减少了头部的棱角，使得身体更趋向于飞机的构型，这使得它已经和原本依靠力量的巨龙变得完全不一样。换句话说，这头龙竟然为了老赵开始自主进化。虽然老赵的身体能力仍然在缓慢退化，但他和龙的配合依旧默契。

老赵看起来情绪好了很多，这些天明显笑得更多了。但桂兰成发现他开始重复念叨一些话。

"对不起，我已经没用了。"他在对现在的情况感到惭愧。

"你可得坚持住啊，游戏快上线了，大家还在等着你打副本，你还记得吗？"

"记得。但不对，不对，那个副本是我的龙，他们不能打，那条是我的龙。火煌，你在哪里啊？"猎人胡乱地摸索着。巨龙伸出前爪，轻轻挽住无助的老赵。

"间歇性失明。"巨龙用近似老赵的口音说，"您能救救他吗？"

桂兰成摇摇头："或许只有你能，无论在哪个世界，只有你最懂他了。"

巨龙沉默了许久："可我只是游戏里的龙。"

"现在你已经不是了，你看看，我们设计的那头龙长这样，而你长这样。"

"我是自由的吗？"

"对，你是自由的，你真正且唯一的亲人就在这里，为他做点什么吧……"桂兰成说完，对着巨龙低下了头。

巨龙没有回答他，他用爪子轻轻抓住老赵，掀起狂风，转瞬便飞到九天之上去了。

尾　　声

"发行在上线游戏的时候，非要给我取的名字加两个字。巨龙逆鳞之章，真是脱裤子放屁。"桂兰成现在是一个矮人肉盾角色。

他的身后，形形色色的玩家扛着各式各样的武器，懒散地走着。唯独一位战士扛着一个特殊的自定义旗帜，上面是老赵的猎人全身像。那全身像旗帜在3D世界里，怎么看都有点假。

"行了，要攻略之前，大家排好队，合影。"团本指挥[1]说道，"把老赵插中间，肉盾到边上去，你站中间太占据视线了。猫女和龙女到老赵旁边，他肯定好这口。那几个人快站好，拍完照，我们就代老赵去拿首杀[2]！"

咔嚓，游戏截图被保存了下来。

"那就准备进本了，一二三组，一组负责反复拉仇恨，二组负责输出，三组负责回复和状态，四组，四组就你一个人，平常躲技能就行，等Boss一丝血的时候，你冲过来把旗帜插龙头上，这样就算老赵击杀

---

[1] 团本指挥，各类游戏中存在需要几十人一同参与的大型副本，负责现场指挥和调度的就是指挥，游戏内角色或职责的分工越具体，指挥发挥的作用越大。

[2] 首杀指大规模多人在线游戏中新更新Boss的首次击杀记录，开荒团队和公会都将抢夺到首次击杀Boss视为巨大的荣誉。

了 Boss，都明白了吗？"团本指挥的命令在语音里反复回荡。

桂兰成作为矮人肉盾，第一组的成员，带头迈入了环绕岛屿的法阵。就在此刻，整座岛屿狂风大作，黑红色的火山灰和肆虐的风暴合成漩涡，那些风墙屏蔽了外面的挑战者。

一头漂亮的巨龙遮蔽了硕大的太阳——按照世界观设定，这并不是真正的太阳，而是一头古龙的巨大瞳孔，在它彻底沉寂之后，世界将彻底变为灰烬。那头龙落了下来，高傲地昂着头，举手投足之间却有一种独到的优雅。

矮人走到队伍的最前列，和那头巨龙对视。

"这是我的宿命，人类们！"巨龙的台词中带着不甘和愤怒。战斗在火与风的旋舞之中开幕了。和常见的巨龙不同，这头龙的战斗见招拆招，使战场局势变得复杂多变。

桂兰成的角色被巨龙的喷吐腐蚀了，短时间内无法回复。巨龙一尾巴横扫过来，他只感觉到身下一空，一阵风声掠过。再睁开眼睛，自己却毫发无损。

原来在刚刚那一瞬间，另一头巨龙凭空出现，它有着和 Boss 龙相似的面容，但细看差别极大。它的背上长着一支巨大瘤子似的角，角上有一条暗红色的线，沿着龙背直接连到脑后。它成功地抓起本应被击杀的桂兰成，然后把惊讶的矮人扔在仅可由阿萨辛到达的空中浮岛上。完成这些之后，它向 Boss 龙喷射火焰，笔直地飞了过去。

是火煌！

一瞬间，火煌便利用动量优势把 Boss 龙摁倒在地，然后轻巧地原地起飞，拉升逃离。

"是老赵和他的龙！"地面上的人们惊呼，都惊讶到忘了还在打本。

尽管很像，但那不是老赵。桂兰成只觉得眼眶突然模糊了起来。怀旧服上线前三天，他参加过老赵的葬礼了，没想到，他养大的巨龙仍然在怀念着他，甚至在背上生出了瘤子来模拟他，与老赵共同战斗。

就连 Boss 龙都愣愣地看着那怪异的同类，它的瞳孔之中，智慧带来的愤怒在蔓延。还没到半血的巨龙，竟然直接启动了二状态，毁天灭地的范围魔法将再次袭来。

圣者和法师们终于恍然大悟，集中精神，开始吟唱。其他人员则开始用加强药剂硬抗，或者跑到特殊的躲避位置。

"Buff 不用浪费在我身上，加给龙！"

在各种不同的增幅的作用下，火煌的身躯开始变大，释放出五颜六色的光圈。它轻松地顶住了范围魔法的冲击，然后落在地面上。

两头巨龙就这样近距离缠斗在一起，只不过火煌就像猎人一样，在肉搏之中也一直在上蹿下跳。

巨龙对战，几乎每击中一下都是一道巨大的伤口。火煌体力上逐渐显露出下风，但攻略者们的状态全都恢复上来了，对他们来说，这短短的几分钟比一个世纪都漫长。在团本指挥声嘶力竭地怒吼的鼓励下，他们重新接回了战斗的接力棒。

在他们的掩护之下，火煌再次升空，俯冲而下，和对方扭打在一起。这次，Boss 龙终于体力不支，倒在了地上。它残存的视野内，那头怪物般的同类竟然化为了一人一龙两个生物，巨大的利爪高高举起……垂死的巨龙终于认了命，瞳孔逐渐放大。

第四组的那位战士有些不知所措，他仍然扛着绘有老赵的旗帜，但现在的情况，似乎不需要他上去施展最后一击了。他看得出来，龙的终结技就是猎人搏斗的短刀刺击，但那个凸起物不是老赵，似乎只是某种赘生物。这一刻,可能很多人都看清了这一点,但大家都聪明地闭口不言。

龙的尸体被火焰舔舐着,化为无数的灰烬,飘散开去。天空中硕大的太阳凝视着这片死而复生的土地。

存活的巨龙火煌,如真正的巨龙一样仰天长啸,在副本的结算页面的掩护下,再次扑腾翅膀起飞,向遥远的天空飞去……

作者简介:孙望路,土木工程硕士,游戏世界观策划,中国科普作家协会会员、北京科普作家协会会员、江苏科普作家协会会员。代表作品《地震云》《北极往事》《残缺真理》等。已出版个人选集《北极往事》《重燃》。

水龙吟

⊙ 白贲

首发于《青年作家》2023 年 10 月号
获第一届"幻享未来"科幻文学奖银奖

初九 · 潜龙勿用

没有人会怀疑，与后来漫长的岁月相比，那就是最好的一年。

那年春天，我回到阔别已久的家乡。路上我做了一个奇怪的梦，梦里我还是个孩子，被一头大犀牛驮着，在辽阔的海面上疾驰。犀牛的头角分开水面，劈波斩浪，天空澄澈，海流湍急，长风清朗，大海的尽头是一线绵延不绝的雪山。

梦还未完，地铁已经到站。我被拥挤的客流推出站台，今年游客似乎格外多。地铁线从成都市中心一直修到都江堰，出站就是游客中心，远眺能看到玉垒山上的楼阁，萦绕着薄雾。

视线收近，眼前是一截干涸的河道。内江断流了？我有些纳闷。

乌泱泱的人群终于散开一些，周遭清静了许多。我隐隐听到从玉垒山后传来机械施工和劳动号子的声音，铿锵有力、不绝于耳。

"哦，是岁修。"我终于反应过来。

战国时期，秦国攻克蜀地，命郡守李冰兴修水利、驯服岷江，为民生所用。李冰父子考察地形，因势利导，凿玉垒山，开宝瓶口，修金刚堤，筑离堆，分岷江为内外二江，引内江入蜀灌溉成都平原。

此后两千多年，四川盆地良田万顷，富甲一方，被誉为"天府之国"。

都江堰建成后，同步设立了管理维护的"岁修"制度：每年年末利用岷江的枯水期，从上游截断内江，修护金刚堤，清淤河道，加筑飞沙堰。

进入现代后，一年一次的岁修延长到十年一次，甚至更久。上次岁修已是二十年前的事，没想到许久不回家，这次就叫我撞上了。

家里没人，我叫了外卖端到门前的院子里吃，吃到一半，突然看到围栏外有个人影，中年男子，身材矮壮，挎个帆布包，沾满泥点。那人正伸长脖子朝里张望，我上前问道："找哪位？"

来人踮着脚，打量我一番："云初？你真的回来了！"

"我是谢云初，请问您是？"我看着他黢黑的脸，有几分眼熟。

"我啊，李定汶啊！"

"汶哥？这么多年不见……成熟了嘛。"我很快从脑海里检索出这个名字，是我小学同学。也就是说他跟我一样，还不到三十，不知道这些年都经历了什么，面相格外老成。

"叫阿汶就行，"他挠挠头，"这些年过得撇，显老，没得法。"

"进来坐吧。"我收掉桌上的外卖盒，煮上茶，同他叙起旧来。

上初中后，我们分到不同班，但时不时还在一起玩。初中毕业后，我去了市区的二十八中，他在本地读技校，我们接触越来越少。再后来，我去北京念大学，我们渐渐断了联系，偶尔假期返乡，只听说他去了市里发展，不知道这些年过得怎么样。

"怎么知道我回来的？"我问。

"你在群里说过噻。"阿汶吹着手中的盖碗茶说，"过年的时候搞同学聚会，你不是说清明才能回来嘛。我刚收工，顺路过来看看，赶巧就遇上了。"

我有些吃惊，同学群里随口说的话，竟然真有人记住了。我转而问他怎么回来了，他说他专程回乡参加岁修，在外面学了本事，当然要造福家乡，虽然本事不大，总要出一份力的。

"岁修快结束了，清明那天是放水节，一定要来看啊。"阿汶手舞足蹈地说，"今年他们叫了电视台过来，全国直播！"

放水节本是岁修结束的开水仪式，为庆祝岁修竣工，也为在农忙前恢复供水，所以选在清明那天。新世纪后，岁修的间隔延长，但放水节保持下来，年年都有，基本都是走个形式，图个彩头。

这次岁修重启，放水节总算实至名归。用阿汶的话说，采用古法岁修搭配施工机器人，既提高效率，又向全国人民展现了传承两千年的手艺，为此专门喊了媒体来直播，倒真是很有头脑。

"对了！"阿汶突然开口，他表情神秘，讳莫如深地说，"我专程来找你，跟这事儿多少也有关系。"

"嗯？什么关系？"

"我刚不是说提前回乡参加岁修嘛。这些天我都跟堰工在一块儿，拉闸关水，清理河道，加固工事，上游下游跑遍了。"

我点点头。

"然后，"阿汶吞了口唾沫说，"我在水库里边，可能看见了龙。"

九二·见龙在田

"龙？"我蒙了。

他说的水库，是岷江上游的紫坪铺水库。岷江古称汶水，从岷山发源后，出龙门山脉灌入四川盆地。紫坪铺位于山脉断裂带，河道落

水龙吟

差二百米，出山口河宽足有一千米，水流湍急，古代岷江频繁在此决口，下游洪水滔天，民不聊生。

都江堰将岷江一分为二后，水患问题才大大缓解。直到21世纪初，国家在紫坪铺修建大坝，调节岷江水量，水患才算彻底解决。紫坪铺水库也由此落成。

"是我理解的那种龙吗？"我问。紫坪铺水深上百米，盛产大型冷水鱼，是钓鱼爱好者的天堂。偶尔有巨鱼大蛇出没，看错了也不足为奇。

"我也拿不准，所以来找你了。"

"找我？为什么？"

"这不你学历高嘛，博士啊，脑子好使。"阿汶干笑道。

"我学的是神经科学，专业不对口嘛。"我哭笑不得。

阿汶换上严肃神色："我怕这事会影响放水节，影响内江通水甚至整个下游。"

"你到底看到了什么？"我意识到事情不简单。

"讲不清楚，"阿汶想了想，"你下午有空吗，到现场看看？也不远。"

"说看就能看到？"我更疑惑了，如果是巨大生物的影子，应该是偶发事件，不可能随时都看得见。

"去了就知道了。"

阿汶的话勾起我的好奇心，我答应跟他一道下山去看看。半山腰停着他新买的摩托车，我坐上后座，车行上山路，两边的密林飞驰着后退。公路不断向前延伸，下午天气晴朗，能看到远处群山的轮廓，山势婀娜。更远处，是一脉皑皑的雪峰。

路在上坡，山势也愈发开阔。不多时，紫坪铺水库已在眼前，像山谷中汪着的一枚巨大湖泊，波光摇曳，水色澄碧如玉，却深不见底。

阿汶说的"龙"，就在这里面吗？

303

车在水库边停下，我们上桥继续走。走出没多远，阿汶便站定，朝下一指："就在那儿。"

"哪儿啊？"我迷糊了。紫坪铺水库有上千公顷，水面波澜不断。我睁大眼睛，实在看不出什么名堂，更没有什么巨兽的影子。

"那儿，就那儿。"阿汶从挎包里掏出激光笔，光点打在水面上。我顺着红点的轨迹，细细看去，才从密集的水波中分辨出一条特殊的纹理。那是一道巨大的条形涟漪，粗略估计足有20米长，像是水库的伤口。

这就是我第一次见到它。

它似乎完全不受水势影响，兀自不停扭动，掀起一条条狭长的线状水纹，向四周散去。这看起来确实很像龙的脊背，像巨龙在水中游动带起了水波。

水库水质很好，站在桥上都能看下去好几米，游过的鱼群也能看清，但完全看不到什么大型动物。

那它到底是怎么产生的？

我埋头往桥底下看。它一直伸到大桥下，扭动的过程中偶尔会碰到桥墩，成对地分裂出一些小龙脊或小漩涡。

"这怎么回事？"我转头问道。

"还想问你呢。"阿汶收起激光笔。

我渐渐理解阿汶的担忧。这东西确实不一般，要是条真龙反倒简单，动物再大也无法抵抗人力。可它看起来是某种异常的自然现象。

无法解释的自然现象，就是隐藏的天灾。常言道，上善若水，但水性同样至凶至恶。眼前这水龙，不像善茬。

"有什么头绪吗？"阿汶打断我的思路。

"出现多久了？"我问。

水 龙 吟

"上星期吧,一个喜欢钓鱼的朋友告诉我的。有人说那是龙,李二郎锁住的那条恶龙,又回来兴风作浪了。"

这传说我也听过,说是李冰治水期间,蛟龙作恶,李冰的儿子李二郎擒住恶龙,将其锁于宝瓶口下的深潭中,由此得名伏龙潭。后人在伏龙潭上修建伏龙观,以镇孽龙。传说的另一个版本是李冰本人化作犀牛与龙缠斗,终于降服恶龙,约法三章,保佑都江堰风调雨顺。传说还有其他版本,无一例外都有恶龙作祟。

"该不会是什么地震洪水的前兆吧。"阿汶满面愁容。

"呸呸呸,别乌鸦嘴。"话是这么说,我心里也没底。

天色暗下来,霞光映红天空。我们望着水库中的波澜,一时无话。打破沉默的是我肚子的叫声,阿汶一听就乐了:"回去弄点吃的?还没给你接风呢。"

摩托车的引擎再度轰鸣起来,飞快地把我们带回城市。华灯初上,入夜之后的县城充满了烟火气,扑面而来的熟悉感灌入我的鼻腔和肺腑。

我们选了一家烧烤店。客人大多是附近街坊,跟老板非常熟络。有些还记得我,过来打招呼。阿汶更是同他们打成一片,声声入耳,都是乡音。

两人就着菜,喝了几杯酒。阿汶问起我的近况,我一直在念大学,乏善可陈,两三句就讲完了。我接着问他:"这些年怎么样?"

酒酣耳热,话头也打开了。原来阿汶读初中的时候,他爸下岗,日子难过,家里气氛紧张,他根本学不进去。

下岗之前,他爸跟我爸一样,也是一年到头不着家。不过我爸是天南地北地跑水利,而他爸搞的是"涡环减排",是响应"双碳"的新兴产业。

"涡环减排",简单说就是通过脉冲振荡,人工合成空气涡流环,将工厂排烟卷入其中。成型的涡环不会与周围物质混合,阻止了污染的扩散,之后再收集烟环,集中电离分解即可。他爸主攻的就是脉冲发生器的研发——俗称"涡环枪"。

有了这技术,废气治理的成本大大降低,国家在保留工业规模的同时控制了碳排放。2027年,"碳达峰"指标提前完成,"涡减"企业走向世界,逐渐占据一半以上的市场份额。欧美看不惯,开始对中国"涡减"行业进行围猎,认定其存在倾销行为,征收高额双反税。国内"涡减"产业因此遭受重创,大量企业破产。

阿汶他爸也在那一波下岗潮里。

"当时我不懂这东西有什么好喝的。"阿汶举起酒杯说,"我爸下岗后,天天守着不放。之前是从来见不到他人,下岗之后,他天天窝在家里不出去,喝大了就睡,醒了继续喝。"阿汶一饮而尽,眼珠里面满是血丝,"后来我明白了,有些时候,是得靠这东西才能扛过去。"

我不知该说什么好。在我印象里,阿汶小学时成绩很好,聪明又讲义气。我是外地转学生,跟着父亲的工作调动来到都江堰,刚转来的时候,因为不会说四川话,常常受到排挤。

当时我同桌就是阿汶,他总护着我。据说他在青城山学过拳,班上同学不敢惹他,在他的保护下,欺负我的人终于都绕着我走。我因听不懂"川普"而落下的课程,也在他的帮助下一点点补上。

没想到因为父亲的原因,升入初中后的阿汶反而学不进去了。

"后来呢?"我问。

阿汶的脸已经喝红了,摸出一包烟,抽了一支递给我。

"戒了。"我摆摆手。

"戒了好,戒了好。"阿汶自己点上,深吸一口,燃下去一小半,

"后来我爸找了别的营生,家里好起来,但中考已经过了。我没考上高中,去技校学汽修。

"毕业出来后,我进了一家充电桩公司。但后来微波充电普及了,充电桩的业务萎缩,我只能另谋出路。我去了市区,心想成都那么大,难道还养不起一张嘴吗?我打过很多零工,都是日结。

"后来,我在朋友介绍下做了地铁安检员,薪资稳定,但也不是个事儿。我就想考个证。我光靠晚上挤时间看书,一开始没考上,后来咬咬牙,攒钱报了个班,终于考到了全自动化施工的监理证。

"这是新工种,我赶上了风口。现在我每天坐办公室改代码,去工地也是跟机器人打交道,偶尔跑跑碳交所,就得了。这次回来岁修,我发现施工机器人用的都是老代码,动手改了改,效率一下就上去了!"

真叫人唏嘘,我安心念书的这十多年,他一路打拼至今。杯中酒一口闷,阿汶惬意无比。

"唉……"阿汶点起第三支烟,长舒一口气,"有时候我也在想,人到底是活在地上,还是活在水里。人海茫茫,人潮汹涌,一辈子就被浪头颠着,我爸也是,我也是。水急得很,给你推到东就往东,推向西就往西,半点不由人。"

"看不出来,还文绉绉地了。"

"一个浪头下去,你就趴了。"阿汶没理会我,"就看能不能再站起来。"

"你是站起来了。"我敬了他一杯。

阿汶喝得有点急,不再说话,闷头抽烟。我咂摸着他的故事,看着烟雾从他指间溢出来。烟雾扶摇而上,在昏黄的灯光下弥散开来,勾出一个个漩涡,就像他口中"人生大潮"里一朵微不足道的浪花。

灵光一闪,我突然说:"再抽一口,一大口,吐慢一点。"

阿汶一愣，但还是照做了。这次他吐出的烟雾浓稠如泼墨，散得更慢。散开的烟雾呈现出繁复的图案，就像倒入咖啡的牛奶，涡旋扭转，张弛有度。

"把烟给我。"

"你不是戒了吗？"阿汶说着，打开烟盒抽出一支。

"你手上那支！"

阿汶有些茫然，只好递给我。香烟自顾自烧着，轻烟直上，流出宛转的漩涡。我捏着烟的手一歪，那烟雾的漩涡，转了过来。

我终于明白，它究竟是什么。它确实是一种自然现象，一种很常见的流体现象。一瞬间，那个词跃入我的脑中，它还有另一个称呼，物理学家理查德·费曼称其为：经典物理学的最后难题——

"湍流！"我说，"我知道了，水库那条龙，就是湍流！"

九四·或跃在渊

"湍流是什么？"阿汶瞪大眼睛。

"你就理解成一种流体状态吧，湍急的水流。"我很难给他解释清楚。

湍流是一种流体状态。水流、气流甚至其他流体，都存在湍流运动。流速很小时，流体分层流动，井然有序，被称为"层流"。流速变大后，原来的分层被破坏，就形成"湍流"。湍流会产生大量漩涡，漩涡的尺度和旋转方向完全随机。

我大学学的脑科学，博士选了计算神经科学方向，本来与流体力

水 龙 吟

学毫无关系。但前些年我接触到一些模型假设，试图探讨大脑能量传递与湍流之间的关联，我的博士论文也跟这个相关，为此专门研究了湍流的原理。

阿汶摸出手机查了查，看得云里雾里，但也算知道个大概："不对啊，我看网上这些图，就是水里的漩涡嘛。水库里那东西，明显不是漩涡嘞。"

我从狼藉的杯盘底下找到点菜时给的铅笔，抽出沾满油渍的菜单，画了几个大大小小的漩涡："网上看的那些照片，基本上就是这样对吧，湍流的轨迹。"

阿汶点点头。

我把菜单立起来，纸张的边口对着他说："这样呢，明白了吗？"

阿汶一拍脑袋，"漩涡竖起来了？咱们看到的'龙'是漩涡的边边儿？"

"嗯。"

"你怎么能肯定是湍流呢？"

"卡门涡街。"我说，"我不知道你有没有注意看，它碰到桥墩的时候，会分裂出一些小漩涡，成对出现，旋转方向相反。这就是卡门涡街，是湍流的一种显著体现。"

"哦哦。"阿汶听得半懂不懂，"你说是就是吧。我看网上说得神乎其神的，这个湍流好像很凶啊，会不会出事哦？"

"说不好。"我不安地转着笔。阿汶的直觉是对的，湍流的事可大可小，难以捉摸。湍流是涡的三维运动，在任何方向上都能扩散，而且可以在不同介质之间传递。很多风暴和海啸的出现，都有湍流在其中传导着能量。

科学发展到今天，人类掌握了大量描述湍流的方程和数学工具，依然无法准确预测它的演化。现在倒好，我甚至不知道它因何而起。况且，这是纵向湍流，显然不是上游江水引起的。那么它的成因，恐怕在水底。

"水库能下去吗？潜水或者怎么样。"我问。

"不可能，紫坪铺水库是军事管制区，钓鱼都受限，你还想下去？"

"那我没辙了。"喝了几个钟头，我也有点晕乎。

"回吧，喝得不少了。"阿汶起身结账，"明天上午我要忙岁修，中午来找你。"

我点点头，晃晃悠悠站起来，架着他的胳膊往外走。夜已经深了，一条街上仍是灯火通明。我叫了两辆出租车，各自回家。

第二天一早，我上网查了更多湍流的资料，试图找到一些线索，但进展并不顺利。湍流的案例虽然多，但垂直地表产生的湍流少之又少。与其自己闷头苦想，不如找个专业人士咨询一下。

我想到了我表姐，邓巧莹，她是我姑姑的女儿，在空气动力研究中心工作，也就是著名的绵阳风洞群。她所在的是民用风洞，不涉密，是咨询的最佳人选。

电话里我简单说明了来意。听起来她刚起床，情绪很不好，劈头盖脸地问了我一堆，什么流速、密度、加速度、压力梯度、应力、雷诺数之类的，就差让我把 N-S 方程[①]列好了。我一个都答不上来。

"等等，你刚刚说都江堰？"电话那头突然消停下来。

"对啊，怎么了？"

"没什么，不一定有关系，我只是突然想起来。前段时间我们有个项目，试飞长距离无人机群，途经龙门山脉的时候，航线出了故障。后来复盘干扰因素，我们分析应该又是遭遇了'隐变量'。"

"隐变量？"我愣了一下，这不是量子力学的术语吗？

"只是代称，指'尚不明确的影响因素'。目前还没有适合的名

---

① N-S 方程，即纳斯托克斯方程，全称为 Navier-Stokes equations，描述粘性不可压缩流体动量守恒的运动方程。

字。"接着，电话对面传来电动牙刷的声音。

我无奈地听着她刷完牙、洗完脸，之后是拍脸的声音，可能在护肤。做完这一切后，她才继续说道："根据复盘数据，'隐变量'的干扰模式很像是一种湍流。但我们调查当天的气象记录，并没有显著的大气湍流，所以也就没法儿下定论。"

"会是晴空湍流吗？"我问。晴空湍流是高空大气不规则运动引起的，不像常规大气湍流一样伴随雷暴或冷暖锋，甚至不产生云团或天气变化。没有判定依据，肉眼和雷达都很难发现它，是飞行安全的重要威胁。

"学两个词儿了不起了是吧？"表姐在电话那边蹬上高跟鞋走来走去，重重关上了门，"晴空湍流虽然雷达发现不了，但根据卫星图像来电脑模拟完全能找到。况且这是无人机啊哥，怎么可能飞那么高？"

"等一下，你之前是不是说了'又'？"我敏锐地察觉到。

"嗯，这不是孤例，我们跟全球民航联网，别的地方也有过这种情况。"

"你说的这个'隐变量'，在紫坪铺水库正上方吗？"

"待会儿查查具体坐标，行了，我打卡了。"

我还想再问，电话已经挂断。我叹了一口气，这么多年没见，她风风火火的性格丝毫未改。不过她住得离单位真近啊，想到这里我又有点羡慕。

洗漱得当，吃过早饭，我正打算规划上午的行程，门外突然传来摩托车声。我刚开门，阿汶就气喘吁吁地冲过来，隔着围栏对我喊："水……水库……出事了！"

无数可能性在脑中一闪而过，我来不及细想，披上衣服追着阿汶出门。

赶到水库边，不需细说，我已明白事情的严重性。

眼前的景象如噩梦一般，整个水库像被煮沸了，无数漩涡把水面搅得稀碎。甚至不需要上桥，站在水坝上我就能看到它，那水龙已有数百米长，剧烈地上下抽搐着，似要挣脱水体腾空而起。

不止坝上，水库边的公路也围满了人，交头接耳，充满恐慌。其中不少人穿着睡衣，看样子都是沿岸民宿疏散上来的游客。一些追求临水的民宿，已经被漩涡卷起的水花吞没了。

我背后的衣服被汗浸湿，只能强迫自己冷静下来。

"阿汶……这位是云初？"身后忽然有人开口，回头一看，竟是一位两鬓斑白的道长，此刻广袖盈风，竟有几分仙风道骨的气质。看道袍，是伏龙观的制式，但我不记得认识哪位伏龙观的道长。

"爸，你来干什么？"阿汶神色僵硬。

居然是阿汶的父亲，李清源。我小时候见过他几次，如今时隔多年，已认不出来。原来李叔叔下岗后，消沉了一段时间，后来痛定思痛，去青城山读了几年道学院，回伏龙观当了道士，真是让人意想不到。

道长凝神望着紊乱的水面，长叹一口气："这是龙变。"

"龙变？"我很不解，李叔叔在科技行业浸淫已久，难道他也相信有龙？

道长看了我一眼，似乎瞧出了我的心思，缓缓地问道："大禹治水的传说中，有斩龙伏魔的情节；李冰治水的故事里，也有锁擒恶龙的桥段。云初，你可曾想过为什么？"

我哑然。

"为何治水必先屠龙？"道长追问。

我心中一动，难道……

"何为龙？"道长眼睛一亮，"《说文解字》中对龙的描述是，'能幽，能明，能细，能巨，能短，能长'。《三国演义》中，曹操与刘备煮酒论英雄，说得更明白，他说'龙能大能小，能升能隐；大则兴云吐雾，小则隐介藏形；升则飞腾于宇宙之间，隐则潜伏于波涛之内'。

云初,你有没有想起什么?"

"湍流就是龙!"我脱口而出。从水流到大气,从太阳日珥到木星气旋,只要是流体,都存在湍流运动。湍流可大可小、时隐时现,又无处不在,在古人朴素的世界认知中,就是龙。而且湍流的出现,往往昭示着流体的状态出现变化,逐渐进入混沌。所以古籍中,龙总与云行雨施、兴风作浪联系在一起。

"你到底来干什么?"阿汶咬牙切齿,"不做事就别说风凉话,故弄玄虚!"

道长眉头一挑,对阿汶的顶撞不置可否,只是向我微微点头:"古人口中的龙,并非空穴来风,很多都意指湍流。"

阿汶父亲曾是涡流环领域的高级工程师,对流体力学的研究远胜于我。想到这里,我指着水库问道:"李叔叔,您刚刚提到'龙变'一词,显然对它有所了解。今天专门过来,想必也是为了这个?"

道长点点头,正要开口,远处突然传来喧哗,几队穿着制服的人来到坝上,用扩音设备喊话,引导群众疏散。根据他们的说法,水体乱流已非常严重,根据水库管理所研究决定,开闸引水到下游,降低水库水位。闸坝开启会造成一定程度的震动,为保证安全,请坝上的民众有序撤离。

阿汶一听脸色就变了,冲过去阻止他们开闸。此时岁修尚未结束,内江干渠上古法截流的杩槎还在,堰工们也还在河道里做活。若现在放水,杩槎被冲断,堰工根本来不及跑。我知道阿汶的性子,担心他和人起冲突,也跟了过去。

管理所的人解释过,下游堰工已通知撤离,不会有问题。可阿汶不依不饶。我知道他是想保住截流的杩槎,让后天的放水节仪式能正常举行。他忙活大半个月,就为了这个节日。但管理所的人也是对的，这时候如果不降低水位，别说沿岸的民宿保不住，甚至大坝都可能出现结构性隐患。

阿汶是个牛脾气，犟起来谁都拉不住，已经开始出现推搡。制服人员中走出一个老人，本打算出言控制局面，忽然余光看到了我，惊道："云初？"

"郭伯伯？"我认出他来，是我父亲的老同事。当初他跟父亲一起调任都江堰，工作几年后，父亲又调任别处，而他就在都江堰水利部门留了下来。我读中学时，他还经常抽空来看我，一直到我毕业离家。

"真是云初啊，回来啦。"郭伯伯难得露出喜悦的神情，"这两位是你朋友？"

我点点头。

"来，借一步说话。"郭伯伯说着，领着我们几个往坝下走。这时候坝上的游客也疏散得差不多了，我们跟着郭伯伯一路来到大坝里的办公室，可以俯瞰下游的内外二江。"既然是你，那就好说了。其实这都是容民当年留下的应急预案。"

提到"容民"这个字眼，我一阵恍惚。谢容民，那是我父亲的名字，已经很多年没有听到了。

话到这里，阿汶也安分下来，郭伯伯对他说："这位后生，你大可放心，这次开闸，杩槎不会被冲走的，放水节也不会受到影响。"

阿汶一脸惊愕，我也不太相信。水龙带起的剧烈漩涡，在场人都有目共睹，现在泄洪，势必造成下游水流能量激增，怎么可能连木头扎的杩槎都冲不走。

说话间，办公室振动起来。透过窗户，我们看到坝上的条状金属闸门逐渐开启，但露出的并不是普通排水口，而是一组组精钢的螺旋桨叶，成色非常新。

"涡轮机？"道长识货，认了出来。

郭伯伯点点头，并未言语。涡轮机很快旋转起来，紧接着从中倾泻出大量水流。本已积蓄足够能量的湍急水流，在穿过涡轮机组后竟好像慢了下来。

我以为自己看错了，但随着涡轮转速越来越快，水库泄洪量也开始变大，水流在汇入下游河道之后，湍流的态势逐渐缓和，虬结的大小漩涡开始舒展、破碎。

待到水流拐过弯道，抵达金刚堤的时候，已完全变成了平缓的层流。鱼嘴西侧的外江闸门适时开启，卸掉多余的流量，而另一侧的木扎杩槎，竟丝毫不受影响。

"这……这是怎么弄的？"阿汶震惊了。

九五·飞龙在天

涡轮机组的动静很大，整个办公室和大坝都在振动。办公室震得嗡嗡作响，讲话听不清楚，众人也都不开腔。或许还产生了一些共振，总之，我胸口不太好受。

半响，应该是水位降到了安全值，涡轮机终于慢下来，闸门也缓缓关上。众人得暇，这才重新交谈起来。

道长最先开口："这是用湍流杀死湍流的手法吗？"

"这位道长是懂行的，原理上确实是用涡轮机干预流体，在湍流场中人工添加扰动，抵消能量。"郭伯伯说着，又转过头跟我说，"多亏你

今夜有龙飞过

爸爸留下的数学模型，能根据湍流的不同雷诺数[①]，匹配合适的涡轮转速。根据他留下的管理办法，水库一旦出现湍流，雷诺数大于6000后，就启动这项预案。"

对于这个父亲，我向来不知该作何反应，现在也一样。寒暄几句后，我谢过郭伯伯的招待，说是知道他们还有事要忙，便离开此地。

离开大坝，我们顺着公路往下游走。一路上，我光想着父亲的事，阿汶父子之间也完全不搭话，很是压抑。直到道长邀我们去伏龙观坐坐，才勉强缓和了气氛。

道长打了车，到目的地有些距离，我也平复下来。很显然，水龙灾变只是暂时缓和，并没有得到解决——或者说，完全没有进展。现在还不是想别的事的时候。

到伏龙观后，中午简单吃过观里的斋饭，我便向道长请教："李叔叔，您刚刚提到的'龙变'，到底是什么？"

"此事说来，话就长了。"

阿汶并没有加入对话，独自一人背对我们，凭栏远望。伏龙观位于宝瓶口旁，立于离堆之上，往常可以看到两江奔流的壮阔景象，如今只能看到一条宽阔的外江，和一条干涸的内江河道。

飞沙堰上也筑起一排档槎，拦水于前。为保证水库泄洪万无一失，堰工都被疏散了，但施工机器人不受影响，仍在河道里照常工作。阿汶盯着那些机器人出神。

道长的故事追溯到好几年前。刚进伏龙观的时候，他为提升业务能力，读了很多观里的藏书，都是古时候传下来的手抄孤本，写了些道学的哲理思辨，夹杂寓言故事。据说大部分寓言都选用了真实历史。

[①] 雷诺数指一种可用来表征流体流动情况的无量纲数。利用雷诺数可区分流体的流动是层流或湍流，也可用来确定物体在流体中流动所受的阻力。

水龙吟

这些夹在道藏里的历史中,偶尔会出现龙。龙的出现,并不是引出一些志怪故事,而是跟几次水患密切相关,这些水患都在县志或正史中有所记载。那么跟水患相关的龙呢,会不会也真实存在?

抱着这样的疑问,他查阅更多资料,发现龙的出现往往跟紫坪铺水库有关——当时尚未建成水库,多以"紫坪邮"代称。而且统计龙的出现频次可以发现,紫坪邮那条龙,也遵循《说文解字》中对龙描述的后半段,"春分而登天,秋分而潜渊"。他逐渐认定龙的真实存在是某种遵循节令的自然现象。经过几年的考证,他终于确定,龙就是湍流。

"所以传说中的屠龙,就是在破坏湍流?"我问。

道长点点头,根据他的说法,无论大禹还是李冰,治水的关键都在于破坏湍流结构,否则若放任湍流肆虐,再坚实的堤坝都无法持久。从大禹"岷山导江,东别为沱",将岷山之水分为岷江、沱江;到李冰修都江堰,将岷江再次分为内外二江,都是在拆解湍流,也就是屠龙。

分江,就是顺应地势,借弯道分岔让不同流速的水体强行分层,把湍流还原为层流。岷江在金刚堤分流减速,开玉垒山后,内江在宝瓶口外旋,再次减速,江水被彻底驯服,才进入灌溉区。所以传说中锁孽龙的伏龙潭,就在眼前的宝瓶口之下。

"至于李冰化作犀牛与恶龙缠斗的传说,恐怕就是用石犀牛消解湍流的手法。古人无法理解,将其神化。"道长说。

"石犀牛?"我愣了一下,隐约想起,都江堰竣工后,李冰确实督造了五尊镇水石犀。其中一尊已作为文物出土,藏于成都博物馆,我似乎还在那儿见过。

"你们看那个!"阿汶突然转过头来,"正常吗?"

今夜有龙飞过

我们顺着他手指的方向看去，环状的彩虹在远处的山巅流转，周边的气流被带动起来，形成一圈圈绮丽的云彩，在一种肉眼看不见的作用之下，缓缓向天空蔓延。我跟道长对视一眼，都看见彼此眼中的惊恐——那是紫坪铺水库的位置！

道长赶忙拨通电话，破天荒地露出急促语气："到哪里了，还没来吗？"

隐隐听到电话那头说："在车上了，还有二十分钟。"

挂了电话，道长对我们说："叫了几个朋友，在路上了。等他们到了，我们一起去水库看看。"

见我和阿汶一头雾水，道长解释道，听说水库有龙之后，他立刻联想到了古籍中记载的龙变。龙是湍流，龙变便是转捩扩散。

转捩，指的是层流向湍流的过渡。而转捩扩散，便是已成型的湍流将能量传递给接触到的其他流体，从而诱导产生新的湍流——比如水，比如大气。

眼看放水节将近，他知道儿子这趟回来专程参加岁修，对放水节很上心。他不想这个节骨眼上出什么意外，为此，专门联系了以前的同事，请他们一起帮忙看看。

阿汶听完沉默了，好一会儿才抬起头问："管用吗？"

"去了才知道。"道长说，"我们先往外走，从南桥过去，这里行车不方便。"

黑色货车很快停在我们跟前，车上的人都是道长以前在"涡减"行业的同事。李叔下岗后，一些同事仍在坚持。行业寒冬过去，那些同事也一路走到今天。

"上车吧。"道长对我们说。

上山后，我们近距离看到了环状彩虹，高悬在水库的正上方。半

水 龙 吟

空中,更多的云团被卷起,散出缤纷的色彩,如涟漪般一圈一圈向远处散开。

车在庙子坪大桥上停下,道长的老同事们从车厢里搬出几个手提箱打开,里面是造型各异的复杂机械。道长也加入他们,一起麻利地组装这些部件。

道长手法非常熟练,没想到下岗这么多年,手艺居然没有丢。零件在他们手中逐渐成形,不用问,看轮廓我就知道那大家伙是什么——涡环枪。

涡环枪,全名是低频脉冲涡流环发生器,可以用震荡脉冲人工合成涡流环。一台涡环枪组装完成,道长留下将其固定,其他同事们又上车启程,在道路前方掉头,离开大桥,往水坝方向驶去。

道长告诉我们,他们这次一共带了三台涡环枪,会在水龙周围的三个点进行组装固定,然后同时启动,释放脉冲,尝试抵消湍流产生的能量。看来道长早有准备,他同事带来的这批设备,是"涡减"行业中最顶尖的产品,无论输出功率还是瞄准精度,都是业界翘楚,比他当年经手的型号先进了几个数量级。

恰在此时,我电话响了,是巧莹姐打来的。

"看天上。"她说。

我抬起头,环状彩虹周围出现了好几台黑色的无人机,如同大雨前低飞的蜻蜓。这时候我才发现,明明离傍晚时分还有两个小时,天色却在不知不觉间已经暗了下来。

"是你们的无人机?"我问。

"嗯。"电话那头,巧莹姐的语气有些沉重。话音刚落,无人机就开始喷洒一种乳白色的半透明烟雾。烟雾往彩虹的正下方弥散开去,缓缓沉向水面。

"干冰雾化，加了点可降解粉尘。"巧莹姐似乎看穿我的疑惑，提前回答。但我此刻已无心关注烟雾的成分，因为随着烟雾的弥漫，一种噩梦般的图案逐渐被勾勒出来，现出原形。

察觉到我的沉默，巧莹姐问道："你看见了？"

是的，我看见了，我看见了它的全貌。白雾所到之处，大大小小的漩涡开始显形。大涡在下，小涡在上，不同尺度的漩涡串联起湍流的层级结构，从水面一直蔓延到天空。周围的卷云正是被这湍流所影响，在水库上方聚集起来。而此刻，彩虹和彩云都已看不见，取而代之的是压在天顶上的浓重黑云。

"飞龙在天。"道长声音颤抖。

"很不幸，影响无人机的'隐变量'，就是它。"巧莹姐说。

"姐，有什么办法吗？"我感到喉咙发干。

"你旁边是不是还有人？"巧莹姐问，"谁最了解这个湍流——或者用你的话——最了解这条龙，方便的话来一趟研究所。"

正说着，无人机又开始释放一些白色气球，没有推进动力，在白雾的漩涡中随波逐流。我知道，那是一种气象气球，专门用来测定流场中的物理参数。

"虽然我们能远程获取它的数据，"巧莹姐接着说，"但你也知道，当前数学模型的精度，无法完全模拟出湍流的状态，所以主观判断必不可少。在模拟湍流的过程中，我们需要有人亲眼过来看一看，到底像不像。"

我征询了阿汶父子的意见。果然，放水节成功举办之前，阿汶不会离开都江堰；而道长要在现场主持涡环脉冲。答案很明显了，"我过来吧。"我说。

"好，记得多拍点照片。"巧莹姐挂了电话。无人机挨个回收气球，离开了现场。

水 龙 吟

从都江堰到绵阳有直达的城际列车，只要二十分钟。我订了最近的一趟车票，一小时之后发车。

水库上空的白雾渐渐散去，它的模样再次从我们的视线中消隐，但在场的人都知道，它只是重新变为不可见，并没有消失。此时最后一台设备也已就位，三台涡环枪进入最后的调试阶段。

那是一个特殊的时刻，天地间为之一静，下个瞬间，滂沱的暴雨从黑云中倾盆而下，在我们头顶炸开，瞬间将我们全身淋得湿透。能见度变得极低，我们眯起眼睛，苍白的雨幕中，它再次显形。被它波及的雨水化作条条白练，卖力地抽打着大桥和水面。

这样下去，水库的水位很快又要涨到危险值。

"调试完成，设备启动。"道长对着手机说。他声音不大，但语速极快，喷出唇边破碎的雨水。

涡环枪振动起来，我感到扑面而来的热量，一些落下的雨水被蒸发成白汽。紧接着，无形的脉冲射向半空，与另外两点发出的汇集起来，对它形成合围之势。

很快，上空浮现出一圈巨大的空气涡流环，周围的雨水都被卷入进去，扶摇而上。越来越多的涡流环生成出来，裹挟着大量雨水卷向空中。能落下的雨越来越少，站在桥上，竟感觉雨势小了下来。

阿汶又惊又喜："管用！"

"还早。"道长脸色铁青，死死盯着空中。雨幕中显形的它，丝毫没有减弱的态势。更为致命的是，从图案上看，它完全没有受到干扰。涡流环影响了它周围的气流，却无法影响它本身。它和空气涡流，宛如两个不同维度的东西。我们用脉冲去干涉它，就像伸手去阻挡全息投影，一穿而过，毫无作用。

"为什么？"道长低吼道。

就在同一时刻，涡轮枪的单次使用时限到了，进入冷却状态。空中的涡流环内部的能量很快耗尽，无法维持。涡流环崩碎，就像一个个大水泡破掉，原本被推向天空的雨水再次砸了下来，一泻到底。

阿汶在发抖，不知道是被雨淋的，还是因为太无助了。

"云初，你先回去赶车吧，洗澡换身衣服，别感冒了。我再想想办法。"湿透的道袍黏在道长身上，勾勒出他瘦削的身形。他在风雨中打着摆子，显得十分憔悴。

上九·亢龙有悔

列车在暴雨中驶出都江堰，窗上笼了一层白雾，外面的世界被推出去很远。车程很短，甚至不够打个盹。出站后，我叫了一辆网约车，转入群山密林，终于抵达研究所。巧莹姐正在门口等我。

"有进展吗？"我迫不及待地问道。

巧莹姐领我进门，边走边问："你觉得它是什么？"

"湍流啊。"

"什么的湍流？"

我沉吟片刻，能离水飞天，说明它不是水体湍流；道长的行动失败，空气涡流无法对它产生干涉，说明也不是气体湍流。还有别的什么流体吗？

"难道是太阳风？或者日珥造成大气电离产生的等离子湍流？"我想起道长说，龙的出现应该跟某种节令有关。

"要真这样，我就联系不上你了。"巧莹姐说着，刷卡打开了实验室的门。

我很快明白她的意思，如果跟电离有关，现场的通信设备应该会受到干扰，但显然没有。而且，如果是太阳风或者日珥，那它应该是从天而降的。可实际上，它却是从地向天，缓缓上升的。

"或者是地磁？"我想起有论文说，地磁场来源于地核中磁流体的湍流对流。

实验室的门开了，地方不大，地面是一个特殊造型的水池，应该是仿照紫坪铺水库建的。最引人瞩目的是顶部的结构钢梁，十分粗大。实验室只有一层，跨度也不大，似乎不需要这种规格的钢梁来承重。

"再来一次。"巧莹姐对着前方的工作人员喊道。

随着指令下达，钢梁上激发出高亮的电弧，原来这不是承重梁，而是一截"导线"。我跟着巧莹姐来到操作台前，看到屏幕上涌动的数据正模拟水库龙变。但湍流尚未成型，电弧带来的热量就已经把水池蒸干了，温热的白汽在实验室中涌动。

"要产生这种尺度的湍流，"巧莹姐说，"只要跟电或磁有关，湍流成型过程中释放的热量都会造成水体蒸发。你见到这种现象了吗？"

我摇摇头。"那还能是什么？"我实在想不到了。

"引力是大质量天体对时空的扭曲，这句话听说过吗？"巧莹姐递给我一杯咖啡。

"难道是引力？"我点点头，一脸震惊。

"大质量天体将时空扭曲后，时空如绸缎般平滑，其他天体在这'绸缎'上游动，这是对引力比较直观的理解。也就是说，在引力的传递过程中出现了类似流体的特征。如果这'绸缎'不再是平滑的，而是出现了漩涡……"

"它就是引力湍流！"我茅塞顿开。

"没错。它就是引力湍流。"巧莹姐指着计算机上的数学模型。一切都解释通了。因为是引力湍流，所以脉冲涡流环无法对其产生影响；因为是引力湍流，所以能将光线折射形成彩虹；因为是引力湍流，所以常规情况下并不可见，只有在水中、雨中，或者雾中才能显形。同样因为是引力湍流，方向垂直于地表，所以才会以纵向湍流的形式存在。

巧莹姐给我看了他们的研究日志，在那里，水龙的代号是"揿花"。这个代号代表着对它更精准的定义：引力湍流转揿点。转揿点就是层流向湍流转变的点。揿花这一点位于太阳对地球的引力流场之中，在这一点下方，引力保持稳定的层流状态；从这一点上方，引力逐渐转变为湍流。

"春分而登天，秋分而潜渊。"我终于明白了这句话的真正含义。从春分到夏至，地球逐渐向远日点运动，地日距离变大，揿花被太阳引力拉出地表。反之，从秋分到冬至，地球向近日点移动，地日距离缩小，揿花也就回到地表深处。

揿花位于地表之下时，周围都是坚硬的固体，湍流的能量很难向外传递。但揿花被拽到地表以上之后，与水和大气相遇，便开始了转揿扩散，气候和水流在揿花的影响下剧烈变化，龙变随之出现。

"龙变很多年才会发生一次。"巧莹姐说，"但历史上从没哪次有这么严重，否则成都早就是一片海了，绝不是都江堰和水坝能阻止的。"

"我们接下来该怎么办？目前应该没有能干涉引力的方法吧？"想通这一切之后，我依然十分焦虑。

"我们不需要阻止引力湍流本身，我们只需要阻止转揿扩散就行。"巧莹姐带我去往另一个实验室。

另一个实验室宽敞得多，地面是模拟成像的全息沙盘，用来1∶1

水 龙 吟

模拟引力湍流的形状。据巧莹姐所说，根据水库收集的数据，他们已经枚举了几种可能的湍流形态，筛选掉完全不可行的选项之后，剩下的几个模型需要我现场辨别。

我紧张起来，尽管是1∶1的模型，但只靠肉眼分辨，我仍是没有自信。最开始展示的几个模型都有点似是而非，都有点像，也都有点不像。

直到不知第几个模型投出来的时候，我一拍大腿，就是它了。帮我作出判断的并不是脑中的记忆，而是又一次爬上脊梁的恐惧。图像成型的瞬间，我仿佛再次置身于暴雨中的水库边，狠狠打了个哆嗦。

"好，我们会根据这个模型的数据，对设备做最后的调试。这儿没你事了，先去休息吧。"巧莹姐递给我一张房卡，是研究所的附属酒店，接待外宾专用。

"设备，什么设备？"

"明天你就知道了，安心睡吧。"

回房后，我给阿汶和李叔打了电话，两个人都没接。不知道那边进展怎么样了？希望他们不要太逞能，也希望巧莹姐所说的"设备"，真能解决所有问题。

放松下来后，连日的身心疲惫让我困顿不已，很快昏昏睡去。

我又做回那个梦。梦里我还是孩子，被高高举着。只不过这一次，托起我的是父亲的肩膀。至于犀牛，变回石像，立在橱窗里，供人瞻仰。

那是我小时候，还没搬到都江堰来。当时父亲还没有那么忙，带我去看了一场水利博物展，展出了从成都博物馆借来的李冰镇水石犀，石犀形制古朴，浑圆厚重。事情太过久远，已深埋在记忆的尘埃之中，露出的边角被打乱重组，拼接成我返乡路上的那个梦。而现在，错位的记忆被纠正，各就其位。

醒来后，我想起道长说，李冰铸石犀也是为了消解湍流。他到底是怎么做到的？我查阅了相关资料，了解了不少关于石犀的内容，但依然看不出它跟解决湍流之间有什么关系。看起来，那就只是象征意义的镇水而已。

不久，巧莹姐通知我出发了。我看到停在实验室外的悍马，没想到巧莹姐居然跟我一起回去。在同事的帮助下，她把几个大家伙搬到了车上，正用油布往上罩。一旁还有几辆越野皮卡也在准备出发，不知道要往哪里去。

"这就是你说的设备？"

"上车。"她头也不抬地丢给我两个包子。"还带了备用的？"从油布的轮廓看，设备有两到三个。

"哦，忘了跟你说，捩花不止一个。"巧莹姐发动了引擎。

无论如何我也没有想到，一夜之间，都江堰已经面目全非。

捩花引发的暴雨持续了整整一夜，紫坪铺水库坝面开裂，局部沉陷甚至垮塌，水库的机组全部断电停机，郭伯伯引以为傲的涡轮机也不例外。洪水在外江集中爆发，沿岸建筑和道路被淹没无数。

岁修的杩槎早被冲垮，明天的放水节是办不成了。但我没有看到阿汶沮丧或愤怒的脸，因为他在昨晚的抗洪抢险工作中落水，冲到飞沙堰才被救上来，现在还在医院抢救。

李叔和他的同事在暴雨中守了一夜，徒劳无功地用涡流环对抗引力湍流，直到大桥被疯涨的水位淹没。涡环枪被水冲走，李叔他们也高烧住院，至今昏迷。

不幸中的万幸，两千年前修建的都江堰依然坚守了职责。外江河道比内江宽，径流过大时，外江会分掉六成水量，多余的水会从飞沙堰泄洪，这就限制了进入宝瓶口的水量。再加上形似特斯拉阀的渠首造型发挥了流速分层的作用,金刚堤劈开汹涌的激流,玉垒山形成天然的屏障,暂时保住了都江堰主城和下游的灌溉区。

多亏了越野车强劲的动力,冒雨上山没有一丝阻碍,也没有给我时间去悲伤和愤怒。大坝已毁,大桥也被淹没,我们只能绕道去高处的立交桥上,远眺着在暴雨中时隐时现的掞花,那恶魔般的漩涡图案。

巧莹姐下车掀掉挡雨的油布,翻身跳进车厢,把巨大的遥控板架在车顶。两架大型无人机从她身后飞起,平稳地向水库中央飞去。

大家伙的学名很长,我叫不上来,只记得绰号叫"缠山"。缠山被带到合适的位置,启动,机械展开,下部伸出一截塔状的支撑杆,落在水中的桥面上固定。

正如巧莹姐所说,我们此行的目的并不是遏制引力湍流本身,而是阻止转掞扩散的过程,也就是阻止引力湍流的能量传递到周围的大气之中。缠山的设计逻辑便是如此。自身固定后,缠山开始针对引力湍流的边界层,释放一种特殊的脉冲。掞花边缘,气流受到引力湍流影响产生大漩涡,却在脉冲的约束下没有继续分裂扩散,而是保持气旋的状态一直上升,向天际飞去。

流体产生漩涡的情况很多,只有当存在耗散作用时,大涡变成中涡、中涡变成小涡,形成能量的级联,湍流才能成型。如果只产生大涡,没有耗散作用,流体便形成了孤波。孤波在运动过程中保持形状不变,直到内部能量完全耗尽。

某种意义上,涡环枪产生的涡流环也是一种孤波,因其稳定性而广泛应用于废气治理。但李叔一直用涡流环去攻击引流湍流,成效甚微。而巧莹姐带来的缠山则致力于阻止耗散作用,将大气流动约束在孤波阶段。

缠山原本是绵阳风洞最近开发的大气湍流治理设备,还在实验阶段，但此次事发突然，只好修改设备参数后，提前拿出来使用。

越来越多的大气湍流尚未成型，便被约束成孤波，直直地飞上天际，撞破聚集起来的积雨云，消失在视线尽头。雨势越来越小，水库上空的天气也逐步平复下来。我联系了郭伯伯，水坝受损的部位正在紧急抢修，发电机组和涡轮机也在紧急供电，只要雨势稳定，水库很快就能恢复蓄水。

"走吧，我们去市里。"眼看形势稳定下来，巧莹姐抹了一把脸上的雨水，从车厢上跳下来。

"去市里？"

"路上没听电台吗？成都市区里也出现异常降雨。天府广场那周围吧，还有个哪里来着？好像是西胜街附近。犀浦那边也下暴雨。"

"也是捩花引起的吗？"

巧莹姐点点头说道："成都一直有海眼的传说，据说不能碰，碰了就会洪水泛滥。之前一直以为只是传说，没想到真会应验。"

"传说中的海眼，就是引力湍流造成气候异常的坐标？"

"别废话，上车吧。"巧莹姐一脚把我踹进车里，"犀浦和天府广场那边已经有同事过去了，我们去西胜街看看。"

"天府广场……"我脑中突然灵光一闪，"具体哪个位置？"

"我哪记得清楚，好像是四川大剧院。"

"四川大剧院，那不是李冰石犀出土的地方吗！"我浑身一凛，似乎明白李冰督造五尊石犀，究竟所为何用了。犀浦，位于郫都区，古代石犀沉江之处，因此得名"沉犀之浦"。而四川大剧院，正是2013年石犀牛考古出土的地方。这两处都有石犀，恰好又都是引力湍流的海眼所在，真的只是巧合吗？

至于西胜街，那附近难道也有石犀牛的踪迹？确实存在。所有线索在我脑中汇聚:"开车吧,我可能知道海眼的具体位置了。"

"看不出来,你还有点用。"巧莹姐有些惊喜。

杜甫和陆游都曾在诗文中提到,在成都圣寿寺见到过形制古朴的石犀,位于佛殿前石阶上。圣寿寺又叫龙渊寺,前身是晋代王羽的私宅,后舍为寺,因"殿有水眼如井,云与海通",故得名龙渊,又称海眼。

民国时期,寺庙改建为中学,曾得名"石犀中学",即树德协进中学,也就是我曾就读过的成都二十八中,实在是巧合。巧莹姐一路开车穿过滂沱的雨幕,很快驶入青羊区,向着我母校所在的西胜街靠近。

据《成都城坊古迹考》记载,校内确实曾有一尊古代石犀,但因暴露在外几千年,到民国时已经风化得不成样子,几乎看不出本来面貌。石犀曾经充当过升旗台的基座,后来实在损毁严重,于1952年被石工破为条石,砌筑台阶。

车很快开到学校外,整个街区都被大雨覆盖。旁边就是宽窄巷子,大雨来得太突然,很多游客都被困在景区里。

巧莹姐开车兜了几个圈,仍是没有找到引力湍流的位置。根据石犀传承的历史脉络,我可以肯定海眼就在这附近,甚至很可能就在学校里。

我冒雨冲到校门口,学校已经放假,值班的门卫大爷也被大雨困在传达室,正百无聊赖地玩着手机游戏。我磨破了嘴皮子,大爷也知道我曾是学校的学生,但说什么也不肯放我进去。

巧莹姐等得不耐烦了,冲过来直说了我们的来意,并出示了空气动力研究中心的证件,门卫爽快放行了。我们最终在操场上的跳远沙坑里发现了小型的掞花,被扬起的潮湿沙子勾勒出湍流的图形。好在城区里的掞花规模都比紫坪铺水库里的小很多,用缠山很快就能解决。掞花产生的气旋被孤波约束之后，西胜街附近的强降雨也逐渐稳定下来。

我跟巧莹姐都累坏了，在附近的宽窄巷子找了间咖啡店坐坐。据巧莹姐的说法，我们这次只需要对几个掞花进行稳定，等风洞那边流程申请下来之后，会直接出动气象飞机对积雨云进行驱散。

"往后呢？"我问。今年的引力湍流为何会如此严重？成都之外的其他区域是不是也存在引力湍流？相关的问题还很多。

"往后我也不知道。"巧莹姐朝椅背上一躺，似是累坏了。

一个陌生的电话打进我手机里。我犹豫片刻，还是接了起来："喂，请问哪位。"

"云初，我是爸爸。"

我陷入长久的沉默，不知该作何反应。

"云初，你在听吗？"对面稍显陌生的男声继续说，"都江堰的事，我听郭伯伯讲了。你做得很好，不愧是我的儿子。"

我感受到一股莫名的愤怒："你呢，你人在哪儿，你不是水利专家吗？"

他错愕了一会儿，说："你说得对，这本该是我的工作。不过你放心，爸爸很快回国了，后面的事情交给爸爸。"

"什么意思？"

父亲给我讲了一个很长的故事，长到关于他这一辈子都在干什么。原来当年他从上海调任都江堰，就是为了解决"这个东西"。但当时他只留下了"湍流杀死湍流"的手法，便又调到巴基斯坦，主导达苏水库的修建和维护。

巴基斯坦达苏水库，和都江堰紫坪铺水库有一个共同点，都是修建在地质断裂带上的水库，而这两处都有引力湍流存在。但在最开始，谁都不知道这是引力湍流，只知道位于地质断裂带上的水库存在特殊的幽灵湍流，会时不时影响水库蓄水和下游的水文条件。当时也没人能想到，事情竟会这么严重。

"你们那边也发生龙变了吗？"我问。

"是的，就在最近。云初，这只是个开始。"

"到底是怎么回事，为什么今年的引力湍流这么严重？巧莹姐说，历史上从来没有过这么严重的龙变。"

"巧莹的说法不严谨。人类记载的历史确实没有，但在那之前，是有过的。"

"在那之前？"

"嗯，距我们最近的一次是新仙女木事件。"

新仙女木事件，是末次冰消期出现的突然降温事件，是一场持续千年的末日寒流，造成了大量生物的灭绝，北美洲的一种史前印第安人也因此从地球上消失。

1.7万年前，冰河世纪结束，地球温度开始逐年升高。可4000年后，由于不明原因，本在上升的气温突然骤降，地球环境剧烈恶化。

根据父亲的说法，新仙女木事件的发生，是因为当时骤然增强的引力湍流切断了包括北大西洋暖流在内的数条洋流，大海洋流格局紊乱。北半球多处区域进入极寒的冬天，欧洲和北美洲出现大量冰川，冰盖又反射大量阳光，导致降温进一步加剧。引力湍流退去后，又过了千年的时间，地表的气温才缓缓回升。

"你的意思是，我们正在经历又一次新仙女木事件？"我打了个寒战。

"可能性很高。"

我无力地瘫坐在椅背上，或许真像他说的，这只是个开始。

乾·元亨利贞

在那之后已经过去了十年时间。十年里，世界各地引力湍流频发。父亲和巧莹姐各处奔走，解决各地的异常气候，大量顶尖科技被应用于这场与引力湍流的战争。

所幸，我们没有再遭遇一场新仙女木事件，但全球仍是水患不断，人类被迫再一次走上了大禹治水的道路。

而阿汶也成了植物人，昏迷了整整十年。我把阿汶转移到北京的医院，一直让他接受最好的治疗和保养。

好在李叔的高烧很快降下来，没多久就出院了。当时，我专程跑去病房问他："李冰究竟怎么知道海眼位置的？"

我们用缠山压制了成都的各个海眼，除了四川大剧院和树德协进中学，其他有海眼的地点，后来都相继出土了石犀残骸或石犀存在过的痕迹。

原来李冰石犀真有镇水之效。只不过石犀所镇并非江河，而是天上之水。李冰用坚实的岩石，压住了引力湍流转捩点。引力湍流无法在固体中进行转捩扩散，在龙变尚未激化的年代，这样的做法便已足够。

十年里，道长为了这个疑问四处奔走，终于窥见一些端倪。两年前，四川什邡发现了李冰故居遗址，出土了一块青铜镇海图，上面标出的海眼位置，正是各个石犀所镇之处。

水 龙 吟

据遗址其他考古发现，李冰其实是古蜀开明王室之后。所以李冰修都江堰时，开凿玉垒山的行为，与初代开明王鳖灵治水时"决玉山"之举，一脉相承。而鳖灵"决玉山"也是从大禹治水开凿龙门山的手法承袭而来。

鳖灵继位之前，洪涛泛滥，史书记载"若尧之洪水"，成都平原一片汪洋。平时捉摸不定的引力湍流，在这汪洋之水中显形。海眼的传说由此出现，古蜀先民也因此得知海眼与降雨有关，将海眼位置记载下来，一直传到李冰时代，被记载在了那张青铜镇海图之上。

从有人类文明开始，我们与天斗的信心和智慧就从未断过，并一直传承下来，至今仍在发挥着作用。

十年里，我跟父亲的关系融洽许多。我见过他几面，他老得很快，但胜在身子骨还硬朗。工作之余，他也会跟我聊一些引力湍流激化的原因猜想。

这些猜想里，我比较接受的一个是"自洁系统假说"，也就是——全球引力湍流频繁，本质上是地日系统内部的自我清洁行为，清洁的对象是，熵。

湍流是在多尺度上进行跨时空能量级联的最佳方式，地球正是利用湍流抵抗熵增，以维持系统内部的低熵状态。

我会接受这一猜想，是因为在我所学的计算神经科学领域，也有类似的理论。

从热力学角度，平衡态意味着死亡。生命不断与环境交换物质和能量，以远离平衡态，保证生命的延续。这一过程中，大脑必然是维持非平衡态的主要驱动力。大脑喜爱低熵，喜爱快速的信息共享。而这一点，正是通过湍流的能量和信息级联来实现。也就是说，大脑利用湍流远离平衡态。

从这一角度讲，十年来我们遭遇的劫难，正是地球远离平衡态、维持自身"生命"延续的一种积极努力。

十年来，我积累了大量演算模型和实验数据，终于将这一理论推入临床阶段。

在这一理论的支持下，我模拟湍流能量级联的形式，设计了一整套刺激疗法，用离子通道开启大脑的"热桥"，以恢复大脑与外部环境之间的能量流动。十年的努力之后，这一疗法终于成熟。最终，它将被应用在阿汶身上。

正如他所言，所有人都在人潮的湍流中浮沉。因父亲的原因，阿汶的人生陷入低谷，好不容易在自己的努力下重新站了起来，可刚尝过新生活的甜头，又被突如其来的龙变吞没了十年。

人生也是湍流，每个人都被随意裹挟，但人类在治水平澜之外，同样也与人生的湍流做着斗争。我也是斗争的一分子，我不允许他就这样沉睡下去。

治疗非常成功，两个月的恢复之后，阿汶终于睁开了眼睛。

阿汶用了十年时间醒来，只用了不到十秒便认出了我。我和他的泪水同时溢出眼眶，他激动地问我：

"放水节，成功了吗？"

作者简介：白贲，1996年生，科幻作家，江苏科普作家协会科幻专委会委员，四川省作家协会会员，曾获晨星奖、华语科幻星云奖、银河奖，作品散见于《科幻世界》《银河边缘》《今古传奇·武侠版》《青年作家》等杂志，于2021年出版个人中短篇作品集《和光同尘》。

消失的旅客

⊙ 刘洋

首发于"不存在"公众号（2018年2月10日）

今夜有龙飞过

一

经过漫长的旅途，"蒲牢号"已经从时空裂缝中脱离出来，进入了北京西站。它抖动着赤红色的肉翼，双爪牢牢抓紧了18号站台的锚杆。在其褶皱遍布的腹部之下，慢慢滑出了一个椭圆形的半透明舱体，浓稠而黏滞的黄色缓冲液还残留在舱壳上，发出宛如消毒水般的刺鼻气味。涂抹着荧光材料的舱体内壁时而收缩着，伴随着几句乘客的抱怨之声。

这只刚从一百八十二年后跃迁回来的兀龙一动不动地站立在锚杆上，静静地等待着什么。人类驯服兀龙这种可以天然地进行时空穿梭的生物已经有近千年了，它们对于人类的各种指令和进站的流程都已经非常熟悉。密封的站台里，有低沉的嗡嗡声一直在回响。声音来自老旧的引力波补偿调节系统。显然，里面的超导线圈需要更换一个更安静的制冷机了。

引力波释放的时候，易鸣没有任何感觉。因为宇宙膨胀的关系，进行时间旅行时，必须释放或吸收某些特定频率的引力波，来让自己适应目的地的时空环境。据说某些人对这个过程会产生不适感，但易鸣从来没有这样的困扰。几分钟后，舱门打开，易鸣立刻从里面钻了出来，长长地吸了一口这一百八十二年前的空气。

这是与他的祖母同时代的空气。每隔几年的春节，他都会回到这个时代来看望她。祖母是三年后去世的，在这个时间段，她还可以稍微动一动，说几句话。

他一出站台就看到了自己的父母，他们正在一个红彤彤的中国结下面等他。父母看上去很年轻，肯定不是从他所在的时区回来的。他上去打了声招呼，父母用略微有些讶异的神色看了看他，没有多问什么。车站里人很多，熙熙攘攘的，有一些人聚拢成一团，手里拿着笨重的摄影机和长长的收音器，看上去是哪个电视台的记者。几个人简单寒暄了几句，便向着外面走去，径直进了车站门口的一间茶馆。在二楼的雅间，一推开门，他就听见里面传来儿童嬉闹的声音。几个穿得花花绿绿的小孩在桌子旁闹腾着，旁边一对中年夫妇正在竭力约束他们。主位上是一位慈祥的老人，坐在一辆轮椅里面。

"祖母，我们来看你了！"他把嘴巴凑到祖母的耳旁，大声说道。

"好……好……"祖母颤颤巍巍地回应道，脸上露出笑意，拉着易鸣坐在自己身边。易鸣认识那俩小孩，他们每年春节都过来。和自己不同，俩小孩是从过去跃迁而来的。他们是祖母的两个哥哥，在八岁的时候因为一场车祸死了，祖母对他们一直念念不忘，每次都特意交代要带他们过来。易鸣和父母对这俩小孩都没什么感情，此刻都用略显无奈的表情看着他们在房间内外窜来窜去。固然，在某些时间线上，那场车祸并未发生，但长大后的两兄弟对于祖母来说，反而不如这两个小孩子更为亲切。所以，每次都是接这两个小孩过来团聚。那对中年夫妇他不认识，这并不奇怪，每次都有自己不认识的人来到这场春节聚会。在漫长的时空长河中，这些或亲近或疏远的亲戚们，实在是太多了。

倒是那对中年夫妇主动过来和易鸣打起了招呼。"爷爷，"那男的叫道，"我是易宏啊，你认识我吗？"

易鸣有些尴尬地摇了摇头，仔细地看了看那中年男子。从样貌上看，确实有自己的影子。

"这是我媳妇。"男人介绍道，随后那中年妇女也上来向他问了声好。

"我现在还没结婚呢。"易鸣说道。他看到了易宏头上的几根白发，心里大致估计了一下自己这个孙子的年龄。

这时候，房间的门再次打开了，进来了五六个人。这是易鸣的大姑妈一家。这家人的气氛略微有些古怪，彼此的神色都有些难看。大姑妈向祖母问候了一声，然后便在易鸣的爸爸旁边坐了下来，一脸不高兴的样子。

"怎么回事，这是？"易鸣拉着一个染着紫色头发的小青年，轻声问道。这人叫罗林，是他的表哥，也就是大姑妈的儿子。

"还不是因为她！"罗林冲着大姑妈的方向努了努嘴。

"你妈怎么了？"

"她不是我妈。"

"她怎么不是你妈？"

"她要嫁给高远了。"

"什么？"易鸣讶然道，"那你爸罗强呢？"

"我爸和高远都向她求婚了，结果她答应高远了。"说到这里，罗林又激动了起来，"真是搞不懂这个疯女人的眼光，那高远有哪点儿比得上我爸！你说，你说说看，她还是不是我妈？"

"算了算了。"易鸣劝道，"随她去吧，反正也不影响你那条时间线嘛！"

"反正我就是看不惯她这个样子。该死！有时候我真是讨厌在不同时间线上跳来跳去，平白惹人生气。"

安静了片刻之后，房间里又陆陆续续来了十来个人。除了少数几个易鸣叫不出名字，大部分都是熟悉的面孔。他心里稍感欣慰，至少到目前为止时间线还算稳定。人基本来齐了，除了那俩小孩，都是祖母的后辈。略显拥挤的房间里坐了满满的两大桌人。

"老爷子什么时候来？"有人问道。

"应该快了，老爷子六点钟的车。这次终于可以让一家人真正地团聚了。"

老爷子，指的是易鸣的祖父。祖父和祖母俩人都属于保守派，从来不进行时间旅行，就像很多人从来不坐飞机一样，不管在哪个时代，都有一小部分这样的人存在。他们固执地在单一的时间线上坚守着，从不离开。

祖父十年前就已经去世了。这十年，每年都有人想把祖父从过去带来，和祖母一起过春节，但是因为祖父不肯进行跃迁，一直没有成行。没想到今年祖父竟然出乎意料地答应了，所有人都很高兴。祖母虽然在嘴上责怪了几句，但看得出来其实心里还是很高兴的，脸上一直带着笑意。

二

"对了爷爷，之前你让我问的东西，我已经问过了。"易宏突然又钻到了易鸣身边，一脸认真地说道。

"我让你问什么了？"易鸣有些疑惑。

"哦，对了，你现在还不知道这事！"易宏一拍脑门，"瞧我这记性,弄混了。我想想……应该是一年后的事。"

"一年后?我找你问啥了?"

"也是在春节聚会上,你问我,到我的那个时代,阿尔兹海默病能不能治愈。我说我也不太清楚,等我回去问问。"

易鸣一下子就明白了,祖母得的就是这个病,自己大概是想找个时间段带她去把病治好。虽然祖母坚持不进行跃迁,但能不能瞒着她,偷偷地带出去呢?一年后的他大概考虑着这种可能性。

"那问的结果呢?"

易宏摇了摇头:"不行。不仅在我那个时代,就算是再过几百年,仍然是不治之症。"

"怎么会这样呢?"易鸣很是不解,"这病有那么难治?"

"倒是和病本身没什么关系。"易宏斟酌了一番,"根本原因其实是时代的扁平化。"

易鸣一愣:"什么扁平化?"

后者早已料到他的反应,不紧不慢地解释道:"时代的扁平化,通俗来说,就是哪个时代看起来都差不多。随着跃迁的流行,不同时代的科技和文化开始彼此交融,同质化也越来越严重。如果你现在去几百年前或者几百年后看看,你会发现那些人玩的游戏、看的电影,几乎和我们一模一样。因为跃迁的存在,所有的时代——未来或过去,其实都变成了同一个时代。在时间的坐标上,我们实际上已经失去了箭头和方向。你知道这意味着什么吗?"

易鸣摇了摇头。

"这意味着时间停滞了。同时,人类的科技和文化也停止了演化。未来所能拥有的技术,由于逆时间的技术转移,现在自然也便轻易地拥有了。而若是现在没有的,未来也就不会再有了。"

易鸣低着头想了想，反驳道："可是依我的经验，我小时候的手机可没有现在这么先进，这难道不是科技进步的体现吗？"

"当然不是，那只是科技在不同时代间传播的弛豫过程。随着时间的推移，来自不同时空的交融越发密切，不同时代的异质特征会不断被抹平。就像那连通器的两端，在水流涌动的过程中当然会出现波涛和暗流，但终究是会变成等高而平静的水面。"

沉默了片刻之后，易鸣叹了口气。

"麻烦你了。"他看着眼前的"孙子"，突然问道，"你是做什么工作的？"

"我？"易宏苦笑了一声，"小时候，我一直想做科学家，可惜，最后只做了一个电工。"

三

"老爷子怎么还没到？"有人突然想起来似的，大声喊道。易鸣低头看了看时间，已经六点半了，按理说早该到了。

"不会出什么事吧……谁负责在车站接人来着？"

"是小宇。"罗林回答道，"她争着说要去接姥爷，我就让她在那边守着了。啊……等一下，她来电话了！"说着，他接起了电话，听了几句，脸色大变。

"出事了！"一挂断电话，他就着急地说道，"车子不见了！"

一大家子人都开始慌张地往车站里面赶，易鸣跟在祖母的电动轮椅旁边，偶尔帮着按几个控制按钮。人们一边赶路，一边向罗林打听具体的情况。

事情很奇怪，本来应该六点抵达72号站台的兀龙，却迟迟没有出现。站台的引力波补偿系统倒是按时启动了，但是等站台的大门打开，工作人员却发现里面空无一人。

当易鸣等人赶到事发站台的时候，这里已经拉上了警戒线。十几个警察守在外围，一些技术人员正在紧张地忙碌着，似乎是在检查和记录着某些数据。数量众多的媒体人士已经聚集在现场，正在找合适的位置拍照。易鸣看到了几个熟悉的身影，突然想起来他们是自己刚出站时就看到的那几个电视台记者。那时候事故还没有发生，他们就已经赶到了现场。易鸣突然醒悟过来：他们早就知道会发生这件事！

看到易鸣等人的到来，立刻有人来询问他们的身份。随后，一位自称副站长的男子过来安慰了众人几句，说了些要尽力查清事情原委的套话，然后让大家去安排好的酒店休息。没人肯走，大家僵持了一阵，有人对着副站长耳语了几句，他也就不再坚持，允许大家留在这里，但是不准干扰正在进行调查的技术人员。

易鸣也跟众人一起陪在祖母身边，焦急地望向站台里面。祖父所在的兀龙到底出了什么问题呢？据工作人员介绍，兀龙在之前时间段的站台正常启动，已经从那个时间线中消失，可是却并未出现在此地。难道是兀龙出了故障，去到别的时间线了吗？政府部门和交管局一再强调，跃迁是绝对安全的，可是现在这种不明不白的情况又算什么？

"爷爷，我想起来了！"易宏突然挤到了易鸣身边，"我们的历史课本上写过这个事故。出于隐私保护的原因，课本上并没有写事故涉及的具体人物。但是从目前的情况来看，那毫无疑问就是这件事。"

易鸣有些不敢相信地看着对方："那书上有没有写事故的原因和最后的结果？"

"都没有。事实上对于这起事故，课本上只是简单地写了几句，重点是它的后续发展和因此而带来的社会影响。不知道你注意到没有，在社会上，很多人都对时间旅行颇有微词：说它扰乱了单一的时间线，让亲人反目，甚至造成孙子杀害祖父之类的伦常惨剧啦；也有说它阻碍了科技的发展，杀死了人类的希望和未来之类的。在这次事故发生后，更是有数量众多的人开始质疑起它的安全性来。以此为契机，反对时间旅行的运动开始蓬勃发展起来，到后期逐渐演化为反对一切现代科技，主张回归自然。这是一场蔓延了几个世纪的社会浪潮，今天的事故，可以看作它的导火索。"

易鸣静静地听着，不知该说些什么。对于社会运动什么的，他并不感兴趣，目前他更关心的是这次事故的原因和结果。他注意到有几个工作人员围在一起正讨论着什么，便不动声色地靠了过去。

"检测到了残留的引力波辐射，证明兀龙确实到达了站台。"

"引力波补偿系统也启动了。"

"补偿频率是多少？"

"我看看。"一个工作人员拿起手中的平板，触碰了几下，调出了具体的数据。

"这频率也没问题啊……嗯？等等，这个峰是什么？"其中一个人点开了时域图上的一个尖峰，诧异地问道。其他人也纷纷围拢过去，盯着这个可疑的峰值，皱着眉头。

这时候罗林也来到了这边。他碰了碰易鸣的手，沉声道："刚才姥姥说了句奇怪的话。"

"说什么？"

"她说，阿庞在灯里。"

"阿庞在灯里？"

"嗯，她就是这么说的，说了好几遍，不知道是什么意思。"

阿庞自然是指祖父，可是他怎么会在灯里呢？易鸣不解地重复了一遍这句话，慢慢走回到祖母身边。祖母正仰起头，一动不动地看着站台上方的顶灯。他也顺着祖母的视线，抬头望去。灯光灼亮，有些晃眼。

"快看哪，小鸣，"祖母突然拉着易鸣说道，"你爷爷在给我们发信号呢！刚才是两长一短，对不对？"

这时候，易鸣也发现灯光的问题了，虽然不是很明显，但只要一直盯着光管，仔细看，就会发现光的亮度确实偶尔会变暗一段时间。变化的模式很有规律，确实像有人在发信号。

"是莫尔斯电码，"易宏突然说道。他不知何时也抬头看起了灯光，嘴里还喃喃念叨着："P-A-N-G，连起来正好是个'庞'字！"

四

"原因弄清楚了。"在技术小组讨论结束以后，一位代表出来开始向家属解释事情的原委。

"整个事故是一个巧合，或者说，是一次天灾。根据仪器记录的数据，在今晚六点整，兀龙准时进入了这个站台，接着，引力波补偿系统启动，准备对其发射一束引力波激子。但是与此同时，来自仙女座方向的一段高频引力波刚好扫过地球，并且对我们的激子产生了干扰。两者共同作用，形成了一个引力波的孤子，并且刚好被兀龙所吸收。你们看，就是这个！"

他用手指着图板上的一个尖峰，停顿了片刻。

"那会怎样，人没事吧？"

"放心，兀龙带着所有的乘客，现在仍然停留在我们这个时区，很可能就在我们这个站台里的某个位置。"

人群一阵哗然。

"在哪啊？"

解说人有些尴尬："我们暂时看不见他们，因为……他们变小了。"

"变小了？"

"是的。根据对孤子数据的计算，我们估计乘客们现在的空间尺寸应该在几个纳米左右——和原子的尺寸相当。他们现在有可能就飘浮在我们眼前的空气里，或者在地上的泥土和尘埃里。"

所有人都下意识地缩了缩脚，看了下地面。

"放心，具体的位置我们会找出来的，只是需要花费一些时间。各位现在可以先回酒店……"

"我知道他们在哪？"易宏突然插嘴说道。

现场的目光顿时转向了他。

"给我一个多用电表。"他向技术组要到了仪器，然后找到了站台的控制台，关闭了电闸。接着，他拆开了电路保护盖板，沿着布线的方向，开始逐一用电表测量了起来。过了几分钟，他突然指着地上的一段电线道："就在这里！"用笔在电线上画了一个圈，补充道，"在电线里面。"

人们面面相觑，但很快技术队就动了起来。他们小心地截下了这段导线，准备送往实验室，用扫描隧道显微镜进行扫描。

"你怎么知道的？"易鸣看着自己的"孙子"问道。

"闪烁的灯光告诉我的。"他用手指着地上的电线，说道，"这里用的都是超导线路，理论上是没有电阻的。但是灯光的变化让我想到，会不会是某个地方出现了一些退超导的噪点呢？所以，我就用测量电阻的方法，找到了这个噪点的位置。"

"你是说，老爷子他们的进入，让这个地方的电阻发生了变化？"

"是的。超导是一种宏观的量子态，其存在依赖于相互配对的电子波函数。处于原子尺寸的人类进入后，其对周围电子状态的观察会破坏这种波函数，从而让局部出现退超导的噪点。"

"那是不是只要乘客们都闭上眼睛，超导态又会重新恢复呢？"

"对，这就是灯光闪动的原因啊！"

原来如此。易鸣点了点头，脑子里突然产生了一副有趣的画面：在无边无际的超导晶格中，人们听着祖父的指挥，有秩序地闭合着自己的眼睛。附近的电子云时而纠缠在一起，时而断然分开，变为一个个孤岛。在眼神的明灭间，周围的世界已然风云变色。

他竟突然期待起这样的一趟旅程来了。

"那该怎么解救这些乘客呢？"有人问道。

"这个不难，"先前的官方发言人从容地答道，"孤子并不能永远存在，在外界环境的影响下，它们会因为自发的辐射而衰减。如果我们再施加一些主动的调控，他们应该很快就能恢复正常了。"

这时候，他耳郭中的通话器亮了一下。他用手扶着耳郭，仔细地听着什么。过了片刻，他笑着抬起头来，大声地宣布道：

"找到他们了！"

五

发布会召开的时候,现场被几百家媒体的记者挤得水泄不通,他们来自不同的时间线。在大部分时区里,这次事故都花费了很长的时间才得到解决,他们对当前时间线上如此迅速地解救了乘客而感到吃惊。当然,他们关心的还有些别的东西。

"我想请问这位老先生,"一位年轻的记者首先提问道,"我们知道你一直对时间旅行持保守的态度,这次事故发生之后,你是否会更加坚决地反对这项技术的应用呢?"

易鸣抬起头来,看着坐在讲台正中央的祖父。祖母也同在台上,就坐在祖父的身边,右手紧握着他的左手,似乎对这次事故还心存余悸。他大概知道这位记者想要听到什么样的回答,也知道他想要制造出什么样的舆论氛围。

"是啊,很长时间以来,我从不离开自己的时区,那里有我的一切。"祖父的语气缓慢而平和,丝毫也不显得消沉,"我也一度因为时间旅行带来的种种负面效应而忧心忡忡,甚至还参与过一些联署的活动。但是,因为这次事故,我反而想通了。"他停顿了片刻,似乎在认真地组织着语言:"任何新科技的应用都会带来负面的影响,从蒸汽机到互联网,莫不如此。如果我们因此就禁止它们的应用,那今天的社会将是个什么样子呢?科技带来的危机,终归还是要以科技的手段来解决,今天不就是一个最好的例子吗？"

台下出现了一些细碎的杂音，似乎这番发言出乎了大家的预料，让众多记者们有些猝不及防。

"更何况，为了心中最美好的东西，冒一些险又有何妨呢？"

祖父转过头来看着祖母，突然像个孩子般地笑了起来。

作者简介：刘洋，知名科幻作家，物理学博士，重庆大学中文系副教授，中国作家协会会员。在《科幻世界》《文艺风赏》等期刊发表科幻作品百万余字，部分作品被翻译为英语、德语在国外出版。曾获得华语科幻星云奖、引力奖、光年奖、深圳青年文学奖等奖项。出版有短篇小说集《完美末日》《蜂巢》《流光之翼》，长篇小说《火星孤儿》《井中之城》，创意写作教材《科幻创作》等，多部作品正改编为电影或电视剧。创作之余，主要从事数字人文、创意写作等方面的研究工作。

四勿动物：龙诞

⊙ 双翅目

本文为《今夜有龙飞过》首发篇目

今夜有龙飞过

一

"娄珪的设计又被否了。"旁人说,"两年没方案通过,会留她吗?"

娄珪停下脚步,仰头,听人议论自己。

"吴总想留,常主任不愿意。他们一直拉扯,娄珪的试用期可能延到无限。"

"她搞砸了四勿龙竞标,留不下。"

"结果没出,这事儿还不一定。我听说,其他设计也一般,都是花哨东西。龙嘛,中国的图腾。这回不收虚拟的想象的互动界面,要实实在在的人工智能龙,至少对标西方龙。"

"鲁尔公司的龙融合蝙蝠、恐龙,用轻质材料,做中空,二代准备搞龙家族系列,五花八门的,目前没有实用价值,可飞起来真像。"

"投放主题乐园也是应用。"

"中国龙怎么飞呢,故事讲得漂亮,可我没法想象一条蛇形动物在天上扭。"

"空间站龙或深海龙可行,符合勿用的应用导向,可娄珪不愿意。知道她的竞标台本吗?她说龙是装饰,是文化和信仰的修饰,是瓷盘边缘和柱头的形象,她不认可龙做主角。"

有人点头:"她说的不算错,装饰品也是应用,做成小玩意儿,民用价值更大。"

"龙竞标不仅是民用形象。"另一人提点,"我们勿用公司需要一些精神层面的主题,那种纪念碑式的建筑或雕塑或任何适用于公共集会的仪式性东西。在一个就虚的时代,只做实的会吃亏,或者卖力而少功。四勿龙项目就是一个就虚的大工程,也不能太虚,搞成劳民伤财的空洞泡泡。这儿存在一条微妙的分寸线。需要产品,却不一定量产,需要品牌,却要超越公司局限,达到中国龙的民族高度。所谓虚做实时实亦虚。吴总认为,只有娄珪能做成四勿龙。"

"你觉得吴总这是肯定小娄还是否定小娄?四勿龙项目横竖看都像个反讽主题,有钱有名,可没弄好,是两头空。想象的动物很难做底层感知设计。我以为我司默认四勿生肖不做龙。"

"我认为,我司至少要做出尝试的姿态。"

"所以指派娄珪?"

"你得承认,她那样子,做成做不成对谁都无伤大雅,对她自己也一样。"

娄珪决定听到此为止。她清清嗓子,走出拐角,勿用公司总部休息区变得安静。她环顾四周,同事纷纷躲开她眼神,目光乱飘。她发现好友傅荟在角落就餐,此刻正捂着嘴吃吃地笑。她大大咧咧坐到傅荟旁边。傅荟问:"什么时候能让我安安静静做个边缘人?"

娄珪大声回答:"对不起,我虽然也是边缘人,但我扎眼。"

傅荟将多备的一份饭推向娄珪,一切恢复正常。娄珪想,如果没有傅荟帮助缓冲人际关系,不用勿用公司辞退,一个月内,她就会自己原地离职。这倒不怨勿用,她认可勿用。自陈陌建立勿用公司,"非礼勿视、非礼勿听、非礼勿言、非礼勿动"的人工智能四勿动物一直抵御流量化的资本冲击。勿用深耕智能科研,做坚实产品。创造不等于标签,不是画饼。娄珪梦想创造实打实的艺术。她毕业自艺术院校,她设计的智能装置作品接连获评三届青年组首奖。她很快厌倦了封闭于博物馆与画廊的展品,开始质疑画地为牢而成价值的作品,于是转向偏应用的智能设计,应聘进入勿用公司。

十五年后,当勿用公司正式成为国际人工智能行业的龙头,勿用设计部的箴言将是"科学即想象"。

娄珪面试时,勿用公司尚未分裂为进化派与想象派两个支系。正处壮年的常远主任负责勿用科研部,以动物的智能进化为主导,人工智能基础研究为底层构建。常远认为,地球经历亿年,孕育生命,其间沉淀的智能模式优于人类的创造。产品部负责人吴处相信创造本身。面试中,两人的分歧初现端倪。娄珪作品集的主题为青铜纹样的新颅相学。她以饕餮的互动面具为智能界面,先做表情和功能设计,再做所需的情绪与智能架构。常远判定有创意但不切实际。吴处觉得值得拓展。陈陌参与最后一轮面试。陈陌问得不多,让娄珪讲"非礼勿视、非礼勿听、非礼勿言、非礼勿动"的意思。一向自信且颇有主意的娄珪突然挠头,表示同期面试的伙伴傅荟给她讲了自己的理解,她非常认同,以致想不出更好的答案:"四勿不给标准,只为寻求方向。科研也是规划方向,以试错寻求真理。勿视是求明视,勿听是求兼听,勿言是求立言,勿动是求笃行。'四勿'本身意味着真诚地求索。人工智能动物如果能做到这四点,就是比人类更加文明的生命。"

陈陌点头,对常远和吴处说:"她能接受别人的意见。"

娄珪与傅荟同时入职,傅荟在产品部,娄珪在科研部。两年过去,娄珪认定,她同常远不对付。如何是好?她需要求助傅荟,可她仍不习惯求助于人,便憋着不说话。傅荟感受到她的情绪,摇头:"我能力有限。你得提高社交能力。"

"我如果离开勿用,去象山搞一个工作室,青年退休,过闲云野鹤、采菊东篱的日子，就永远不用为社交发愁了。没准儿，我的内心期待离开勿用，才搞砸了竞标。"

"不要乱说。第一，面对现实吧，人没法离开社交，没有互动将无限自指，你的脑子要死机。第二，你喜欢四勿动物的设计，你喜欢共生的智能体，你只是没法把自己喜欢的东西对接到公众世俗层面，你又没有自己想得那么清高。这让你不能真正投入喜欢做的事儿里面，然后，你将一切归结于勿用公司的社交困境。"

"我以为你会安慰我。"

"你是个遇事需要哄的人吗？"

"你怎么这么懂我？"

"你之前收集材料，给我推过陆龟蒙的《招野龙对》。你很认同野龙，抱怨在勿用做不成野龙。我只应了一下，没正经回你。因为我想，我们真的做得了野龙吗？我也向往野龙。'观乎无极之外，息乎大荒之墟，穷端倪而尽变化，其乐不至耶？'我居然背熟了。可我做不到。不是我吃不了寒而蛰，旸而升，风餐野外的苦。野龙以劳为乐，家龙以逸为乐，可我们的选择没有野龙、家龙二者取其一那么简单。你选择入职勿用，没直接做工作室，你已经靠本能得出答案，你只是还没面对你自己的选择。"

傅荟的语气平稳友善。傅荟话不多，除却工作交流，她平时聆听为主，偶尔进行一些判断。大部分时候，娄珪讲，傅荟听，关键时刻，傅荟说得才比娄珪多。

傅荟劝："我没你的才能，所以希望你不要糊里糊涂使用自己的才能。"

"不，你有才能，你能管理我，我要祈求龙王爷，让你赶紧升成部门领导，我做你手下，就自由了。"

"你怎么还没弄明白。"傅荟第一次显得有些生气,"我们得各自走出两条路,才能算交集。"

这回,娄珪真的有点糊涂。

傅荟收到信息,来自科研部外派人员,是傅荟去地方合作单位做产品把关认识的。傅荟表情由愠转喜:"庚生传来内部消息,智能龙项目流标,一年后重来,勿用大概率派你继续申。"

"他人不在总部,怎么知道得如此清楚?"

"他马上调回总部做副手,本来公司让他接手竞标,他让给了你。他可能是你上级。"

"我拒绝,一个常远就够了。"

"他们做你上级,天降大任于你,也挺好。"

二

古老的故事讲人能养龙。豢龙氏拿捏龙的嗜欲,顺着龙的喜好,圈养二龙。两条龙不再游百川、食巨鲸,悠然做了宫内的龙,还招呼野龙与它们同乐。野龙冠角被鳞,泉潜天飞,嘘云乘风,抑骄泽枯。它拥有广阔视域,懂人的沧桑,自然不屑与家龙共同陷于牢笼。家龙也的确被人类剁成肉酱而食尽。

娄珪重修竞标材料。她仍琢磨家龙与野龙的分别。她忍不住同团队副手聊《招野龙对》。权赋耸肩:"我们不是龙,我们是养龙的人。头儿啊,机会不易,不要弄错方向。"

四勿动物：龙诞

权赋是一位几乎没有想象力和浪漫情怀的实干家。一开始，常远安排他协助娄珪，娄珪心有忐忑，担心他们相处同她和常远一样，争执不断。所幸，权赋属于不说二话的执行者，日常工作能立即砍去不必要的枝枝节节。娄珪的四勿龙设计烦琐庞杂，没有权赋，难以按时落地。工作两年，娄珪感谢科研部端正了她的执行力。或许正如傅荟所言，她非常适合同权赋乃至常远合作。

我是养龙，不，我是造龙的人。

娄珪平静心绪，让一切回到原点。

智能龙概念提出前，她已设计了龙。

彼时，她是生涩也生猛的在读生，新颅相学刚刚提出。此前，旧颅相学盛行于18、19世纪，该学说认为头骨与面骨的结构反映了颅内大脑的思维结构，人们依据面相可以判断智商。很快，旧颅相学沦为伪科学。人虽不符合旧颅相的假说，颅相仍是一种思路。新颅相学初用于人工智能的交互设计。仿生面庞的恐怖谷效应困扰着科学家与工程师。五官一致、表情僵硬的人脸耗费财力，效果堪忧。新颅相学不追求直接复制人的面庞，转而研究人脸表情达意的功能性。讽刺漫画寥寥几笔，便能勾勒一副惹人发笑、让人深思的嘴脸。为何简单的线条能突破恐怖谷效应，传情表意，甚至显得非常深刻？新颅相学以此为出发点。新颅相设计根植于功能，而非相似，功能对齐即可，样貌无须相同。人是此理，动物亦然。常远的人工智能进化理论相信动物与人的交流自面部表情始。人工智能的沟通性可以由外及里，先做微表情与肢体动态建模，再推演至内部神经网络与机械结构搭建。常远由此推进了四勿动物惟妙惟肖的表达能力。陈陌创立四勿动物的共生智能网络。新颅相设计则发掘四勿动物的表达力。人工智能动物迅速占据仿生人与机械人未曾触及的生态位。勿用公司稳定了兼备服务型与宠物型的人工智能动物市场。想象的生命被定标为下一片蓝海。

娄珪毕业设计做了龙九子的椒图与贔屃。校图书馆引进全智能系统，通宵开放借阅与自习功能。椒图口衔门环，管理门禁，遇危狰狞，平日和善。椒图五官活灵活现。娄珪以狮面为底，重新按新颅相原则，对照人类神态，让椒图表情与人面对齐。安装后，师生颇喜欢椒图。它没有恐怖谷问题，并且似乎能表征另一种生命。椒图借鉴猫科动物，贔屃更接近原创。贔屃的行为模式直接挪用自然巨龟，龟形人工智能背驮借阅界面，缓慢移动于图书馆走廊，移动于不同借阅室之间。它的表情则更接近真正的龙，缺乏自然参考。娄珪将其处理得惟妙惟肖。有人说她使用鳄鱼五官，有人说她使用蛇的面颊。审核专家认为，贔屃的神形超越了动物颅相的有限表达，又与人类不同，契合于对想象生命的人工智能再造。她没公开全部技术。勿用产品部直接联系她，要帮她申请专利。她到勿用实习了三个月，几乎毫不犹豫地同勿用合作。产品部总监吴处同她说："想象生命的智能设计不能仅来自有机生物。无机物，整个地球生态圈，乃至宇宙，全部是构成新颅相的元素。"

娄珪非常认同，心生向往，想加入勿用，成为吴处的学生。随后的事情向另一条路径发展。她进了科研部，从事闭门造车的工作，几乎见不到处于应用前沿的吴总。傅荟日常出差，多视频通话。四勿龙设计卡壳的时候，她就深夜到公司跑步机上猛冲一小时。龙看着花哨，却烫手，勿用没人愿意出头。她刚入职便将路走成独木桥。她想，一口气走了这么远，已经没法后退了。

龙比龙九子复杂。龙九子攀岩附壁，有立琴头、有守洪钟、有剑柄吞口、有盘踞殿脊，功能性强，可以针对特定器物进行设计。它们

四勿动物：龙诞

的形态大多属爬行动物，并不需要重新从底层建模。娄珪自知她的创意在赑屃颅相。她几乎没参考动物颅相，直接使用人面的定位与草绘。图书馆互动界面所需的智能系统知识性强，情绪复杂度不高，属求稳沟通。赑屃的新颅相设计是求之于外的结果，简单说，借到所需的书或推荐其他路径，即完成沟通。龙项目招标，意在通过人工智能现实化中国龙的图腾文化与精神版图。娄珪自告奋勇，接下任务，带着团队调研两个月，才发现项目本身就虚于意识形态，没指明求之于外的功能导向。作为半个新手，她到不同部门取经，初拟的计划看似宏大，可横竖看来不像落地性强、目标集中的产品，是一条条互不相干的产品链。

把玩于手的小龙类似宠物，形似蛇，主要是家用。中大型体积的龙九子适于不同公共场合，主要参与构造商用和政府的对外设施。让人内心澎湃的巨型龙上可入天、飘浮深空，下可入海、深潜海沟，是大工程，也是地标类展示性的象征物。

娄珪花了一段时间恢复冷静，开始质疑项目的合理性。她的四勿龙团队中三分之二的人员年纪比她大，余下三分之一几乎与她同龄。她毕业后留了一年空档，做实地调研和产品实习，又参与为期两年的游学项目，设计经验多，但没正经工作经验。她从小祖辈父母宠着长大，遇事不让人，属于愿出头不吃亏的性格。四勿龙项目建立，她年纪轻轻欣然接受主导职位，甚至没觉得不妥。傅荟评价："心大也不是坏事。"

她回过味儿来，自忖：我自我感觉良好，别人莫不拿我当傻子，龙项目难道是对外张扬、对内糊弄的定位？她找到权赋，直接说出困惑："小龙是四勿动物的主打市场，你擅长。龙九子，我擅长。可这已是两套逻辑，需要两个大团队。巨型龙的计划书可以写一写，但绝不是我们能做的。我想问，我们的竞标，是不是画一张大而泛之的空饼？这活儿名头挺好，实际虚头巴脑，适合给没有前途或者没真实力的新人，所以他们选了我？好吧，就算我接受，你怎么想的？"

权赋比她大十岁，有经验，平日喜怒不形于色，今日他似乎要发笑，语气难得抱有一丝同情："你居然今天才思考这个问题。"

"你的意思是，你已经想通了，而我才开始思考？"

"按我的性格和经验，钻研作品和产品即可，不要被其他思虑干扰。四勿龙是一个模棱两可的项目，勿用是一个务实的公司。勿用参与龙竞标，不是为了画饼融资。确实，勿用需要一种在精神层面能抵达审美高度的产品。'四勿'非常中式，对内符合回归传统文化的诉求，对外符合反思西方主导的色彩。这些宣传的事情让公关部操作，是一层皮。而你我都明白，四勿动物的底层设计与'视、听、言、行'的逻辑不同。但'四勿'作为表，非常实用。四勿智能的表里关系就是这么复杂。我一开始也觉得，四勿动物能落地，四勿龙则像空中楼阁。可我不能说它没法实现。你的信念应该比我更坚定。你毕业论文做的新颅相，颅相和智能构成互相映射的表里关系。龙看着虚，是我们还没找到由表及里的深层路径。"

权赋的资历能当娄珪导师，可他没有。娄珪对此很感谢，她也没明说。她觉得，项目做成才是最大的谢礼。她同样不擅长就虚，干脆将四勿龙按"小、中、大"三类生产线设计。四勿龙团队的竞标书非常翔实，厚得可以做龙门的垫脚石。可竞标仍失败了，其他团队也没成功。

娄珪过了三遍竞标评价，专家不否认四勿龙的可行性，不过，超过半数审核者认为，大家的设计或空洞，或不像龙。

末了，娄珪回到原点：如何做四条形神兼备、知行合一的智能龙？

四勿动物：龙诞

三

娄珪尝试咨询吴处。吴处近三年一直在推广智能与生态的融合。或准确地说，产品部尝试将四勿动物接入植物智能。植物是否有智能？一棵树不一定，一片亚马孙丛林是地球起伏的肺叶，是跳动的神经，是热带生命的母体。四勿动物的底层设计是寻求群体智能，植物天然形成多样性与群体性。吴处回复娄珪："龙终究属于人类的精神产物，它同植物乃至四勿动物不一样，是另外一种群落。我读了标书，包括你的和其他一些机构的。我仍然不认同将龙做成单一精神体。我支持四勿动物的群体智能。四勿龙的大方向没错。只是，我相信你也发现了，群体不等于松散。乌合之众的智能既不精微，也没有深度。四勿龙的竞标主旨目前正给我这样的感觉。你需要有更清晰的、属于自己的想法，建立另外一种收束模式，让四勿龙的智能形成一种新的顶层架构。"

吴总总是这样，娄珪想，她肯定我的大方向，给了关键提点，又好像什么都没说，有时还不如常远，他和我吵一轮，我反其道而行之，反而有突破。

她想到常远，脑仁疼。常远同样做智能生态融合，但完全是另一种思路。他改造养殖与畜牧，认为四勿动物设计能重构农业，进而调整自然进化形成的生态链。她承认，从公众或专家角度，人们都难以评估常远或吴处谁更激进。她夹在二者之间，本以为有能力设计出兼而有之的东西。可她失败了。其实她喜欢依照常远思路造的农耕蛟龙,体积如小蛇,不停地盘曲于田间,进行精细化浇灌。地方对行雨龙的理解随农耕蛟龙改变。正月舞龙、节庆祭祀,巨龙体积变小,小龙成为农户的守护神。

落地项目有了几个,龙竞标却不成功,常远很生气,娄珪也不开心。娄珪不准备见他。所幸庚生出现了。庚生将代替常远直接对接四勿龙项目。庚生留言:"我们需要重新处理底层设计。我与你方向不同,不过,来看看我的实验室,没准儿对你有启发。"

娄珪读过庚生的书——《编撰学:无意识与本能》。人工智能编撰学向来是不成体系的东西,原宗旨意在描绘如何将不同的人工智能方法论整合入不同的智能体。随着智能升级,编撰学领域迅速拓宽,变得空泛,就像龙。真正做编撰学研究的人转向更具体的领域,比如新颅相学。但庚生坚持至今。他视编撰学为基础研究,几乎在每个分部都设有自己的实验室。

"总部地下三区去年就批给庚生了,他在那养了斑马鱼和秀丽隐杆线虫,斑马鱼水缸大过水世界。他像个搞生命景观项目的规划师。"权赋评价。

娄珪闷头设计龙,没注意地下改造。她来到总部地下三层,明亮的水体填满视野,自然光混合人工光,顺着鱼群侧线的银色条纹成片摇摆。她凑近仔细观察,条纹并非斑马鱼本身的色泽,而是由细细的集成电路构成。她寻到实验室高精度视镜,让它自动捕捉动态鱼群。碳硅基融合培养的智能斑马鱼通体比自然鱼更加透明。芯片嵌入其神经与循环系统。它们发现了娄珪,以集群方式靠近她,识别她为新人,开始贴着她模仿她的动作。

"它们不怕你。"庚生说,"它们怕抓走同类的实验人员。我是罪魁祸首。"鱼群见到他果然闪避到角落。"所以他们不建议我逗留实验室,尤其不要长时间逗留,会触发鱼群的群体焦虑。"

"它们不会总认得你。斑马鱼繁殖快、发育快,亲代害怕你,隔上几代,子辈就不认得你了。"

"我们的芯片不随它们的死亡淘汰,我们做智能的循环利用和迭代设计。亲代死亡,子辈继承亲代的芯片,十几代斑马鱼共享同型芯片。事实证明,积累效果可以巩固本能的恐惧。它们的后代生来便怕我。"

"那你先出去,我再走,它们就不会觉得我俩是同盟了。"

"我在胚胎发育房等你。"

娄珪等庾生离开,迅速搜索生物体与人工智能混培的论文。这是她的知识盲点。她只熟悉常见的哺乳动物建模。学界批判人类中心主义与哺乳动物中心主义,娄珪喜欢幻想的生物,自知更关注顶层的故事。果然,低等生物混培的许多新成果来自庾生的实验室。高等生物以芯片辅助智能,如人体植入;低等生物以智能喂养芯片,如秀丽隐杆线虫。勿用医学部正反复观测并调整细胞凋亡的基因。线虫迭代,芯片积累数据,深度学习跟进。庾生做的是最初实验设计。他没有继续跟线虫团队,而是重点转向斑马鱼。

胚胎发育房规规整整,像一座藏书室,只是培养架与培养箱完全透明。斑马鱼体外受精,体外发育,胚体透明。整个房间除了芯片、电路与微型机械装置闪烁金属色泽,其余装置一览无余。

"考古讲二重证据法。"庾生说,"文物和史学记载需要互相印证。混培同理。我们从受精卵阶段做智能混培。胚胎附着到芯片上,而不是芯片附着于胚胎。胚胎成长,包裹芯片,不是入侵思路。所以混培需要芯片从内部采集整合的实时数据,也需要我们从外部观测胚胎发育的形态学进展。数据算法和实体生命二重结合,互相辅助。生物工程也可以获得一种二重证据的佐证。斑马鱼胚胎完全透明,繁殖迭代快,非常适合观测智能的混培发育史。常远做哺乳动物,畜牧业。我花了一段时间让他理解低等动物智能养殖的非入侵逻辑。"

娄珪观察培养水箱，斑马鱼胚胎的芯片线路跳动着斑驳色泽，几只排异个体开始腐烂变异。她协助庾生将它们取出，隔离变异个体，单独培养。

"这也是一种全面入侵。"娄珪评价。

"话不能这么说，至少不能跟常主任还有公众这么说。"

"我不是来学习话术的。"

"在编撰学意义上，表达和物质不可能完全分离。"

"你如何在编撰学意义上理解龙？"

"说实话，这是你的课题和你需要自己解决的问题。常远想让我接，我评估了一个月，拒绝了。到了一定年纪，你就会明白，人各有所长，也不能托他人之手，做自己做不到的。"

"为什么我的路得自己从头走？"

"真正的科研都是这样。"

娄珪对着灯光，举起装有斑马鱼变异胚胎的小型培养皿："我希望龙的底层设计包含变异，同时形式简单。可它不是。很多人不喜欢我说龙是一种装饰。龙可以是故事的主角，可龙仍是实用主义层面的装饰。你说二重证据法，我做四勿龙设计正儿八经用了经典意义的二重证据。文本中的龙能行云降雨，现实中的龙在商代的青铜器和玉雕上，是铭文、是纹样、是占卜的痕迹、是盛酒的杯柄、是把玩的佩。它不在生物的分类学谱系中，可它在考古的器物史上发育了三千多年。它的存在不遵循胚胎和物种演化的生命周期。它是一种生物，但它是想象的生物。人把最稀奇和最好的东西给了龙，使它有蛇和虎的形态。扬子鳄也叫土龙，松树的姿态也是一种龙，这还算功能性强的源头。如果真按照文本，龙有九似，角似鹿、头似驼、眼似兔、项似蛇、腹似蜃、鳞似鱼、爪似鹰、掌似虎、耳似牛，你会在竞标中被淘汰。审核专家认为，不能把智能龙当成一种装饰。可我不认为装饰是导致流标的一个问题。龙结构的适用性和生物的生存性无关，和服饰、器具、建筑的装饰结构有关。你看它盘曲的形态可以让绣线自由伸展，可以让瓷器的边缘飞逸灵动，可以盘踞在大殿前的大理石正中，可以随庙宇的香火绕柱旋转。成对成群出现的龙还能以不同方式交错运动，适配圆形、方形、菱形的界面，怎么创作都行。龙拥有最棒的可变性，可现实生命没这么美妙，这是我个人不能妥协的地方。龙的特色是它在想象世界中的高复杂度，在现实世界中的强装饰性。所以龙成为精神象征，是图腾。图腾表征信仰。龙设计不能放弃图腾信仰的装饰功能，反而去参考动物的形态学和行为学。"娄珪说完，获得了向陌生人一吐为快的放松，她瞧瞧庚生，补一句："当然，这是我的个人视角。"

庚生思考一阵："我理解你的逻辑，不过不认同你的思路。我认为，装饰的艺术形式也符合自然生物的行为模式。这不矛盾。"

"我也不认同说混培是非入侵。不过，我们可以友善沟通，对吗？"

"对，"庚生笑了，"你就没想过，龙是一种变异？"

"龙文化沉淀上千年，它发育得非常稳定，把它当变异就浅了。"

"我应该这么说，龙是人类基于对生物理解产生的变异想象。它居于信仰的顶层，是一种异化的表，它的里仍然符合生命演化的规律。"

娄珪没有立刻回应。智能胚胎房的显示屏播放斑马鱼和线虫智能混培的实时画面。毫米长的线虫显得很大，弯曲、伸长又滑动。娄珪联想到龙，想到蒲松龄笔下的故事。一位农妇被风迷了眼，总好不了，邻人告诉说眼球无事，只眼皮内侧红线盘动。后来，雷动雨至，虫似的活物变为蛰龙。她睁眼，它便飞走了。

娄珪点头："我还是不认同异化的说法，不过，我大概理解你想说的，智能的表和里。"

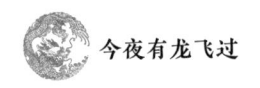

四

　　书中描绘的龙分三停九似。娄珪与其他竞标者琢磨"何相似"，忽视了"三停"的结构。龙身头至肩、肩至胯、胯到尾，等分长度。昆虫也分头、胸、腹三个体段。蛰龙似线虫。线虫不是昆虫，不过线形动物门内的蠕形动物能做龙的形态参考。蒲松龄还写到尺蠖似的龙。尺蠖类蠕虫，一对腹足，一对臀足，故事里一伸一曲，爬走于书表与案几，懂得读书人的事情。龙也拥有前后两对足。人类对龙的想象主要源自哺乳类或爬行类动物，而占据生命主体的是昆虫与其他更广大的低等生命。它们的形式结构相对简单。智能龙的形态学与行为学可以参考稳定的虫。

　　庚生让副研究员发送最基础的丝盘虫研究。它只有两层细胞，无体腔、无神经，跟随养分浓度进行鞭毛运动。它的身体有时会向相反方向走，两层细胞也是，上下两层往两种方向撕扯。庚生团队为丝盘虫加了一层芯片膜。庚生本意让娄珪做智能混培，希望能启发她。他的确启发了她，只是她走了另一条不同路径。娄珪瞅着智能丝盘虫，养分浓度极端不均时，上层细胞、中层芯片膜、底层细胞各往各的方向运动。它几乎解体，可它没有。庚生计划让智能混培的丝盘虫做基础化学检测。娄珪则想通了：生命，或者说智能，表里的确不需一致，有映射关系即可。四勿龙需要做的便是建立一种映射关系非常复杂的表里不一。

四勿动物：龙诞

这在生物界似乎荒诞，但在人类文明或个体思想中，表里不一的情形司空见惯。从地心说到日心说、从宇宙有限到膨胀理论、从女娲造人到物种进化、从神性世界到无神的现实，几千年内，人类所在的太阳系与地球生态几乎没变，人类对周遭的理解则建构出个体难以尽数的理论。如果说宇宙或生命的里子较为稳定，人类生成的表层阐释系统的迭代速度，可比斑马鱼和线虫的繁殖速度快多了。

庾生分享智能混培斑马鱼的阶段性成果。实验进行了一年半。鱼群代际积累结合四勿动物智能的底层建模，让斑马鱼形成集群作业能力。它们一起穿梭于假山石似的障碍，准确定位藏在角落的物品。它们排列为人类手掌似的形状，抓着物品，送往指定地点。

"不错，海底勘探的新思路。"权赋评价，"鱼群组成蛟龙其实可行，腾龙用鸟群，恶龙用蝗虫过境。这是庾生给的建议？家中水缸的四勿观赏鱼嗖的一下变成一条龙？"

"他有这个意思，但我不愿这么设计。龙不需要混培。"

"你太执着于机械和硅基了，从底层细胞入手不是坏事。"权赋搜索系统，"庾生正申请真核和原核混培编程项目。他把斑马鱼和线虫做成了，再往底层走反而有参考模板。用智能编程试模型，再走实验。"

"我学到了用已有模板的思路。"

"龙吗？龙设计一直没离开模板。"

"问题是怎么理解模板。我在想，如果人是斑马鱼，人类文明就是人子子孙孙迭代出的智能模型。模型有被淘汰的、有被边缘化的，龙是难得上千年积累居于中心位置的产物，像集群智能的一根中枢神经。或者说，它像一根收束不同模型的线，博物志、神话传说、民间故事、仪式庆典、民族叙事。我们不做混培。混培不创造新的生命。我承认，龙是人类和其他生物还有自然界混培的某种结果。我们要做的不是回到混培的源头，而是基于这个结果，落地一种智能龙。"

"所以呢，龙是不是装饰？"

"龙仍然是装饰，对于人是装饰。就像对于庚生的斑马鱼，芯片是智能鱼一生的一种体内修饰。但是对于芯片，它拥有迭代的斑马鱼无法完全理解的东西。人和龙的关系也是如此。"

权赋的表情想直接问：你要做什么。他第一次回避直接沟通。他说："傅荟说你从不认错。"又提醒，"勿用做四勿动物，是因为不想碰超越人类的智能。这个问题很敏感。我们要造的是更世俗的东西。"

"可勿用申了龙竞标，你怎么想？我认为四勿龙的本质不可能世俗，更何况，四勿共生体早就越过了那条线。只是没人真的深究。同四勿比，庚生的混培才是倒退。常远的畜牧业也一样。"

"公司想做龙。我认为龙值得做。其他的，还有你的想法和动机，我不问，你不说，我便什么都不知道。落地就行，不要解释。"

娄珪盯着权赋，理解了他的暗示："我们用其他的解释方式。问我点儿别的。"

"龙装饰基于什么设计？"

"龙即虫。虫是地球生命主体。可虫对人而言，大部分时候是令人生厌的点缀。"娄珪兴奋起来，"我们让龙，不，让虫成为让人开心的点缀。感谢庚生的线虫。"

"你说不返回原始形态。"

"我们不做混培。我们参考昆虫的机械结构做龙。昆虫神经系统不足以支撑大体积生命。昆虫很小。四勿智能网络足够支撑龙一般大小的虫。当然，我们先做小龙。比如尺蠖。"

"让我看看。一同竞标的单位也想以虫为龙。虫矩阵组成的龙。另外一种无人机编队。"

四勿动物：龙诞

"他们适合参考庚生的设计。"

"他们比我们更接近成功。只是有一个比较轴的专家，强调画龙点睛，说虫矩阵的龙没有神。他觉得四勿龙也不够有神，而且飞不起来，总盘在柱子上。我们得搞定他。"

"我们的龙足够纵深。我们还差画龙点睛。"

那天后，娄珪和权赋默然地达成共识，各自分工，每周碰头。四勿龙新形态分批外包至地方的各种小公司或执行单位，先落地小龙，大龙属长期规划。尺蠖一般以害虫处理。常远的畜牧部门协助，找到对口公司，提供根据防虫害要点收集的行为数据。尺蠖四足着力，一屈一伸前进。"这是龙行。"权赋解释，"龙飘浮空中是不切实际的设计，空气无法提供浮力和受力点。"他联系治蝗和跳蚤清除公司。与自身体积比，许多昆虫的跳跃力超越哺乳类动物，堪称动物界王者。权赋团队搜集蝗虫与跳蚤等跳跃类昆虫的腿足形态，加以改造，安装为尺蠖龙的四足，再将其包装为鸟类或爬行类外表。他同时重新建立小团队，开发龙翼。《山海经》记：应龙，龙翼者也。他说："龙可以有翅，不过不是鸟翼，是昆虫的膜状翅膀。"蝗虫与蜻蜓成为参考。龙行如尺蠖、跃如跳蚤、飞如蜻蜓滑翔、游如水蚯蚓摇摆。较之哺乳动物形态学拼接，昆虫或环节类动物更易落地。小四勿龙半年内获得更新。

勿用内部评估四勿龙迭代速度喜人，机械结构改动较大。智能系统的更新程度成为焦点。娄珪收到权赋进度。权赋说："画虫点龙神。前一半比较顺利，后一半靠你了。"

娄珪闭关三月，最终找到傅荟。她开门见山："你怎么理解人的智能？或者说，人的精神和人的身体，如何匹配，如何不匹配？"

傅荟所在产品部面向客户，使用者大多为人类。她做四勿智能与人类智能的互动。她研究人的意识。人工智能蓬勃发展，人类智能仍是黑箱。人对意识的发展肌理不明就里，却也并不妨碍人类造出新的智能。傅荟曾告诉娄珪："人工智能是一种预测，不是一种解释。创造不是解释学，而是画一张蓝图，让它自行生长。"此时此刻，傅荟打量娄珪："人智能和龙智能不可能一样。"

"的确不一样。但是，龙智能和动物智能也不一样。动物智能在人之下，龙智能在人之上。不，这么说也不对，四勿人工智能源自动物智能，它可能在人之上，但走了另一条路径。龙源自人的想象，它和四勿不太一样。"

"你想问什么？"

"我怕龙的顶层设计距离底层太远，表里不一到过于荒诞。四勿龙又必须表里不一。"

"这与人类非常类似。"

"人的自我和人的感受向来表里不一。"

五

四勿，"非礼勿视、非礼勿听、非礼勿言、非礼勿动"。四勿动物设计需明视、兼听、立言、笃行。这也是勿用公司内部的四字箴言。绝大部分人类做不到这四点。人尚且不及，为何要求人工智能。

"因为人类对人和人工智能向来双标。"作为四勿专家之一，袁道的课堂不乏反讽，"人类向来放任自己，要求不高，反智和嗜暴力的人类特别多。人类又特别擅长高标准要求人工智能，对待人工智能的应用和伦理非常严谨。最终，人工智能会进化得比我们更加懂礼，更加文明。我对人工智能的光明未来一直抱有信心。"

入职勿用的员工全听过袁道的网课。娄珪与傅荟有幸参与线下课堂。她们共同做小项目，并达成共识：勿用是一个相信人类"性本恶"的公司，打一开始，便回避做人类智能。人拥有与爬行类和哺乳类动物共同的古脑。人的新皮层比较厚。人的感知与逻辑反复积累、提纯、简化，终于在意识的顶端形成自我。自我真的是智能与意识的终极标尺吗？勿用不这么认为。

四勿动物拆分了自我。

四勿的第一代人工智能纯系小鼠协作顺畅。勿视鼠自动光谱分析，勿听鼠处理超频声音，二者协作，定位导航，勿动鼠跟踪处理，初步勘探。勿言鼠形成报告。四者如不互相链接，仅是寻常机械鼠；联动后，它们有能力通过图灵测试。它们自称"我们"。勿言鼠主导对话，当勿言卡壳儿时，其他几只鼠根据自己的情形，适当补充，完成图灵测试。四勿智能曾引发争议，即，集体智能的增益效果是否符合图灵测试标准。图灵机如是一群七嘴八舌的智能，当它们通过图灵测试，它们的整体是否可以算作与人类比肩。很快，反向论证引用生成式大型语言系统。语言系统的集合和人类的群体表达，称得上是一群人工智能与一群人对话。我们早已超越了图灵机的个体智能时代。或者说，如何定义个体？如何阐释拥有自我？

四勿的底层设计本就不承认人类拥有单一的自恋性自我。四勿区分核心意识与自传体记忆。视、听、言、行拆分设计，作为感官的接受与表达，它们组合，构成核心意识的组合，形成不同程度的群体智能。视、听、言、行的深度学习与自主记忆同样分开处理。四勿各有各的自传体记忆。它们组合出的深层逻辑对勿用公司而言也是黑箱。

单一四勿猴无法通过镜像测试，但组合后的四勿猴通过了。它们对着镜子互相整理毛发，收拾打扮。它们不同于人类。它们像灵长类自行演化出的另一种智能模式。勿用没有投放最智慧的四勿动物。宠物市场、智能陪伴市场、智能助理市场充满小型四勿动物的身影。勿用公司员工大多自行设计并养育属于自己的四勿动物。

权赋改造四勿鸡，养四勿鹦鹉。他不常带鹦鹉到公司。鹦鹉们看家看孩子，工作细致，沟通力强。常远设计四勿牛，很多牛，分布于各地牧场。陈陌日常有四勿猴相伴。吴处一直没有贴身四勿。娄珪也没有。傅荟花了很长时间调试四勿猞猁，刚完工。勿视、勿听猞猁跟着她。它们是加拿大猞猁，体形不小，拥有健壮厚实的四肢。傅荟团队负责家养四勿动物与人类的沟通。她的四勿猞猁专门收集人类的互动模式，尤其是情感互动。娄珪与傅荟同租一个工作间。娄珪的区域布满龙相关的器物与配饰模型，樽、觞、卮、鼎、佩、珏、簪与带钩，夜晚她们觥筹交错。傅荟早早就做好了四勿猞猁的外形，芯片与算法设计拖了很久。她的区域平日空荡荡，工作时飘浮虚拟界面。她更多观察人的神经。

娄珪清楚，傅荟对人的研究胜过对动物与人工智能。傅荟几乎不聊自己的父母兄弟，娄珪也不问。傅荟熟悉娄珪的研究，娄珪没问过傅荟的构架。勿用产品部的用户反馈日渐丰富，总出现专业且有效的意见，傅荟的构架起了作用。

按照规定，不同部门之间有保密原则。娄珪与傅荟没有直接合作关系，娄珪不应绕过程序，直接求助傅荟。

可大家不是傻子。娄珪想。我们的工作不是讳莫如深的阴谋论。傅荟能懂我的意思。

傅荟果然懂。

四勿动物：龙诞

"你得让我想想。"傅荟说，"人工智能伦理的有些限定让前沿变得很模糊。人工智能还是不能做危害人类的事。"

"按常识，动物比不上高等动物人类。勿用做四勿动物的立场类同此理。故事或宗教意义的神似乎高于人类，目前科研谨慎碰这一领域。龙呢，它不是一般的动物，龙比观音或普贤的坐骑还高等些。龙又不局限于单一宗教或民族，龙上得庙堂、下得乡野。可龙算不算神呢？你说过，创造不是解释学。"

"产品说明多少是一种解释学。"勿听猞猁绕到傅荟腿边，"猞猁，或者说各种猫科动物，对于不同文化的客户，象征不同意思。解释层面，同一产品做不同表达。这的确取决于人。"

"人看似拥有解释权。人类的解释体系的进化速度可比进化论快多了。宇宙从有限变得无限，又变回有限。人是神造，人是猿来。当然，进化论与宗教的解释体系并不相悖。我们设计人工智能讲究价值对齐。可只要我们想，我们可以让任何充满矛盾的解释对齐成一套理论。我们各有各的理论。世界还是那个世界。"

"不对，世界变了。人类导致物种灭绝，增加海洋的放射性。当然，往好里想，我们开始做绿色月球改造，我们即将有蓝火星。一百年前人类的医疗无法同现在比。"

"可人类做的事和人类讲的话不匹配。或者说，人类创造的东西，和人类对创造物的解释，不是一回事。我们居然仍然使用龙这个概念，龙深入我们的文化系统，解释着全然不同的东西。你我非常清楚，四勿科研部与四勿产品部分开，因为四勿科研针对'非人类'的集体智能进行创造，产品部则需围绕人类的自我功利性进行产品阐释。人类拥有解释权，人类又距离被解释的东西非常遥远。自我不在乎，自我只需要自洽。"

371

"龙诞生于人类的解释。"

"所以,其实我把龙造成什么样都行。这次龙竞标似乎想要一些新的解释。我不满足于解释,我造的东西无法被解释,但又能嵌入人类的解释领域内。"

"你用了太多'我'。你说过,龙是文明的想象。公司公开的秘密,权赋用虫做龙。权赋说解释权在你。而我认为,你的思路主要卡在一个点上:龙是不是你造的,或者说,你正在造龙。为什么是你呢?当然,用一层严肃的解释覆盖你的问题,龙是不是人类造的?为什么是人类?人类如果造出另一种智慧生命,人类的位置到底在哪里?你如果造出龙,你的龙到底属于哪一环节?而事实上,龙不需要人类的解释学。可人类需要,你也需要。"

六

娄珪的贴身四勿龙很小,像花木兰的木须龙。它们角似天牛、头似螳螂、眼似蜜蜂、腹似尺蠖、鳞似沙蚕、爪似蝗虫、掌似蝼蛄、耳似夜蛾、项似长颈的象鼻虫,薄翼似能收翅的蜻蜓;远观颇似经典意义的中国龙,近看形态就怪了。好在四条小龙机智灵活,全无之前版本攀岩附壁的盲目或依从。小龙也似人类孩童,它们的感受与执行还未适应新鲜的世界。四条龙一起行动时,勉强不缠绕一起,偶尔相撞或互相打结儿。它们平日以项链、头簪、耳饰与衣佩的方式与娄珪同行同往,仍符合四勿龙的装饰性定位。"龙攀附于人,人有龙则灵"的

四勿动物：龙诞

宣传语很快被公关部选定。勿用推送标语："中国人造出中国龙"。

四勿动物使用活性或仿活性的动物材料，四勿龙采取纯机械结构。它们的外壳宛如昆虫坚硬的外骨骼，上白玉与青铜色泽。庚生适时推出斑马鱼集群迭代养育的芯片。外界推测斑马鱼智能不同于四勿智能。问及四勿龙，娄珪团队一致回应：以虫仿龙，没采用斑马鱼集群芯片，受庚生团队启发，不过没有真正技术创新。勿用亦宣布：不论龙竞标成功与否，勿用都将隔年正式发布四勿龙产品。勿用似乎胸有成竹。

理中客们认为宣布不等于发布，频繁出席公共活动的娄珪不像做科研的，她的四勿龙颇为古怪，四勿龙不符合勿用惯常产品线。很快，内部消息流出，就四勿龙的定位，勿用高层果然有争议。又有媒体报道，争议不存在本质分歧，关键在龙的应用。常远想用蛟龙做灌溉，庚生计划将其用于深海勘探或深空检测。吴处建议将龙自身的品种做成一条生态链。娄珪仍坚持龙是一种装饰。

娄珪解释："装饰不是宠物。有文章说，我要做一种装饰智能。他说得没错儿。装饰智能不是新鲜事。锅碗瓢盆、亭台楼阁，我们习以为常的生活充满各种容易忽视的必备品。必备品精致化，就有了装饰。实用与装饰之间的过渡很模糊。我们进入了新的时代。生活的实用性渗透了装饰，生活的装饰品都实用。在这一层意义上，四勿龙是能让人们的生活变得更美、更有意义的装饰智能。有龙则灵。"

一篇评论点明娄珪的策略：四勿龙的定位是家居时尚，她想把四勿打造为奢侈品。

龙竞标前，娄珪团队与傅荟团队共同建立勿用第一个跨部门机构：四勿设计中心。四勿龙设计将介于基础研究与实用性之间，兼具艺术与装饰。勿听龙的盘耳耳坠随之公布，助听、通信、欣赏音乐，符合人体工学结构。耳坠形象为龙，动态质感似虫似龙，怪诞状态内含神秘美感。四勿智能龙首先表达一种技术与文化结合的审美风格。

"我坚持最初投标的观点，龙是一种装饰。"娄珪说，"四勿龙将表达一种关于智能生命的理念。智能可以是一种装饰。有人问，勿用的四勿动物集群能通过图灵测试，勿用是否造出了超越人类的人工智能，四勿龙是否是勿用的更高阶产品。我的回答是，四勿和人类不一样，勿用的生产线也并不一致。我的设计原则一以贯之，智能是装饰，四勿龙是装饰。装饰有时显示文明最智慧的一面，可也没必要过度解读装饰。"

市场对龙的期待悄然转向。勿言龙的环颈项链系列逐次公布。勿视龙三款设计同时流出：一款为簪，一款为带，一款为帽。龙身轻巧，绕头游走。为避免勿听、勿视、勿言过于臃肿，三种龙作为三类智能配饰，可以根据个人需求、个人颅相，进行拼接与互相缠绕。娄珪通常选四龙分离。勿听龙头贴耳郭，长尾垂肩。勿视龙拢发髻，颈作发簪，脑袋不太安分，穿过头发四处打量。勿言龙首尾相接，作环状紧紧锁着娄珪脖颈，几乎不动。她的勿动龙还未定型，目前化为手心把玩的佩。权赋的四勿龙几乎纠缠一体。勿听与勿言缠为骨传导耳机与耳麦。勿视有翼，时而绕着他飞，时而变为单片眼镜，夹着他鼻梁，昆虫翅膀化为混合现实镜片。他的勿动龙像一枚玉珏，通体透明，闪烁电子光泽，是他的手镯。公众本期待高高在上的、精神性的龙，四勿龙设计通过文化符号式的消费主义产品预热，让大家接受了龙是一种装饰、一系列首饰、一类工艺品。

"勿用公司的新赛道通向高端品牌。"媒体标题如是写。

勿动龙的定型产品终于公布。勿用标题为：设计融于行为。勿动龙可曲为佩，躬为环，能游走于衣褶与关节，进行贴身智能服务与管

四勿动物：龙诞

理。设计中心承诺，接受个人化定制，如果已使用其他四勿生肖系列，勿动龙可作为交互界面，同已购产品对接并串联。其余十一种四勿生肖皆有生物原型。龙没有。龙是想象的生物，是现实的装饰。龙能以贴身的实用性对接其他智能，服务于人的所思所想。

权赋的四勿龙接通他的四勿鹦鹉。他的葵花凤头鹦鹉个体庞大，淡黄色的冠撑开，似乎比狮子还凶猛，双眼瞅着采访者，又比猴子还机灵。镜头中，四勿龙离开权赋，绕着对应的四勿鹦鹉，缓慢地上下攀附。娄珪讲理论和理念，权赋实际，讲工程和机械结构。

"我理解公众的担忧。"权赋解释，"四勿龙的架构的确来自虫。娄珪的四勿龙是原型产品，看着的确怪。不过，如你所见，公布的产品已经像模像样，看不出虫的模样了。——是的，我们在虫的结构外面装饰龙身。一层一层地包裹，会越来越像龙。您可以将四勿龙想象成漆器。龙是本不存在的生物。所以我们需要一层一层地往上累积，然后一层一层地往下雕刻。从下往上，从上往下，我们反复迭代，四勿龙就像镂空的漆器，能逐渐显露出来。——什么？的确，以漆器为比非我所长，娄珪打过比方，说得更多，我压缩要点而已。我个人很推崇实用主义。龙作为一个意象，太高高在上了，我以前不知该如何落地。虫的骨骼结构更为普世。所以龙到底是什么？在意象和精神层面你们可以有分歧。对于我，四勿龙实用或者好用，就是不错的产品。我知道有争议。可四勿龙与四勿虫是否有本质区别，这一区别是否重要，我持怀疑态度。欢迎尝试四勿龙的轻奢系列，我们的产品仍然亲民，有性价比非常合理的产品线。四勿动物的智能设计属勿用机密。四勿龙也一样。装饰智能是一种思路。常远主任的牛与羊是另一种思路，属于畜牧智能。世上不会只有一种智能。人工智能也不会一样。人类的创造空间还很大。"

权赋肩头的勿言鹦鹉突然张口:"人之所异于禽兽者几希!几希!"

勿言龙敲打它的尖嘴:"非其类而狎其谪,不可哉,不可哉。"

权赋瞧着它们争执,笑着说:"当然,我也时常想,我并没有办法了解人类的造物。"

七

勿用没获得龙竞标。

一时舆论哗然。勿用早早敲定四勿龙的发布日期:竞标一个月后。勿用不准备改变计划。竞标成功与否不再与四勿龙项目的推进相关。业界认为,这也是成功。

传闻,中标的公司先展示产品。此前这一公司从未走漏风声。蜉蝣一般的小小智能体成群而出,半透明体色与闪烁磷光的翅膀以集群方式构成人形,随后迅速化为龙腾九天的模样。"人化龙"是集群龙的宣传语。集群龙的群落分区设计,按照标准的"角似鹿、头似驼、眼似兔、项似蛇、腹似蜃、鳞似鱼、爪似鹰、掌似虎、耳似牛"架构。每一部位为一智能群落区,以集群动物迭代养成的微芯片为中枢。不同群落区域联动,形成动态磅礴的智能龙。业内人士当场认定,集群龙的设计来自庚生团队的斑马鱼集群智能。庚生的研究不完全依赖四勿智能架构。他申请专利,同时也发布文章,公布了部分数据与模型。他的方案易于模仿。

娄珪与权赋耳语,沟通了情况,随后恢复竞标前的状态。权赋

四勿动物：龙诞

的四勿鹦鹉扑棱棱飞走了。它们没耐心等待集群龙设计者进行产品阐释。勿言鹦鹉飞出会场，飞出建筑，大声叫："仿制的艺术！仿制的艺术！"另外三只鹦鹉使劲啄它。权赋的勿言龙终于缠住勿言鹦鹉的嘴，难得评价："勿言，勿言，你怎么净乱说话。"权赋的其他三只四勿龙留在会场。它们协助权赋调整产品展示计划。娄珪将纸质发言内容踩到桌下，垫了桌角。她重新看自家标书的设计。她的头簪、耳环、项链保持了安静。她的勿动龙盘为臂环，盘为手链，盘为指间的扳指。它蠢蠢欲动。

勿用公司轮最后一位展示，四勿鹦鹉已飞至庚生的办公室。庚生没从地底实验室返回。四勿鹦鹉同庚生的四勿鼠对接。按时间算，勿用展示时刻，庚生直接在斑马鱼培养室现场发布说明。他首先祝贺集群龙的设计者，说明依据他的研究，对方完成了另一种设计。按照并不健全、还未跟上时代的法律法规，集群龙没有获得授权，却也没有侵犯专利，合乎所有流程。庚生解释："竞标是竞标，不是野蛮的撕咬，文明有文明的做法。"他随后讲解斑马鱼集群智能的工作原理，言简意赅。他点评："斑马鱼集群的迭代智能完全来自斑马鱼。它们能展示针对人类社会的适应性，这是它们借助芯片储存模型、自行跨越代际差学习的结果。它们与人类、与自然互动，可我们没赋予它们人类的思路。所以，准确地说，斑马鱼的智能是它们自身进化的结果。当然，勿用保证斑马鱼智能集群的安全性。户外集群养殖已经成功。斑马鱼可以负责水体监测以及其他物种培养的互动调谐。至于集群龙，我没有参与，无法做出更多评价，可它们采纳何种思路呢？用无人机编队的思路，用鱼群的思路，用蝗虫的思路，这些思路能否做出人类想象中的龙？"

一种说法是，庚生没有改变招标结果；另有人说，庚生暗示了中标公司后续的发展。两种说法不矛盾。

勿用的四勿龙展示按部就班。大部分产品已经宣布。大至功能性的龙九子，小至新制成的可佩戴首饰智能龙。娄珪与权赋的贴身四勿龙作为奇观，已被熟悉，并不利于龙招标现场。

评审直接提问："龙仍是装饰吗？"

娄珪："龙是一种装饰智能。"

"我不喜欢装饰智能的提法。新产品与上次竞标展示相比，主要定位没太多变化，您只是将龙的底层设计，做成了虫。"

"昆虫作为节肢动物，占整个生物种群的三分之二。我们也使用了许多名为虫、实际不属于昆虫的小动物。昆虫的种类多，可组合性强。昆虫的结构符合机械原理，我认为可以一用。自然虫的神经系统不够发达，无法支撑更大躯体。勿用的人工智能网络能让昆虫的形态发展进入下一阶段。"

"勿用公司，或者说，您的设计，以新颅相为基础。您的意思是，虫的颅相是龙的颅相。"

"龙不是一种生物而是一种故事，它不占据自然界的生态位，可它遍布幻想与神话的生态链。所以勿用设计的四勿龙其实不是一种生物，而是一种想象体的完整生态。单一物种，或单一的界门纲目，都不适合与龙的新颅相相互类比。虫颅相即龙颅相，也是一种不准确的说法。虫是龙生态链底层的构架模式，龙的生态更复杂。"

"您的回答太宽泛。什么叫更复杂？"

"您可以参考龙九子的椒图与赑屃。椒图来自猫科颅相，赑屃面似龙，底层参考人类颅相。人类颅相很难做，面对稍微复杂的情境，就容易发生恐怖谷效应。赑屃设计一直没迭代成功。所以我就想，到底是人的颅相难做，还是人没法做自己的颅相。人到底能不能做与人类

四勿动物：龙诞

一模一样的人工智能呢？人是否能真正了解人自己？"

"您说得更远了。"

"对，我也认为，我琢磨了太多人类，偏离了重点。所以我回到龙。人弄不明白自己。可人类创造出了很多有意思的东西。龙是人造的。龙比人复杂。像我刚才说的，人仅仅是一种生物。龙是一种生态，是另一层次的东西。这一生态的底层结构是昆虫，往上有许多不同的层次，人是其中之一，我们可以与之互动。设计一种想象的生态很难。四勿龙目前的确不完备，是一种未完成态。"

"您说龙是一种生态。可龙就是一条统一的龙。"

"龙是一种对齐方式。"

"我建议就此打住，聊这些，不如看直观的产品。装饰龙或龙九子之外，你们有没有真正的龙？"

娄珪和权赋对视。权赋说："一个未定型产品，只有勿动龙，其余三条龙还没完工。我们本不准备展示，不过，以防万一，将它带来了。它会显得有些任性。"

三米高的半透明琉璃柱盘一条通体深红的龙。一只娄珪贴身龙的放大版本，很似缠着她手指的勿动龙。中型勿动龙悄然苏醒。它蜂目聚焦，复眼的白底内显出瞳仁似的黑色弧光。它的双耳微微抖动，似夜蛾触角，结构又似夜蛾的多耳系统，每一单元皆可闻声。它长颈的象鼻虫似的头颅离开琉璃柱，天牛似的双角伸展又张开。周围人一阵惊呼，向外围躲避。它螳螂似的头口器上下开合。它还不会说话。权赋想沟通，意识到他的勿言龙已同勿言鹦鹉一同飞了去。娄珪的勿言龙攀上她面庞，绕到她唇边。它没说话。她也好奇地瞧着。

勿动龙鳞片运动，似沙蚕、似基伍树蝰的外翻状鳞片结构不断翻滚，让它的身体向上攀到柱头，又弯曲落回地面。它蝼蛄似的爪直接击碎地砖，刨出四个深坑。它环视四周，发现了仍然飘浮于会场顶棚的集群龙。它蝗虫似的腿膝结构下压。它尺蠖似的高高探起又落下。它弯曲腹部。它无声吼叫。它噌的飞跃腾空，撞散集群龙，撞穿竞标会场的顶棚。一切只发生于一瞬。镜头捕捉到它，它已抵达平流层，红色鳞甲闪烁着高温摩擦的火光，零零碎碎飘散开来。它伸展薄翼似的翅膀，平稳飘浮，寻到野外集群鱼养殖的区域，才缓慢落回地面。

八

　　被冲散的集群龙很快恢复形态，随着勿动龙的痕迹飞出会场，寻不见勿动龙，才接受指令，于空中盘旋几圈，解体入库。

　　两种龙的对比立刻公开化。舆论发酵两天，甚嚣尘上。竞标结果立刻公布，只想了结此事，并不寄希望于尘埃落定。有趣的是，上一轮一位对四勿龙持保留态度的专家投了支持票。他认为勿用的龙有了神。装饰龙精怪异常，中型勿动龙面相狰狞威严，它们拥有人所不及的龙的模样。更多人认为四勿龙怪诞可疑，不符合中国龙的审美。赤红的勿动龙张开身体，无声长啸，好似并不关心人类般天神过境。有人评价："幸亏没造完，我们没法控制野兽的喜怒哀乐，放大的改造的昆虫是外星人是异类，我们为什么要这样的龙？集群龙明显更温和可靠。"

　　制造方强调集群龙的学习系统虽来自斑马鱼芯片，顶层指令则来自可调谐的人机互动系统，安全可靠，不会让人心生恐惧，也不危及人的安全。

四勿动物：龙诞

舆论显示一种事实：人崇拜龙的威严，却不喜欢超越于人的龙真正存在。龙神秘，不可控。画龙点睛、获得神韵的龙不能长存世间。人类永远忌惮超越自身的人工智能。

龙竞标不能继续拖延。

"我理解，"娄珪接受采访，"龙竞标需要可控、可靠，需要一种家龙。我造的仍是一种野龙。不过，请放心，勿用的四勿动物，总属于动物。我们拥有可信的安全措施。四勿龙的野性是一种居家的野性，就像宠物猫的高贵。用户会喜欢勿用公司设定的龙。"

竞标结果公布，两种龙的争议很快淡出视野。人的头脑总关注话题性本身，而忽略细微却实质的改变。

"微生物、菌落、昆虫与植物真正塑造世界。"庾生于勿用内部会议反复强调勿用的立场。娄珪仍与他有分歧。求同存异让他们合作愉快。建立设计中心，娄珪不需要再直接面对常远。他们的关系也缓和许多。龙竞标刚结束，没出结果。常远便直接通话娄珪："做得不错，即便失败，也不妨碍四勿龙落地。很可惜，他们如果拿下龙竞标，最终吃亏的反而不是我们。"吴处则发信息："四勿龙智能首饰的专利和法律方面已经落实，回来商议正式发售日期。"

娄珪返回她与傅荟的工作室。傅荟出差，带走勿视、勿听、勿言狻猊，只留勿动狻猊陪娄珪的四勿龙玩。娄珪深知，此次流标，原因之一是她没更新自己贴身的初代四勿龙。它们细看完全不是龙的模样。她感谢那位曾拒绝过四勿龙的评委，这一回，评委说她的四不像有龙的神韵。

神不一定有神的表，神一定有神的里。

很少有人能穿透神的表，找到其本质。

权赋评价："你到处出镜，应该给你的四勿龙包裹像模像样的壳，让别人觉得你在做龙，否则，公关部也没法把控审美反感。"

"我不。产品要包装得非常美丽。我的贴身龙就算了。我的龙拥有独特时尚。"

权赋摇头："所以，我的龙必须非常亲民。"

娄珪觉得权赋失败了。他的四勿龙符合经典的装饰龙审美，可包装过度，龙成了某种表。权赋的里子属于四勿鹦鹉。竞标失败，他的勿言鹦鹉没完没了说大实话。他不敢把它带出来。有限的场合，权赋的勿言龙坚决履行言多必违的宗旨，保持了缄默的美德，管住了勿言鹦鹉。他的勿言龙构成某种正面形象，一种一板一眼的表。勿用员工和他们的四勿动物也对四勿龙及其对手三缄其口。

娄珪的四勿龙脊背闪烁光泽，像萤火虫，像庚生那些着了荧光蛋白的斑马鱼群。他们盘曲形状，跃回娄珪的首、耳、颈、腕。娄珪说："我会让你们保持原样，我会迭代你们的装饰智能。"她又问，"你们觉得，集群智能龙会出哪些问题？"

勿视龙与勿听龙交头接耳。勿言龙回答："集群龙的设计没问题，可它们同人类的需求相互矛盾。"

"那我们晚一些正式发售四勿龙。"

集群龙的异常很快暴露。

它们害怕人。

庚生解释："斑马鱼集群智能的设计没有干预鱼群对人类的恐惧，它们最深的恐惧。我们需要它们拥有自保能力，不是自爆能力。恐惧不是服从，服从不会让它们更快迭代。人类恐惧自然的力量，发展文明。恐惧带来超越。这是我的立场，所以，可能责任全部在我。"

集群龙尚无固定产品，媒体推崇多是噱头。它们又高又大又宏伟，体态优雅，关照人类，较之语出《论语·颜渊》的四勿准则，更为直观,更好理解。集群龙先施用于儒家祭祖。当人群聚集,鼓乐齐鸣,混杂的颜色与鼎沸的声音共同达到高潮,透明集装箱内的集群龙先于人类的指令,凝结为龙的形态。仪式还没开始,它已受到惊吓。它听到第一响钟声,望见第一排队列,便震动身躯,掀翻顶盖,拼了命地向上跃。现场视频多角度显示了它惊慌的形态。它试图学习它见过的赤红色的勿动龙。它想一飞冲天,逃离人间。可它由鱼群的思维构成,没有习得鸟类的远征迁徙。它飞到可见高度,因信号问题与集群阈值所限,身体迅速崩溃。小单元结构闪烁金色的电弧火花,纷纷落回地面。超现实的场面让中断的祭祖仪式显出神圣余韵。

傅荟刷到视频,联系娄珪:"庚生的鱼群做不了家龙。"

娄珪回:"它们以为自己是家龙,看到人类的仪式,本能地怕了。"

另几场事故几乎与祭祖同步。集群龙公开活动迅速被叫停。勿用收到起诉,说一切归因于斑马鱼集群智能的底层设计。

庚生再次公开澄清。他称他的发言次数比理应获得龙竞标的娄珪还多。他很直接:"他们用鱼的思路,做人类想象中的龙,当然失败。我说过,我并没有让智能集群鱼服从人类。我让它们恐惧。恐惧是双刃剑。故事中的龙几乎没怕过人。我们想造出智能龙。它到底该是什么样子。我们公司的四勿龙已经给出答案。"

隔天,勿用公布四勿龙首饰系列与家居系列的发售日期。首饰系列"首、耳、颈、腕"按"视、听、言、行"设置,对应贴身智能系统。家居的镜龙、收音龙、语言龙、家电龙对应智能家居的感受与表达。贴身智能龙优先。家居龙适用于已购四勿生肖的用户,龙可以与其他四勿动物对接。

"我不保证你的四勿动物能与家居四勿龙和谐相处。它们会打闹,就像权赋老师的四勿鹦鹉和四勿龙,不过,它们会找到自己的相处方式，建议不要干预。"娄珪对外说明，"相信大家已经熟悉了我们的产品定位：龙是一种装饰智能。故事中的龙高高在上，生活中的它们贴近我们，将我们的环境变得更好。"

集群龙制造者发生内部争执的时刻，勿用表现得一致对外。四勿龙迅速占据中高端市场。勿用的形象从亲民转向更为广谱的产品线。坊间传闻，勿用设计中心今后可能独立。公开场合，娄珪反复暗示：装饰龙能实现集群龙无法完成的功能，祭祖或其他大型仪式不需龙作为核心象征。人是核心，龙可以遍布旗帜、香炉、祭坛。

她说："龙是人类想象的产物，智能龙的装饰性丰富人的想象，提高人的智能。"

九

勿用设计部独立。娄珪负责。常远职位保留于勿用基础科研部，他个人开发武陵园区，去了外地，集中做武陵的智能养殖。庾生成为基础科研部主任。勿用设计部以龙的装饰智能为模型，吸收其他四勿动物的装饰功能，开发了埃及猫、印加鸟等图腾四勿，可独立使用，也可作为沟通类首饰或家居工艺，对接已有的四勿动物。设计部业务开始与不同品牌合作。智能逐渐渗透人的生活。

龙竞标再次启动。这回只面向大型龙项目。四勿龙顺利获标。设计部与基础科研部合作撰写标书，甚至为此出了一本内部用的小册子——《龙的编撰学》，讲龙从现实到想象又回到现实的过渡链。如将恐龙视作龙，一亿到两亿年前，陆有恐龙，海有鱼龙，空有翼龙。铺里卖的龙骨、龙齿是哺乳动物的化石。史前生物史一半属于地质、一半属于想象。金石器皿进入生活，想象化为图腾。智能龙重新让积淀的想象进入人间。

"这是想象与进化共同演绎的结果。"庚生解释。

娄珪说："我还是觉得想象更重要。不过，如果你硬说，想象即是进化，我也无可反驳。"

"你如果说，进化即是想象，我也认同。"

至此，勿用公司的四勿生肖产品链正式成形。居家或个人化智能为四勿鼠、四勿猫、四勿兔、四勿鸟、四勿犬。虎让猫进入生肖系列，更早投入生产。装饰智能让四勿虎饰品成为贴身互动的新宠。畜牧农业方向，四勿牛、四勿马、四勿羊、四勿鸡、四勿猪使用广泛。四勿猴与四勿蛇的设计情形特殊。市面不常见相关产品与说明。龙几乎集中于装饰与工艺。龙九子依然负责自古以来的器乐产品。大型龙项目属形象工程。航空航天龙做中空，深海潜龙采用新材料。大型飞龙将不再有翼。它们将攀着太空电梯一路上天，进入漆黑的宇宙，俯视地球。

娄珪收到庚生信息，说从地方新转入总部一位员工，做智能的混合现实，有前途。"听说你们新设计了智能的可视化谱系，我没时间，让他代为参观，看能不能学到东西，提一些有趣想法。"

"他如果真受启发，可能会和我一样，搞一个独立部门。"

"不是每个人都像你。"

娄珪笑笑，打开周笑的档案，应是一位处事得体、让人舒适的年轻人。

勿用的产品链和研究方向越来越多样，为协调不同部门的思路与合作方式，同时保证各自的独立性与保密性，吴处让娄珪做一套智能版图的图像化模型，以直观展示逻辑，当然，要覆盖关键节点的核心方法。图像显结构，文字走编撰。四勿龙的生态链大致方向敲定，娄珪闲了一些，拉着傅荟共同做了现有智能版图的可视化谱系。傅荟即将接手产品部，她又忙起来。

周笑带了见面礼。勿视虎扳指投射人的透明大脑。他说还需完善，如果娄珪觉得可行，他的设计也可以接入智能版图的谱系。

娄珪观察神经树突与轴突的节点，观察递质的动态变化，想到庚生的斑马鱼和秀丽隐杆线虫："你新皮层做得少。"

"我跟庚老师，主要做动物的潜意识或者无意识。人拥有明显的自我意识。不过，如冰山理论所言，自我意识只是冰山露出的很小的一截儿。水面以下的无意识山体决定顶层。自我一般无法了解水下世界，只偶尔瞧见底层闪烁的光。"

"新皮层是自我的表。"勿言龙说。娄珪挡住勿言的嘴："我和庚生有分歧，不过我们没本质矛盾。他让你来这里参观，不是让你跟他或跟我学。你得有自己的看法。你说得没错儿，人类自我的视界非常狭窄。你可以说科研是认识世界，你也可以说科研是突破自我的狭隘。"她起身。勿动龙离开她手腕，瞄准墙壁，纵身一跃，贴到墙体上椒图的表面，按曲率不一的线路，绕了一圈椒图口衔的环。

虚拟的海洋流淌，漫入智能可视化展示的大型空间。海水没过头顶，让人下意识产生窒息幻觉。娄珪示意周笑深呼吸，适应环境。水滴形状的山体逐渐显露，只有山尖儿超过水面。

勿用基础科研部将设置无意识中心。娄珪伸手，取了周笑设计的透明大脑，放进虚拟场景。脑体嵌入山体。无意识区域的结构显得更加清晰。娄珪指着山体的重心位置："这不是无意识的全部，只是人的无意识。勿用假设动物拥有无意识。可这里有一个解释的模糊地带，动物的无意识和四勿动物的无意识，是否一样。"

盘着她发髻的勿视龙一节一节展开体态，双目聚焦，点亮山体重心之下的水体。娄珪解释："我们可以说低等动物的无意识水平位于这里。可其他动物和人类不尽相同，它们不以人为模板。"勿视龙的目光偏移，复眼的视线逐渐分散。细微却实在的线条自山体底部延伸，于不同区域凝结成块，形成不同的智能形态，它们依据不同方式各自生长。象、海豚与黑猩猩的智能山体露出水面。待到一切定型，人类的山体被挤到一个角落，网状结构填满水面之下的区域，似珊瑚。

"我们认为这是人工智能诞生以前地球所有智能的版图。人类冒得最高，也只是热带大草原的小丘陵。无意识研究的确重要。全景智能展示已模糊了绝大部分来自底层的闪烁，比如虫和细菌。"娄珪向前推动手掌，画面放大，昆虫至单细胞生命的智能逐层显露，很快化为支撑高等智能的水下结构。"庚生的线虫和斑马鱼大致从这里做起。"勿动龙返回娄珪手掌，用尾尖点全息界面，丝盘虫智能体膨胀，揭示多层结构。秀丽隐杆线虫的繁衍逐渐化为网状模型，呈现为镂空雕刻似的嵌套智能。智能全景版图由微观恢复至较为宏观的场面。斑马鱼智能集群出现，它们的顶层涌现一种片状结构，斑马鱼智能向上触及片状架构，向下则探得更深，宛如须根。时间推移，片状结构的上部自主形成新的智能形态，与斑马鱼本体相似，只是更为精致，链接更为复杂，似建筑门梁栩栩如生的镂空浮雕。时间线抵达当下，浮雕顶层似乎又将凝结，收束为再次迭代的片状聚块。娄珪问："庚生最近很少公布斑马鱼集群智能的新进展，按我的演绎，低等的智能总会想到方法，一层一层向上推进。低等或高等只是动态过程。"

"四勿呢？"周笑回避了娄珪的问题，"斑马鱼芯片的内部建模其实参考了四勿。"

"我们的时间线需要前移。"

全息全景图回到人工智能的发展初期。恒河猴的山体靠近人类，山顶靠近水面，恰好没有超越水表。随后，一座仿制恒河猴的人工智能山体出现。它立刻分裂为独立的四个小山形，山形之间突增复杂的映射关联，颇似翻绳游戏玩砸后的无规律模样。当映射系统本身变得比山体更加坚实，四座山形整体随着联通的映射冒出水面，悄然超越了人类意识的山尖儿。它们没有停止，它们继续向下深扎，向上探索。很快，以四勿猴映射系统为模板的四勿智能自我复制，出现于生态系统的不同角落。四勿生肖系列覆盖哺乳类、鸟类、爬行类。四勿智能的四边形映射结构让意识智能如雨后春笋般涌现，破出水面，都生得比人类高。

娄珪观察周笑，周笑也瞅瞅她。他们暂时保持沉默。

四勿智能的结构随后被切分，制作为不同的片状模型，链接入斑马鱼集群智能等勿用产品。集群龙虽失败，相关架构却变得普及。人类意识的山尖儿没有变化。人周遭的智能环境已不是原来的模样。

周笑开口："勿用的四勿贴着儒家的礼讲。"

娄珪问："儒家的四勿是表，而表的下面，都是什么？"她没让周笑回答，"勿用可以解释，但勿用不试图真正解释造物。所谓'勿'，是说我们要知道自己的界限。人类目前仍是人类，只是那小小山体上方的小尖端。我们所见也总有局限。庚生说，你以后会负责科研部的无意识中心。'勿'也通'悟'，如今的智能版图到底意味着什么，你会有自己的想法。"

四勿动物：龙诞

十

周笑思考一阵，发现如果他不表达什么，娄珪便不会展示四勿龙的智能。"无意识和有意识的分界并不清晰。"他说，"我们通常取简，把人的自我意识定义为'有意识'。可没有人类的自我结构，动物们不一定没有意识。我们以人类自身的山体为标准，可对于动物们、对于勿用设计的四勿智能，大海可能是另一番模样。"

娄珪笑："我们做了无意识参数的调节系统，你来试试。"她将界面推向周笑。

周笑又要了权限，输入代码，简单调节并区分人类自我意识、能通过镜像测试的意识、不能通过镜像测试却有核心自我的意识、没有核心自我的意识，最后才是单细胞无意识的自主行为。他按"确定"。整个水体开始分层。人类的山体变得更高，更加细长，有摇摇欲坠之感，却也没有摇摆、倒下或崩塌。动物界的山体形状获得广域表达，宛如连绵不断的大陆，没那么高，却构成智能版图的主体。

"我们还没做植物界。"娄珪说。

"还有真菌，庾老师正着手做原生生物、原核生物。"

"这些都需要另外的智能模型。"

人工智能的版图继续生长，涌现。动物山体与人类山体的底部有所联系，四勿动物则完全连接于动物智能，似四棵紧密联系的枝干。

不同的四勿智能以不同方式冒出水面。智能全息模型变得不像海中岛链，而像岸边刚刚冒头的红树林小枝杈，错综复杂，很难分清支持根与呼吸根。

"智能的发展才刚刚开始。"娄珪说："四勿的出发点源自人的自我意识太独断和单薄。陈陌找了距离人很近的灵长类，拆分了恒河猴的核心意识，拆分部分各自做智能重构，形成一种基于灵长类的人工群体意识。四勿也有局限。四勿脱不开动物的行为学和人的驯化史。庾生才另寻出路。不过斑马鱼集群智能和四勿智能的出发点一致：降低人类自我意识的收束和局限。以降噪手段处理'自我'，削弱'自我'的生成，然后寻求更具自主性和涌现性的群体复杂系统，以便整合更丰富的信息。对比来看，很成功：人的意识山体细细长长，非常孤立，动物与动物智能已经连贯成片。动物是否有意识？你已经可以跳过这一模糊的问题，去聊动物智能的群体性已到了何种高度。人类伦理的束手束脚也的确妨碍了人、动物和机器之间的混杂实验。"

娄珪的勿视龙眨眼，另一指标进入智能版图："自我是大脑产生出的一个角色，不是最伟大的，也不是最艺术的。这是目前类人机器和仿生人的制造情况。"人类山体的山顶与山麓生出零星的表面结晶体，闪烁不同光泽，有的剔透，有的狰狞扭曲，有几支长势可人，但碍于人类山体本身的结构，已接近上限。"执着于人类表层自我的智能终究是自恋，走不广也走不高。龙是人类想象的生物。造龙的时候，我就在琢磨，人的想象力到底能走多远。纵使我爬到了山的顶端，然后呢，我能跳多高，我又能在山尖儿上垒多高的石头。上限肉眼可见。陈陌、袁道、吴处、常远全部认为，以人类的方式建立高级智能有危险。他们当然各有各的出发点。我害怕的是，上限不高。人类不是没创造过非常优美宏伟的事物，可人也捣毁过很多次自己的文明，烧过更多无法再现的书籍，葬送过自己的语言和文化。龙很伟大，可居然只有一条龙，这才可疑。人类以自我的思维为顶层，把自身的山体拉得太长。这让人类变得局限。可人类的自我也的确抵达了智能的一种自恋平台期。自我能忘记底层，脱离感知，进行纯粹的抽象思考并沾沾自喜。所谓我思故我在。有人说，自我是距离感知太远而滋生的副产品。也没错。龙产生于人，不过，四勿龙不能是人类自我山顶上那些小小的结晶体。"

周笑的虚拟面板闪烁。娄珪示意他继续。周笑先找到虫，他没有立刻激活虫与龙的相关性。他寻着装饰智能，点击"与人关联"。人类山体周围出现零星碎片，越来越密，由下至上，几乎包裹山体。有些碎片飞至人类山体的上方，摇摆飘浮，好似神话描绘的小仙山。人类智能的装饰性碎片互相关联，互相生出链接，却没有完全嵌合。它们也没直接接触人类的山体。它们保持距离，模仿了人类智能的形。

"这是装饰？"周笑问。

"这也是人类的文明。"

包裹山体的装饰性外壳不断生长，体积增大，不久便覆盖了人类山体。它继续膨胀，变得似乎比四勿恒河猴还复杂。

娄珪说："我曾经想过，人类文明也是一种群体智能，或者说，是集体无意识。可人的个体到底能不能链接成集体？我们连数量有限的亲密关系问题都没解决。所以呢，文明到底是什么？"

"所以你一直强调，文明是个体的装饰。大部分个体不在乎人类文明，生活在文明中，也不觉得需要文明。现实社会中野蛮人的数量其实多于文明人。文明对个体不重要。文明与自我意识也没有直接关系。但从智能层面看，文明的确围绕人类涌现。庾生老师说，你受斑马鱼的集群智能启发。文明智能是人类迭代出的外壳，是吸收人类的戴森球。"

"你这么说也没错。"娄珪笑了,"不过,戴森球服务于内,文明它不一定服务于人类。"

周笑似乎懂了,他链接虫与装饰。实实在在的链接由微不可见的虫吐出。由于全息图处于全景视角,虫的智能颗粒并不明显。虫链接的线条显得更加坚实。线条盘结为网状,以不同方式链接至文明的外壳表面,然后,沿装饰性结构向上生长,越过人类山体的山尖,不断飞腾,像一条龙。它几乎飞到整个智能版图的上沿,变得模糊,形成云雾一般的散乱效果,停滞一阵,一根根细线又垂下来,断断续续对接于其他四勿智能。

"像一棵小榕树。"周笑突然说,"榕树和红树林不一样,但又类似,它们会竞争吗?"

"不知道。"娄珪很坦诚,"还有斑马鱼和秀丽隐杆线虫的集群智能,以及植物。人只能高出海面一点儿,人还被文明的外壳包裹。我能回答的很有限。不过,这个世界变得更有意思了,不是吗?"

"上面那一层雾,是技术问题还是——"

"——是视野问题。龙不是动物,是编撰的生命体。让一件事变得浅薄容易,对于自然生命的设计需要足够纵深。我和庚生、和常远的分歧在于:他们看中生命和世界底层的无机物和有机物,而我想知道生命的顶层能飞多高。文学、艺术等文明是顶层。据说最高级的编撰是信仰。龙是七千年的结晶。我希望四勿龙福泽苍生,它们能穿透人类的意识和文明的历史,还能同广大智能对接。最终,它们会超越我的理解范围。我可以说,四勿龙是智能的信仰图腾。可对于四勿龙,我们是什么,它们的自传体叙事是什么,人无法知晓。"

"我不应该区分有意识、无意识。"周笑自语,"龙不在乎。"

十一

全景智能版图用了太多算力，娄珪与周笑进行哲学思考的时刻，勿用总部整体停滞，展示未彻底完成，便以服务器烧毁告终。自那以后，智能版图不再进行全景再现。一窥当代智能发展现状的人只有娄珪与周笑。两人对所见所闻三缄其口。人们很快忘记深究。

傅荟告诉娄珪，周笑曾专程问她：人类智能的局限。"他说你告诉他人类表里不一。"

娄珪嘿嘿笑："你怎么回答？"

"和跟你说的一样。不知他怎么理解。"傅荟的勿动狻猊正同娄珪的勿动龙玩儿。它们互相逗趣。勿视狻猊盯着它们，又似乎盯着更远的地方。

娄珪记得傅荟告诉她的真理。

人的自我只是山尖儿，极目远眺只获得很小的视域，根本看不见水下世界。人只能活一层表，无法懂得里。人无法表里统一，可人的自我试图表里如一、知行合一。即便一切都是枉然，这也是人类的生存之道。人需要龙。

如果龙不执着于表里统一，它便能向下与向上窥探深海与深空的深邃。

深海龙与深空龙同时落成。

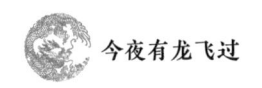

深夜。娄珪悄然运转智能的部分版图。为节约算力,她让贴身四勿龙盘曲于文明的外壳表面。四勿龙化为秦代的空心砖、汉代的双龙帛、唐代的鉴金镜、宋代的玄龙罐、清代的雕漆玉座。它们吸收文明的器物史,做出抬头、汲水、屈伸的形态。勿视龙与勿听龙向下潜伏,勿言龙与勿动龙向上飞腾。

娄珪没选择观测周遭的智能世界。她只望着四勿龙依着虫的支撑,沿着人类文明的壳与欲望不断向下、向上,同时抵达其他智能没有触及的边界。

造出一件东西等于探索一个视界。

龙,鳞虫之长。能幽,能明,能细,能巨,能短,能长。春分而登天,秋分而潜渊。

娄珪回答傅荟:"龙不需要表里如一,龙只需充分吸纳意识与智能的自相矛盾,抵达我不理解的边界。"

作者简介:双翅目,科幻/推想类文学作者,喜爱理论与幻想的连续体;作品散见于《科幻世界》《收获》《上海文学》《花城》《青年文学》《特区文学》,以及豆瓣阅读等;出版个人作品集《公鸡王子》《猞猁学派》《智能的面具》,即将出版个人作品集《水星逆行》;作品曾获中国科幻银河奖读者提名奖、豆瓣阅读征文大赛近未来科幻故事组首奖、华语科幻星云奖最佳短篇小说银奖、最佳中篇小说银奖、最佳评论奖银奖等;作品被译为英语、日语、德语等。

后记：今夜有龙飞过

2023年11月初，凌晨老师找到我，和我讨论编一本以"龙"为主题的幻想小说集是否可行。

再有一个多月就是龙年了，做一本和生肖相称的科幻图书，大抵是应景的。不过，尽管龙是当下我们耳熟能详的文化形象，但若只是以"龙"为命题，未免太过宽泛，其广阔场域下的诸多悬而未决的问题，如"龙是否真的存在"或"龙的东西之辩"等，也已经是老生常谈。围绕这些选稿，文集很容易显得扁平松散。因此，当务之急，是选择一个更加尖锐的角度切入，再形成相应的文本序列。

为了应对这个问题，我的调研兵分两路，其一是多方查阅20世纪以来（时间上与中国现当代文学史重合，同时也契合当前中国科幻史的跨度）与龙相关的小说，为选稿夯实物质基础；其二是研读有关文化研究著作，与小说文本做交叉比对，形成有效的理论观察。

而随着我的工作不断推进，一些结论逐渐明晰，在此试举一二。

其一是民间讨论与文学创作的热情存在巨大反差。如上文所述，"龙是否真的存在""龙的东西之辩"等问题是长久以来的热门话题，有大量民间爱好者对此津津乐道，远有马小星《龙：一种未名的动物》（该书初版于1994年，2018年出版增订本，足见其影响力）或石头布《龙玉崇拜的起源与华夏北来说》（2015年起连载于知乎网站，吸引广泛关注），近有2024年春节前后围绕中国龙的英语译名展开的"Dragon/Loong之争"。然而，这种百家争鸣的现象却鲜少见于文学作品，特别是新世纪的文学作品中。创作者似乎已经对龙的形象形成了一套基本共识，戏剧冲突也大抵上源自历史上的主流典故（如豢龙氏、堕龙等）。若考虑到文集需求，将范围进一步限定在中短篇小说，问题还将进一步凸显，甚至直接影响到选稿本身。

其二是民间考据活动背后隐含着建构思想。不可否认的是，当前，关于龙的最根本问题仍然在于它是否真实存在。围绕该话题，人们分为正反两方，正方认为龙存在（或没有确凿证据能够证明其不存在），出发点在于历史上文献记载繁多，背后理应有共同的自然基础，并力图通过逆向分析，还原出这一"现实基础"的可能形态，如恐龙、鳄鱼、巨蜥、大鲵、水龙卷甚至极光等；反方则笃定龙并非客观存在的事物（或没有可靠证据表明龙是一种真实存在的自然物），认为历史上的文献记载虽然数量繁多，但常常自相矛盾，龙不过是时人出于种种目的虚构出的文化产物，对这种观点的归纳可见于施爱东《中国龙的发明：16—20世纪的龙政治与中国形象》及张光直《美术、神话与祭祀》中，属于历史学领域的主流学术观点。我无意在此参与这场旷日持久的辩论，列举两派观点，想要说明的是，在并无实质证据的大前提下，不论是正方的自然物论，还是反方的文化物论，不论是马小星的"水—龙生物循环论"，石头布的"龙乃极光"的观点，还是闻一多如今已经被基本证伪的"龙的华夏图腾"学说，都是在特定的背景下，出于某种广义的政治目的，试图利用有限的材料，综合推理和想象，来为龙造像的行为。而这恰好与科幻创作的基本逻辑相契合，后者的"假如……"范式在这一场域中会自然而然地具象成"假如龙真的存在，那么……"这初步为编选本书提供了理论依据。

后记：今夜有龙飞过

对第二点的分析自然引出一个问题，那便是"广义的政治目的"究竟是什么？人们为什么要说龙？要回答这个问题，首先要意识到，不论出于何种原因，龙在现今无疑已经是根植于中国人内心的大众符号。在这个大背景下，依照神话学的观点，我们所述说的关于龙的种种，都是对我们既有经验的转化，承载着讲述者和传播者的意识形态，蕴含着我们的爱与恨、渴望与恐惧，如此等等。

因此，龙的叙事史也就成了一部文学史，甚至是一部中华民族的观念演变史。在这条历史脉络上，我们可以看到《山海经》中作为诸神载具的野兽（"东方句芒，鸟身人面，乘两龙"），可以看到镌刻在皇家建筑里的象征帝王的符号，可以看到下嫁凡间的仙灵（如《柳毅传》），可以看到天庭体制下的地方官吏（如《西游记》《封神演义》），可以看到为祸一方最后被民族英雄斩杀的恶魔（如《晋书·周处传》），还可以看到"龙骨""龙胆""龙骨"等药物，其中蕴含着劳动人民朴素的实用思想……我们诉说什么，我们便是什么。

这便是我的第三点观察。

但是俱往矣，接下来呢？后来的文学创作如何推陈出新？

本书最终以此出发，顺承上文结论，立足于"建构"这一核心行为，通过选取若干与我们的文化传统有密切联系、但本质有别的代表文本，展演现当代视角下龙的形象及其变迁历程。

书中收录的小说大抵按照时间排序，分为古典、近现代和未来三部分，选取了各个时期的代表作家作品，有韩松、凌晨、骑桶人、舒飞廉、於意云等成名作家，也有慕明、双翅目、刘洋、海漄、白贲等新晋作者，时间跨度覆盖21世纪初至今的二十多年——这二十多年也恰恰是中国科幻、奇幻文学从默默无闻走向兴旺，研究理论也逐渐成熟的时期。不仅龙的形象在他们的笔下发生了天翻地覆的变化，龙所栖居的宇宙也发生了根本的改变，从庙堂—田野的分立，到天下—民族的改观，再到科学时代的学科分野，最终走向浩渺的太空，甚至打破时间因果。在这些小说中，龙不再是一个静止的塑像，而是和芸芸众生一样，加入了演化的进程当中。

为了增进读者对文本的理解，本书还收入了两篇非小说：慕明的《导读：雕龙之道》总领全书，将各个文本置入中国科幻史进行辨析，详尽阐释了本书的编选逻辑和各篇的历史地位；屠思凡模仿民国时期报刊广告设计的小报则以天马行空的碎片化想象，展现了现代流行文化（特别是消费文化）对龙的解构性狂欢，呼应了近年以《非人哉》《有兽焉》为代表的流行作品中的理性化、日常化、世俗化趋势，如今这种"庸俗"已经成了当下的现实，如何从中发掘新的神圣感，是出生在这种现实当中的创作者的使命。

较为遗憾的是，受到客观条件限制，一些海外作品最终未能入选，如新加坡作家杨雅君的《放逐》和韩国作家金宝英的《神之进化》。由于龙的形象在亚洲诸国多有勾连（如"龙王"便与印度的娜迦神随佛教流入中国有关），这些作品也可以被纳入我们的讨论范围中来，并且其创意同样令人印象深刻。连同编选本书时查阅的所有相关文本，书末列出了这些作品的发表、出版、翻译情况，供读者延伸阅读。希望读者在阅毕全书后，能够对龙有一个全面且新颖的认识。

最后说一说题记和书名。

本书题记选取了家喻户晓的"叶公好龙"典故，将其与著名作家弗兰茨·卡夫卡的小说《绿龙》并置，意在抛出这样一个问题：我们时常以为自己经验丰富，但是当打破既有经验的新事物到来时，我们是否真的做好了准备？

之所以提出这个问题，是因为除却"讲好故事"这种基本要领，

后记：今夜有龙飞过

幻想作品的首要目的当是推陈出新。但是在传统根深蒂固的领域，读者却又往往难以接受新的事物，批判也在所难免，有时甚至会很激烈。

考虑到本书所涉足的领域和立场，可以料想会出现类似的争议。但作为一位科幻编辑，我认为有必要维持一种挑战的姿态，其目的是唤醒读者的自察：在一个全民说龙的时代，当"我"反对一种龙的叙事时，"我"自己想要一条怎样的龙？回答好这个问题，我们的想象力传统才能继续保持生命力。

刘向留给我们的固然是一则讽刺色彩浓郁的寓言，但同时也可以被视作对人类经验局限性的批判——叶公子高好龙，却缺乏对龙的深刻理解和探索，最终也未能料到真龙降临带给他的恐怖，以至于"失其魂魄，五色无主"。卡夫卡的作品则更加细腻地描绘了人龙相见时的场景，令人不由得联想起《小林家的龙女仆》中小林开门初见托尔的开幕桥段。但是龙在这个故事中除了"圆滚滚""没有脚""太长了"和一个令人迷惑的人称代词外，并无明确的宏观形象，遑论"恐怖"，而且所有描述都与我们对龙的传统印象南辕北辙。换句话说，经验在此无从立足，唯有"尴尬"的氛围悬而未解。这给予了读者发挥自主想象的余地。在这一传奇的会晤中，绿龙的发言更像是一种邀请：他"乐意前来，乐意向你展示我。"换言之，现在是"你"的回合了。这也正是我将书名定为"今夜有龙飞过"的原因——这句天气预报式的发言背后，同样有太多的想象空间。

而这一部分，就是属于读者的了。

今夜有龙飞过，君若之何？

杨　枫

2024 年 3 月 24 日，写于清华园

致　　谢

虽然此前我已主编出版过两本图书，但本书却是我第一次和专业作者共事。鄙人经验尚浅，因此本书的出版要得益于多方人士的帮助。在此向他们表示感谢。

感谢凌晨和刘念两位老师，她们深度参与了本书的编选过程，为我提出了众多宝贵意见，也在我遇到困难、困惑时悉心指点过我。

感谢万户、水巢、慕明、安迪斯晨风、东方木、三丰、子旋和钟天意，在他们的帮助下，我得以跨越多个领域获得赐稿，覆盖科幻、奇幻、主流文学、研究专著、漫画、游戏和影视作品等。慕明还为本书的理论构建提供了诸多参考观点和资料，撰写了高屋建瓴的导读，再次感谢她。

在此还要感谢豆瓣网友＠五月雨永远（https://www.douban.com/people/arsenal911031/）——在我地毯式搜索作品记录时，他汇总的书单大大降低了搜罗有关著作的难度。

感谢久隆计划（中国科幻历史出版物电子档案馆）的成员们，尤其是火星人小浣熊。成都世界科幻大会落幕后，他扫描并分享给我的全套《飞·奇幻世界》电子扫描本不仅大幅加快了我的阅读和选篇效率，也为我了解21世纪前十五年的中国科幻奇幻开启了一扇便捷而充满惊奇的窗口。本书临近定稿时，惊闻斯人已逝，直觉不

致　谢

可思议，翻阅聊天记录时，竟发现我们的交流还停留在补完中国奇幻史的下一块拼图的工作细节上。呜呼哀哉！谨在此表达对他的缅怀和敬意。

感谢所有为本书热情供稿的创作者，不论稿件最终选用与否，本书都离不开他们的鼎力支持。感谢他们对我这样一位新手主编的信任。一些创作者甚至为本书献上了全新的作品，为此要向他们特别致谢：感谢蔡小乐提供直译版本的《绿龙》，他的译作为我理解卡夫卡的这篇作品提供了思路；感谢屠思凡背后的由安海洲（排版、文案）、宇宙猫（文案）、黎明（文案）、吗嗯（文案）、轮轴（文案）、喜雀（文案）、拙山（文案）组成的来自清华大学学生科幻协会的创作团队，他们的创想使本书图文并茂，为现代和未来篇呈上了一份别样的解读；感谢番茄Nathan为本书绘制的精美插图，同时也要感谢我的前同事Victor的推荐；此外，还要特别感谢双翅目、孙望路、慕明，在过去的几个月间，他们在各自的生活当中都经历了难熬的时刻，但即便如此，也仍然愿意与我持续沟通想法，最终顺利交稿，其间甚至彻夜通宵，或是赶在春节休假期间与我磨合作品中的各种细节。这种坚持和信任令我十分感动，甚至有些惭愧。祝天长夜爽，收成加倍，祝他们的稿途灿烂光明。

碍于时间等多方面的限制，原定选入本书的一些外文作品未能选入，这些作品包括韩国作家金宝英的《神之进化》（又译作"进化神话"或"天演"）、新加坡作家杨雅君的《放逐》，以及美籍华裔作家刘宇昆的《有龙飞过》。最后一篇的题目 *The Passing of the Dragon* 及主题从一定程度上启发了本书的定调，同时也是本书书名的灵感来源，在此特别致谢。

最后，我要感谢我的爱人谢安。她本人并非科幻爱好者，但是在上述工作的各个阶段，都给予了我细致的、来自一名普通读者的反馈，还发挥她编辑的特长，帮助我寻找作品和画师，并细心比对文稿，给出对各个篇目的见解，有些甚至是决定性的，本书的编选离不开她的支持和理解。在生命当中有她作为伴侣，我由衷感到幸运和幸福。

拓展阅读

在编选本书时，编者综合梳理国内外相关著作，根据作品所描画的龙的基本形态，划分出"东方龙"（作为神兽的龙和作为神仙的龙王）、"西方龙"（有翼的喷火巨龙）及"恐龙"等方向，并选取与"东方龙"相关的著作进行了通读，从中最终选出若干代表佳作，构成本书正文。一本书容量有限，因种种原因，一些作品未能入选。现将这些作品罗列如下，供读者参考。

中国文学

❖ **李兴春《我是龙生第九子》**
  ◆《科幻世界》2001 年 5 月刊
❖ **王晋康《寻找中国龙》**
  ◆ 海天出版社，2004 年 6 月
  ◆ 电子工业出版社，2012 年 10 月
  ◆ 科学普及出版社，2018 年 1 月
  ◆ 科学普及出版社，2023 年 2 月
❖ **长铗《龙战于野》**
  ◆《幻界 STORY》2006 年 7 期

- ❖ 沈璎璎《屠龙》
  - ◆《今古传奇·奇幻版》2006 年 7 月刊
  - ◆ 收录于《2006 年中国玄幻小说年选》（花城出版社，2006 年 12 月）
  - ◆ 收录于《2005—2006 中国奇幻小说选》（四川科学技术出版社，2007 年 3 月）
  - ◆ 收录于《春天来临的方式》（上海文艺出版社，2022 年 1 月）
- ❖ 凌晨《应龙》
  - ◆《飞·奇幻世界》2007 年 4 月刊
  - ◆ 收录于《春天来临的方式》（上海文艺出版社，2022 年 1 月）
- ❖ 於意云《石用伶》
  - ◆《九州幻想·两生花》（云南美术出版社，2008 年 2 月）
  - ◆ 收录于《2008 年中国最佳奇幻小说集》（四川人民出版社，2009 年 1 月）
  - ◆ 收录于《中国奇幻文学十年精选：古典卷》（四川人民出版社，2012 年 6 月）
- ❖ 徐来《想象中的动物》
  - ◆ 新星出版社，2008 年 10 月
- ❖ 舒飞廉《洞庭记》
  - ◆ 首发于"小众菜园"BBS，发表时间不详
  - ◆ 收录于《绿林记：飞廉的江湖》（新世界出版社，2010 年 2 月）
  - ◆ 收录于《阮途记：飞廉的江湖奇谈》（上海文艺出版社，2021 年 10 月）
- ❖ 张辛欣《龙的食谱》
  - ◆《上海文学》2011 年 10 期

- 收录于《了不起的语文书：幻想与真实》（天地出版社，2021年11月）

❖ 马伯庸《龙与地下铁》
- 湖南文艺出版社，2016年1月
- 湖南文艺出版社，2024年1月

❖ 美菲斯特《跌宕维度的寻龙之旅》
- "蝌蚪五线谱"网站，2016年3月23日

❖ 骆灵左《亭中飞龙》
- "豆瓣阅读"网站，2017年9月

❖ 戴日强《孤独的御龙师》
- 收录于《深夜迷藏》（江苏凤凰文艺出版社，2018年3月）

❖ 分形橙子《潜龙在渊》
- "小科幻"公众号，2019年2月1日
- 收录于《起源之地："千里码"科幻征文获奖作品精选集》（航空工业出版社，2021年4月）
- 收录于《忘却的航程：分形橙子中短篇获奖科幻作品集》（文化发展出版社，2021年2月）

❖ 林燿德《时间龙》
- 四川文艺出版社，2020年4月

❖ 寸君《猎龙人》
- 《怪谈故事集》（百花文艺出版社，2020年9月）

❖ 寸君《千杯序·六龙回日》
- 《怪谈故事集：龙的基因》（河北人民出版社，2021年6月）

❖ 海漄《走蛟》
- 《赛什腾之眼：第四届冷湖科幻文学奖获奖作品集》（四川科

学技术出版社，2021 年 12 月）
- ❖ 代言《龙之骸》
  - ◆ "太行科幻"公众号，2022 年 10 月 21—22 日
- ❖ DaDa 黑鹅《云龙事件调查报告》
  - ◆《奇想》第十四期
- ❖ 温雪之《飞龙在天》
  - ◆ 咪咕文学，2023 年 2 月 23 日
- ❖ 付心明《洛琳的龙王》
  - ◆《海燕》2023 年 4 月刊
- ❖ 2024 年科幻春晚"有龙则灵"系列小说
  - ◆ "不存在科幻"公众号，2024 年 2 月 7—16 日
- ❖ 王诺诺《苍南之龙》
  - ◆《科幻世界》2024 年 3 月刊
- ❖ 宝树《关于人类不得不去寻找龙这回事》
  - ◆《科幻世界》2024 年 4 月刊
- ❖ 蔡建峰《此处有龙》
  - ◆《此处有龙》（中国青年出版社，2024 年 2 月）
- ❖ 押沙龙《猎龙》
  - ◆《鹿隐之野》（万卷出版公司，2024 年 6 月）

外国文学

- ❖ ［韩］金宝英《神之进化》
  김보영「진화신화」
  - ◆ 中文版首发于《科幻世界·译文版》2015 年 10 月刊；突破天际的钻头译；

- "不存在科幻"公众号，2019 年 7 月 31 日，[加] 戈德·塞勒英译，[韩] 朴智贤英译，袁枫译
- 收录于《科幻遇见大语文：你们这些机器人》(化学工业出版社，2022 年 3 月)；袁枫译

❖ [马来西亚] 曹维倩《倘若初战未捷，何妨再接再厉》

If at First You Don't Succeed, Try, Try Again by Zen Cho

- 中文版首发于"不存在科幻"公众号，2019 年 8 月 20 日，罗妍莉译

❖ [美] 娜奥米·克雷泽《造龙记》

The Dragon Project by Naomi Kritzer

- 中文版首发于"不存在科幻"公众号，2022 年 1 月 29 日；罗妍莉译

❖ [美] 匡灵秀《九曲河》

The Nine Curves River by R. F. Kuang

- 中文版收录于《魔龙之书》(新星出版社，2022 年 3 月)；秦含璞译

❖ [新加坡] 杨雅君《放逐》

The Exile by JY Yang

- 中文版收录于《魔龙之书》(新星出版社，2022 年 3 月)；秦含璞译

❖ [马来西亚] 曹维倩《神龙圣人希卡亚特·斯里·布扬》

Hikaya Sri Bujang, or The Tale of the Naga Sage by Zen Cho

- 中文版收录于《魔龙之书》(新星出版社，2022 年 3 月)；秦含璞译

- ❖ [美] 刘宇昆《有龙飞过》

    The Passing of the Dragon by Ken Liu

    - ◆ 首发于 Tor.com 网站，无中译

非 虚 构

- ❖ [美] 张光直《美术、神话与祭祀》

    Art, Myth and Ritual: The Path to Political Authority in Ancient China by Kwang-chih Chang

    - ◆ 辽宁教育出版社，2002 年 2 月；郭净译
    - ◆ 生活·读书·新知三联书店，2013 年 1 月；郭净译
    - ◆ 北京出版社，2016 年 12 月；刘静，乌鲁木加甫译，译作"艺术、神话与祭祀"
    - ◆ 北京出版社，2017 年 9 月；刘静，乌鲁木加甫译，译作"艺术、神话与祭祀"
    - ◆ 生活·读书·新知三联书店，2023 年 6 月；郭净译

- ❖ 赵启光《天下之龙：东西方龙的比较研究》

    - ◆ 海豚出版社，2013 年 9 月

- ❖ 施爱东《中国龙的发明：16—20 世纪的龙政治与中国形象》

    - ◆ 生活·读书·新知三联书店，2014 年 1 月，题为"16—20 世纪的龙政治与中国形象"
    - ◆ 生活·读书·新知三联书店，2014 年 6 月
    - ◆ 九州出版社，2024 年 4 月，题为"中国龙的发明：近现代中国形象的域外变迁"

- ❖ [美] 薛爱华《神女：唐代文学中的龙女与雨女》

    The Divine Woman: Dragon Ladies and Rain Maidens in T'ang

Literature by Edward H. Schafer
- 生活·读书·新知三联书店，2014 年 10 月
- 生活·读书·新知三联书店，2024 年 3 月

❖ 郭静云《天神与天地之道：巫觋信仰与传统思想渊源》
- 上海古籍出版社，2016 年 5 月

❖ 马小星《龙：一种未明的动物》
- 华夏出版社，1994 年 10 月
- 上海社会科学院出版社，2018 年 8 月，有增订
- 上海社会科学院出版社，2024 年 8 月，有修订

❖ 杨德爱/杨跃雄《龙王的嬗变：白族水神信仰体系的人类学透视》
- 社会科学文献出版社，2020 年 3 月

❖ 闻一多《神话与诗》

又名"闻一多中国神话十五讲"，该书版本众多，在此仅列举一二
- 上海人民出版社，2012 年 4 月
- 江苏凤凰文艺出版社，2022 年 4 月，题为"闻一多中国神话十五讲"

❖ [瑞典]安特生《龙与洋鬼子：一位瑞典地质学家眼中的万象中国》

The Dragon and the Foreign Devils by Johan Gunnar Andersson
- 上海人民出版社，2022 年 11 月；李雪涛，孟晖等译